VICTORIA WALTERS

Die Krimi-Ladys von Dedley End

GOLDMANN

Buch

Im malerischen englischen Örtchen Dedley End betreiben Nancy Hunter und ihre Großmutter Jane eine Krimi-Buchhandlung. So aufregend ihre Bücher sind, so beschaulich ist ihr eigenes Leben – bis die Krimi-Ladys zu einem Empfang im Herrenhaus der Familie Roth eingeladen werden. Denn noch während des Begrüßungscocktails stürzt die schöne Lucy Roth über eine Brüstung in den Tod. Schnell wird klar, dass Lucy gestoßen wurde. Aber wer könnte sie ermordet haben und warum? Nancy und Jane beschließen, Nachforschungen anzustellen. Bald jedoch fragen sie sich, ob das eine gute Idee war. Denn der Mörder hat längst bemerkt, dass sie ihm auf den Fersen sind …

Autorin

Victoria Walters arbeitet als Buchhändlerin bei Waterstones und hat mehrere Frauenromane geschrieben. »Die Krimi-Ladys von Dedley End« ist der Beginn einer Landhaus-Krimi-Reihe, die in den malerischen Cotswolds spielt. Die Autorin lebt mit ihrer nach Harry Potter benannten Katze Harry in Surrey.

Victoria Walters

Die Krimi-Ladys von Dedley End

Kriminalroman

Aus dem Englischen
von Gertrud Wittich

GOLDMANN

Die Originalausgabe erschien 2021 unter dem Titel
»Murder at the House on the Hill« bei Hera Books, London.

MIX
Papier | Fördert
gute Waldnutzung
FSC® C014496
FSC
www.fsc.org

Penguin Random House Verlagsgruppe FSC® N001967

1. Auflage
Deutsche Erstveröffentlichung Oktober 2022

Gestaltung des Umschlags und der Umschlaginnenseiten:
UNO Werbeagentur, München
Umschlagmotiv: FinePic®, München
Redaktion: Gerhard Seidl
BH · Herstellung: ik
Satz: GGP Media GmbH, Pößneck
Druck und Bindung: GGP Media GmbH, Pößneck
Printed in Germany
ISBN: 978-3-442-49364-7

www.goldmann-verlag.de

Ein ganz dickes Dankeschön an Anna Bell,
die den Einfall mit dem Dorfnamen hatte
(und dem Namen für die Buchserie!) –
meine ewige Dankbarkeit ist dir sicher!

1. Kapitel

Schneeregen fegte am Schaufenster des *Dedley Endings* genannten Buchladens vorbei, aber Nancy Hunter, ganz in ihr Buch vertieft, achtete nicht weiter darauf.

Eingebettet in die malerische Hügellandschaft der Cotswolds lag ein kleines Dorf namens Dedley End, das sich jeden Sommer mit Ausflüglern und Wandertouristen füllte, die sich für die herrliche Aussicht in dieser Gegend im Südwesten von England interessierten und für die vielen hübschen Ortschaften mit ihren alten Kopfsteinpflastergassen. Aber jetzt im Dezember hatten die Einheimischen den Ort wieder ganz für sich. Die Tage wurden kürzer, und Weihnachten rückte näher. Bald würde der Run auf Geschenke losgehen, wusste Nancy, doch heute war es einfach zu kalt und ungemütlich, als dass sich viele in der kleinen High Street herumgetrieben hätten, und Nancy verbrachte einen ruhigen Vormittag. Sie hatte Papierkram erledigt, ein bisschen sauber gemacht. Mit dem Gedanken, dass sie doch den besten Beruf der Welt habe, hatte sie sich anschließend hinter den Verkaufstresen zurückgezogen und das Buch hervorgeholt, in dem sie gerade las.

Die Stimme von Nancys Großmutter Jane drang aus dem Hinterzimmer. »Wie wäre es mit einer schönen Tasse Tee? Brr, draußen ist es ja eisig!«

Nancy antwortete, sie würde liebend gerne eine Tasse trinken. Oma war eigentlich schon im Ruhestand, ließ es sich aber nicht nehmen, wenigstens einmal täglich die Strecke zwischen ihrem kleinen Cottage und dem Buchladen zurückzulegen – schon um mit dem Dorfklatsch auf dem Laufenden zu bleiben. Aber davon hatte es am heutigen Vormittag wenig bis gar nichts gegeben.

Als Nancy das Ende eines Kapitels erreicht hatte, klappte sie das Buch zu. Sie kannte den Roman, hatte ihn schon mehrmals gelesen, es war eins ihrer Lieblingsbücher – und auch ihres Vaters –, ein Krimi des Bestsellerautors Thomas Green. Nancy warf einen schmunzelnden Blick zu ihrem Beagle Charlie hinüber, der schnarchend auf der warmen Fensterbank lag. Er begleitete sie stets in den Laden und wurde von allen im Dorf geliebt. Dann schweifte ihr Blick durch das gemütliche kleine Geschäft, und sie stieß einen wehmütigen Seufzer aus. Um diese Jahreszeit vermisste sie ihren Vater immer am meisten. Bald würden sie hier alles weihnachtlich schmücken, das hatte Vater immer ganz besonders gefallen.

»So, hier bitte.« Jane tauchte mit zwei großen dampfenden Teetassen auf und setzte sich auf ihren Stammplatz neben der Registrierkasse. Sie war immer noch erstaunlich rüstig, obwohl sie bereits Ende sechzig war. Sie hatte graue Löckchen, und ihre grünen Augen waren von zahlreichen

Fältchen umgeben. Nach dem viel zu frühen Tod von Nancys Vater hatte Oma die Buchhandlung weitergeführt, um sie dann, nach sechzehn Jahren am Steuer, heuer an Nancy zu übergeben. Aber die alte Dame hasste es, allein zu Hause herumzusitzen, außerdem nahm sie immer noch rege am Dorfleben teil, sie war Mitglied in den meisten Vereinen. »Woran denkst du?«

»Ach, ich dachte gerade, dass wir allmählich den Weihnachtsbaum aufstellen sollten und wie gern Dad immer die Bücher in Geschenkpapier eingepackt und unter den Baum gelegt hat …« Nancys Blick war auf die Ecke gerichtet, in der jedes Jahr der Christbaum stand, und sie strich sich das hellbraune Haar, das zu einem Bob geschnitten war, hinters Ohr.

Die Großmutter lächelte wehmütig. »Ja, stimmt. Um diese Jahreszeit fehlt er uns immer ganz besonders, nicht?«

Nancy nickte. »Weil Weihnachten nun mal ein Familienfest ist.« Sie musste daran denken, dass sie jetzt nur noch ihre Oma hatte, und ein Schatten huschte über ihre Züge. Als Nancy zehn war, hatte sie ihren geliebten Vater verloren, und ihre Mutter hatte die Familie schon einige Jahre davor einfach verlassen. Seitdem wusste keiner, wo sie war. »Lass uns gleich am Sonntag den Laden schmücken, okay?«, schlug sie vor, im Bemühen, die bedrückte Stimmung wieder ein wenig aufzuheitern. »Und diesmal machen wir's ganz besonders schön.« Nancy war sechsundzwanzig Jahre alt und half in der Buchhandlung mit, seit sie vor fünf Jahren ihr Studium abgeschlossen hatte.

Dass sie jetzt die Leitung übertragen bekommen hatte, freute sie natürlich ganz besonders. Sie hatte so viele Ideen, aber das musste bis nach dem Weihnachtsgeschäft warten.

»Das würde ihn freuen. Und wir könnten alle Weihnachtseditionen ins Schaufenster legen, die verkaufen sich immer besonders gut, findest du nicht?«

Nancy nickte zustimmend, ihr Blick glitt über die vollen Regale. Als Vater beschloss, in seinem Heimatdorf einen Buchladen zu eröffnen, hatte es für ihn nur eine Wahl gegeben: wenn man schon in einem Städtchen namens Dedley End lebte, musste man, wenn man auch nur ein Mindestmaß an Humor besaß, einfach Krimis verkaufen*. Im *Dedley Endings* gab es daher ausschließlich Krimis, Detektivgeschichten und Thriller, und die Leute kamen von nah und fern in ihren Laden, vor allem auch deswegen, weil viele Krimis hier in den Cotswolds spielten. Der Laden brummte seit zwanzig Jahren, und so sollte es noch lange bleiben, da war Nancy fest entschlossen.

Die Ladentür öffnete sich mit einem fröhlichen Bimmeln der Türglocke. Charlie schlug sofort die Augen auf und stieß zur Begrüßung ein kurzes Bellen aus, machte sich aber nicht die Mühe, sich von seinem warmen Plätzchen über der Heizung zu erheben.

---

* *Dedley End* ist ein Wortspiel mit *deadly end* = tödliches Ende. Oder auch »dead end« = Sackgasse. »Deadly Endings« = tödlicher Ausgang (plural), Anm. d. Übersetzerin

»Einen schönen guten Morgen, allerseits!« Postbote Paul nickte freundlich. »Hier ist eure Post.« Er legte zwei Briefe auf den Tresen und zwinkerte den beiden Frauen dann vielsagend zu. »Die sorgen heute schon den ganzen Vormittag im Ort für Aufregung«, bemerkte er und tippte mit dem Finger auf die Briefe.

»Von wem sind die?« Jane erhob sich und trat neben Nancy.

»Das seht ihr euch am besten selbst an! Ich sag nur so viel: Wir sehen uns dort!« Und mit dieser geheimnisvollen Bemerkung verließ er den Laden und schob sein Postwägelchen, wie immer fröhlich pfeifend, die High Street entlang zur nächsten Adresse.

Jane und Nancy blickten sich verblüfft an. »Was war das denn?«

»Na, dann wollen wir doch mal nachsehen.« Nancy nahm den an sie adressierten Brief zur Hand, Großmutter den ihren. Nancy öffnete den dicken cremeweißen Umschlag – allerbestes Papier! – und zog eine Karte hervor. Es war eine Einladung. In Goldschrift. Nancy schnappte nach Luft, als sie las, was dort stand. »Ach du meine Güte!«

»Ich werd verrückt«, murmelte Jane, die ebenfalls ihre Einladung las. »Ich kann's nicht glauben.«

Nancy starrte, genauso fassungslos, auf die Worte.

Nancy Hunter und Begleitung
sind herzlich eingeladen,

mit uns auf Roth Lodge,
die Verlobung von Maria Roth mit Charles Taylor,
zu feiern,
am Freitag, den 8. Dezember, von 19.30 Uhr bis 21.00 Uhr.

Cocktails und Kanapees werden serviert.
Abendgarderobe erwünscht.
u.A.w.g.
an Jessica Roth

»Aber die Roths laden doch nie jemanden zu sich ein«, bemerkte Nancy, hob den Kopf von der Karte und blickte ihre Oma mit großen Augen an. Roth Lodge war ein stattliches Herrenhaus, das ein wenig außerhalb des Dorfs auf einem Hügel thronte. Die Roths ließen sich nie in der High Street blicken, und das große Zufahrtstor blieb den Bewohnern von Dedley End stets verschlossen.

»Jedenfalls seit dreißig Jahren nicht mehr«, meinte Jane mit einem ratlosen Kopfschütteln. »Hätte nie gedacht, dass ich das noch mal erlebe.«

»Ich frage mich, wieso sie uns einladen«, überlegte Nancy, »ich kenne Maria Roth doch gar nicht, habe meines Wissens noch kein einziges Wort mit ihr gewechselt.«

»Vielleicht hat sie ihre Eltern und ihren Großvater überredet, das ganze Dorf einladen zu dürfen? Ist ja schließlich ihre Verlobung. Wie auch immer, wir sind jedenfalls eingeladen. Die Frage ist, sollen wir zusagen oder absagen?«

Bevor Nancy antworten konnte, schellte erneut die Türglocke. Nur widerwillig riss sie ihren Blick von der Einladung los, um zu sehen, wer kam.

2. Kapitel

»Hier ist's ja so still!«, rief eine fröhliche Männerstimme, und Nancys Kindheitsfreund, Jonathan Murphy, trat mit einem munteren Winken über die Schwelle.

Diesmal erhob sich Charlie; er liebte Jonathan und lief schwanzwedelnd zu ihm hin. Jonathan bückte sich und kraulte dem Beagle die Ohren. »Ich hab was zum Mittagessen für euch mitgebracht!«

»O toll, ich bin schon am Verhungern«, antwortete Nancy, deren Blick sich wieder auf die Einladung in ihrer Hand richtete.

»Wie immer.« Er trat zu ihnen und stellte eine Papiertüte auf den Tresen, sie stammte aus dem *Teahouse*, dem Dorfcafé. »Ist genug für drei, Mrs. H.«, fügte er hinzu und schenkte Jane ein gewinnendes Lächeln. Diese schnalzte missbilligend. Nancy musste grinsen. Oma tat immer so, als habe Jonathan einen schlechten Einfluss auf ihre Enkelin. »Und, was gibt's Neues?«, erkundigte er sich betont beiläufig.

Nancy blickte auf. Misstrauisch verfolgte sie, wie Jonathan ein Kresse-Ei-Sandwich für Jane auspackte, ein Käse-

Tomaten-Sandwich für sie und Schinken mit Gürkchen für sich selbst, dazu drei Tüten Kartoffelchips, drei Fläschchen Orangensaft und drei Schokomuffins. »Wie kommen wir zu der Ehre?«

Jonathan wich Nancys Blick aus. »Was soll das heißen? Darf ich nicht mal meinen ältesten und liebsten Freunden was zur Mittagspause vorbeibringen – ohne dass mir sofort Hintergedanken unterstellt werden?«

»Doch, genau das.«

Jonathan blickte auf und grinste kläglich. Er war ein wenig kleiner als Nancy, hatte zerzaustes dunkles Haar und dunkle Augen und trug immer dieselbe abgerissene Jeans und dieselbe begrenzte Anzahl ausgeleierter Pullis. Mit seinen achtundzwanzig war er zwei Jahre älter als Nancy, womit sie ihn früher oft gnadenlos aufgezogen hatte. Er revanchierte sich, indem er ihr den Spitznamen »Nancy, the Vampire« gab, wegen ihrer überschlanken Figur und ihrer sehr hellen Haut, und auch wegen ihres Nachnamens, »Hunter«.

Eigentlich war es ein Wunder, dass sie überhaupt Freunde geworden waren.

»Okay, gut, stimmt, ich müsste mal mit dir reden …« Sein Blick heftete sich sehnsüchtig auf die Einladung in Nancys Hand.

»Hat es zufällig was damit zu tun?« Nancy wedelte mit der Karte.

»Okay, okay, ich muss dich unbedingt was fragen. Und du musst einfach Ja sagen, denn meine Karriere hängt davon ab!«

Jane konnte nur die Augen verdrehen, denn diese beiden kabbelten sich ständig. »Ach, kommt, jetzt setzen wir uns erst mal und essen in aller Ruhe. Bei der ganzen Aufregung brauche ich was in den Magen.«

Jonathan verteilte gehorsam die Brote, Jane nahm hinter der Kasse Platz, er selbst in dem Ohrensessel, der für die Kundschaft vorgesehen war, und Nancy ging zur Fensterbank. Von dort hatte man den schmalen kleinen Laden gut im Blick. Charlie sprang zu ihr auf die Bank und legte ihr eine Vorderpfote aufs Bein. Nancy brach lächelnd ein Stück von ihrem Sandwich ab und verfütterte es dem Beagle. Sie liebte es hier: Bücher, wo man nur hinsah, Regale vom Boden bis zur Decke. Auch wenn den Kunden manchmal der Durchblick fehlte, was das Ordnungssystem betraf – Nancys Vater war nicht gerade ein Organisationstalent gewesen –, und manchmal musste selbst Nancys Freundin Penelope, die als Teilzeitkraft hier aushalf, nachfragen, aber Nancy wusste immer ganz genau, wo jeder Titel stand. Sie hatte einfach nicht umräumen wollen, weil es sie an ihren verstorbenen Vater erinnerte.

Im hinteren Teil des Ladens befand sich der Tresen mit der Registrierkasse und dahinter der Durchgang zum Bürokabuff sowie eine kleine Toilette; in einer Ecke stand die alte Standuhr, die George Hunter, Nancys Großvater, seinem Sohn vererbt hatte und die immer noch zuverlässig und vor allem laut tickte. An den Wänden wachten die berühmtesten Detektivgeschichten und Mystery Thriller in großen gerahmten Plakaten über sie. Und direkt hinter der

Theke hing ein großes Foto von Nancys Vater vom Tag der Eröffnung. Er stand vor dem Buchladen, und man sah ihm deutlich an, dass er vor Stolz fast platzte. Dieses Foto betrachtete Nancy ganz besonders gern, weil er darauf so glücklich aussah und weil die Ähnlichkeit zwischen ihnen unübersehbar war. Nancy sah mehr ihrem Vater ähnlich und nicht der Oma – und schon gar nicht ihrer abwesenden Mutter, worüber Nancy erleichtert war. Alle hatten die gleichen grünen Augen, aber während sie und ihr Vater groß und schlank waren, war Jane, nun ja, klein und rundlich.

Nancy biss in ihr Sandwich und tätschelte Charlie, der sich wieder in seinem Körbchen auf der Fensterbank zusammenrollte. Jonathan saß schweigend im Sessel, während sie aßen, und wippte ungeduldig mit der Fußspitze. Nancy und Oma grinsten sich verstohlen zu. Schließlich gab Nancy nach und sagte: »Okay, spuck's aus. Was willst du?«

»Es geht um die Party bei den Roths. Mein Gott, was wäre das für eine Story! Zum ersten Mal seit wer weiß wie vielen Jahren öffnen sie wieder ihre Pforten für die Außenwelt. Ich meine, wie lange ist das her? Dreißig Jahre? Irre, oder? Also, da muss ich unbedingt dabei sein, damit ich was darüber schreiben kann.« Jonathan arbeitete bei der Lokalzeitung, dem *Cotswold Star*, und war ständig auf der Suche nach einem interessanten Stoff. Nicht immer einfach, denn hier passierte ja so gut wie gar nichts. Dedley End war tatsächlich ein totes Ende, ein verschlafenes kleines Kaff, in dem es sich zwar gut lebte, das einem aufstrebenden Journalisten aber wenig Aufregendes zu bieten hatte. »Als wir hörten, dass diese Einladungen im Dorf kursieren, hat mein Chefredakteur, Tony, gleich versucht, eine für mich zu ergattern. Aber die Roths lassen sich nicht erweichen – die Leute aus dem Dorf sind willkommen. Die Presse nicht.«

»Kann man ihnen nicht verdenken«, bemerkte Jane trocken.

»Mrs. H., das will ich jetzt mal nicht gehört haben«, meinte Jonathan gekränkt. An Nancy gewandt fuhr er fort: »Aber man hat Tony bestätigt, dass alle Geschäftsinhaber eingeladen werden, und als ich dann Paul Postler in eure Richtung gehen sah, und weil ja jeder eine Begleitperson mitbringen darf …« Er schwieg vielsagend und grinste gewinnend.

»Du solltest ihn wirklich nicht so nennen«, meinte Jane vorwurfsvoll.

»Ach was, das mag er doch! Na jedenfalls, ihr seid also eingeladen, ja? Da könnte ich doch deine Begleitperson sein, was meinst du, Nancy?«

Aber Nancy schüttelte den Kopf. »Das letzte Mal, als du mich begleitet hast, auf diese Weihnachtsfeier des Rotary Clubs, da hat der alte Andrews mir zwischen die Beine gefasst.« Sie erschauderte angeekelt.

»Mag sein, aber du hast dich gut gewehrt. Wenn mich meine Erinnerung nicht trügt, hast du ihm dein Getränk über den Kopf gekippt.«

»Das hat er auch verdient«, entgegnete Nancy ohne Reue.

»Allerdings«, pflichtete Oma ihr bei, »außerdem, wie kommst du auf den Gedanken, dass wir die Einladung annehmen?« Oma grinste Nancy heimlich an. Sie triezten Jonathan zu gerne und taten es bei jeder sich bietenden Gelegenheit. »Was mich betrifft, ich bin nicht gerade begeistert, bei so einem Wetter ausgehen zu müssen!« Sie deutete aus dem Fenster und auf den wirbelnden Schneeregen, der sich zunehmend in Schneefall verwandelte.

»Aber das ist das gesellschaftliche Ereignis des Jahres! Und du wolltest doch immer mal sehen, wie's dort drinnen aussieht, in diesem großen viktorianischen Kasten«, appellierte Jonathan flehentlich an Nancy.

Das stimmte. Nancy, die früher auf ihrem Schulweg zweimal täglich am Haus auf dem Hügel vorbeigekommen war, hatte sich oft gewünscht, nur einmal in ihrem Leben sehen zu dürfen, wie es in so einem Anwesen zuging. Aber sie war, ebenso wie der Rest des Dorfs, noch nie dorthin eingeladen worden. Bis heute. Sie seufzte. »Tja, neugierig bin ich schon, das kann ich nicht bestreiten. Ich würde mir das Haus liebend gerne mal von innen ansehen. Nicht zu fassen, dass sie tatsächlich das halbe Dorf eingeladen haben. Die haben doch noch nie einen von uns reingelassen.«

»Früher schon, vor langer Zeit«, meinte Jane. »Früher war dort jede Menge los, aber seit dieser Gartenparty bin ich nicht mehr dagewesen, und das ist schon dreißig Jahre her, wie du sagst, Jonathan. Vergessen werde ich diese Party nie, das kann ich euch sagen.« Oma blickte sich im Laden um. »Die hatten da eine ganz tolle Bibliothek in dem Haus, Nancy, die hätte dir gefallen!« Es hörte sich wehmütig an.

»Alle, die wichtig sind im Dorf, sind eingeladen«, versuchte es Jonathan mit Schmeichelei. »Die Mitarbeiterin, mit der Tony gesprochen hat, meinte, es war eine ziemlich kurzfristige Entscheidung, die von Maria ausging. Offenbar hat sie ihren Eltern so lange zugesetzt, bis sie nachgegeben haben. Die ganze Welt soll von ihrer Verlobung erfahren. Das ist wohl der Grund, warum die Einladung so kurzfristig erfolgt.«

»Na ja, nach all den Jahren, da müssen wir doch wohl hin, oder, Liebchen?«

»Ich glaube, wir würden es bereuen, wenn wir nicht hingingen«, musste auch Nancy einräumen. »Obwohl, ich hab keine Ahnung, was ich zu so was anziehen soll! *Abendgarderobe!*«

»Ach, wir finden schon was, da bin ich ganz sicher«, überlegte Jane, die jetzt selbst ganz aufgeregt wurde. »Wen sie wohl sonst noch eingeladen haben? Ich glaube, ich rufe gleich mal Gloria an und frage, ob sie auch eine Einladung gekriegt haben.« Jane verschwand im Kabuff. Sie liebte nichts mehr, als die Überbringerin aufregender Neuigkeiten zu sein.

»Also, was sagst du? Nimmst du mich mit? Wenn ich's schaffen würde, reinzukommen, bekäme ich die Story ganz exklusiv«, bettelte Jonathan, sobald er mit Nancy allein war.

Diese schmunzelte, sie brachte es nicht übers Herz, den Freund noch länger hinzuhalten. Und es war ja auch eine einmalige Gelegenheit, die man sich nicht durch die Lappen gehen lassen durfte. Zeit hatte sie auch, ihr Kalender war nicht gerade brechend voll. Eine Verlobungsparty auf Roth Lodge, wenige Wochen vor Weihnachten, würde auf Monate Gesprächsstoff liefern. Dann fiel ihr ein weiterer Anreiz ein. »Du müsstest aber einen Smoking tragen.«

Jonathan seufzte. »Daran hatte ich noch gar nicht gedacht. Na ja, ich kann mir ja den von Tony ausborgen.« Jonathans Chefredakteur lief zwar nicht viel gepflegter herum als sein Mitarbeiter, hatte sich aber irgendwann einen Smoking anschaffen müssen, weil er auf eine Hochzeit eingeladen gewesen war. Er warf einen Blick auf seine Uhr. »Okay, prima, das wäre geklärt. Dann fahre ich jetzt besser wieder in die Redaktion zurück. Ich muss alles über die Roths nachlesen, damit ich weiß, wer wer ist und welche Skandälchen es zu enthüllen geben könnte.«

Nancy zog eine Augenbraue hoch. »Skandale? In Dedley End? Da mach dich lieber auf eine Enttäuschung gefasst.« Im Dorf geschah nie etwas Skandalöses, das wusste jeder.

»Mag sein. Wir werden sehen. Die haben sich dreißig Jahre lang abgeschottet, da oben. Wieso wohl? Das frag ich mich.«

»Das hat wohl was mit dieser Gartenparty zu tun, die Oma erwähnt hat. Du fragst besser sie selbst. Ich glaube, es ist damals was gestohlen worden. Obwohl, wenn man nach dem Dorfklatsch geht, könnte es sich um wer weiß was handeln, von einem Fall für die Polizei bis hin zu dem Verdacht, die Roths könnten Geheimmitglieder der Illuminati sein.«

»Die Reichen haben immer die eine oder andere Leiche im Keller, da kannst du sicher sein.« Jonathan erhob sich und machte sich auf den Weg zur Tür, blieb aber noch kurz bei Charlie an der Fensterbank stehen, um ihn zum Abschied zu streicheln.

Nancy drehte sich auf ihrem Sitz herum und blickte auf die Straße hinaus. »Wenn ich du wäre, würde ich noch ein paar Minuten warten.«

»Wieso?«

Sie wies mit dem Kopf auf den kleinen Supermarkt auf der gegenüberliegenden Straßenseite. Gerade kam eine junge Frau heraus und mühte sich mit ihren Einkaufstüten und ihrem Regenschirm ab.

Jonathan folgte ihrem Blick. »Ach du dicke … Danke für die Warnung.« Er lehnte sich sicherheitshalber vom Schaufenster zurück, um nicht gesehen zu werden.

»Irgendwann wird sich das rächen, so, wie du die Frauen behandelst, Jonathan Murphy. Und dann werde ich nicht zur Stelle sein, um dich rauszupauken.« Kate war Jonathans Ex-Freundin, und Nancy hatte das Gefühl, dass sie ihn immer noch liebte. Obwohl sie doch wissen sollte, dass man, wenn es um eine feste Beziehung ging, von Jonathan nur noch eine Staubwolke sah.

Jonathan warf erneut einen vorsichtigen Blick nach draußen. »Ah, gut, die Luft ist rein. Liebe Nancy, du wirst immer da sein, um mich rauszupauken, hoffe ich! Dafür sind Freunde schließlich da.« Er zog die Tür auf. »Ich hol dich ab, wenn die Party bei den Roths steigt, wie es sich für einen anständigen Kavalier gehört.«

»Du und ein Kavalier?«, spottete Nancy belustigt, doch Jonathan war bereits pfeifend hinausgetreten und tat, als ob er nichts gehört hätte. Sie schüttelte den Kopf. Sein leichtfertiger Umgang mit Frauen gefiel ihr zwar nicht, andererseits beneidete sie ihn manchmal gerade um diese Eigenschaft. Sie selbst hatte sich auf keine Beziehung mehr eingelassen, seit sich ihr Freund Richard, den sie auf der Uni kennengelernt und mit dem sie drei Jahre zusammen gewesen war, von ihr getrennt hatte. So schnell wollte sie sich das Herz nicht noch einmal brechen lassen.

Nancy konnte hören, wie Oma hinten im Kabuff aufgeregt mit der Frau des Pastors telefonierte. Jetzt wurde sie selbst ganz aufgeregt beim Gedanken an diese Party und daran, dass sie das große alte Anwesen endlich betreten würde. Und sich dafür außerdem richtig in Schale werfen müsste. Sie fühlte sich fast wie Aschenputtel, das schließlich doch noch auf den Ball gehen würde.

Nancy nahm sich Jonathans Muffin, den dieser nicht angetastet hatte. Charlies Kopf zuckte hoffnungsvoll hoch. »Ich glaube, den hab ich mir nach der ganzen Aufregung redlich verdient«, sagte sie zu dem treuen Tier und biss herzhaft hinein.

3. Kapitel

Nach Ladenschluss führte Nancy Charlie auf dem weitläufigen Dorfanger Gassi. Jane war schon etwas früher heimgegangen, um das Abendessen vorzubereiten. Nancy sah zu, wie der Beagle nach dem langen Tag im Laden übermütig auf der Wiese herumtollte. Sie gingen zweimal täglich auf dem Dorfanger spazieren, was Charlie liebte, denn dort hatte er genügend Auslauf, und auch Nancy freute es immer, ihren Hund glücklich zu sehen. Der Abend war bitterkalt, und sie musste ständig in Bewegung bleiben, um nicht zu sehr zu frieren. Sie warf den Ball für ihn und dachte dabei voller Vorfreude an ihr wohliges kleines Zuhause und an ein gutes, warmes Abendessen. Sie wandte sich um und blickte über den Anger auf das Dorf, dabei zog und zerrte der Wind an ihr. Wenigstens hatte es zu schneien aufgehört.

Eine Familie winkte ihr im Vorbeigehen freundlich zu. Nancy kannte jede und jeden im Dorf, und jeder kannte sie. Sie liebte Dedley End, mit seinen Kopfsteinpflastergassen, den Natursteinmauern, eingebettet in sanftes grünes Hügelland. Sie konnte sich nicht vorstellen, woanders zu leben –

auch wenn sie manchmal wünschte, es wäre ein bisschen mehr los. Deshalb besaß sie einen geradezu federnden Gang, seit sie die Einladung zur Roth-Party erhalten hatte. Und es freute sie auch für Oma. Eine kleine Aufheiterung tat ihnen gut, speziell um diese Jahreszeit, wenn sie ihre Lieben am meisten vermissten. Sie hatten ja nicht nur Nancys Vater George verloren, sondern auch noch Nancys Mutter, die schon vor Jahren fortgegangen war. Janes Mann war ebenfalls lange tot, also gab es nur noch sie beide.

George Hunter war gestorben, als Nancy erst zehn Jahre alt gewesen war, und ihre Erinnerungen an ihn waren ein wenig verschwommen. Als passionierter Krimifan hatte er sie sinnigerweise nach Nancy Drew benannt, der jugendlichen Heldin aus zahlreichen Detektivgeschichten für Kinder. Und mit der Liebe zu Büchern hatte sie sich ebenfalls bereits früh vom Vater anstecken lassen. Oma betonte oft, wie sehr sie ihm ähnelte, und das freute Nancy sehr. Und auch die Buchhandlung, Vaters ganzer Stolz und ganze Freude, führte Nancy aus Passion weiter.

Samantha, ihre Mutter, hatte die Familie verlassen, als Nancy sechs Jahre alt gewesen war. Sie hatte einen Zettel hinterlassen, auf dem stand, sie käme mit dem Familienalltag einfach nicht mehr klar. Nancy erinnerte sich kaum noch an sie. Aus den wenigen Fotos, die Jane von ihr besaß, wusste sie, wie die Mutter ausgesehen hatte. Aber wenn sie ehrlich war, interessierte sie sich kaum für sie. Der Gedanke an diese Frau, die es übers Herz gebracht hatte, ihre kleine Tochter einfach im Stich zu lassen, schmerzte zu sehr.

Nancys Nase war inzwischen vollkommen taub geworden. »Na komm, Charlie, ab nach Hause, Abendessen!«, rief sie dem Beagle zu. Charlie kam folgsam an, und sie machten sich auf den Weg zu ihrem kleinen Cottage, das sie sich mit Jane teilten. Es befand sich am Dorfrand, der Kirche gegenüber und mit Blick auf den Anger. Es stammte aus dem achtzehnten Jahrhundert, und Nancy liebte es heiß und innig – auch wenn es im Winter zugig sein konnte und gelegentlich auch mal das Dach undicht wurde. Sie wohnte hier, seit sie zehn war, mit einer Unterbrechung von drei Jahren, als sie an der Uni in Bath Englische Literatur studierte und Richard, ihren Ex-Freund, kennengelernt hatte. Richard hatte unbedingt gewollt, dass sie nach dem Studium mit ihm nach London zog – aber wie hätte sie Oma, und natürlich auch Vaters Buchladen, im Stich lassen können? Am Ende war Richard ohne sie abgezogen, und sie war nach Dedley End zurückgekehrt und dort geblieben.

»Da sind wir!«, rief Nancy, als sie die Diele betrat. Charlie lief sogleich tiefer ins Haus hinein, und Nancy nahm schmunzelnd die Wärme in sich auf sowie den köstlichen Essensduft.

»Ich bin hier!«, kam es aus der Küche.

Nancy hängte ihren Mantel an einen Garderobenhaken, streifte ihre Kurzstiefel ab und setzte ihre Tasche auf einer Treppenstufe ab, dann ging sie nach hinten in die Küche. Oma stand am Herd und rührte in einem großen Topf, Charlie schlabberte geräuschvoll seine Wasserschale leer. »Mensch, bin ich vielleicht durchgefroren.«

»Setz dich, das Essen ist schon fertig, das wird dich wieder aufwärmen.«

Oma konnte ausgezeichnet kochen. Nancy nahm mit erwartungsvoll knurrendem Magen an dem kleinen Holztisch Platz, an dem sie stets die Mahlzeiten einnahmen. Jane gab auch Charlie Futter und stellte dann einen deftigen Eintopf mit Wurzelgemüse und dazu Kartoffelpüree auf den Tisch. Nancy wiederum mixte zwei Gin Tonic für sich und Oma, ihr bevorzugtes Getränk zum Abendessen. Hungrig machten sie sich über ihre Portionen her.

»Jonathan hat mich heute gefragt, wieso sich die Roths so vom Dorf abgeschottet haben? An die genauen Umstände konnte ich mich aber nicht mehr erinnern«, bemerkte Nancy, sobald ihr warm genug zum Reden war. Charlie hatte sein Futter bereits verschlungen und verschwand nun im Wohnzimmer, wo ein warmes Feuer im Kamin brannte. Er wusste ja, dass sie nachkommen würden, sobald auch sie fertig waren.

»Das letzte Mal, als ich dort war, das war vor ungefähr dreißig Jahren, also noch bevor sich deine Eltern kennengelernt haben …« Jane brach ab und räusperte sich. Kein leichtes Thema. Von Jane wusste Nancy, dass ihr Vater seine Frau von ganzem Herzen geliebt hatte und vollkommen niedergeschmettert gewesen war, als sie auf Nimmerwiedersehen verschwand. Nancy konnte nicht begreifen, wie jemand einfach Mann und Tochter verlassen konnte. Jane nahm einen Schluck Gin Tonic und fuhr fort: »Dein Großvater und ich waren wie jeden Sommer zur Gartenparty der Roths eingeladen, so auch in jenem Jahr. Das ganze Dorf war eingeladen. Dein Vater kam auch mit. Es war Marcus, der jedes Jahr, zusammen mit seiner Frau Louisa, diese Partys gab. Er ist auch heute noch das Oberhaupt der Familie, ein paar Jahre älter als ich. Alles war prächtig wie immer, doch dann schlug die Stimmung plötzlich um. Der Butler erschien und teilte allen mit, dass die Party zu Ende sei und wir sofort gehen müssten. Das kam total aus heiterem Himmel. Wir wussten gar nicht, was los war. Hinterher machte das Gerücht die Runde, die Haushälterin der Roths hätte eine Menge Geld gestohlen und sei deshalb fristlos entlassen worden. Sie tauchte ab, ist nie wieder im Dorf gesehen worden, also nahm ich an, dass es wahr sein musste. Danach gab es nie mehr eine Gartenparty.« Jane beugte sich vertraulich vor und sagte mit gedämpfter Stimme: »Niemand ist je wieder eingeladen worden. Wahrscheinlich dachten die Roths, man kann den Leuten aus dem Dorf nicht trauen, was kein Wunder wäre, nach allem, was passiert war. Die Haushälterin war wie ein Familienmitglied behandelt worden, und sie stammte ja von hier. Aber das soll nicht der einzige Grund gewesen sein, so heißt es jedenfalls im Dorf. Angeblich hatte Louisa Roth gesundheitliche Probleme, und Marcus war offenbar der Meinung, sie brauche viel Ruhe. Und das stimmt vielleicht auch, denn sie starb nur wenige Jahre später. Das muss jetzt zwanzig Jahre her sein – gar nicht lange nach dem Tod deines Vaters, glaube ich. Sie war noch gar nicht so alt. Unser damaliger Hausarzt – wenn er was intus hatte, konnte er eine ganz schöne Klatschbase sein – hat mal im Pub durchsickern lassen, sie sei an Krebs gestorben. Die Beerdigung fand natürlich nur im engsten Familienkreis statt.« Oma zuckte mit den Schultern. »Marcus' Sohn hat mit der Zeit selbst zwei Söhne bekommen, dazu Maria, aber die kamen alle aufs Internat und leben jetzt, soweit ich weiß, in London oder irgendwo anders in ihren eigenen Häusern. Warum auch immer, seitdem verkehren sie nur noch in ihren eigenen Kreisen, zu denen keiner von uns gehört. Sie haben sich vollkommen aus dem Dorfleben zurückgezogen, kaufen nicht einmal mehr in den Geschäften hier ein. Hier, in unserem Buchladen, habe ich sie jedenfalls noch nie gesehen.«

»Hm, seltsam. Irgendwie übertrieben, finde ich«, überlegte Nancy und nahm sich noch einen Schlag von dem besonders fluffigen Püree.

»Und ob. Aber wer kann schon wissen, was da oben vorgeht? Trotzdem würde ich das Haus liebend gerne mal wiedersehen. Es wird dir gefallen, es ist wirklich prächtig. Wie aus einem historischen Roman.« Omas Augen funkelten unternehmungslustig.

»Genau so was hab ich mir erhofft«, antwortete Nancy. »Wie kommt man überhaupt zu so einem großen Kasten?«

»Nun ja, das Haus befindet sich schon lange im Familienbesitz, ich glaube, es gehörte schon Marcus' Großvater. Die Familie hat altes Geld, besitzt darüber hinaus aber auch Aktienkapital und eine Investmentfirma – sie kaufen

Unternehmen auf, glaube ich. Multimillionäre, definitiv. Geld vermehrt sich gern, ist eine alte Lebensweisheit.«

»Hm, nicht dass wir darüber ein Lied singen könnten.« Aber die beiden Frauen lächelten sich an. Mit dem Buchhandel konnte man zwar nicht reich werden, aber sie liebten ihren Laden viel zu sehr, als dass sie das sonderlich bekümmerte. »Aber jetzt mal im Ernst, was soll ich zu der Feier anziehen? Extra was kaufen, nur für diesen einen Anlass, das möchte ich nicht. Aber es heißt *Abendgarderobe erwünscht.*« Nancy konnte sich gar nicht mehr erinnern, wann sie sich das letzte Mal so richtig in Schale geworfen hatte. Vielleicht bei Penelopes Hochzeit, vor drei Jahren.

»Ach, da wird sich schon was finden, ganz bestimmt. Ich werde nachher mal oben nachsehen. Aber erst gibt's Nachspeise. Apfelkuchen. Warte, ich mache uns rasch noch eine Vanillesoße dazu.«

Nancy lächelte. Bei Omas Kochkünsten konnte man froh sein, wenn man einen leistungsfähigen Stoffwechsel hatte, so wie sie, Nancy. »Ich kann's kaum abwarten, das Haus mal zu sehen, aber auch die Roths endlich einmal kennenzulernen. Maria ist also Marcus Roths Enkelin, ja?«

»Genau.« Jane servierte den ofenwarmen Apfelkuchen. »Gloria meint, ich soll mal einen Blick auf die Verlobungsanzeige in der Zeitung werfen. Aber ich muss sagen, viel macht das Mädchen nicht her. Trotzdem. Eine steinreiche Familie wie die Roths – da wird selbst ein Mauerblümchen begehrenswert.«

Nancy lachte verblüfft auf. »Aber Oma! Bestimmt ist sie

ein hübsches Mädchen und hat jemanden gefunden, der sie aufrichtig liebt.«

Janes Miene blieb skeptisch. »Vielleicht hast du recht. Aber ich glaube nicht, dass es sonderlich schwer ist, etwas darüber zu erfahren, wo ihr Verlobter herkommt. Na gut, immerhin kriegen wir jetzt endlich mal Lucy Roth zu sehen.«

»Wer ist das?«, erkundigte sich Nancy neugierig und machte sich dann über ihre Nachspeise her. Sie war nicht so vertraut mit dem Dorfklatsch wie Oma.

»Sie ist mit Harry Roth, dem älteren der beiden Söhne, verheiratet. Anscheinend haben sie sich in Paris kennengelernt, als er dort zu tun hatte. Es war eine Wirbelwindromanze, und als er sie der Familie vorstellte, waren sie bereits verheiratet. Laut Gloria sind seine Leute nicht gerade begeistert. Aber sie soll ziemlich glamourös sein. Ich habe sie mal durchs Dorf fahren sehen; sie sah aus wie ein Fotomodell. Ich wette, sie wird was absolut Umwerfendes tragen. Wir müssen dafür sorgen, dass du mithalten kannst.«

Das bezweifelte Nancy. Sie war zwar groß und schlank, aber von glamourös konnte keine Rede sein. Kläglich blickte sie an sich hinab, auf ihren wollenen Rock und ihren Wollpulli, und wurde ganz nervös. Sie würde nicht dorthin passen. Wieso hatte sie nur zugesagt?

Jane bemerkte, wie still Nancy geworden war. »Keine Angst, wenn ich erst mit dir fertig bin, wirst du die Ballkönigin sein.«

*

Nach dem Essen gingen sie nach oben in Janes Zimmer, das zum Vorgarten wies. Von Nancys Zimmer aus, das eine Dachschräge und Gauben besaß, hatte man einen Blick nach hinten, auf den kleinen quadratischen Garten. Sie ließ sich auf der Kante von Omas Bett nieder und sah zu, wie diese ihre beiden riesigen Schränke durchstöberte. Oma hatte schon immer etwas für Mode übriggehabt und seit ihrer Jugend kaum etwas weggeworfen. Die alte Dame seufzte. »Wenn du bloß nicht so viel größer wärst als ich. Ich glaube kaum, dass dir irgendwas hiervon passen wird. Ah, Moment, da kommt mir ein Gedanke.« Sie drehte sich um und blickte Nancy sinnend an. »Aber vielleicht willst du's ja nicht anziehen wollen. Obwohl du darin fantastisch aussehen würdest.«

»Du wüsstest ein Kleid für mich?«

Jane deutete auf einen der offenen Schränke, genauer gesagt, auf das oberste Regal. »Siehst du die Schachtel da oben? Könntest du sie mal runterholen? Kommst du ran?«

Nancy nahm sie herunter und legte sie aufs Bett. Sie zog den Deckel auf, wobei eine Staubwolke aufwirbelte, und sie musste husten. Beide beugten sich vor und spähten in die Schachtel. Dort lag, säuberlich zusammengefaltet, ein goldenes Kleid.

»Es gehörte deiner Mutter«, gestand Jane mit leiser, fast ehrfürchtiger Stimme. »Sie hat es zurückgelassen, als sie …« Sie sprach nicht weiter, räusperte sich. »Ich hab's für dich aufgehoben.«

Nancy starrte das Kleid an. Es bestand aus schwerem, mit vielen kleinen Perlen besticktem Goldlamé und war knielang. Und einfach wunderschön. »Es gehörte meiner Mutter«, wiederholte sie perplex. Sie wusste selbst nicht, was sie davon halten sollte. Sie besaß nur noch sehr wenig von Samantha Hunter. Das Hochzeitskleid, zum Beispiel, oben auf dem Speicher. Das hatte die Mutter natürlich nicht mitgenommen, als sie die sechsjährige Nancy und ihren Vater einfach verließ. Aber dieses Kleid hier sah Nancy jetzt zum ersten Mal. Nun gut, sie und Oma redeten ja praktisch nie von Nancys Mutter. Als der Vater nur vier Jahre nach Samanthas Verschwinden umgekommen war, hatte Nancy gehofft, die Mutter würde vielleicht zur Beerdigung kommen. Und erklären, warum sie sich aus dem Staub gemacht und ihr einziges Kind im Stich gelassen hatte. Aber sie war nicht erschienen.

Nancy wusste, dass der Vater noch versucht hatte, seine Frau ausfindig zu machen. Jane hatte es ihr erzählt, als sie sie danach gefragt hatte. Aber alles, was er herausfinden konnte, war, dass sie den Zug nach London genommen hatte. Danach verlor sich ihre Spur. Er war zur Polizei gegangen und hatte um Hilfe gebeten, doch der waren aufgrund des Abschiedsbriefs die Hände gebunden. Und so war Samantha Hunter nie mehr nach Dedley End zurückgekehrt.

Als Jugendliche hatte Nancy dann den Entschluss gefasst, nicht mehr an diese Frau zu denken, der sie offensichtlich vollkommen gleichgültig gewesen war, ja sich nicht einmal mehr zu fragen, wo ihre Mutter wohl stecken mochte, oder gar nach ihr zu suchen. Einmal hatte sie sie gegoogelt, aber nicht einmal einen Facebook-Account gefunden, danach beschloss sie, das Ganze zu vergessen. Es war zwecklos, sich über die Gründe ihres Verschwindens den Kopf zu zerbrechen, und dabei blieb es.

Der Tod des Vaters machte Nancy weit mehr zu schaffen. Weil sie wusste, wie sehr er sie geliebt hatte, und sie ihn, und weil sie beide Bücher liebten und den Buchladen, das verband sie. Und weil sein Unfall so ein Schock gewesen war. Und rätselhaft blieb. Es gab so viele Fragen, aber kaum Antworten.

Nancy war, genau genommen, zwar keine Waise, fühlte sich aber so. »Aber würde mir das denn überhaupt stehen?«, überlegte sie und wies auf das wundervolle Kleid.

»Mit deinem Bubikopf würdest du darin aussehen wie ein echter Flapper.«

Nancy war geschockt. »Wie bitte?!«

»Ein Flapper«, wiederholte Jane etwas lauter. »Diese modernen jungen Frauen aus den Goldenen Zwanzigerjahren. Was dachtest du denn?«

Darauf antwortete Nancy lieber nicht.

»Du musst selbst entscheiden, ob du's tragen willst, Liebes.«

Nancy strich mit den Fingerspitzen über den Stoff. »Hast du sie mal darin gesehen?«

»Nur einmal, auf einer Silvesterparty, die deine Eltern in eurem alten Haus gaben.«

Nancy war oft an dem Haus vorbeigegangen, das nur eine Straße weit entfernt lag. Seltsam, dass sie früher einmal mit ihren Eltern dort gewohnt hatte. Dass sie eine dreiköpfige kleine Familie gewesen waren. Das kam ihr jetzt beinahe wie ein Traum vor.

»Sie war groß und schlank und dunkelhaarig, so wie du. Sie sah einfach umwerfend aus, in diesem Kleid, richtig glamourös. Ich weiß noch, wie dein Vater sie angesehen hat. Als ob er noch nie etwas so Schönes gesehen hätte.« Omas Stimme brach ein klein wenig.

»Wenn es dich so traurig macht, dann kann ich's nicht anziehen!«

»Ach, das wird es nicht, versprochen. Ich bin bloß ein wenig sentimental geworden, ist schon wieder vorbei. Du könntest deine schwarzen Stöckelschuhe dazu anziehen, und ich habe doch noch diese goldene Clutch, die würde fabelhaft dazu passen.«

Nancy betrachtete das Kleid. Es war wirklich umwerfend. »Ich hätte einfach nie damit gerechnet, dass ich mal etwas von ihr tragen würde, weißt du?«

»Ich weiß. Und manchmal ist Sentimentalität etwas Gutes, aber in diesem Fall sollten wir besser sachlich bleiben. Es ist nur ein Kleid, das jahrelang nicht mehr getragen wurde und das für diese Party einfach ideal wäre. Was Neues kaufen, dafür haben wir weder Zeit noch Geld. Wir müssen praktisch denken.«

Nancy lächelte. Ja, das sollten sie, das gefiel ihr. »Du hast recht, Oma. Ich danke dir.«

Jane streichelte Nancys Arm. »Es gibt so viele Menschen, die dich lieben, vergiss das nicht.«

Nancy nickte. »Ja, du hast recht.«

»Gut, und jetzt los, oder wir versäumen noch unsere Lieblingsserie.« Jane erhob sich, um nach unten zu gehen. Nancy zögerte noch, nahm dann aber die Schachtel an sich und brachte sie hinüber in ihr Zimmer, dann folgte sie ihrer Großmutter nach unten ins Wohnzimmer. Dabei fragte sie sich, ob sie die Gespenster der Vergangenheit wohl je loswerden würde.

4. Kapitel

An diesem Wochenende machten sich Nancy und Jane wie jeden Sonntag auf den Weg ins Dorfpub, das gleichzeitig ein Speiselokal war. Es war der einzige Tag in der Woche, an dem sich die beiden Frauen erlaubten, ihren Buchladen zu schließen, und das feierten sie gewöhnlich mit einem Mittagessen im *White Swan*, einer malerischen weiß gekalkten Gastwirtschaft mit Reetdach, am oberen Ende der High Street. Warum es »Zum weißen Schwan« hieß, wusste niemand mehr, denn einen Fluss gab es hier nicht, jedenfalls nicht in der Nähe. Sie betraten das warme Pub, in dem ein Kaminfeuer prasselte, und steuerten einen der Fenstertische an, der stets für sie reserviert war und an dem bereits Jonathan und Penelope saßen und sie erwarteten.

Nancy ging jedoch erst zur Bar, um zwei Gin Tonic für sich und Jane zu besorgen, dann trat sie zu den anderen an den Tisch. Sie reichte Oma ein Glas, nickte Jonathan zu, der sich bereits an einem Bier festhielt, und gab Penelope einen Kuss auf die Wange, ehe auch sie sich setzte. Sie schlüpfte aus ihrem Tweedmantel und nippte an ihrem Drink. Ihre Wangen wurden sogleich rosig warm.

»Mann, den hab ich bitter nötig!« Penelope deutete auf ihr Glas Wein, und dabei wippte ihr blonder Pferdeschwanz. »Ich bin vollkommen fertig, Kitty hat die ganze Woche lang schlecht geschlafen. Bin echt froh, dass ich heute mal Kinderpause habe – auch wenn man das eigentlich nicht sagen sollte.« Penelope Gordon war mit Nancy und Jonathan auf der Schule gewesen und arbeitete als Teilzeitkraft im Buchladen, aber überwiegend kümmerte sie sich um ihr Töchterchen. Die Sonntage jedoch verbrachte die kleine Kitty bei den Großeltern, zumindest solange ihr Vater nicht hier sein konnte. Er war Soldat und derzeit im Ausland stationiert, deshalb halfen seine Eltern einmal pro Woche aus und nahmen Penelope das Kind ab. Was bedeutete, dass diese oft zum Sonntagsessen dazustoßen konnte. Jonathan, der ohnehin keinen Vorwand brauchte, um ins Pub zu gehen, war ebenfalls so ziemlich jeden Sonntag im *White Swan* dabei.

»Unsinn, natürlich darfst du das sagen«, versicherte Nancy. Sie konnte nur bewundern, wie stoisch Pen die Abwesenheit ihres Mannes ertrug. Sie war noch dasselbe zierliche kleine Persönchen wie auf der Schule, mit ihren blonden Haaren, den strahlend blauen Augen und ihrer munteren Geschwätzigkeit. Nancy beneidete sie um ihre kleine Statur. Sie hatten sich angefreundet, nachdem Nancy beim Eintritt in die Grundschule von ein paar Kindern wegen ihrer Größe gehänselt worden war.

»Könntest du mir helfen?«, hatte Penelope gerufen. Nancy hatte aufgeblickt und gesehen, dass ein Turnschuh auf der Schulmauer lag. »Mein Schuh liegt da oben und du bist die Einzige, die rankommen könnte. Von den Buben ist ja keiner groß genug.« Und als Nancy den Schuh dann heruntergefischt hatte, war den Jungen das Scherzen vergangen und sie hatten nichts mehr gesagt. »Ich wünschte, ich wäre auch so groß wie du«, hatte Penelope noch hinzugefügt. »Du hast ja so ein Glück.«

Nancy sah das anders, aber so war Pen nun mal – stets positiv und optimistisch, selbst jetzt noch, nach all den Jahren. Sie waren danach sofort beste Freundinnen geworden, und Nancy hatte Penelope dann auch Jonathan vorgestellt, der damals im Haus gegenüber gewohnt hatte, als sie noch mit ihren Eltern in dem anderen Haus lebte. Aus den dreien war eine eingeschworene Gemeinschaft geworden, obwohl Jonathan zwei Jahre älter war, was in dem Alter einen Riesenunterschied ausmachte, aber das hatte ihrer Freundschaft keinen Abbruch getan.

»Danke, Nancy. Und sobald ich dieses Glas erst mal ausgetrunken und eine große Portion Sonntagsbraten in mich reingestopft habe, werde ich auch wieder bereit sein für die kommende Woche.« Sie strahlte. »Aber genug von mir, ihr müsst mir alles über diese Party bei den Roths erzählen, von der alle reden. Ungelogen, ich bin total neidisch! Ihr dürft euch in Schale werfen und euch unter die Reichen und Schönen mischen.«

»Na ja, aber Jonathan wird auch dort sein.« Nancy konnte sich diesen kleinen Seitenhieb wirklich nicht verkneifen.

»He, ihr habt ja keine Ahnung, was ich aus mir machen kann, wenn ich mir mal Mühe gebe!«, protestierte er.

»Ich bin schon ganz gespannt darauf, endlich mal wieder dieses Haus zu betreten. Wer weiß, was sich dort inzwischen alles verändert hat«, bemerkte Jane, die das Geplänkel der beiden wie immer ignorierte, da es für sie ja nichts Neues war.

»Aber ein bisschen nervös bin ich schon. Ich war noch nie bei so feinen Leuten eingeladen«, gestand Nancy.

»Ach was, ganz locker! Denk nur, wie interessant das wird! Du kannst beobachten, was all diese feinen Pinkel so anstellen«, meinte Penelope neidisch.

»Und in diesem Kleid wirst du einfach umwerfend aussehen«, fügte Oma hinzu. »Mir macht mehr Sorgen, dass Jonathan uns blamieren könnte.«

»Wieso hackt ihr alle auf mir rum?!«, rief Jonathan empört aus. Die anderen lachten. »Wartet's bloß ab! Ich im Smoking! Da kann mir nicht einmal ein James Bond das Wasser reichen!«

»Ich hätte nie gedacht, dass ich das noch mal erleben würde – du und ein Smoking«, meinte Nancy. Eine absurde Vorstellung. Sie hatte sich jetzt doch für das Kleid ihrer Mutter entschieden. Erstens hatte sie einfach nichts anderes, und zweitens war es am Ende doch nur ein Kleidungsstück; dass es mal ihrer Mutter gehört hatte, sollte dabei keine Rolle spielen. Trotzdem. Leicht würde das nicht werden.

Die Bedienung erschien und nahm ihre Bestellung auf. Im Pub war's inzwischen voll geworden, sie waren nicht die

Einzigen, die wegen der guten Sonntagskost einen Besuch machten. Nancy kannte die meisten Leute – ohne die Touristen waren die Einheimischen unter sich, es herrschte eine gemütliche, lockere Stimmung, vor allem jetzt, im Dezember, wo Weihnachten näher rückte.

Die Tür ging auf, und Nancy sah einen Mann und eine Frau eintreten, die eilig zu einem reservierten Tisch in einer Ecke gingen. Er war im Anzug und sie in einem feinen Kleid, im *White Swan* ein seltener Anblick. »Kennt ihr die?«, erkundigte sich Nancy mit gedämpfter Stimme bei den anderen, denn sie selbst sah die beiden zum ersten Mal.

Penelope warf einen Blick hinüber. »Ist das nicht einer von den Roth-Söhnen? Ich glaube, ich habe ihn mal in der Bank in Woodley gesehen.«

Jane nickte. »Ja, das ist Will, der jüngere der beiden Enkelsöhne von Marcus Roth.«

Nancy schaute noch mal hin. Sie wusste, dass Will in Jonathans Alter sein musste, denn seine Schwester Maria war in ihrem und Pens Alter. Sie fand ihn recht attraktiv, mit seinem zerzausten dunklen Haar und dem smarten Anzug. »Ist das da seine Frau?« Nancy war gegen ihren Willen beeindruckt. Die junge Frau sah umwerfend aus, mit langen, welligen dunklen Haaren, die sich über ihre Schultern ergossen, und knallrotem Lippenstift. Die beiden bestellten etwas zu trinken und steckten dann die Köpfe zusammen.

»Ich glaube nicht, dass er verheiratet ist«, entgegnete Oma und riskierte noch einen Blick. »Wisst ihr was? Ich glaube, das ist Lucy Roth. Habt ihr nicht ihr Hochzeitsfoto in der Zeitung abgedruckt, Jonathan?«

Jonathan überzeugte sich mit einem Blick und bestätigte: »Ja, du hast recht. Harry hat sie in Frankreich geheiratet, es muss sehr schnell gegangen sein, eine echte Wirbelwindromanze. Wir haben die Heiratsanzeige per E-Mail bekommen, zusammen mit dem Foto, deshalb konnten wir auch keine Stellungnahme der Familie abdrucken, denn die gab es nicht. Null.«

»Wie hübsch sie ist«, schwärmte Nancy. Lucy passte nach Paris, fand sie. »Sie scheinen ja ein ziemlich ernstes Gespräch zu führen«, fügte sie hinzu. Die beiden sprachen leise, hatten die Köpfe zusammengesteckt.

Penelope schnappte nach Luft. »Mensch, vielleicht haben sie was miteinander! Das könnt ihr am Freitag auf der Party rausfinden. Achtet mal darauf, ob sie vielleicht besonders vertraulich miteinander tun.«

Jonathan verdrehte die Augen. »Darauf kannst auch nur du kommen: Ein Bier im Pub, und gleich haben sie eine heiße Affäre!«

Dann ertönten plötzlich laute Stimmen. Sie blickten zu dem Tisch hin und sahen, dass Lucy jetzt lebhaft gestikulierte, sich offenbar über etwas aufregte. Will Roth legte beschwichtigend eine Hand auf ihren Arm, aber sie schüttelte sie erzürnt ab und sprang auf.

»Das höre ich mir nicht länger an!«, rief sie erregt aus, mit ihrem gepflegten Upper-Class-Akzent. »Ich will vergessen, dass das hier je passiert ist«, fügte sie noch hinzu, machte dann auf dem Absatz kehrt und stakste hocherhobenen Hauptes aus der Wirtschaft.

Nancys Tisch war mittlerweile nicht mehr der einzige, der auf die beiden aufmerksam geworden war. Und auch Will Roth schien zu merken, dass sie Aufmerksamkeit erregt hatten, denn er wurde rot, erhob sich, warf ein paar Geldscheine auf den Tisch und eilte der Frau hinterher.

»Na, was sagst du dazu?«, meinte Penelope vielsagend zu Jonathan.

»Weiß nicht«, entgegnete der. »Aber was für ein Auftritt, nicht schlecht.«

»Nicht das, was man von so einer Familie erwarten sollte«, meinte Jane missbilligend. »Ich habe noch nie erlebt, dass sich einer von ihnen in der Öffentlichkeit derart aufgeführt hätte!«

»Ich glaube, ich hab die noch nie hier im Pub gesehen«, überlegte Nancy. »Hm, interessant ... Vielleicht hast du recht, Pen, vielleicht sollten wir auf der Feier wirklich ein Auge auf die beiden haben.«

»Seht ihr? Wusste ich's doch, dass wir irgendeinen Skandal zutage fördern würden«, meinte Jonathan. Er holte sein Handy hervor, um sich ein paar Notizen zu machen. »Dahinter steckt 'ne Story, das könnt ihr mir glauben.«

In diesem Moment wurde ihr Essen gebracht und setzte den Spekulationen ein Ende. Sie langten zu, aber Nancy gingen Jonathans Worte noch durch den Kopf. Sie neigte zu der Ansicht, dass er recht hatte.

Die Party konnte gar nicht früh genug kommen.

5. Kapitel

Der Tag der Party dämmerte frostig und klar herauf, sehr zu Nancys Erleichterung. Ihr Haar neigte dazu, sich bei feuchtem Wetter oder bei Regen zu kräuseln. Da sie lange keine Gelegenheit mehr gehabt hatte, sich fein zu machen, ließ sie sich reichlich Zeit, nahm zunächst ein ausgiebiges Bad. Jetzt hatte sie endlich mal die Gelegenheit, den roten Lippenstift zu benutzen, den sie von Oma zum letzten Geburtstag geschenkt bekommen hatte, dazu trug sie Lidstrich auf. Sie glättete ihren Bob und steckte das Haar auf einer Seite mit einer Goldspange zurück, dann betupfte sie sich mit Parfüm. Sie schlüpfte in Mutters altes Kleid und dann in die einzigen Schuhe mit hohen Absätzen, die sie besaß. Sie trat vor den hohen Spiegel und begutachtete sich.

Nancy musste zugeben, dass sie sich in diesem Kleid wirklich hübsch fühlte, und da sie es nie an ihrer Mutter gesehen hatte, erinnerte es sie auch nicht an sie. Jetzt war sie froh, dass Oma gedrängt hatte, es anzuziehen; ihre Beine sahen darin fabelhaft aus, besser denn je, und es passte auch gut zu ihrer natürlich schlanken Figur. Einen

Moment lang fragte sie sich, wie Samantha Hunter wohl darin ausgesehen haben mochte, auf dieser Silvesterparty, von der Oma erzählt hatte, aber es gelang ihr nicht, sich das vorzustellen. Sie besaß nur alte Fotos von ihrer Mutter, die sie lange nicht mehr angesehen hatte. Außerdem sah sie ohnehin mehr ihrem Vater ähnlich.

Fest entschlossen, sich zu amüsieren und das meiste aus dieser Party zu machen, wandte sie sich vom Spiegel ab. Sie nahm die Clutch an sich, setzte ein Lächeln auf und ging nach unten. Sie würde sich nicht von trüben Gedanken an die Vergangenheit davon abhalten lassen, die Gegenwart zu genießen.

Oma wartete bereits unten in der kleinen Diele auf Nancy. Sie trug einen glitzernden schwarzen Plisseerock mit einer dazu passenden schwarzen Bluse, ihr lockiges graues Haar war hinter die Ohren gekämmt, und sie hatte sich einen schwarzen Fake-Fur-Mantel um die Schultern gelegt. Jane strahlte beim Anblick der Enkelin auf. »Ach, Liebes, du siehst *wundervoll* aus! Einfach perfekt.«

»Du siehst auch toll aus, Oma«, antwortete Nancy. Zufrieden schlüpfte sie ebenfalls in ihren Mantel. Sie warf noch einen Blick ins Wohnzimmer, um nach Charlie zu sehen – er schlief nach ihrem ausgiebigen Spaziergang und der noch üppigeren Abendmahlzeit tief und fest in seinem Körbchen vor dem Kamin.

Es schellte an der Haustür. »Das muss Jonathan sein. Komm, wir gehen.« Jane öffnete die Tür, und vor ihnen stand Jonathan in einem feinen Abendanzug. Nancy fiel sofort auf, dass er sich sogar ausnahmsweise ordentlich gekämmt hatte. Selbst seine Schuhe waren auf Hochglanz poliert.

Jonathan stieß einen anerkennenden Pfiff aus. »Wow! Nancy und Mrs. H., ihr seht umwerfend aus! Dieses Kleid ist der Wahnsinn, Nancy!« Grinsend trat er zurück, um ihnen Platz zu machen.

»Kein Grund, so überrascht zu sein«, bemerkte Nancy spitz, aber es freute sie, dass er ihre Bemühungen zu schätzen wusste. Sie schloss das Cottage hinter sich ab.

»Und was ist mit mir?« Er wies mit einer Geste auf sich selbst, von der Fliege bis zu den glänzenden Schuhen.

»Kann man lassen. Doch, kann man durchaus lassen«, entgegnete Nancy gespielt lakonisch.

»Na, das nenne ich mal ein widerwilliges Kompliment, aber ich nehm's trotzdem gerne an. Kommt, oder wir werden uns noch verspäten.« Er forderte sie mit einem Wink auf, ihm zu folgen. Sie stiegen in ein wartendes Taxi und machten sich auf den Weg zum Haus auf dem Hügel.

Das Dorf glitt an den Seitenfenstern vorbei, und am frostklaren, mitternachtsblauen Himmel kamen die ersten Sterne hervor. Je näher das Taxi seinem Ziel kam, desto mehr belebte sich die Straße; viele Leute gingen zu Fuß zum Anwesen hinauf, andere hatten, wie sie, ein Taxi bestellt, aber es gab auch Limousinen und Luxuskarossen aller Größen und Marken. Selbst der Taxifahrer stieß einen anerkennenden Pfiff aus. Sie fuhren zwischen den großen gusseisernen Torflügeln hindurch, die normalerweise stets verschlossen waren, und hinauf zur Roth Lodge, die hoch über dem Dorf thronte, ein weitläufiges, elegantes Natursteingebäude, dessen Vorderfassade zum Großteil mit Efeu überwachsen war. Heute Abend standen die Flügel der weißen Eingangstüre weit offen, und Menschen in Abendgarderobe betraten die hell erleuchtete Eingangshalle.

»So, da wären wir«, sagte Jonathan, als das Taxi anhielt. Er half Jane beim Aussteigen, bezahlte und ging dann um den Wagen herum, um auch Nancy zu helfen. Aber die stand bereits neben dem Auto und lachte ihn aus. »Ich versuch doch nur, ein Kavalier zu sein«, verteidigte er sich und bot Jane und Nancy je einen Arm.

»Eher friert die Hölle zu«, bemerkte Nancy fröhlich, aber seinen Arm nahm sie dennoch, denn sie fühlte sich ein wenig unsicher, auf den ungewohnt hohen Absätzen. Und dann schritten sie untergehakt auf das Haus zu. Nancy blickte an der viktorianischen Fassade hinauf, die, malerisch angeleuchtet, vor ihnen aufragte. Aus dem Innern drang Musik, und Nancy wurde unwillkürlich von einem erregenden Schauder ergriffen. Oma hatte recht – es fühlte sich wirklich an wie in einem Roman.

Sie stiegen die Stufen zur großen Eingangstür hinauf, wo sich ein Mann in Dienstbotenuniform die Einladungen vorzeigen ließ. Sie zeigten ihm die ihren und wurden mit einem würdevollen Nicken eingelassen. Sie betraten eine große, mit schwarz-weißen Fliesen im Schachbrettmuster ausgelegte Eingangshalle. Nancy schnappte unwillkürlich nach Luft. In einer Ecke stand ein Konzertflügel, an dem ein Mann im Smoking saß und für die musikalische Untermalung sorgte. Nancy hob den Kopf und erblickte eine aufwendig verzierte gusseiserne Balustrade, die die Halle im ersten Stock halbkreisförmig umlief. Genau in der Mitte über ihnen hing ein prächtiger Kronleuchter und tauchte den Raum in funkelndes Licht. Nancy staunte.

Ein Dienstmädchen in einer schwarzen Tracht mit weißer Schürze und weißem Häubchen trat sogleich hinzu und half Nancy aus dem Mantel, dann wies sie auf die offen stehende Tür zum Empfangssaal, der bereits mit Partygästen gefüllt war.

Sie durchquerten die Halle, und sobald sie den Saal betraten, näherte sich ihnen ein weiterer befrackter Bediensteter mit einem Tablett voll Sektgläser, von dem sie sich jeder eins nahmen.

Der Salon war ein langer Raum mit einer hohen, aufwendig verzierten Decke und denselben Schachbrettfliesen wie in der Diele. Auch hier funkelte über ihnen ein Kronleuchter. Am anderen Ende des Raums stand eine Tür offen, und man konnte sehen, dass dort eine Treppe in den ersten Stock hinaufführte. Nancy sog alles gierig in sich auf – die Menschen, das Gelächter, die ausgelassene Stimmung, die feine Garderobe, Cocktailkleider und Smokings, wo man auch hinsah. Champagnerkorken knallten, Drinks und Kanapees wurden serviert. Nancy kam es vor wie ein Traum.

»Hallo, ihr Lieben!«, rief ihnen jemand von hinten zu. Sie drehten sich um, und vor ihnen standen der Pastor von

Dedley End, Reverend Williams, und seine Frau Gloria. »Klasse Party, was?« Er lebte zwar schon seit fast vierzig Jahren in den Cotswolds, hatte aber seinen jamaikanischen Akzent nie ganz abgelegt, sehr zur Freude seiner Gemeinde, die gerne seiner melodischen Stimme lauschte, wenn er seine Sonntagspredigt hielt. Er hatte zur Feier des Tages seinen Priesterkragen angelegt, und Gloria trug ein blaues Satinkleid. Sie beugte sich vor und begrüßte Jane mit einem Küsschen. Nichts geschah in Dedley End, ohne dass entweder Jane oder Gloria darüber Bescheid wussten.

»Ja, so was hab ich auch noch nicht erlebt«, musste Jonathan zugeben. Er holte sein iPhone hervor und machte verstohlen ein paar Fotos.

Nancy bemerkte es dennoch. Sie konnte nur hoffen, dass man sie nicht rauswarf. Plötzlich fiel ihr ein rotes Kleid ins Auge. Sie stupste Jonathan an und zog ihn ein wenig von den anderen weg. »Schau, da ist Lucy Roth.«

Jonathan folgte ihrem Blick. Lucy stand bei zwei Frauen, und sie sah einfach atemberaubend aus, in einem roten Seidenkleid und mit ihrem langen, welligen schwarzen Haar, das ihr üppig über den Rücken fiel. Ihre Lippen hatten denselben Farbton wie das Kleid, und sie lächelte über etwas, das eine der Frauen sagte. »Sie ist wirklich attraktiv. Und da ist Harry, ihr Mann. Also, wegen seines Aussehens kann sie ihn wohl nicht geheiratet haben«, bemerkte Jonathan.

Nancy fasste Harry ins Auge. Nein, was das Aussehen betraf, konnte er nicht mit seiner Frau mithalten, aber

Nancy war sich sicher, dass etwas an ihm sein musste, weswegen sich Lucy in ihn verliebt hatte. Nancy war insgeheim romantisch veranlagt, hätte das aber vor Jonathan nie zugegeben. »Ich frage mich, worüber sie und Will wohl geredet haben. Hast du ihn schon gesehen?«

»Noch nicht.« Jonathan blickte sich um. »Komm, wir machen ein Selfie«, schlug er vor. »Solange wir noch so gut aussehen«, fügte er grinsend hinzu.

»Wir können hier doch kein Selfie machen!«, zischte Nancy entsetzt. Sie war sicher, dass das zu jenen Dingen gehörte, mit denen man hier unangenehm auffiel.

»Wenn ich das Foto mache, ist's ja kein Selfie«, bemerkte eine kühle, kultivierte Stimme in ihrem Rücken. Sie fuhren herum und sahen Will Roth vor sich stehen. Er streckte auffordernd die Hand aus. Jonathan überließ ihm verdattert sein Handy, und Will machte das Foto: Nancy und Jonathan, mit Sektgläsern in den Händen und einem hastigen Lächeln auf den überraschten Gesichtern, im Hintergrund der große Kamin. »Ich bin übrigens Will Roth«, erklärte er, gab Jonathan das Handy zurück und drückte ihm dann die Hand. Will hatte ein charmantes Lächeln, und sein etwas längeres Haar mit der Stirnlocke erinnerte Nancy ein wenig an Hugh Grant in den Neunzigerjahren. Sein Smoking sah aus, als wäre er maßgeschneidert. Was vermutlich auch stimmte, so reich wie die Roths waren. »Und mit wem habe ich das Vergnügen …?«, erkundigte er sich mit einer ebenso gepflegten und präzisen Aussprache wie seine Schwägerin.

»Nancy Hunter«, antwortete sie und gab ihm die Hand. »Und das ist mein guter Freund Jonathan Murphy.«

»Ich habe Sie hier noch nie gesehen, gehören Sie zu den Gästen aus dem Dorf?«

»Ja. Ich werde normalerweise nicht zu solchen Anlässen eingeladen«, entgegnete Nancy lächelnd und nippte verlegen an ihrem Sekt.

»Was machen Sie denn beruflich, Miss Hunter?«

»Mir gehört der Buchladen im Dorf, ich leite ihn zusammen mit meiner Großmutter.« Sie deutete auf Jane, die sich immer noch angeregt mit dem Pastor und seiner Frau unterhielt.

»Bestellt denn heutzutage nicht jeder bei Amazon?«

Das konnte und wollte Nancy nicht auf sich sitzen lassen, selbst wenn sie sich hier in seinem Haus befand. »Unsinn! Natürlich nicht. Kann einem Amazon persönliche Empfehlungen geben? Oder einem helfen, das perfekte Geschenk für einen lieben Menschen zu finden? Außerdem verkaufen wir in unserem Laden ausschließlich Krimis, Mystery Thriller und Detektivgeschichten, und bei uns gibt es nicht nur alle gängigen Titel, sondern auch bereits vergriffene, vergessene Klassiker, Kleinode und Geheimtipps – alles, was man sich nur wünschen kann«, entgegnete sie hitzig.

Will starrte Nancy einen Moment lang an, dann warf er den Kopf in den Nacken und lachte schallend. »Also, ich bin noch nie so energisch und so charmant zurechtgewiesen worden! Kommen Sie, ich muss Sie unbedingt meiner Familie vorstellen.« Er schlang einen Arm um Nancys

Taille und führte sie zu einem Grüppchen am Kamin. Nancy sah über ihre Schulter und warf Jonathan einen panischen Blick zu. Dessen Augen wurden schmal, und er schloss sich den beiden hastig an. Bestimmt, weil er auf eine Story hoffte.

»Alle mal herhören, dieses reizende Geschöpf hier ist Nancy Hunter, ihr gehört der Buchladen im Dorf, und das ist ihr guter Freund, Jonathan Murphy«, wurden sie von Will Roth vorgestellt. »Und das ist meine Mutter, Jessica, mein Vater, Peter, und mein Großvater, Marcus Roth.«

»Hallo, wie geht's? Sie haben ein wunderschönes Haus«, sagte Nancy.

Peter Roth war, wie seine Söhne, dunkelhaarig und eher der schneidige Typ, wie Nancy fand, seine Frau eine attraktive Rothaarige in einem langen schwarzen Kleid. Beide waren offensichtlich wenig erfreut, irgendwelchen Leuten vorgestellt zu werden.

»Ihr Name kommt mir bekannt vor ...«, sagte Peter unfreundlich zu Jonathan. »Sie sind bei der Zeitung.«

»Wir haben doch klar und deutlich gesagt, dass wir die Presse nicht hierhaben wollen«, bemerkte Jessica zornig, doch Marcus legte beschwichtigend eine Hand auf den Arm seiner Schwiegertochter, und diese verstummte.

»Ich gehe davon aus, dass Jonathan als Nancys Begleiter hier ist?«, meinte er. »Und daher nicht in einer, äh, dienstlichen Angelegenheit? Oder irre ich mich?«

Jonathan, dem sichtlich der Schreck in die Glieder fuhr, steckte hastig sein iPhone weg und schüttelte den Kopf.

Marcus wandte sich daraufhin mit einem warmherzigen Lächeln an Nancy. Von Oma wusste sie, dass er ein wenig älter als ihre Großmutter war – in den Siebzigern, schätzte sie –, er hatte grau meliertes Haar, aber immer noch ein gut aussehendes Gesicht. Auch er trug, wie alle Männer der Familie, ein maßgeschneidertes Dinnerjacket. »Meine Liebe, von Ihrem Buchladen habe ich natürlich bereits gehört. Es freut doch immer, wenn ein lokales Geschäft gut läuft. Meiner Frau Louisa hätte es bestimmt gefallen, sie war eine begeisterte Leserin. Wir haben hier natürlich eine Bibliothek, sie war ihr ganzer Stolz.«

»Die würde ich liebend gerne mal sehen«, meldete sich Nancy eifrig.

»Maria wird jeden Augenblick hier sein, ich glaube nicht, dass das …«, begann Jessica in hochmütigem Ton, an Marcus gewandt.

»Ich zeige Sie Ihnen«, unterbrach dieser erneut seine Schwiegertochter. »Hier entlang.«

»Dann mische ich mich mal unter die Gäste«, rief Jonathan Nancy nach, die entschlossen von Marcus weggeführt wurde, der ihr gar keine Zeit ließ, es sich anders zu überlegen. Sie überquerten die Schachbrettfliesen der Eingangshalle und hielten auf eine weitere zweiflügelige Tür auf der anderen Seite zu.

»Ich muss sagen, das ist ein Glücksfall«, bemerkte Marcus. »Meine Frau war für unsere Bibliothek verantwortlich, aber leider ist sie seit ihrem Tod sträflich vernachlässigt worden.« Marcus schritt trotz seines Alters erstaunlich flott aus, und Nancy, die ihm hastig folgte, war froh, dass sie so lange Beine hatte. Er stieß die schweren Türflügel auf und enthüllte einen weiteren langen Raum. Voller Bücher. Diesmal konnte Nancy nicht anders und schnappte hörbar nach Luft. Ein Saal voller Bücher. Dazu gemütliche Ledersessel vor einem Kamin, und am anderen Ende gab es große Terrassenfenster, von denen man einen schönen Blick auf die weitläufige Gartenanlage hatte.

»Was für ein herrlicher Raum.« Nancy trat bewundernd an eine Regalwand heran. Mrs. Roth hatte hier wahrhaftig eine beeindruckende Sammlung von Büchern zusammengetragen.

»Ich habe schon lange nichts mehr hinzugekauft«, gestand Marcus. »Ich sollte wirklich versuchen, die Bibliothek für künftige Generationen in Ordnung zu bringen. Meine Familie liegt mir schon seit Langem damit in den Ohren, aber ich wüsste gar nicht, wo anfangen.«

Die Bücher wirkten tatsächlich ein wenig verstaubt und veraltet. »Ich würde Ihnen liebend gerne helfen«, erbot sich Nancy und drehte sich bewundernd um die eigene Achse. »Falls Sie Ihre Sammlung mal auf den aktuellen Stand bringen möchten.«

Marcus klatschte begeistert in die Hände. »Eine wundervolle Idee! Ja, es wäre wirklich schön, wenn Sie mal Ihr fachmännisches Auge auf die Bücher werfen könnten! Am besten so bald wie möglich. Dann können Sie mir sagen, was wir bestellen sollten. Wie wäre es mit Montag? Hätten Sie Zeit?«

Bevor Nancy etwas darauf sagen konnte, ertönte eine Stimme, die sie veranlasste, sich umzudrehen. »Jetzt kommt, ihr Bücherwürmer«, sagte Will Roth, der mit einem anzüglichen Grinsen in der Tür stand. »Mum und Dad kriegen schon Zustände – sie wollen loslegen. Unser Liebespärchen ist endlich mit den Porträtfotos fertig und bereit für seinen großen Auftritt.« Er verdrehte die Augen.

»Ach so, gut, dann kehre ich wohl besser wieder in den Salon zurück. Und Sie geben mir wegen Montag Bescheid, Miss Hunter?« Marcus eilte davon. Nancy konnte ihr Glück kaum fassen – sie würde also nicht nur in die Roth Lodge zurückkehren und sich diese vielen tollen Bücher ansehen dürfen, es konnte gut sein, dass die Roths künftig Kunden werden würden!

»Sie sehen aus wie die Katze, die an der Sahne genascht hat«, bemerkte Will, als er mit ihr die Bibliothek verließ.

»Es gibt nichts Besseres als ein Buch, um einem Menschen ein Lächeln auf die Lippen zu zaubern.«

»Ihr Wort in Gottes Ohr. Ich selbst bevorzuge allerdings einen steifen Whisky.«

6. Kapitel

Will und Nancy liefen in der Eingangshalle Lucy Roth über den Weg. Eine Hand in die Hüfte gestemmt, blickte sie ihnen misstrauisch entgegen. »Was heckst du aus, Will?«, erkundigte sie sich in einigermaßen hochmütigem Tonfall.

»Die Verlobten haben sich endlich vom Fotografen losreißen können und sind jetzt bereit herunterzukommen für ihren großen Auftritt. Und deshalb sollen wir uns alle sofort im Salon versammeln«, erklärte Will munter.

Lucy seufzte gereizt auf, dann fasste sie Nancy ins Auge, die alles interessiert verfolgte. »Ein tolles Kleid ist das.«

»Danke. Ihres gefällt mir auch sehr. Ich weiß allerdings nicht, ob ich mich trauen würde, ein rotes Kleid zu tragen. Dazu fehlt mir irgendwie der Mut.«

»Unsinn«, sagte Lucy ein wenig besänftigt, »ein Kleid sollte vom Träger getragen werden und nicht umgekehrt.« Ihr Blick kehrte zu Will zurück, und sie sagte in kaltem Ton: »Falls jemand fragt, ich muss noch kurz nach oben und etwas erledigen.« Sie machte auf dem Absatz kehrt, durchquerte die Halle und verschwand im Salon.

Will blickte ihr kopfschüttelnd nach. »Das wird nicht gut ankommen bei der Family«, bemerkte er.

»Ach, wieso nicht?«

»Ich will's mal so ausdrücken: Lucy passt nicht besonders gut in diese Familie«, erklärte er ominös. Sein Blick kehrte zu Nancy zurück. »Sie finden Ihren Weg sicher alleine? Ich muss meine Tante suchen gehen.« Und damit schritt er davon, aber in die entgegengesetzte Richtung, vorbei an der großen Eingangstür, durch die sie hereingekommen waren, und auf einen Korridor zu, wo Nancy den Küchentrakt vermutete.

Nancy fand den Wortwechsel zwischen Lucy und Will höchst interessant. Zwischen den beiden herrschte keine Wärme, was vermuten ließ, dass die Auseinandersetzung im Pub eher auf Antipathie zurückzuführen war als auf einen Streit zwischen heimlichen Liebenden, wie Penelope glauben wollte. Nancy fragte sich, was Will, der charmant und freundlich wirkte, wohl gegen Lucy haben könnte, und umgekehrt. Hm, interessant. Nancys Neugier war erwacht.

Beim Durchqueren der Eingangshalle bemerkte Nancy etwas aus den Augenwinkeln. Sie blickte hoch und sah, dass Lucy oben an der Balustrade lehnte. Sie wirkte gedankenverloren und irgendwie einsam, wenn auch umwerfend schön. Nancy lächelte ihr zu, aber Lucy bemerkte sie nicht, daher ging sie weiter zum Salon und fragte sich dabei, was wohl in Lucy vorgehen mochte.

Sie musste an das denken, was Will gesagt hatte, dass Lucy nicht in die Familie passe. Die Roths waren ein Clan, der sich nach außen hin abschottete, es war gut vorstellbar, dass man einen Neuzugang nicht gerade mit offenen Armen empfing. Nancy hoffte, dass mit Lucy alles in Ordnung war, und nahm sich vor, sie später noch einmal anzusprechen. Vielleicht könnte sie versuchen, sich mit ihr anzufreunden – man hatte sie schließlich eingeladen, wiederzukommen und die Bibliothek durchzusehen. Vielleicht lief man sich bei dieser Gelegenheit ja über den Weg.

Im Salon angekommen suchte Nancy zunächst nach den anderen. Sie entdeckte Jonathan, der ihr von der Mitte des Raums aus zuwinkte, wo er mit Oma stand. Sie schlängelte sich zwischen den Gästen bis zu ihnen durch und nahm das Glas Sekt, das Jonathan ihr reichte, gerne an.

»Marcus Roth hat mich gefragt, ob ich Lust hätte, einen gründlicheren Blick auf die Bibliothek zu werfen und vielleicht ein paar neue Bücher zu bestellen, weil die Sammlung seit Jahren nicht mehr ergänzt worden ist«, erzählte sie ihrer Oma.

»O wie wundervoll!«, rief Jane begeistert aus. »Wie schön für dich, bestimmt haben sie ein paar seltene Ausgaben.«

»Wäre möglich. Ach, ich kann's kaum erwarten. Er hat was von Montag gesagt, aber ich weiß nicht, nachdem sie sich so lange von uns ferngehalten haben, kommt mir das fast zu schön vor, um wahr zu sein. Und du? Hast du's endlich aufgegeben, nach einer Story zu schnüffeln?«, fragte sie Jonathan.

»Natürlich nicht! Ich halte die Ohren offen und hab ein paar Fotos gemacht, allein das würde schon für einen netten Artikel reichen, ob's denen passt oder nicht.«

»Aber pass bitte auf, dass du uns nicht in Misskredit bringst«, ermahnte ihn Jane. »Unserem Buchladen könnte gar nichts Besseres passieren, als wenn diese Familie tatsächlich Kunden von uns werden würde.«

In diesem Moment tauchte Will Roth plötzlich neben ihnen auf, und ihr Gespräch verstummte. Nancy ging davon aus, dass er durch die große Eingangsdiele hereingekommen war. Sie blickte sich um, konnte aber sonst keinen von der Familie entdecken. Will hielt einen vorbeigehenden Kellner an und nahm sich gleich zwei Gläser vom Tablett. Das eine trank er in einem Zug leer, an dem anderen nippte er nur. Als er Nancys Blick auffing, zuckte er nur die Achseln. Sie wollte ihn gerade fragen, was denn los sei, als plötzlich ein Mann im Schwalbenschwanz vortrat und sich vernehmlich räusperte. Stille senkte sich über den Raum. »Ich darf Ihnen Maria Roth und ihren Verlobten, Charles Taylor, ankündigen!«, rief er theatralisch aus. Dann zog er sich dezent zurück, und nun tauchten im anderen Zugang zum Salon die Verlobten auf, Arm in Arm und mit strahlenden Gesichtern.

Maria sah ihrer Mutter sehr ähnlich, auch sie hatte rotbraunes Haar, das ihr lockig bis auf die Schultern fiel, dazu porzellanweiße Haut. Sie trug ein funkelndes silberfarbenes Kleid. Ihr Verlobter war groß und hatte schon ein wenig schütteres Haar, aber warme braune Augen.

»Ach, wie schön …« Jane seufzte.

»Meine Schwester«, sagte Will mit leiser Stimme, »hat endlich einen Trottel gefunden, der bereit ist, in diese Familie einzuheiraten.«

Nancy zog eine Augenbraue hoch. »Was stimmt denn nicht mit Ihrer Familie?«

Er lächelte, doch dieses Lächeln reichte nicht bis zu seinen Augen. »Wo soll ich da anfangen?«

Nancy und Jonathan tauschten einen faszinierten Blick. Aber bevor Nancy nachhaken konnte, betrat Harry den Raum durch dieselbe Tür, durch die die Verlobten hereingekommen waren. Ihm folgte sein Großvater, Marcus Roth, und sie begrüßten das strahlende Paar. Gleich darauf fegte Jessica Roth hoheitsvoll herein, gefolgt von einer untersetzten kleinen, unscheinbaren Frau mit Dutt. Danach stolzierte Peter Roth herein, der ebenso lange Beine hatte wie sein Vater Marcus.

»Meine Tante«, flüsterte Will, als er Nancys fragende Miene bemerkte. »Aber wo steckt Lucy? Immer noch beim Nasepudern?« Er reckte den Hals, schaute sich um, Nancy ebenfalls. Aber die schöne Frau war nirgends zu sehen. Will wandte sich wieder nach vorne und bemerkte seufzend: »Das werden sie ihr übel nehmen.«

»Wieso versteht sie sich denn nicht mit Ihrer Familie?«, wollte Nancy wissen. Jonathan beugte sich ein wenig zu den beiden hin, weil er sich nichts von dem Gespräch entgehen lassen wollte.

Will zuckte mit den Schultern. »Die Mischpoke war

nicht gerade erfreut, dass Bruderherz eigenmächtig geheiratet hat – ohne zuvor die Erlaubnis der Familie einzuholen.« Er trank sein Glas leer. Das Ganze schien ihm mehr oder weniger gleichgültig zu sein, zumindest wirkte es so. Nancy fragte sich unwillkürlich, worum es bei dem Streit im Pub ging – vielleicht um Lucys Heirat und die Tatsache, dass die Familie nicht gerade glücklich darüber war? Versuchte Will etwa, Lucy zu vergraulen? Doch noch bevor sie weiterbohren konnte, wandte Will sich ab und begrüßte jemanden.

»Ah, Bank, freut mich, dass Sie kommen konnten.« Er schüttelte einem großen blonden Mann die Hand. »Hab Sie schon seit 'ner ganzen Weile nicht mehr im Club gesehen.«

»Ich hatte viel zu tun, ein neuer Kunde«, erwiderte eine Stimme mit einem deutlichen dänischen Akzent. Nancy fuhr zusammen. Ganz langsam hob sie den Kopf – aber sie wusste bereits, wer das war, diese Stimme kannte sie zu gut. Und als sie aufsah, blickte sie direkt in ein Paar leuchtend blauer Augen.

»Nancy, bist du's wirklich?«

Nancy brachte kaum eine gestotterte Erwiderung hervor, da beugte er sich auch schon zu ihr hin und gab ihr einen Kuss auf die Wange, hüllte sie in sein nach Moschus duftendes Aftershave – es war noch derselbe Duft, den sie ihm damals geschenkt hatte.

»Was machst du denn hier?«, fragte sie überrascht.

»Ihr kennt euch?«, erkundigte sich Will interessiert.

»Eine alte Geschichte«, bemerkte Jonathan wegwerfend und nahm einen großen Schluck Sekt. Sein ätzender Unterton war unüberhörbar, aber Nancys Blick klebte an Richard. Richard Bank, ihre Studentenliebe, der einzige Mann, mit dem sie bisher eine Beziehung gehabt hatte.

»Wir hätten nicht gedacht, dass Sie sich wieder einmal in Dedley End blicken lassen würden«, bemerkte Jane mit hochgezogenen Brauen.

»Will und ich, wir kennen uns geschäftlich aus London«, erklärte Richard, der Jonathans und Janes Feindseligkeit kaum wahrzunehmen schien. Sein Blick hing lächelnd an Nancy. »Ich hatte gehofft, dass du hier sein würdest«, fügte er leise hinzu.

Nancy konnte nicht anders und lächelte ebenfalls.

Vorne wurden klingend Gläser angestoßen. Nancy und die anderen blickten sogleich dorthin. Sie war erleichtert, als sich Richards Blick wieder von ihr löste; die Intensität seiner blauen Augen war ihr kaum noch bewusst gewesen. Und ihrerseits betrachtete sie ihn verstohlen. Er war immer noch recht attraktiv, mit seinem blonden Haar, das ihm ins Gesicht fiel, und dem modischen Dreitagebart, dazu der maßgeschneiderte Anzug und die Tatsache, dass er einer der wenigen Männer hier war, der größer war als sie selbst. Sie zwang sich wegzublicken, holte tief Luft und versuchte, sich auf die Rede zu konzentrieren. Omas besorgte Miene und Jonathan, der Richard mit seinen Blicken förmlich durchbohrte, versuchte Nancy zu ignorieren. Unwillkürlich fragte sie sich, wie gut Will und Richard sich wohl kennen mochten. Er stand dicht neben ihr, sodass sie sich kaum entspannen konnte. Sie hatte Richard seit fünf Jahren nicht mehr gesehen, seit sie die Bath Universität verlassen und sich getrennt hatten. Ihn hier zu sehen war aufwühlend. Er musste gewusst haben, dass sie ebenfalls hier sein würde. Aber wieso war er nach all der Zeit überhaupt noch einmal nach Dedley End gekommen? Und wieso ließ dieses Wiedersehen mit ihm ihr Herz so heftig schlagen?

»Sollten Sie nicht auch da vorne stehen?«, meinte Jonathan zu Will. Dieser grinste nur. Nancy wusste selbst nicht, was sie von dem jüngeren der beiden Roth-Söhne halten sollte.

»Psst, jetzt seid doch mal still!«, schimpfte Oma. Schweigen senkte sich über den Raum, während sich die Familie vorne aufreihte – in der Mitte Marcus, das Familienoberhaupt, links von ihm sein Sohn Peter mit seiner Frau Jessica und rechts das glückliche Paar, Enkelin Maria und ihr Verlobter Charles, dazu noch Harry. Letzterer hatte die Stirn gerunzelt, wahrscheinlich fragte er sich, wo seine Frau steckte. Er war etwas kleiner und kräftiger gebaut als sein jüngerer Bruder, auch hatte er etwas helleres Haar und sah nicht so gut aus, aber sein Anzug war genauso fabelhaft wie die aller anderen männlichen Familienmitglieder. Und dann war da noch die Tante, die ein wenig abseits stand und irgendwie fehl am Platz wirkte. Lucy und Will waren die einzigen Familienmitglieder, die nicht dort vorne standen. Nancy fragte sich, ob es der Familie überhaupt schon aufgefallen war. Ob es sie überhaupt kümmerte. Sie fand diese Familie schon ein wenig eigenartig.

»Herzlich willkommen!«, begann Marcus Roth mit seiner tiefen, sonoren Stimme, die sämtliche Anwesenden sofort in ihren Bann schlug. Trotz seiner Ehrfurcht gebietenden Erscheinung lag eine Wärme in seinen Augen und in seinem Lächeln, die Nancy sympathisch fand. Und da Marcus Bücher liebte, hatte er bei ihr ohnehin einen Stein im Brett. »Ich freue mich sehr, dass Sie alle gekommen sind, um die Verlobung meiner geliebten Enkeltochter Maria zu feiern.« Vereinzelter Applaus. »Maria und Charles kennen sich schon länger, und ich denke, ich bin nicht der Einzige, der der Meinung ist, dass sie wie füreinander geschaffen sind. Wir haben uns riesig gefreut, als Charles Maria einen Heiratsantrag gemacht hat, und können es kaum abwarten, ihn als neues Familienmitglied in unserer Mitte aufnehmen zu dürfen. Es bedeutet uns sehr viel, dass heute so viele von euch erschienen sind, um gemeinsam mit uns auf ihre Verlobung anzustoßen.«

»Als ob wir eine Wahl gehabt hätten«, brummelte Will neben Nancy. Er nahm sich noch ein Glas vom Tablett eines Kellners. »Wenigstens kann ich morgen wieder zurück nach London.«

Nancy schüttelte den Kopf, sie war nicht sicher, ob er scherzte oder nicht. Marcus sprach derweil weiter. Will hatte einen frechen Charme und dazu wahrscheinlich auch ein geschicktes Mundwerk. Könnte er seine Schwägerin mit seinem Charme eingewickelt haben? Aber er schien es wirklich kaum abwarten zu können, nach London zurückzukehren, und das würde bedeuten, Lucy zu verlassen. Nancy fand Penelopes Idee von einer Affäre zwischen den beiden immer unwahrscheinlicher. Was bedeutete, dass es für Jonathan auch keinen Skandal aufzudecken geben würde, wie er es sich erhoffte.

»Wir freuen uns jetzt schon auf die Hochzeit im Sommer – die, wie man hört, das Ereignis des Jahres werden soll«, scherzte Marcus. Höfliches Gelächter. »Nun gut, meine hochgeschätzte, viel zu früh verstorbene Frau meinte immer, meine Reden seien viel zu lang, also belassen wir es dabei. Lasst uns jetzt unsere Gläser erheben und auf das Glück und die Gesundheit des Paares trinken! Möge es ein ganzes Leben lang währen! Auf Maria und Charles!«

Das wurde im ganzen Saal laut wiederholt, und alle, die kein Glas mehr hatten, nahmen sich eins und tranken auf das glückliche Paar. Nancy ebenfalls, die sich allmählich ein wenig beschwipst fühlte.

»Entschuldige, bin gleich wieder da, ich muss nur kurz meinen Chef begrüßen«, sagte Richard zu Nancy und tauchte dann im Gedränge von Smokings und schönen Kleidern unter. Nancy, der nicht bewusst gewesen war, wie sehr sie sich in Richards Gegenwart verkrampft hatte, ließ erleichtert die Schultern sinken.

»Na, das war ja mal 'ne Überraschung«, bemerkte Jonathan lakonisch. »Was hat der alte Richard Bank hier zu suchen?«

Will antwortete mit überraschter Miene: »Seine Firma ist für unsere Finanzen verantwortlich, und wir sind Mitglieder in demselben Londoner Club. Woher kennt ihr euch denn?«

Aller Augen richteten sich auf Nancy, die prompt rot wurde. Sie machte den Mund auf, ohne recht zu wissen, was sie darauf antworten sollte.

In diesem Moment ertönte ein schriller Schrei.

Alle verstummten und blickten sich verwirrt um. Nancy glaubte schon, sich alles nur eingebildet zu haben, doch da ertönte erneut ein gellender Schrei, der in der Stille des Salons umso lauter klang. Nancy bekam unwillkürlich eine Gänsehaut, Jane, die neben ihr stand, schnappte erschrocken nach Luft. Nancys Blick suchte Jonathan, dessen Augen weit aufgerissen waren.

Alle wandten sich zur Tür. Der Schrei war eindeutig aus der Eingangshalle gekommen. Nach kurzem Zögern setzte sich alles in Bewegung, strömte auf die Türflügel zu.

Jonathan ergriff Nancys Hand und zog sie mit sich. Sie warf einen Blick über ihre Schulter, aber Oma war im allgemeinen Gedränge nicht mehr zu sehen. Nancy ließ sich willig von Jonathan mitziehen, wagte aber nicht einmal zu spekulieren, was wohl geschehen sein mochte.

Es wurde nur allzu bald klar.

Nancy blieb wie angewurzelt inmitten der anderen Gäste stehen. Viele erbleichten, als sie sahen, was passiert war. Jonathan schob sich ein wenig weiter nach vorne. Da fühlte Nancy eine Hand auf ihrer Schulter, und zu ihrer

Überraschung stand Richard hinter ihr und schüttelte bekümmert den Kopf. Nancy war froh über seine Unterstützung, denn ihr waren die Knie weich geworden, sie konnte nicht fassen, was sie hier sah.

»Nein!«, rief eine Männerstimme hinter ihnen entsetzt aus.

Nancy sah, wie Harry Roth sich durch die Menge drängte und versuchte, nach vorn zu gelangen. Sie folgte seinem Blick, der zunächst an der Kellnerin haftete, die die Hände vors Gesicht geschlagen hatte. Offenbar war sie es gewesen, die geschrien hatte. Doch dann wanderte sein Blick nach unten, sein Mund klappte auf. Dann fiel er auf die Knie, auf die kalten, harten Steinfliesen, gab ein Wimmern von sich, das Nancy einen kalten Schauder über den Rücken jagte.

Sie hob den Kopf und blickte hinauf zur gusseisernen Balustrade, wo vor Kurzem noch die wunderschöne Frau in dem roten Kleid gestanden hatte, dann senkte sich ihr Blick wieder herab. Nancy blinzelte einmal, zweimal, aber es war keine Einbildung, es war Wirklichkeit.

Mitten in der Eingangshalle, auf dem kalten Steinfußboden und in starkem Kontrast zum schwarz-weißen Schachbrettmuster der Natursteinfliesen, lag, in ihrem roten Kleid, der leblose Körper von Lucy Roth. Frisches rotes Blut sickerte aus einer Schädelwunde und bildete eine größer werdende Lache.

7. Kapitel

»Wie fühlst du dich, Oma?«, erkundigte sich Nancy, die sehr erleichtert war, Jane in all der Verwirrung und dem Gedränge endlich wiedergefunden zu haben. Nach dem Fund von Lucys Leiche waren sämtliche Lichter im Haus angegangen, die Musiker hatten aufgehört zu spielen, und das Servicepersonal hatte die Gäste zurück in den Salon gescheucht. Die Polizei und ein Krankenwagen waren gerufen worden. Und Richard war verschwunden gewesen, als Nancy sich umsah, und von Jonathan gab es ebenfalls keine Spur. Daher war Nancy in den Salon zurückgekehrt und hatte immerhin Jane gefunden, die verloren in einem Sessel an der Wand des großen Raums saß. Die Roths waren in der Eingangshalle bei … nun ja, der Leiche, zurückgeblieben. Nancy konnte einfach nicht fassen, dass Lucy tot war. Sie hatte mitansehen müssen, wie Harry über der Leiche seiner Frau zusammenbrach, wie er schließlich von Vater und Großvater weggezogen wurde. Den Ausdruck auf seinem Gesicht würde sie nie vergessen.

»Es geht schon wieder, aber es ist schon ein großer Schock«, antwortete Oma.

»Ja, das ist es wirklich.« Nancy streichelte Omas Arm, und Jane blickte mit einem dankbaren Lächeln zu ihr auf. In diesem Moment kam Maria am Arm ihres Verlobten an ihnen vorbei. Nancy hörte sie zischen: »Nicht zu fassen, dass sie uns jetzt auch noch unsere Party verdirbt!«

Nancy musste an sich halten, um den beiden nicht mit offenem Mund hinterherzustarren. Charles brachte seine Verlobte mit einer besorgten Geste zum Schweigen, offenbar hatte er, was diesen Kommentar betraf, ähnliche Gefühle wie Nancy. Nancy stellte sich auf die Zehenspitzen, um vielleicht etwas vom Geschehen in der Eingangshalle mitzubekommen, aber das war unmöglich. Jetzt tauchten abermals Kellner auf und boten den unter Schock stehenden Gästen heißen Tee, Kekse oder auch Brandy an.

Da tauchte Jonathan wieder auf. Nancy war zutiefst erleichtert, ihn zu sehen. »Da seid ihr ja. Hab gerade Tony, meinen Chef, verständigt, wir bringen sofort eine Meldung auf unserer Website. Ich soll versuchen, Stellungnahmen von der Familie und von der Polizei zu bekommen.«

»Glaubst du, sie könnte das Übergewicht bekommen und versehentlich runtergestürzt sein?«, erkundigte sich Nancy mit gedämpfter Stimme. An diese Hoffnung klammerte sie sich immer noch, obwohl sie im Grund ihres Herzens wusste, dass das so gut wie ausgeschlossen war. Nancy musste ständig daran denken, wie Lucy oben an der Balustrade gelehnt hatte, diese Vorstellung verfolgte sie geradezu.

Jonathan schüttelte den Kopf. »Nö, nicht über dieses

Geländer. Hast du gesehen, wie hoch es ist? Man kann sich auch nicht draufstellen, also kann sie auch nicht runtergesprungen sein.«

»Ich hab sie noch da oben stehen sehen«, sinnierte Nancy. »Ist vielleicht jemand von hinten an sie herangetreten und hat …« Sie konnte den Satz nicht beenden. Der Balkon lag ziemlich hoch, und dann unten dieser harte Steinfliesenboden – das überlebte niemand, Lucy hatte keine Chance gehabt.

»So muss es wohl gewesen sein. Das ist Mord, so wahr ich hier stehe. Wow, was für ein Glück!«

Nancy starrte Jonathan fassungslos an. »Wie bitte?«

Er zuckte betreten mit den Schultern. »Sie tut mir natürlich leid, klar, aber das ist meine Chance, Tony endlich mal beweisen zu können, was ich so draufhab. Keine blöden Vereinsfeiern mehr, kein öder Kleinkram. Das hier ist 'ne echte Story! Und die kann er mir auch nicht mehr wegnehmen, weil ich hier der einzige Reporter vor Ort bin.«

»Ehrlich, Jonathan, wie kannst du in so einem Moment bloß an dich selbst denken?«, meinte Jane vorwurfsvoll. »Was ist mit den armen Roths?«

»Viel scheint's denen nicht auszumachen, wenn ihr mich fragt. Außer Harry, natürlich. Klar, geschockt sind sie schon.«

»Aber wieso sollte es ihnen nichts ausmachen? Ach, da ist die Polizei.« Alle wandten sich um, als Jane das sagte, und sahen die Polizei ins Haus treten. Jonathan hielt sein Handy hoch und machte ein Foto. Nancy konnte ihm nicht wirklich böse sein, denn sie wusste, wie sehr er an seinem Job hing, wie wichtig ihm seine Karriere war. Ein solches Ereignis, noch dazu hier in Dedley End – Nancy konnte es Jonathan nicht verübeln, dass er die Gelegenheit beim Schopf ergriff. »Und du hast dich gefragt, ob du nicht einen Familienskandal aufdecken könntest«, bemerkte sie trocken.

»Mit so was hätte ich natürlich nicht gerechnet! Also, Nancy …« Er beugte sich näher zu ihr hin. »Wen hast du auf dem Radarschirm? Dir entgeht doch sonst nichts.«

Nancy schmunzelte über Jonathans durchsichtigen Versuch, ihr zu schmeicheln. Wie viele Detektivgeschichten sie in ihrem Leben schon verschlungen hatte! »Woher soll ich das wissen? Normalerweise ist's ja jemand aus der Familie des Opfers, jemand Nahestehender, nicht?«

Jonathan nickte. »Die Roths sind definitiv die Hauptverdächtigen. Harrys überstürzte Heirat ist nicht gut aufgenommen worden, und nun schau dir an, wo das hinführt.«

»Im Grunde könnte es jeder hier gewesen sein«, überlegte Nancy.

»Aber die meisten haben seit Jahrzehnten keinen Fuß mehr in dieses Anwesen gesetzt, und keiner von uns hat Lucy auch nur gekannt«, wandte Jonathan ein.

Nancy musste zugeben, dass sich das nicht von der Hand weisen ließ. Von den Dörflern hätte niemand einen Grund gehabt, Lucy etwas anzutun. Natürlich waren auch Geschäftsfreunde wie Richard und andere Bekannte der

Familie auf der Party anwesend, aber das änderte nichts an der Tatsache, dass die Roths sonst meist unter sich blieben. Sie führte sich diese Familie vor Augen, die sie erst heute kennengelernt hatte, und versuchte, sich vorzustellen, wer von ihnen ein Mörder oder eine Mörderin sein könnte. Es gelang ihr nicht. Die Roths waren eine reiche und geachtete Familie; konnte es wirklich sein, dass einer von ihnen Lucy übers Geländer und in den Tod stoßen würde? Und wenn ja, wer?

»Was für eine morbide Unterhaltung, also ehrlich«, warf Jane ein. »Habt ihr Gloria oder den Reverend irgendwo gesehen? Wo sie wohl gerade standen, als es passiert ist?« Oma reckte eifrig den Hals, konnte die Gesuchten aber nirgends entdecken. Nancy sah sich ebenfalls um, auch nach Richard. Seine Hand auf ihrer Schulter … Nancy lief unwillkürlich ein Schauder über den Rücken. Wo steckte er? Ob er der Familie beizustehen versuchte?

In diesem Moment ertönte ein lautes, vernehmliches Räuspern. Die Gespräche verstummten. Ein hochgewachsener Mann in einem grauen Anzug und mit grau melierten, kurz geschnittenen Haaren trat in die Mitte des Salons. Hinter ihm baute sich ein weiterer Mann mit Anzug sowie eine Polizistin in Uniform auf. »Ich bin Detective Chief Inspector Brown«, verkündete der Mann mit autoritärer Stimme. »Vielen Dank für Ihre Geduld. Während ich mit der Familie spreche, werden meine Beamten zu Ihnen kommen und der Reihe nach Ihre Aussagen und Ihre Kontaktdaten zu Protokoll nehmen. Ich möchte Sie bitten, auch weiterhin Geduld zu wahren, bis dies alles erledigt ist, dann können Sie für heute Abend gehen. Ich hoffe, ich kann mich auf Ihre vollständige Kooperation verlassen. Vielen Dank.« Er wandte sich mit einem knappen Nicken ab und kehrte zu den Roths in die Eingangshalle zurück, wo noch Lucys Leiche lag. Im Salon ging sogleich ein aufgeregtes Getuschel los.

»Seht ihr? DCI Brown ist hier. Also gehen die auch von einem Mord aus. Das muss ich sofort Tony sagen.« Jonathan zog sich in eine Ecke zurück, das Handy hatte er bereits am Ohr.

»Ein Mord! Hier in Dedley End! Ich fasse es nicht«, meinte Jane kopfschüttelnd.

»So was gab es hier noch nie! Das heißt …« Nancy brach ab. Sie musste an ihren Vater denken. Das Schlimmste, was bisher in Dedley End geschehen war, war der Autounfall, bei dem er umgekommen war. Er musste sofort tot gewesen sein, als er frontal mit dem Wagen gegen einen Baum gerast war. Ein zweites Auto war am Unfall beteiligt gewesen, aber man hatte den Fahrer nie ausfindig machen können. Es hatte nur ein einziges Beweisstück am Tatort gegeben, und das hatte zu nichts geführt. Die Reifenspuren verrieten, dass das entgegenkommende Fahrzeug sich auf der falschen Seite der Fahrbahn befunden haben musste, aber der Fahrer hatte nicht angehalten, und so mussten sich Nancy und ihre Großmutter bis heute fragen, was genau in jener Nacht passiert war. Ein Unfall? Oder Vorsatz? Sie hatten es nie herausfinden können. Und jetzt also dieses neue Rätsel. Was, wenn die Polizei auch das nie aufklären würde?

»Ah, hier bist du.« Richard trat zu ihnen. Er wirkte so ruhig und gelassen wie immer, obwohl ein Mord geschehen war. »Ich habe dich schon überall gesucht. Geht es euch gut? Ihnen auch, Mrs. Hunter? Benötigen Sie etwas?«

Jane funkelte Richard böse an, erschauderte dann aber unwillkürlich. »Mir ist ein bisschen kalt.«

»Moment, ich hole eure Mäntel.« Und schon war er wieder verschwunden.

»Dass er plötzlich wieder hier auftaucht, das ist auch ein Schock«, bemerkte Jane. Sie ergriff Nancys Hand und drückte sie voller Zuneigung.

»Stimmt«, meinte Nancy. Mit Richard hatte sie wirklich nicht mehr gerechnet. Oder dass er ausgerechnet an dem Abend wieder in ihrem Leben auftauchen würde, an dem ein Mord geschah. Sie schüttelte den Kopf und nahm sich vor, sich nie wieder zu wünschen, dass in Dedley End endlich mal was Aufregendes passierte. Nancy erschauderte. Irgendjemand hier war ein eiskalter Killer.

»Na, was sagt man dazu?« Reverend Williams trat mit seiner Frau zu ihnen. »Was für eine scheußliche Geschichte, eine scheußliche Geschichte.« Er war Pastor in Dedley End, seit Nancy zurückdenken konnte. Oma ging jeden Sonntag in die Kirche und war oft zum Abendessen im Pfarrhaus eingeladen. Sie und Gloria waren seit Jahren enge Freundinnen. Der Pastor und seine Frau waren freundliche, warmherzige Menschen und im Dorf allseits beliebt. Allerdings näherten sie sich dem Rentenalter, woran Nancy gar nicht denken mochte. Ein Dorf ohne ihre gütig lenkende Fürsorge war unvorstellbar.

»Meine Hände zittern richtig«, gestand Gloria.

Nancy zog sogleich einen weiteren Sessel heran, damit Gloria sich neben Oma setzen konnte. »So, hier, bitte. Wie lange wir wohl noch hierbleiben müssen? Oma sollte wirklich langsam nach Hause.«

»Ihr könnt mit uns mitfahren, wir sind mit dem Auto hier«, erklärte der Reverend. »Das heißt, wenn sie uns endlich gehen lassen.«

»Danke, das wäre nett.«

»Dieser Schrei ist mir richtig in die Glieder gefahren.« Jane presste eine Hand aufs Herz.

»Ja, mir auch«, antwortete Gloria, »dass so etwas passieren kann!«

»Kennt ihr die Familie?«, wollte Nancy vom Reverend wissen.

»Früher schon. Früher sind Marcus und seine Frau Louisa regelmäßig zur Messe gegangen. Ein wirklich nettes Paar, aber irgendwann haben sie sich aus allem zurückgezogen. Zumindest bis heute …« Seine Stimme verklang. Das war bestimmt nicht das Comeback, das sich die Familie gewünscht hatte.

»Lucy und Harry waren noch nicht lange verheiratet, oder?«, erkundigte sich Nancy.

»Erst sechs Monate. Sie haben sich in Paris kennengelernt. Ich glaube, die Familie war entsetzt, als Harry mit einer Ehefrau im Gepäck aus Frankreich zurückkehrte. Aber er war wahnsinnig verliebt, stimmt es nicht, Darling?« Gloria wandte sich an ihren Mann.

Der Pastor nickte. »Ja, das war er wirklich. Eine schreckliche Geschichte.«

»Was tat Lucy, ehe sie Harry traf?«

»Hat in einer Bar gearbeitet, soweit ich weiß«, antwortete Gloria.

Nancy zog eine Augenbraue hoch. Lucy hatte sich nicht angehört wie jemand, der noch vor Kurzem in einer Pariser Bar gearbeitet hatte. War ihre vornehme Sprechweise etwa nur Fassade, um besser zu den Roths passen zu können? Interessant war es jedenfalls. Nancy musste zugeben, sie hätte Harry und Lucy jetzt nicht unbedingt zusammengetan – sie, umwerfend schön, und er, Harry, nicht wirklich. Aber er war reich. War es Lucy hauptsächlich um sein Geld gegangen? Das könnte ihren verfrühten Tod erklären. Hatte sie jemand aus dem Weg räumen wollen, bevor sie sich das Vermögen ihres Gatten unter den Nagel reißen konnte?

Nancy schwirrte der Kopf vor Möglichkeiten. Abermals fiel ihr dieser Streit im Pub ein. Konnte Will Roth etwas damit zu tun haben? Schwer vorstellbar, so charmant, wie er sich ihnen gegenüber auf der Party verhalten hatte, aber er schien Lucy feindlich gesinnt zu sein …

Richard brachte nun ihre Mäntel, und auch Nancy legte sich ihren um die Schultern, da sie ebenfalls fror. Jonathan hatte sein Telefonat erledigt und gesellte sich wieder zur Gruppe. Verlegenheit machte sich breit. Nancy wollte Richard soeben dem Pastor und seiner Frau vorstellen, doch da berührte er ihren Arm und sagte: »Ich muss mich jetzt wieder um die Familie kümmern. Wir sehen uns später, ja?« Und damit verschwand er. Nancy wollte noch etwas sagen, doch in diesem Moment trat einer der Polizeibeamten in Zivil zu ihnen. Nancy blickte Richard nach – er lief schon den ganzen Abend herum wie ein aufgescheuchtes Huhn. Welche Rolle spielte er hier? Es war alles so verwirrend. Aber der ganze Abend war verwirrend. Hoffentlich war es bald vorbei.

»Ich bin Detective Constable Pang«, verkündete der Beamte und zückte sein Notizbuch. »Wenn Sie mir bitte Ihren Namen und Ihre Adresse nennen würden und mir dann berichten, was Sie gesehen haben.« Er fing mit dem Vikar und seiner Frau an, die aber zu weit vom Schauplatz entfernt gewesen waren, um signifikante Beobachtungen gemacht haben zu können. Dann kam Jane an die Reihe, und sie konnte nur den Schrei beschreiben, den alle gehört hatten.

»Ich vertrete den *Cotswold Star*«, verkündete Jonathan. »Können Sie schon ein Statement abgeben?« Er hielt sein Handy bereit, um sich Notizen zu machen.

DC Pang seufzte. »Vorläufig gibt es noch kein Presse-Statement, nein. Das wird dann Inspector Brown übernehmen. Dürfte ich jetzt bitte erst einmal Ihre Kontaktdaten haben?«

Jonathan und Nancy nannten Namen und Adresse und gaben dann denselben Bericht ab, von Marcus Roths Rede, dann dem Schrei aus der Eingangshalle, wie von Jane beschrieben.

Als sie fertig waren, nickte Pang mechanisch. »Wir melden uns, wenn wir noch Fragen haben sollten.« Und damit wandte er sich ab.

»Moment, da ist noch was …«, begann Nancy, »wir haben da was im Pub beobachtet …«

»Stimmt, ja, Nancy, das könnte wichtig sein«, warf Oma ein.

»Lucy Roth war dort, mit …«

»Mich interessiert vorläufig nur das, was heute Abend vorgefallen ist«, unterbrach DC Pang rüde. »Ich habe noch sehr viele Leute zu befragen. Wenn Sie sonst noch etwas zu sagen haben, dann melden Sie sich bitte auf dem Revier, in Ordnung?« Und damit schritt er davon.

»Sekunde, dürfen wir denn jetzt endlich gehen?«, rief Nancy ihm hinterher. Er gab ihnen mit einem gnädigen Wink zu verstehen, dass sie das könnten. »Was für ein unhöflicher Klotz«, bemerkte Nancy, sobald sie allein waren.

»Ganz recht, Liebes, dabei wolltest du nur behilflich sein«, meinte auch Jane.

»Und es könnte wichtig sein. Schließlich hatte Lucy einen Streit mit Will, wir haben es alle gesehen«, fügte Jonathan hinzu. »Tja, so wie's aussieht, wird in meinem Artikel mehr stehen, als selbst die Polizei weiß. Aber gut, mit Mord haben sie ja schließlich noch nie zu tun gehabt. Warten wir eben, bis wir mit DCI Brown reden können«, meinte Jonathan. »Obwohl, sehr viel kompetenter ist der, glaube ich, auch nicht.«

»Gut, dann gehen wir jetzt am besten«, meinte Pastor Williams. »Es ist schon spät, und wir stehen noch unter Schock. Was wir jetzt vor allem brauchen, ist Ruhe.«

Nancy nickte. Es war klar, dass ihre Information noch warten musste. Vor allem wollte sie jetzt Oma nach Hause bringen. Sie selbst war genauso erledigt – die Partylaune war ihr gründlich vergangen, und sie sehnte sich nach ihrem Bett. Nancy blickte sich auf dem Weg zum Ausgang noch einmal nach Richard um, konnte ihn aber nirgends entdecken.

Ihn nach so langer Zeit wiederzutreffen, war seltsam gewesen, fast unwirklich. Überhaupt haftete diesem ganzen Abend etwas Surreales an. Nancy wurde den Anblick von Lucy Roths leblosem Körper nicht mehr los. So etwas konnte man nicht vergessen. Nancy schaute noch einmal zu dem großen Anwesen hinauf, während sie den anderen zum Auto des Pastors folgte. Ihr sehnlichster Wunsch, endlich einmal Roth Lodge von innen sehen zu dürfen, war in Erfüllung gegangen. Trotzdem war sich Nancy in diesem Moment sicher, dass es ihr nichts ausmachen würde, wenn sich das nie mehr wiederholen würde.

8. Kapitel

Nancy war überrascht, dass Jane bereits auf war, als sie am folgenden Morgen, dem Samstag, die Treppe herunterkam. »Ich komme heute mit in den Buchladen«, erklärte Jane. »Ich will nicht allein sein. Außerdem möchte ich nichts verpassen.«

Nancy musste lachen: Oma hatte Angst, dass ihr etwas vom Dorfklatsch entgehen könnte! Und so verließen sie nach einem kurzen Frühstück zu dritt das Haus, zusammen mit Beagle Charlie, der brav neben ihnen hertrottete. Nancy machte mit ihm einen Abstecher zur Dorfwiese, während Jane schon einmal den Laden aufschloss.

»Hoffentlich wird es hier bald warm«, bemerkte sie, während sie mit zwei Tassen heißem Tee aus dem Hinterzimmer auftauchte. Nancy drehte derweil das Schild an der Tür von »Geschlossen« auf »Geöffnet« um.

Es war ein frostiger Morgen, alles war von einer glitzernden Reifschicht bedeckt, und Nancy konnte beim Ausatmen ihre Atemwolke sehen. Sie schaltete den Heizkörper an, aber der brauchte immer eine Ewigkeit, bevor sich irgendetwas tat. Charlie kuschelte sich in sein Hundebettchen auf dem Fensterplatz und lag dort im Schein einer milchigen Sonne, die zum Schaufenster hereinfiel. Nancy gesellte sich zu ihrer Großmutter hinter den Tresen und nippte dankbar an der Tasse heißem Tee, den Oma gemacht hatte. »Ich bin total müde, ich konnte letzte Nacht lange nicht einschlafen«, gestand sie.

»Ich auch nicht. Ich musste ständig an dieses arme Mädchen denken.« Oma erschauderte. »Und beim Aufwachen habe ich kurz gehofft, dass es bloß ein Albtraum gewesen wäre.«

»Leider nein. Das Ganze ist einfach unfassbar. Hat sie wirklich jemand von den Partygästen übers Geländer gestoßen? Aber wer? Und warum?«

»Einfach schrecklich. Vielleicht sollten wir nicht mehr daran denken.«

»Aber ich kann an nichts anderes denken! Und das wird auch eine Zeit lang so bleiben«, meinte Nancy. Sie war vollkommen verstört.

Danach machten sie sich an die üblichen morgendlichen Handgriffe, sie überzeugten sich davon, dass der Laden präsentabel war, aber keine von beiden war heute mit dem Herzen dabei. Nancy konnte nicht aufhören, an die Roths zu denken und was dort wohl gerade los war. Sie versuchte, Jonathan anzurufen, aber er ging nicht ran.

Nur wenige Minuten später bimmelte fröhlich die Eingangsglocke, und Jonathan selbst trat ein. Er sah aus, als habe er die ganze Nacht kein Auge zugetan.

»Bitte sagt, dass es hier einen Kaffee für mich gibt. Ich

war die halbe Nacht auf.« Er ließ sich in den Ledersessel plumpsen, bleich und unrasiert und noch immer im Abendanzug von gestern, den er unter seinem Wintermantel trug.

»Hier, bitte.« Nancy brachte ihm einen Becher. »Du solltest vielleicht besser ins Bett gehen.«

»Kann nicht, zu aufgedreht.« Er nahm einen tiefen Schluck von dem starken schwarzen Gebräu. Nancy konnte nicht begreifen, wie er so etwas trinken konnte, sie selbst war durch und durch Teetrinkerin. »DCI Brown hat soeben in einer Stellungnahme bestätigt, dass Lucys Tod als Mordtat behandelt wird. Wie kann ich schlafen, wenn sich gerade das Aufregendste abspielt, was je in Dedley End passiert ist?«

»Ich wünschte wirklich, du würdest dich nicht so über *Mord* freuen«, rügte ihn Jane.

»Ich kann immer noch nicht fassen, dass es wirklich geschehen ist«, meinte Nancy mit einem perplexen Kopfschütteln. »Dass sie ermordet wurde.«

»Doch, das wurde sie«, bestätigte Jonathan. »Mein *post* über ihren Tod ist viral gegangen. Nicht zu fassen, dass ich direkt vor Ort von der Tat berichten konnte! Und jetzt, wo die Polizei bestätigt hat, dass es sich um Mord handelt, klingelt ständig mein Handy. Die ganze nationale Presse ist auf dem Weg hierher. Es wird richtig eng werden im Dorf. Der Name Roth ist so bekannt, da will jeder ein Stück von der Story abhaben.«

»Du könntest recht haben.« Nancy stand am Schaufenster und blickte auf die Straße hinaus.

Jonathan und Jane traten zu ihr. Sie sahen, wie Autos angefahren kamen, wie sich die High Street allmählich mit Menschen füllte. Kamerastative wurden aufgebaut, uniformierte Polizei machte die Runde, die Dorfbewohner steckten neugierig die Köpfe zusammen und tauschten sich über das Geschehen aus. So voll war der Dorfplatz im Dezember noch nie gewesen, fand Nancy.

»Da schau sich mal einer an, was ich ausgelöst habe.« Jonathan stieß einen Pfiff aus.

»Nicht zu fassen«, meinte auch Nancy.

»Du meine Güte!«, fügte Jane hinzu. Stumm sahen sie eine Weile hinaus, dann deutete Jane zur anderen Straßenseite. »Seht, da kommt Penelope.«

Und wenige Augenblicke später bimmelte erneut die Türglocke, und Penelope trat ein. »Was ist denn da draußen nur los? Ich hab ewig gebraucht, um einen Parkplatz zu finden. Was machen all die Leute hier? Findet etwa ein Festival statt, von dem ich gar nichts mitgekriegt habe?«, fragte sie sich, während sie ihren Wintermantel ablegte. Pen half samstags meist im Laden aus, weil da am meisten Betrieb herrschte. Dann erblickte sie die Mienen der anderen. »Was ist?«

»Du nimmst dir am besten erst mal einen Kaffee, dann erklären wir dir alles«, meinte Nancy. Nachdem Pen mit einer Tasse versorgt war und sich die anderen nachgeschenkt hatten, erzählte Nancy, was sich auf der Party zugetragen hatte. Penelope konnte zunächst nur stottern, sie fand keine Worte.

»Das ist ja mal wieder typisch! Ihr seid mittendrin, und ich krieg nichts mit! Mann, ich bin vielleicht neidisch!«

»Penelope, die arme Frau wurde ermordet! Wir mussten die Leiche sehen und alles«, wandte Jane vorwurfsvoll ein. »Du bist nicht besser als Jonathan, der sieht in alledem nur eine Chance auf Beförderung.«

Jonathan zuckte nur mit den Schultern. »Ist ja nicht so, als ob ich was mit der Sache zu tun hätte, wieso also sollte ich nicht davon profitieren? Tatsächlich bin ich hier, um dich diesbezüglich um einen kleinen Gefallen zu bitten, Nancy.«

»Ein kleiner Gefallen? Schon wieder?! Sieh nur, wo uns der letzte hingebracht hat.«

»Wir konnten doch nicht wissen, wie die Feier enden würde! Aber du solltest dich wirklich nicht beschweren – du warst nicht nur anwesend, als der allererste Mord in Dedley End geschah, du hast sogar noch einen Auftrag von den Roths ergattert!«

»Stimmt ja«, erinnerte sich Nancy jetzt. Sie erläuterte Penelope, dass Marcus sie um ihren fachmännischen Rat bezüglich der Anschaffung neuer Bücher für die private Bibliothek der Familie gebeten hatte. »Aber daran wird er sich jetzt wohl kaum noch erinnern«, wandte sie ein.

»Dann musst du eben dafür sorgen, dass er's tut«, bekräftigte Jonathan. »Überleg doch mal – wäre doch ideal, wenn du in dem Anwesen ein und aus gehen könntest, mit der Familie Zeit verbringen? Du könntest nach Hinweisen Ausschau halten, wer von der Familie es getan haben könnte. Stell dir vor, wir lösen den Fall noch vor der Polizei. Das wäre der Hammer! Die Story des Jahres!«

»Du glaubst, du könntest einen Mord noch vor der Polizei aufklären?«, zweifelte Penelope mit hochgezogener Braue. »Dass du arrogant bist, Jonathan Murphy, hab ich ja immer gewusst, aber das schlägt dem Fass den Boden aus.«

»Nancy, jetzt hilf mir doch mal. Unsere Polizei hat noch nie mit Mord zu tun gehabt …« Jonathans Blick fiel auf das Foto von Nancys Dad hinter der Theke. »Ähm, tut mir leid.«

Nancy seufzte. »Was die Untersuchung seines Unfalls betraf, haben sie wirklich keinen guten Job gemacht.«

»Wenn's überhaupt ein Unfall war«, bemerkte Jane düster. Sie hielt nach wie vor den Fahrer des Fluchtautos für verantwortlich. »Du hast recht, Jonathan, wir können uns nicht darauf verlassen, dass die Polizei diesen Mord aufklären wird.«

»Von diesem Streit im Pub neulich wollten sie jedenfalls schon mal nichts hören. Erinnerst du dich, Pen, dieser Streit zwischen Will und Lucy Roth, am Sonntag im Pub?«, sagte Nancy.

Penelope nickte mit großen Augen. »Du glaubst doch nicht, dass Will sie getötet haben könnte? Na ja, sie wirkten jedenfalls zornig.«

»Ich weiß nicht, aber nachgehen sollte man der Sache doch zumindest?«

»Besonders wenn sie wirklich was miteinander gehabt

haben sollten«, meinte auch Penelope. »Ist dir gestern was aufgefallen?«

»Nichts. Sie schienen sich nicht sonderlich zu mögen, das hat man gemerkt«, antwortete Nancy.

»Dann war's ja vielleicht ein Hass-Verbrechen«, überlegte Jonathan und machte sich eine Notiz auf seinem Handy. »Oder Harry hat Wind von der Affäre gekriegt und Lucy in einem Anfall von Eifersucht getötet. Oder … na ja, es gab Gerüchte, sie habe es nur auf sein Geld abgesehen. Dann hätte es jeder aus der Familie sein können. Wenn sie glaubten, sie wolle sich das Roth-Vermögen unter den Nagel reißen? Diese Heirat erfolgte ja auch ziemlich überstürzt, nicht?« Jonathan blickte von seinem Handy auf. »Na ja, wie auch immer, die Wahrheit ist jedenfalls in dem Haus auf dem Hügel zu suchen. Wir müssen sie nur herausfinden.«

»Glaubt ihr, es könnte einer der Gäste gewesen sein und nicht die Familie?«, wollte Penelope wissen.

»Momentan können wir gar nichts ausschließen«, antwortete Nancy. »Aber die meisten kannten Lucy doch überhaupt nicht, und die Einheimischen hatten das Anwesen seit Ewigkeiten nicht mehr betreten. Welches Motiv könnte ein Außenstehender also gehabt haben? Will dagegen hat durchblicken lassen, dass die Familie nicht gerade angetan war von Lucy, und wir wissen, dass er Streit mit ihr gehabt hat.« Nancy seufzte. »Mir hat Lucy gestern Abend irgendwie leidgetan. Sie wirkte so, ich weiß nicht, so verloren. So allein.«

»Wir wissen, dass die Roths sich jahrelang vom Dorf abgeschottet haben. Würde mich nicht überraschen, wenn sie auch Lucy die kalte Schulter gezeigt hätten«, meinte Jane. »Du hast recht, Liebes, ich habe auch das Gefühl, dass keiner auf ihrer Seite stand. Das muss sich ändern, dafür sollten wir sorgen.«

»Aber wie?«, fragte sich Nancy. »Wie können wir dafür sorgen, dass Lucy Gerechtigkeit widerfährt?«

»Du hast doch bereits Zugang, Nancy«, erinnerte Jonathan. »Es wäre ein Anfang, um herauszufinden, wer ihr das angetan hat und warum. Das sind die Menschen, die ihr am nächsten standen. Und dir vertrauen sie vielleicht mehr an als den Cops. Jetzt könntest du endlich mal dein umfassendes Krimi-Wissen anwenden.«

»Ja, ich lese ständig Krimis und Detektivgeschichten, und ich bin sogar nach einer berühmten fiktiven Detektivin benannt, aber jetzt mal im Ernst – wir können doch nicht wirklich selbst Ermittlungen anstellen.«

»Aber wir wissen tatsächlich jede Menge, über Morde und verzwickte Fälle und so«, meinte Oma mit munter funkelnden Augen. »Und wenn wir der Polizei nicht zutrauen, Lucy Gerechtigkeit zu verschaffen, dann …«

»… müssen wir die Dinge eben in die eigene Hand nehmen?«, beendete Nancy den Satz. Großmutter und Enkelin blickten sich unsicher an.

»Ach wisst ihr, wenn ich's mir recht überlege, ist das vielleicht doch völliger Blödsinn«, sagte Jonathan jetzt zu ihrer Überraschung. »Ich meine, könntet ihr wirklich einen

Mörder aufspüren? Ihr als Detektive, das ist vielleicht doch ein bisschen lächerlich. Man sollte das der Polizei überlassen, selbst wenn sie sich bisher nicht als sonderlich fähig erwiesen hat. Außerdem, was interessiert es uns, ob Lucy Gerechtigkeit widerfährt oder nicht?«

»Das kann ich dir sagen!«, brauste Nancy auf. »Weil kein Mensch mit einem Mord davonkommen darf! Wissen wir nicht selbst am besten, wie das ist, wenn man die Wahrheit nicht kennt, wenn man sich ewig fragen muss … Das dürfen wir nicht zulassen, nicht noch einmal«, beendete Nancy ihr leidenschaftliches Plädoyer.

Jonathan feixte. »Dann tu doch das, was du predigst, Nancy Hunter. Lass Taten folgen.«

»Hä?« Nancy starrte ihn an. Wieso wirkte er derart selbstzufrieden?

Jonathan grinste. »Ich wette mit dir und Mrs. H. um fünfzig Piepen, dass ihr diesen Mord nicht aufklären könnt, bevor es die Polizei tut.«

»Ach, wettest du jetzt etwa gegen uns?«, rief Nancy empört aus.

»Na ja, ihr sagt selbst, ihr seid keine Experten darin, Kriminalfälle zu lösen, oder? Vielleicht solltet ihr das Ganze doch besser DCI Brown überlassen.«

»Unsinn! Natürlich können wir einen Kriminalfall lösen«, warf Jane erbost ein und spielte Jonathan damit natürlich wunderbar in die Hände. »Nicht, Nancy?«

»Ich finde, ja! Und wir sollten Lucy Gerechtigkeit verschaffen. Außerdem will ich nicht, dass in meinem Dorf ein Mörder frei herumläuft, ihr etwa?« Sie wandte sich Jonathan zu. »Obwohl, wetten ist schon ein bisschen geschmacklos, oder nicht?«

»Aber es stecken doch gute Absichten dahinter«, meinte Penelope, »ich finde, ihr solltet es machen. Ich weiß doch, wie schwer das immer noch für euch ist, nicht zu wissen, was deinem Vater damals zugestoßen ist, Nancy. So soll es dem armen Harry Roth nicht auch ergehen. Und wenn du Jonathan dabei gleich dieses Grinsen vom Gesicht wischen kannst, umso besser«, fügte sie hinzu.

»He!«, rief er gespielt empört.

»Na gut, ich habe mich bisher noch nie vor einer Wette gedrückt«, meinte Nancy entschlossen. »Und ich möchte das ohnehin tun. Für Lucy.«

Oma nickte. »Für Lucy.«

Nancy bot Jonathan die Hand. Seine Hand fühlte sich warm und kräftig in der ihren an. »Fünfzig Pfund, dass wir den Fall noch vor der Polizei lösen. Du fängst am besten gleich an zu sparen.«

»Das sind fünfzig Piepen, die ich gern verliere, auch wenn ich nie gedacht hätte, dass ich mal so was sage«, meinte er.

»Aber es wird doch hoffentlich nicht zu gefährlich sein?« Jane kaute besorgt auf ihrer Unterlippe, als sei ihr jetzt erst klar geworden, worauf sie sich da einließen. »Ihr beiden seid doch schon als Kinder immer in die schlimmsten Schwierigkeiten geraten.«

»Aber wir können doch auf Ihren Beistand hoffen,

Mrs. H.?«, meinte Jonathan. »Nur um sicherzugehen, dass ich Nancy nicht auf die schiefe Bahn bringe?« Er zwinkerte Nancy zu, als die Großmutter gerade nicht hinsah.

»Ja, das stimmt. Und der liebe gute George würde es nicht anders wollen, nach allem, was ihm zugestoßen ist. Und dann das hier.« Sie wies um sich auf den Laden. »Ausschließlich Krimis, das war sein ganzer Stolz. Was würde er an unserer Stelle machen?«

»Er würde den Fall lösen wollen, Oma«, erwiderte Nancy im Brustton der Überzeugung. »Nicht zu fassen, dass wir das tun, aber ich glaube, wir müssen einfach.«

Alle nickten.

»Aber wo anfangen?«

Bevor jemand darauf eine Antwort geben konnte, klingelte Nancys Handy. Sie holte es hervor und erstarrte, als sie den Namen des Anrufers las.

»Was ist? Wer ist das?«, wollte Jonathan wissen, als er ihre Miene bemerkte.

»Es ist Richard«, antwortete sie und zog sich zum Telefonieren ins Hinterzimmer zurück.

»Richard?!«, quiekte Penelope überrascht, wie Nancy hinter ihrem Rücken noch hören konnte.

»Der Mord gestern war nicht das einzige Schockerlebnis«, erwiderte Jonathan. »Nancys Ex, Richard, ist wieder in Dedley End aufgetaucht.«

9. Kapitel

»Hallo?« Nancy, zu nervös zum Hinsetzen, schritt in dem kleinen Kabuff auf und ab. Sie hörte die gedämpften Stimmen der anderen aus dem Laden und wusste, dass sie jetzt über sie redeten. Nancy versuchte, sich zu konzentrieren, aber es war nicht einfach, denn in ihrem Kopf schwirrte all das durcheinander, was in den letzten vierundzwanzig Stunden passiert war. »Richard?«

»Gut, dass du immer noch dieselbe Nummer hast. Ich hatte gestern gar keine Gelegenheit, mich von dir zu verabschieden, und ich wollte auch mal nachfragen, wie's dir geht. Wie fühlst du dich?«

»Das ist lieb von dir.« Nancy wünschte, sie würde sich nicht gerade in diesem Moment daran erinnern, wie fürsorglich er manchmal hatte sein können. »Es geht, aber das war vielleicht ein Schock! Jetzt, am helllichten Tag, kann ich's kaum glauben.«

»Du sagst es. Ich sollte eigentlich auf Roth Lodge übernachten, aber unter diesen Umständen hielt ich es für besser, mir ein Zimmer im *White Swan* zu nehmen.«

»Ach, du bist noch in Dedley End?« Nancy musste unwillkürlich an das einzige Mal denken, an Weihnachten, als sie ihn mit nach Hause genommen hatte, und wie seltsam das gewesen war, mit ihm hier, in ihrem Heimatdorf. Sein Besuch war gründlich misslungen, und er war danach auch nie mehr wiedergekommen, so sehr sie es sich auch gewünscht hätte. Nach diesem Weihnachtsfest war ihre Beziehung endgültig in die Brüche gegangen.

»Doch, bin ich. Und ich wollte fragen, ob du dich zum Lunch im Pub mit mir treffen willst? Es ist so lange her, wir haben einiges nachzuholen. Auch wenn ich mir ein Wiedersehen unter anderen Umständen gewünscht hätte. Mit so etwas hatte ich natürlich nicht gerechnet, als Will mich zu der Feier einlud. Trotzdem möchte ich mir diese Gelegenheit, dich zu sehen, nicht entgehen lassen.«

»Ach.« Nancy war überrascht und geschmeichelt, nervös und durcheinander. »Na ja, ich denke, ich könnte schon ...«

»Ausgezeichnet! Das wäre dann also geklärt. Wir treffen uns um halb eins, ja?« Damit legte er auf. Nancy fiel wieder ein, wie schwer es stets gewesen war, mit ihm zu diskutieren. Aber ein Lunch im Pub konnte doch sicher nicht schaden, oder? Nancy kehrte in den Verkaufsraum zurück. Hoffentlich merkte niemand, wie rot ihr Hals unter dem Kragen ihres Pullis geworden war.

Der Buchladen hatte sich während Nancys kurzer Abwesenheit belebt. Gloria war hier und auch Mr. Smith, ein treuer Stammkunde, sowie eine Familie aus dem Dorf. Keiner von ihnen tat auch nur so, als seien sie hier, um ein Buch zu kaufen. Alle wollten über gestern reden.

»Die wollen wissen, was passiert ist«, erklärte Jonathan. Er erhob sich aus seinem Sessel und trat zu Nancy. »Und, was hat Dicky von dir gewollt?«

»Nenn ihn doch nicht so, du weißt, das kann er nicht leiden«, sagte Nancy vorwurfsvoll. Jonathan und Richard hatten sich von Anfang an nicht gemocht. »Er wollte mich zum Lunch einladen, bevor er wieder nach Hause fährt.«

Jonathan zog eine Augenbraue hoch. »Und darauf hast du dich eingelassen?«

»Ich kann doch einen alten Freund nicht abweisen, wir haben uns schließlich seit fünf Jahren nicht mehr gesehen.«

»Ein alter Freund?«, spottete er. »Mich wundert's, dass er sich überhaupt dazu herablässt, wieder einen Fuß in unser Dörfchen zu setzen; ich dachte, wir wären unter seiner Würde.«

Nancy seufzte. »Das ist fünf Jahre her, Menschen ändern sich.«

»Ach ja?« Sie schauten sich an. Jonathan war der Erste, der den Blick abwandte. »Ich muss nach Hause und mich umziehen.«

»Jetzt sei doch nicht so. Richard könnte eine Hilfe für uns sein.«

»Ach, wie denn?«

»Er kennt die Roths, vielleicht weiß er was, was wir nicht wissen. Ich meine, wo fängt man denn überhaupt an, wenn man einen Mord aufklären will?«

»Man versucht zunächst, so viel wie möglich über das

Opfer herauszufinden«, erklärte Jonathan, als wisse er, wovon er redete.

»Okay, das wäre ein Anfang. Und dabei könnte uns Richard ja vielleicht behilflich sein.«

Jonathan seufzte. »Möglich. Aber bitte sei auf der Hut, Nancy, ja? Ich kann mich noch gut erinnern, wie schlecht es dir nach der Trennung ging.«

Nancy nickte. »Versprochen.« Sie blickte ihm nach und wünschte, die Dinge würden sich nicht plötzlich so fürchterlich kompliziert anfühlen.

»Nancy, komm und erzähl Gloria von dem Streit im Pub«, bat Jane sie zu ihrer Gruppe hinzu.

Nancy wusste jetzt schon, dass sie diese Geschichte heute noch viele Male würde erzählen müssen, aber das machte ihr nichts aus. Sie war froh um die Ablenkung. Denn dann musste sie nicht an den bevorstehenden Lunch mit Richard denken.

*

Auch im *White Swan* herrschte ein Betrieb wie noch nie, als Nancy um die Mittagszeit das Pub betrat. Sie erblickte Lisa aus dem Zeitungsladen, sie saß unweit der Reporter mit ein paar Freundinnen zusammen und machte Selfies mit den Presseleuten im Hintergrund. Mrs. Taylor, Nancys alte Schulrektorin, starrte aus dem Fenster und verkündete jedem, der es hören wollte, wer soeben draußen vorbeiging. Ein Polizeilieferwagen schwenkte auf den Parkplatz ein, und alle reckten die Hälse, um zu sehen, was los war. Metzger Pete winkte Nancy zu. Er ging mit einem Tablett voller Biergläser an ihr vorbei zu einem voll besetzten Ecktisch, wo sich Männer lautstark unterhielten und gegenseitig zu übertönen versuchten. Selbst Reverend Williams war hier, er saß weiter hinten, mit einem Sherry in der Hand, und unterhielt sich mit Mrs. Wood, der Blumenhändlerin. Es schien, als wollten alle darüber reden, was sich momentan im Dorf abspielte.

»Nancy, hier!«, rief Wirtin Tanya, der das Pub gehörte, als Nancy sich suchend umschaute. Sie wandte sich um und schob sich an den Leuten vorbei zur Bar. »Nicht zu fassen, was heute hier los ist. Wenn das so weitergeht, wird mir dieser Mord ein kleines Vermögen einbringen.« Tanya wirkte ähnlich begeistert wie Jonathan. Nancy wusste, dass sie es nicht böse meinte, zuckte aber dennoch unwillkürlich zusammen. An Lucy schien dabei niemand zu denken, obwohl Nancy zugeben musste, dass sie ja auch keiner gekannt hatte, da sich die Roths nie blicken ließen. »Du warst gestern auch auf der Party, stimmt's?«

»Stimmt. Ich kann das alles noch gar nicht richtig begreifen.«

»Ich konnte kaum schlafen, ich musste ständig an diesen Anblick denken. Aber mal unter uns, ich bin nicht ganz so schockiert wie einige andere. Irgendwas war immer reichlich seltsam an dieser Familie, wenn du mich fragst. Wieso haben sie sich jahrelang vor dem Dorf versteckt? Exzentrisch ist doch nur ein anderer Ausdruck für gestört, oder?«

Aber bevor Nancy etwas dazu sagen konnte, wurde Tanya von einem Gast weggerufen.

Es stimmte, über die Familie war nur wenig bekannt. Nancy war fest entschlossen, so viel wie möglich herauszufinden. Sie ging tiefer ins Pub hinein und schaute sich dabei nach Richard um. Schließlich entdeckte sie ihn an einem kleinen Tisch ganz hinten. Er winkte ihr zu, als sie näher kam, und ihr Gesicht erhellte sich unwillkürlich. Dieses Wiedersehen freute sie mehr, als sie gedacht hätte.

Richard erhob sich und gab ihr einen Kuss auf die Wange. Heute trug er eine schwarze Jeans und ein Hemd, war weniger formell als gestern, aber immer noch smart, dazu war er frisch rasiert. »Ist hier immer so viel los?«

»Nein, das ist nur wegen gestern. Das ganze Dorf spricht davon.«

»Na ja, in so einem Kaff gibt's wahrscheinlich nicht viel, worüber es sich zu reden lohnt.« Er blickte sich herablassend um. Nancy ärgerte sich. Sie mochte es nicht, wenn man sich abfällig über ihr geliebtes Dedley End äußerte. Aber vielleicht war die Kluft, die sie von ihm trennte, ja größer, als sie gedacht hatte. Doch dann lachte er. »War nur ein Witz. Die Nachricht verbreitet sich wie ein Lauffeuer, das ist echtes Futter für die Medien – eine steinreiche Familie, mit einem Namen, so alt wie dieses Pub, und ist in so einen Skandal verwickelt. Allerdings nicht gerade das richtige Thema für einen gemütlichen Lunch zu zweit.«

Nancy schlüpfte aus ihrem Mantel. »Ich war total überrascht, dich gestern dort zu treffen. Aber du sagst, ihr habt beruflich mit den Roths zu tun?«

»Unsere Kanzlei macht seit letztem Jahr die ganze Buchhaltung für den Roth-Konzern, seitdem habe ich mit der Familie zu tun – aber in ihrem Anwesen war ich bis gestern auch noch nie«, erläuterte Richard und bestätigte damit, was Will Roth ihr auf der Party berichtet hatte.

»Sie hatten seit Jahren niemanden aus dem Dorf mehr zu sich eingeladen. Und dann ausgerechnet so ein Abend.« Nancy fand es leichter, sich auf die Roths zu konzentrieren. Dann musste sie nicht darauf achten, wie Richard sie anlächelte, oder auf seinen dänischen Akzent, den sie schon immer sexy gefunden hatte, oder auf seinen ihr immer noch vertrauten Duft. Nicht viel einfacher, wenn sie ehrlich war, aber schon ein bisschen.

»Nein, so etwas hat keiner kommen sehen. Die arme Lucy!«

»Hast du sie gut gekannt?« Nancy beugte sich vor.

»Nein. Sie und Harry Roth hatten ja erst vor sechs Monaten geheiratet. Ich habe überwiegend mit Will zu tun. Harry hat bis zu seiner Heirat die französische Niederlassung der Firma geleitet. Hab sie nur einmal getroffen, kurz nachdem sie nach England zurückgekehrt waren und sich für ein paar Tage in London aufhielten. Aber dann sind sie hierhergezogen, und ich hab sie bis gestern nicht mehr gesehen.« Er winkte die Kellnerin herbei und bestellte, ohne Nancy zu fragen, eine Flasche Wein. Nancy wäre zwar ein Gin Tonic lieber gewesen, aber sie sagte nichts.

Sie bestellte sich die Fleischpastete mit Kartoffelpüree und er das Steak.

»Und was war dein Eindruck von Lucy?«, nahm Nancy den Faden sogleich wieder auf, nachdem die Kellnerin gegangen war.

»Na ja, sie ist natürlich attraktiv, sehr sogar, aber mich hat's schon gewundert, dass Harry ausgerechnet sie geheiratet hat. Ich hätte gedacht, dass Marcus Roth ihn längst mit einer der Töchter aus den anderen alten englischen Großgrundbesitzersfamilien verkuppelt hätte.«

Nancy lachte. »Na hör mal, wir sind doch nicht mehr in den Fünfzigerjahren.«

Richard zuckte mit den Schultern. »Ich kenne mich noch immer nicht ganz aus mit einigen eurer seltsamen englischen Gebräuche!« Er war in Dänemark aufgewachsen, nach dem Studium aber hier hängen geblieben.

»Haben sich Lucy und Will gut verstanden, was meinst du?«

Er runzelte die Stirn. »Weiß nicht, mir ist nichts aufgefallen, aber wir hatten uns ja auch nur kurz auf einen Drink verabredet ... Du stellst aber eine Menge Fragen.«

»Na ja, ich bin total fasziniert von alledem. Ich meine, es kommt schließlich nicht alle Tage vor, dass hier, mitten unter uns, ein Mord geschieht.« Nancy sprach leichthin, sie wollte Richard nichts von der Wette mit Jonathan erzählen. Er würde sie womöglich auslachen. »Du arbeitest jetzt also in einer Steuerkanzlei?«

Er nickte. »Dass wir die Roths übernehmen konnten,

war ein großer Coup für die Kanzlei, das kann ich dir sagen. Die Investmentfirma der Familie ist ein Vermögen wert, wie du sicher weißt.«

»Ja, das hört man.«

Richard war immer ehrgeizig gewesen, und es schien, als habe er erreicht, was er wollte. Nancy musste daran denken, wie sie sich kennengelernt hatten, auf der Uni in Bath. Sie waren in demselben Studentenheim untergebracht gewesen, sie studierte Englisch, er Betriebswirtschaft. Es hatte nicht lange gedauert, und sie waren zusammen. Ihre Beziehung hatte drei Jahre gehalten.

Geändert hatten sich die Dinge erst an diesem letzten Weihnachtsfest, als sie Richard zu sich nach Dedley End eingeladen hatte. Irgendwie war alles schiefgelaufen. Er hatte sich keine Mühe gegeben, nett zu Oma oder zu ihren Freunden zu sein, rümpfte bei jeder Gelegenheit die Nase über ihr Dorf oder machte abfällige Bemerkungen. Als sie ihn hinterher, zurück in Bath, zur Rede gestellt hatte, gab er sogar zu, dass er keinen Sinn darin sehe, diese Leute besser kennenzulernen. Er würde ohnehin nach London gehen und sie mit ihm. Davon war er ausgegangen.

Nach dem Abschlussexamen hatte Nancy ihm jedoch eröffnet, dass sie nicht bereit sei, ihre Oma oder den Buchladen im Stich zu lassen, dass sie vielmehr vorhatte, ihn zu übernehmen, wenn Jane einmal in den Ruhestand ging. Ein heftiger Streit entbrannte. Nancy hatte Richard angefleht, nicht Schluss zu machen, sie sei sicher, dass sie es irgendwie hinkriegen könnten. Aber für ihn gab es nur London oder gar nichts. Er war ohne sie fortgegangen, und das war dann das Aus für ihre erste und bisher einzige Liebe gewesen. Nancy schüttelte diese Gedanken aus ihrem Kopf. Sie musste sich auf das Hier und Jetzt konzentrieren und nicht auf das, was hätte sein können.

»Was glaubst du denn, was geschehen sein könnte, gestern Abend? Ich meine, irgendjemand dort auf dieser Feier hat einen Mord begangen«, überlegte sie mit gedämpfter Stimme. »Was glaubst du, wer das gewesen sein könnte?« Er kannte die Familie besser als sie, vielleicht hatte er ja einen Hinweis.

Richard seufzte. »Wie gesagt, du liest zu viele Krimis.« Doch als er den Ausdruck auf ihrem Gesicht sah, lächelte er beschwichtigend. »Ich meine nur, ich würde lieber über was anderes als immer nur diese Roths reden und die kostbare Zeit mit dir verschwenden.« Nancy hatte ganz vergessen, wie charmant dieser Mann sein konnte. »Erzähl mir lieber, was du so getrieben hast.«

»Ach, da gibt's nicht viel zu erzählen. Wir haben immer noch unseren Buchladen – tatsächlich habe ich ihn inzwischen von Oma übernommen, und Oma und ich, wir leben noch in unserem alten Cottage. Ach ja, und ich habe jetzt einen Hund.«

»Und du und Jonathan, ihr seid immer noch befreundet?« Richard zog eine Augenbraue hoch. Nancy nickte, sie wusste nicht recht, was sie dazu sagen sollte. »Ich hatte schon halbwegs damit gerechnet, dich verheiratet vorzufinden«, fügte er hinzu.

Nancy lachte nervös auf. »Was, ich? Nein, ich bin Single.«

»Also seid ihr, du und er, nicht …?«

Sie seufzte. »Ich hab dir doch gesagt, wir sind bloß gute Freunde.« Als Richard Jonathan kennenlernte, war er fest davon überzeugt gewesen, dass Jonathan in sie verliebt sei. Nancy hatte das als reines Eifersuchtsgebaren abgetan, aber die beiden Männer waren nie wirklich warm geworden, noch schlimmer, sie waren bei jeder sich bietenden Gelegenheit aneinandergeraten. Es schien, als habe sich daran nichts geändert. Für keinen von beiden. »Und du?«

»Es hat sich als schwerer erwiesen, über dich hinwegzukommen, als ich gedacht hätte«, gestand er ehrlich. Nancy wurde die Antwort darauf glücklicherweise erspart, denn nun wurde der Wein gebracht. Sie war froh, denn sie hatte jetzt ein großes Glas nötig.

»Auf unser Wiedersehen!«, meinte Richard, sobald ihre Gläser gefüllt waren. Nancy stieß mit ihm an und nahm dann einen kräftigen Schluck.

»Hast du heute schon mit den Roths geredet?«, erkundigte sie sich, unfähig, das Thema sausen zu lassen.

Er seufzte. »Ich habe kurz oben im Haus vorbeigeschaut. Da wimmelt's von Polizei, und Harry hat einen Nervenzusammenbruch erlitten. Sie haben Will gesagt, er müsse noch hierbleiben, und darüber war er gar nicht glücklich.«

»Er wohnt wohl jetzt in London?«

»Ganz richtig. Er leitet das Londoner Büro der Firma, deshalb kenne ich ihn auch am besten von allen.«

»Und ist er verheiratet?«

»Soweit ich weiß, Single.« Richard zog eine Augenbraue hoch. »Wieso interessierst du dich so für Will? Du glaubst doch nicht, dass er was mit dem Mord zu tun haben könnte?«

»Keine Ahnung. Aber die Roths sind doch sicher die Hauptverdächtigen.«

»Kann sein.« Er runzelte die Stirn. »Na ja, wie gesagt, so gut kenne ich sie nicht. Ehrlich, es macht mir nichts aus, nach London zurückzukehren und sie hierzulassen. Selbst wenn das unser Wiedersehen verkürzt, was ich natürlich bedauere.« Er beugte sich vor. »Ich hoffe sehr, dass wir uns bald wieder einmal treffen können, jetzt, wo wir wieder in Kontakt stehen. Ich möchte nicht noch mal fünf Jahre verstreichen lassen, du etwa?« Er berührte ihre Hand, und Nancy wünschte, ihr würde dabei nicht ein Kribbeln den Arm hinauflaufen.

Sie schüttelte mit einem scheuen Lächeln den Kopf, und für den Rest der Mahlzeit dachte sie nicht mehr an die Roths.

10. Kapitel

Bei all der Aufregung um den Mord hatten Nancy und Oma ganz vergessen, dass sie für den Adventsmarkt, der jedes Jahr im Dezember im Kirchensaal stattfand, Plätzchen backen sollten. Organisiert wurde der Markt hauptsächlich von Jane und Gloria. Hier konnten örtliche Erzeuger ihre Waren anbieten, es gab Weihnachtsartikel und natürlich das unentbehrliche Kuchenbüfett. Daher waren Jane und Nancy an diesem Abend eifrig in der Küche beschäftigt. Auch Jonathan tauchte auf, um den Fall zu besprechen. Er ließ sich mit seinem Laptop am Küchentisch nieder, wo er an seinen Notizen weiterarbeiten wollte.

»Mord und Plätzchenbacken – das gibt es auch bloß in Dedley End!« Nancy lachte, während sie Butter und Zucker schaumig rührte. Beagle Charlie kam hereingetrottet und ließ sich auf Nancys Füßen nieder; wahrscheinlich hoffte er, ihr würde ein Klecks Teig herunterfallen, den er auflecken konnte.

»Hab nichts dagegen – vorausgesetzt, ich darf ein paar von diesen Plätzchen probieren.«

»Nur, wenn du uns beim Glasieren hilfst«, meinte Jane. »Wir müssen nämlich an die hundert davon backen.«

Jonathan verzog das Gesicht. »Also, Nancy, hatte Richard was Interessantes über die Roths zu berichten?«, erkundigte er sich scheinbar beiläufig. Nancy entging nicht, wie er bei Richards Namen die Augen verdrehte.

»Eigentlich nur das, was wir ohnehin vom Dorfklatsch wissen – dass Harry und Lucy vor sechs Monaten geheiratet haben, dass es eine Wirbelwindromanze war und auch er davon überrascht war. Er hatte angenommen, Harry würde sich in seinen Kreisen eine Braut suchen, eine Bekannte der Familie vielleicht.«

»Hm, da hat er nicht ganz unrecht, auch wenn ich nie geglaubt hätte, dass ich das mal sagen würde. Die Roths müssen einen ganz schönen Schock gekriegt haben, als Harry plötzlich mit einer ihnen völlig unbekannten Braut aufgetaucht ist.«

»Ich wäre jedenfalls geschockt, wenn Nancy so was täte«, meinte Jane und reichte Nancy einen Stapel Bleche und Plätzchenformen. »Und ich nehme an, die Roths legen noch viel mehr Wert darauf, wer in die Familie einheiratet.«

»Und nicht zu vergessen, Lucy hat in einer Bar gearbeitet«, meinte Nancy. »Das hat Gloria erzählt, wisst ihr noch? Da haben sie sich auch kennengelernt, sie und Harry. Und irgendwie hat man bei dieser Familie immer das Gefühl, dass sie sich für was Besseres halten, dass sie über uns stehen. Wollen sich nicht mit uns abgeben oder auch nur den

Fuß ins Dorf setzen. Und wie werden sie da erst auf jemanden wie Lucy reagiert haben?«

»Bestimmt waren sie sauer auf Harry, aber das wäre doch eher ein Grund, ihm den Geldhahn abzudrehen, als gleich Lucy zu ermorden, oder?«, sinnierte Jonathan.

»Kennt Richard sie denn gut? Was hält er von der Sache?«, wollte Jane wissen, die sich zu Jonathan an den Tisch setzte, um die Bleche mit Backpapier auszulegen.

»Viel wusste er nicht. Er hat sich gewundert, wieso ich ihm so viele Fragen gestellt habe, und ich wollte ihm nicht verraten, dass wir, ihr wisst schon, selbst Ermittlungen anstellen.« Sie wich ihren Blicken aus, bemerkte aber trotzdem, wie sich die beiden flüchtig ansahen. »So gut kennt er die Roths nicht. Die Kanzlei, in der er arbeitet, hat die Buchhaltung der Firma erst letztes Jahr übernommen, und in die Roth Lodge eingeladen war er auch zum ersten Mal. Harry und Lucy hat er davor nur einmal getroffen, für Drinks an einem Abend, als sie in London waren, bevor sie dann in die Roth Lodge eingezogen sind. Sein Ansprechpartner ist Will.«

»Und der mochte Lucy nicht sonderlich, wie wir wissen, wenn man an diese Auseinandersetzung im Pub denkt«, warf Jonathan ein. »Vielleicht war Will ja misstrauisch, was Lucys Absichten betraf? Vielleicht hat es ihm nicht gefallen, dass sie seinen Bruder dazu gebracht hat, sie zu heiraten?«

»Vielleicht hat er was über sie rausgefunden. Irgendwas aus ihrer Vergangenheit?«, spekulierte Nancy und schöpfte Teig in die Förmchen, die bereits auf dem Blech lagen, darunter Weihnachtsbäumchen und Schneemänner.

»Dann hat das ja vielleicht gar nichts mit den Roths zu tun?« Jonathan blickte stirnrunzelnd auf seinen Laptop. »Lucys Social Media Account ist jedenfalls privat, da kommt man nicht ran. Wartet, ich suche kurz ihre Heiratsanzeige heraus, mal sehen, ob wir da irgendeinen Hinweis finden, der uns weiterhilft. Ah, da wären wir.« Und er las laut vor:

Heiratsanzeige
Die Familie Roth möchte hiermit verkünden, dass Harry Roth, 30, wohnhaft in Dedley End, sich mit Lucy Lewis, 28, vermählt hat. Harry, der das Pariser Büro des Unternehmens aufbaute, lernte Lucy, die im Gastgewerbe tätig war, in Paris kennen. Sie heirateten dort einen Monat später und kehrten dann nach Großbritannien zurück. Nach einem kurzen Aufenthalt in London, wo sie die Flitterwochen verbrachten, übersiedelte das Paar ins Familienanwesen nach Dedley End, um dort seinen Hausstand zu gründen.

»Kurz und bündig, und man hat nicht den Eindruck, dass sich die Familie vor Freude überschlägt, stimmt's? Sie kannten sich erst einen Monat, als sie geheiratet haben, also tatsächlich eine Wirbelwindromanze. Und es wird bestätigt, dass sie vor sechs Monaten hierherkamen, um auf dem Anwesen der Roths zu leben«, fasste Jonathan zusammen.

»Das ging ja alles rasend schnell. Man fragt sich, wie gut er sie wirklich gekannt haben kann?«, überlegte Nancy.

»Weißt du was? Ich habe noch gar nicht versucht, sie mit ihrem Mädchennamen zu googeln.« Jonathan las kurz in der Anzeige nach. »Da haben wir's: Lewis. Sie hieß vor ihrer Heirat Lewis. Mal sehen ...«

»Ein großer Sprung, von einem Barjob in Paris bis hinauf in die illustren Kreise der Roths«, bemerkte Jane, während sie Nancy beim Befüllen der Förmchen half. »Vom Tellerwäscher zum Millionär. Oder besser gesagt, vom Barmädchen zur Millionärin.«

»Vielleicht war Lucy ja tatsächlich nur hinter Harrys Geld her«, dachte Nancy laut nach.

»Eine Lucy Lewis finde ich nicht. Ich meine, überhaupt nicht. Als ob sie nie existiert hätte.« Jonathan starrte stirnrunzelnd auf den Bildschirm.

Nancy seufzte entmutigt. Lucy Roth wurde von Minute zu Minute mysteriöser. »Und wenn das gar nicht ihr richtiger Name war?«, überlegte sie.

»Was, du meinst, sie hat unter einem falschen Namen geheiratet?«

»Möglich wäre das, oder?«

»Ich schätze schon. Man müsste im Standesamt allerdings einen falschen Personalausweis vorlegen. Aber wenn sie tatsächlich einen falschen Namen benutzt haben sollte, macht das die Sache nur noch rätselhafter. Vielleicht haben die Roths ja herausgefunden, dass sie belogen wurden? Vielleicht haben sie Nachforschungen über Lucy angestellt, so wie wir? Und festgestellt, dass sie Harry hintergeht?«

»Möglich, aber dann muss man sie doch nicht gleich umbringen. Ich meine, selbst wenn sie Harry nur wegen seines Geldes geheiratet hat, ist das noch kein Motiv für einen Mord. Die hätten doch einfach die Ehe annullieren oder Harry hätte sich scheiden lassen können«, überlegte Nancy.

»Dann hätten sie sie allerdings abfinden müssen.«

»Mag sein, aber die haben sicher Top-Anwälte, und selbst wenn sie hätten zahlen müssen, sie sind doch steinreich. Nein, da muss mehr dran sein.«

»Könnte es was Geschäftliches gewesen sein?«, schlug Jonathan vor.

»Richard meint, die Familie besäße ein großes Vermögen, aber dass es diesbezüglich Probleme gäbe, hat er nicht erwähnt. Und Lucy hatte doch gar nichts mit der Firma zu tun, soweit wir wissen. Will leitet das Londoner Büro, und Harry hat hier mit seiner Frau gewohnt. Vielleicht hat er das Pariser Büro ja von der Roth Lodge aus geführt?«, spekulierte Nancy. »Außerdem war da was in Lucys Miene …« Sie versuchte zu erklären, wie Lucy ausgesehen hatte, als sie oben auf der Balustrade stand. »Sie wirkte gedankenverloren und … einsam. Ich glaube, dass es sich um etwas Persönliches handelt. Ach, ich weiß nicht.«

»Ich frage mich, ob sie selbst nicht auch jemanden eingeladen hatte, zu dieser Verlobungsfeier«, überlegte Jane, »jemanden aus ihrem Leben vor Harry?«

»Ich kann versuchen, das rauszufinden, wenn ich noch mal dort bin«, meinte Nancy. »Aber sie wirkte so verloren, so allein auf dieser Party, also glaube ich das eher weniger. Und wenn es so sein sollte, dann führt uns das wieder zurück zur Familie, was den Täter angeht.«

»Alles, was wir im Moment sicher wissen können, ist das, was wir auf der Party gesehen haben«, sagte Jonathan. »Überlegen wir doch mal, wo sich die Familienmitglieder jeweils aufgehalten haben. Wer hätte überhaupt die Gelegenheit zur Tat gehabt? Das dürfte den Kreis zumindest ein wenig einengen.«

Nancy überlegte. »Will kam, um mich und Marcus wieder aus der Bibliothek zu holen, aber dann ist er selbst verschwunden, weil er seine Tante suchen ging. Marcus wollte zurück zu den anderen, aber wohin er genau gegangen ist, kann ich nicht sagen. Jedenfalls haben alle, außer Will, den Salon durch diese andere Tür betreten, die ebenfalls zur Treppe führt, glaube ich. Will dagegen kam aus der Eingangshalle. Aber ich sehe mir das selbst noch mal genauer an, wenn ich dort bin.«

»Sie hätten also alle oben sein können, wo auch Lucy war. Die Einzigen, die es nicht getan haben können, sind Maria und Charles. Denn die waren mit den Verlobungsfotos beschäftigt. Sie hätten keine Zeit gehabt, Lucy herunterzustoßen und rechtzeitig im Salon zu sein. Außerdem hätte der Fotograf was mitgekriegt.« Jonathan schrieb alles auf.

»Und ich hab Maria sagen hören, wie sehr es sie ärgert,

dass Lucy ihnen die Party verdorben hat«, fügte Nancy hinzu.

»Wie nett.«

»Kannst du laut sagen. Aber ich glaube nicht, dass sie ihre eigene Party sabotiert hätte«, meinte Nancy kopfschüttelnd.

»Da bin ich ganz deiner Meinung.« Jonathan strich beide Namen von der Liste. »Bleiben noch Marcus Roth, Peter oder Jessica, plus Harry und Will, was die unmittelbare Familie betrifft. Eine Gelegenheit hätten alle gehabt.« Er runzelte die Stirn.

»Wisst ihr, wer es sonst noch hätte sein können? Der Butler! In Filmen und Büchern ist es doch immer der Butler, der den Mord begeht.« Jane war auf einmal ganz aufgeregt.

»Ihr zwei und eure Krimis«, brummelte Jonathan. »Ist aber kein schlechter Hinweis. Das Personal haben wir noch gar nicht in Betracht gezogen, von denen kennen wir keinen. Und natürlich war das Haus voller Gäste. Einschließlich Richard«, fügte er mit einem vielsagenden Blick auf Nancy hinzu.

»Wir müssen also herausfinden, ob sie selbst jemanden eingeladen hatte. Es muss jemand sein, der Lucy kannte, denn schließlich bringt man auf einer Party nicht einfach einen wildfremden Menschen um«, meinte Nancy. Was sie nicht erwähnte, war, dass sie sich selbst schon den Kopf darüber zerbrach, wo Richard gewesen sein könnte, während Marcus Roth seine Rede hielt, er war während der ganzen

Party immer wieder verschwunden gewesen. Alles, was sie mit Sicherheit wusste, war, dass er bei ihr gewesen war, als sie die Leiche fanden, denn seine Hand hatte auf ihrer Schulter gelegen.

»Gut, abwarten, mal sehen, was wir rausfinden können«, unterbrach Jonathan Nancys Gedankengang, worüber sie froh war. »Erst mal brauchen wir mehr Informationen über die Familie und über den Haushalt sowie über alle Gäste, die Lucy gekannt haben könnten … Wer könnte ein Motiv gehabt haben? Nancy, ich glaube, es liegt jetzt vor allem an dir. Sieh zu, was du rausfinden kannst, wenn du am Montag hinauf in das Haus auf dem Hügel gehst.«

»Bist du sicher, dass du hingehen willst?«, erkundigte sich Jane besorgt.

»Vielleicht lassen sie mich ja gar nicht hinein. Die Polizei könnte noch dort sein, und wahrscheinlich erinnert sich Marcus Roth gar nicht mehr an die Sache mit der Bibliothek.«

»Dann kannst du ihn ja dran erinnern. Ich kann mal bei der Polizei nachfragen, was sie bis jetzt haben. Die wissen, dass die Öffentlichkeit informiert werden will. Das ist hier ein stiller, ein friedlicher, ein sicherer Ort, und jetzt werden die Leute Angst haben. Die Polizei steht unter Druck, die müssen liefern. Die werden mich schon auf dem Laufenden halten. Außerdem schuldet mir einer von diesen Bullen noch Geld, aus einem Pokerspiel, vor ein paar Wochen, der wird mich nicht verärgern wollen.«

»Na, da können wir die Wette ja nur gewinnen«, bemerkte Nancy ironisch.

Jonathan grinste. »Du machst dich jedenfalls besser an die Arbeit, die Zeit läuft.«

»Hoffentlich bereuen wir nicht, dass wir uns darauf eingelassen haben«, sorgte sich Jane.

11. Kapitel

Nach dem Mittagessen am Sonntag führte Nancy Beagle Charlie an der Leine zum Kirchensaal, wo der jährliche Weihnachtsmarkt von Dedley End stattfand. Oma war schon seit dem frühen Morgen dort und half beim Aufbau, zusammen mit Gloria und den anderen Mitgliedern des Veranstaltungskomitees. Der Markt zog immer eine ordentliche Besucherzahl an, doch so viele wie heuer waren noch nie gekommen.

Nancy und Charlie schauten sich in dem Saal um, der weihnachtlich geschmückt war und in dem bereits reger Betrieb herrschte. Ringsum waren Tische aufgebaut worden, an denen es verschiedene handgefertigte Weihnachtsartikel zu kaufen gab: Baumschmuck, Nikolaussocken zum Aufhängen, Duftkerzen, die herrlich rochen, gestrickte Schals und natürlich das Kuchen- und Plätzchenbüfett, für das Nancy und Jane am Tag zuvor noch gebacken hatten und das von den Mitgliedern der Kirchengemeinde beigesteuert wurde. In einer Ecke stand ein großer mit Lichterketten geschmückter Christbaum, und auch die Wände waren mit Lichterketten und Glitzergirlanden geschmückt. Aus den Lautsprechern schallte Maria Carey und aus der Küche ein köstlicher Duft nach Weihnachtspunsch. Als Nancy das alles sah, nahm sie sich fest vor, den Buchladen auch so schnell wie möglich in weihnachtlichen Glanz zu hüllen.

»Nancy!«, rief Oma ihr vom Kuchenstand zu. »Hast du es hier schon mal so voll erlebt? Wir können uns denken, warum so viele trotz der Kälte hergekommen sind, was?«, sagte sie zu Nancy, die näher kam.

Diese blickte sich interessiert um. »Ich glaube, jeder innerhalb eines Radius von zehn Kilometern ist hier. Wer hätte ahnen können, dass Mord so profitabel ist?«

»Wollen wir hoffen, dass unser Stand heute einen besonders guten Umsatz macht.« Jane wies mit dem Kopf zum *Dedley-Endings*-Bücherstand, den, wie immer bei diesen Anlässen, Penelope betreute. »Ach, Gloria, wie viel sollen wir für ein Stück vom saftigen Zitronenkuchen verlangen?«

Nancy überließ Oma ihren Aufgaben und ging hinüber zum Bücherstand.

Penelope hatte eine besonders schöne Auswahl an Büchern vor sich aufgebaut, darunter ein paar Luxusausgaben von Agatha-Christie-Krimis – immer ein ideales Weihnachtsgeschenk –, sowie die besten Neuerscheinungen auf dem Krimisektor, einige Sherlock-Holmes-Taschenbücher und natürlich sämtliche Detektivgeschichten mit weihnachtlichen Themen. Sie saß auf einem Hocker und blies auf ihre Finger, die in fingerlosen Handschuhen steckten. »Mann, ist das kalt hier. Ich hoffe, es wird bald wärmer.«

Sie beugte sich vor und streichelte Charlie, der interessiert unter dem Stand herumschnüffelte.

»Das wird es bestimmt, bei dem Gedränge hier. Ich hoffe, wir können eine Menge von denen hier verkaufen.« Der Buchladen lief zwar nicht schlecht, aber in Zeiten, in denen der Online-Handel blühte, durfte man sich nicht auf seinen Lorbeeren ausruhen. Außerdem wollte Nancy ihrem Vater gerecht werden.

»Bestimmt. Mord ist ja gerade hoch im Kurs«, antwortete Penelope mit gedämpfter Stimme.

»Brauchst du Hilfe?«

»Ach, das mache ich schon«, entgegnete Penelope fröhlich. »Schau du dich nur um und …« Sie beugte sich näher. »Sieh zu, ob du was rauskriegen kannst, du weißt schon … Schließlich wollen wir nicht, dass Jonathan seine Wette gewinnt.«

»Ich weiß, was du meinst. Ich würde ihm auch gern dieses selbstgefällige Grinsen vom Gesicht wischen«, antwortete Nancy und lachte.

»Ihr beiden habt ja immer schon versucht, euch gegenseitig zu übertreffen. Weißt du noch, als ihr mal gewettet habt, dass ihr euch nicht traut, bei der alten Mrs. Norton Klingelmännchen zu spielen? Ich glaube, da waren wir etwa zehn Jahre alt. Du bist hingefallen und hast dir das Knie aufgeschürft, und Jonathan hat ein paar Ohrfeigen kassiert, als sie aus dem Fenster sah und euch entdeckte.«

Nancy musste lachen. »Oma hat Mrs. Norton am nächsten Tag einen Kuchen gebacken, als Entschuldigung. Sie war richtig sauer auf uns.« Sie und Jonathan hatten sich ständig gegenseitig in Schwierigkeiten gebracht, und Nancy hoffte inständig, dass das diesmal nicht wieder so sein würde.

»Habt ihr Jonathan irgendwo gesehen?«, wollte eine hübsche dunkelhaarige junge Frau wissen. Es war Kate.

»Nein, heute noch nicht«, antwortete Nancy.

»Ich dachte, er wäre hier.«

»Ich glaube, er wollte noch arbeiten – du weißt ja, dieser Roth-Mord, für ihn ist das eine Riesenstory.«

Kate seufzte. »Ständig muss er arbeiten. Na gut, dann schaue ich mal, ob ich ihn in seiner Wohnung erwische.« Sie machte kehrt und zwängte sich zwischen den Leuten hindurch zum Ausgang.

»Sie hat jemand Besseren verdient als Jonathan«, bemerkte Penelope.

»Er will ja niemandem wehtun«, meinte Nancy loyal. »Er empfindet nun mal nicht dasselbe wie sie.« Sie versuchte, nicht an Richard zu denken. Er war inzwischen wieder in London, aber dass er gesagt hatte, er wolle mit ihr in Kontakt bleiben, wollte Nancy nicht mehr aus dem Kopf gehen. Wie es wohl wäre, ihn wieder in ihrem Leben zu haben? Sie war sich nicht sicher.

»Tja, warum wohl?«, murmelte Penelope.

»Was?«

»Ach, nichts«, antwortete Penelope, etwas lauter. »Ach, schau, da kommt Mr. Smith. Ich wette, dem würde diese Schmuckausgabe von *Mord im Orientexpress* gefallen.« Sie winkte ihm damit zu.

Nancy überließ die Freundin schmunzelnd ihrer Aufgabe. Mit der älteren Kundschaft kam Pen besonders gut zurecht, und Nancy war sicher, dass sie einen guten Umsatz für sie machen würde, was definitiv ein Bonus war, da sie normalerweise sonntags nicht geöffnet hatten. Sie beschloss, sich nach einem besonders schönen Weihnachtspräsent für Penelope umzusehen, verdient hatte sie es. Außerdem brauchte sie noch ein paar Geschenke für Oma. »Also gut, Charlie, wo sollen wir anfangen?« Der Beagle zog prompt an der Leine, und Nancy musste lachen, als er sie zielstrebig zu dem Stand mit Haustierbedarf zog, den er offenbar bereits olfaktorisch erfasst hatte. Sie ließ sich willig mitziehen und kaufte ihm ein neues Knautschtier, über das er sich sofort hermachte, denn offenbar wollte er nicht bis Weihnachten warten. Zum Schluss erwarb sie noch eine Tüte mit Leckerlis, die sie ihm in seine Weihnachtssocke stecken würde.

Dann schlenderte Nancy zu dem Stand mit Badekugeln, -ölen und -salzen. Wäre das nicht etwas für Penelope oder Oma? Ein schönes Schaumbad zum Verwöhnen, damit konnte man nichts falsch machen.

»Grüß dich, Nancy«, sagte Jenny, die Standbesitzerin. Sie lebte in Dedley End, seit Nancy noch ein Baby gewesen war, obwohl sie mittlerweile oft im ganzen Land unterwegs war, auf zahlreichen Kunsthandwerksmärkten, wo sie ihre hausgemachten Düfte feilbot. »Ich hab gehört, du warst Freitagabend auch auf dieser Party. Wie fühlst du dich? Muss ja schrecklich gewesen sein, sich das ansehen zu müssen …«

»Ja, das war es«, stimmte Nancy zu. »Ich hätte nie im Leben gedacht, dass so was mal hier passieren könnte.«

»Nein, natürlich nicht. Aber das ist das Problem mit Neuzugängen, nicht?«, sagte Jenny ernst. »Oh, sieh mal, das hier würde dir bestimmt gefallen.« Sie hielt ihr eine Flasche Schaumbad zum Riechen hin. »Ich hab gleich gewusst, dass diese Lucy Probleme machen würde, Tantchen ging's genauso.«

Nancy hob interessiert den Kopf. »Ach, stimmt ja, deine Tante ist oben im Haus angestellt, das hatte ich ganz vergessen.«

»Richtig. Schon seit fast dreißig Jahren. Als Haushälterin. Wohnt auch dort. Sie ist völlig fertig, und nicht nur sie, das gesamte Hauspersonal. Kannst dir ja vorstellen, dass die total unter Schock stehen.«

»Und die Polizei wird überall herumgeschnüffelt haben.« Nancy versuchte, sich nicht allzu sehr anmerken zu lassen, wie sehr sie das interessierte. Sie besah sich ein Körbchen mit Badekugeln, während sie auf Jennys Antwort wartete.

»Die waren das ganze Wochenende dort. Tantchen ist zweimal verhört worden, war total stressig für sie, sie ist schließlich kein junger Hüpfer mehr. Aber immer noch glasklar im Kopf, das liegt in der Familie«, meinte Jenny augenzwinkernd. »Die haben alle behandelt, als ob sie Verbrecher wären, sagt sie. Die Polizei geht davon aus, dass es jemand gewesen sein muss, der auf der Gästeliste stand, weil der Türsteher sonst keinen reingelassen hat. Und natürlich kannte ja keiner Lucy, außer den Roths – ich meine, von uns hat sie schließlich noch keiner getroffen, oder? Und deshalb steht jetzt der ganze Haushalt unter Generalverdacht.«

»Sagt man nicht, dass es meistens jemand aus der Familie oder dem Bekanntenkreis ist? Jemand, den das Opfer gekannt hat?«, bemerkte Nancy.

Jenny schüttelte sich. »Da will ich gar nicht dran denken. Ich hoffe bloß, dass sie die Familie bald wieder in Frieden lassen. Obwohl, was Tantchen so erzählt, scheinen sie nicht gerade in Tränen aufgelöst zu sein. Außer Harry, natürlich.«

»Ja, ich hab schon gehört, dass die Familie nicht allzu begeistert von Lucy gewesen sein soll.« Nancy reichte Jenny eine Badekugel mit der Duftnote Lavendel. »Die nehme ich für Oma, und noch eine mit Vanille für Pen, bitte. Und dann nehme ich noch zwei Flaschen von diesem Schaumbad, das riecht wirklich gut.«

»Gute Wahl. Dann mache ich dir zwei Geschenkpackungen.« Jenny nahm Geschenkpapier zur Hand. »Nein, sie mochten sie wirklich nicht sonderlich, sagt Tantchen. Aber du weißt ja, wie die Reichen sind, die bleiben am liebsten unter sich. Ich meine, schau nur, wie sie sich immer vom Dorf fernhalten. Richtig etepetete. Haben wahrscheinlich die Nasen über Lucy gerümpft, bloß weil sie mal in einer Bar gearbeitet hat. Armes Ding.«

»Könnte es vielleicht jemand aus ihrer Vergangenheit gewesen sein und nicht jemand von der Familie?«, überlegte

Nancy laut und suchte das Geld für die Käufe heraus. Sie hielt es für wahrscheinlicher, dass die Familie für Lucys Tod verantwortlich war, aber es war besser, für alle Möglichkeiten offen zu bleiben, wenn auch nur, um nichts außer Acht zu lassen.

Jenny überreichte ihr zwei hübsch verpackte Schachteln. »Aber wieso sollte sie so jemanden zur Verlobungsfeier ihrer Schwägerin einladen? War ja nicht ihre eigene. Ich hoffe nur, dass es Tantchen gut geht. Wenn ich mir vorstelle, dass sie möglicherweise mit einem Mörder unter einem Dach lebt … Ich hab sie schon gefragt, ob sie nicht vorübergehend bei mir wohnen will, aber sie sagt, das geht nicht, dann würde man sie entlassen.«

»Dann wollen wir hoffen, dass die Polizei den Schuldigen bald schnappt.«

Jenny machte eine skeptische Miene. »Dieser DCI Brown ist auch so ein Neuzugang. Für mich sieht er nicht so aus, als könnte er einen Prinzen von einem Bettler unterscheiden.«

Nancy schmunzelte. Leute, die im Dorf aufgewachsen waren, betrachteten Hinzugezogene immer mit Skepsis. Was wiederum ein Pluspunkt für sie und Oma war. Sie waren in Dedley End geboren und aufgewachsen, da sollte es ihnen doch gelingen, den Mörder mit vereinten Kräften ausfindig zu machen? »Danke, Jenny, die hast du richtig hübsch verpackt. Und ich hoffe, dass es deiner Tante bald wieder gut geht.«

»Ach, die haut so schnell nichts um. Falls es der Killer

auf sie abgesehen hat, muss er früh aufstehen.« In diesem Moment trat noch jemand an den Stand, und Nancy verabschiedete sich. Sie kaute sorgenvoll auf ihrer Unterlippe, bei dem Gedanken, der Killer könnte erneut zuschlagen. Sie hatte zugesagt, am Montag noch einmal in das Haus auf dem Hügel zu kommen. Dass sie sich möglicherweise in die Behausung eines Mörders begab, daran hatte sie am allerwenigsten gedacht. Ihr Puls beschleunigte sich, und ihr Adrenalinspiegel schoss hoch, aber Nancy fürchtete sich nicht. Sie war aufgeregt, das schon. Sie war gespannt. Aber nicht ängstlich.

Vielleicht hatte sie im Lauf der Jahre wirklich zu viele Detektivgeschichten gelesen.

12. Kapitel

Nancy und Jane saßen am Montagmorgen gemeinsam am Frühstückstisch. »Vielleicht sollte ich doch besser mitkommen.« Jane sah ihre Enkelin besorgt an. »Allmählich frag ich mich, ob wir nicht übereilt gehandelt haben, als wir uns auf diese Wette mit Jonathan einließen.«

»Ach, ich sehe mir doch bloß noch mal die Bibliothek an, wie ich es Marcus Roth versprochen habe. Und dabei halte ich Augen und Ohren offen. Aber ich werde mich unauffällig im Hintergrund bewegen, darauf kannst du dich verlassen.«

»Wie schrecklich, sich vorzustellen, dass dort jemand sein könnte, der zu einem Mord fähig ist.« Jane erschauderte.

»Ich weiß, und deshalb müssen wir dafür sorgen, dass diese Person zur Verantwortung gezogen wird. Wie du sagst, das sind wir uns schuldig. Denk an Dad!«

Jane nickte feierlich. »Du hast recht. Ich wünschte nur, du müsstest nicht noch einmal in dieses Haus zurück. Bist du sicher, dass ich nicht mitkommen soll?«

»Ich glaube, das würde Verdacht erregen, Oma. Außerdem musst du den Buchladen übernehmen. Ich komme danach gleich ins Geschäft, okay? Und ich werde ganz bestimmt nichts riskieren, versprochen. Es muss ein persönliches Motiv für den Mord geben, wenn es jemand gewesen ist, der Lucy gekannt hat. Also, was gäbe es für einen Grund, *mir* etwas anzutun?« Nancy gab sich tapfer, aber innerlich war sie beunruhigt. Theoretisch war es gut und schön, Spekulationen darüber anzustellen, wer Lucy übers Geländer gestoßen haben könnte, aber tatsächlich mit so einem Menschen konfrontiert zu werden, war etwas ganz anderes. Sie konnte nur hoffen, dass ihr all die berühmten Detektive aus den Büchern beistehen und ihr den Mut geben würden, die Sache durchzuziehen. Ja, das war es: Sie würde sich auf die Bücher konzentrieren, wie sie es Oma versprochen hatte; Bücher hatten sie nämlich noch nie im Stich gelassen.

»Gut, aber sei vorsichtig, und wenn dir irgendwas komisch vorkommt, dann mach dich sofort aus dem Staub.«

»Das mache ich«, versprach Nancy. »Okay, dann gehe ich jetzt wohl besser.« Sie gab Oma einen Kuss auf die Wange und wuschelte Beagle Charlie noch kurz den Kopf, dann verließ sie ihr warmes, gemütliches Cottage und trat in die frostige Kälte hinaus.

Trotz Mantel, Schal und Handschuhen war sie vollkommen durchgefroren, als schließlich das große gusseiserne Eingangstor zur Roth Lodge vor ihr aufragte. Das Anwesen war in Nebel gehüllt, alles war still und reglos und ganz anders als an dem Abend der Party, als es innen und außen festlich geschmückt und beleuchtet gewesen war. Das Haus wirkte, als sei es in Trauer, was es ja auch irgendwie war.

Mit einem behandschuhten Finger drückte Nancy bang auf die Klingel. Ein sonores Läuten ertönte.

»Ja, bitte?«

»Ähm, Nancy Hunter hier, für Marcus Roth«, sagte sie in die Gegensprechanlage und hoffte inständig, dass er ihre Verabredung nicht vergessen hatte. Als daraufhin der Türöffner summte, atmete sie unwillkürlich auf. Langsam öffneten sich die Torflügel und gewährten ihr Einlass.

Nancy holte tief Luft, nahm ihren Mut zusammen und betrat den gewundenen Weg, der zum Haus hinaufführte. Der Kies knirschte unter den Sohlen ihrer Schuhe. Die Eingangstür des Hauses öffnete sich, noch ehe sie sie ganz erreicht hatte. »Miss Hunter, bitte kommen Sie herein.« Der Butler war hochgewachsen, dünn und alt und ganz in Schwarz gekleidet.

Sie trat über die Schwelle und blieb dann unwillkürlich stehen. Ein Polizist hielt neben dem Absperrband Wache, dort, wo man Lucy gefunden hatte. Nancy erschauderte unwillkürlich. Es war unmöglich, nicht die schöne junge Frau vor sich zu sehen, ihr totes, bleiches Gesicht und das leuchtend rote Blut, das auf die schwarz-weiß gemusterten Steinfliesen sickerte. Nancy wurde kalt bis ins Mark. Diesen Anblick würde sie wahrscheinlich nie mehr vergessen.

»Das meiste hat die Polizei am Wochenende bereits erledigt, aber diesen Bereich dürfen wir noch immer nicht betreten«, entschuldigte sich der Butler und schloss hinter ihr die Tür. Der Polizist musterte Nancy mit undurchdringlicher Miene. Sie versuchte, ihm mit ihrem Lächeln zu verstehen zu geben, dass sie harmlos sei, fürchtete aber, eher ängstlich zu wirken. Immerhin sagte er nichts.

»Ich bin Frank, der Butler der Roths, Miss. Wenn Sie mir bitte folgen würden?«, sagte der Mann, der ihr die Tür geöffnet hatte, höflich und lenkte ihre Aufmerksamkeit glücklicherweise wieder ab. Seine Sprechweise war beinahe ebenso gepflegt wie die seiner Arbeitgeber. Nancy fragte sich unwillkürlich, wie es wohl sein mochte, für so eine Familie zu arbeiten. Eine, die sich noch einen Butler leisten konnte und wollte. Schon seltsam, seinen Lebensunterhalt auf diese Weise zu verdienen. Nancy selbst war nicht sicher, ob sie es ertrüge, jederzeit zur Stelle sein zu müssen. Hoffentlich wurde das Personal wenigstens anständig bezahlt.

»Es ist so ein großes Haus, man kommt ganz durcheinander«, bemerkte sie, während sie die Eingangshalle durchquerten. Im Haus war es geradezu unheimlich still, und Nancy bekam unter ihrem dicken Mantel unwillkürlich eine Gänsehaut. Wo waren bloß alle?

»Lassen Sie mich ein wenig helfen«, erbot sich der Butler. »Also, dort ist die Bibliothek, daneben Mr. Roths Arbeitszimmer. Und dort hinten, diesen Gang entlang, liegt die Küche. Da gibt es ebenfalls eine Treppe, die in den ersten Stock führt.« Er wies in die Richtung, in die Will während der Party verschwunden war. »Und hinter Ihrem Rücken befindet sich die Tür zum Salon, wie Sie ja wissen. An dessen anderem Ende gibt es eine weitere Tür, die zur zweiten Treppe nach oben führt.« Er deutete jetzt auf eine Tür neben der Bibliothek. »Hier befindet sich die Erdgeschosstoilette, und dort hinten liegt das Speisezimmer. Oben befinden sich die Schlafzimmer der Familie sowie Gästeschlafzimmer. Und im obersten Stockwerk sind die Dienstbotenzimmer. – Hier entlang.«

Nancy folgte dem Butler und versuchte gleichzeitig, sich alles zu merken. Dann hatte sie also recht gehabt, als sie davon ausging, dass im Prinzip jedes Familienmitglied im ersten Stock sein und Lucy übers Geländer hätte stoßen können. Um danach wieder rechtzeitig zu den Ansprachen unten im Salon zu sein. Nancy musste an Omas Scherz über den Butler denken, der immer der Schuldige sei. Das konnte sie sich in diesem Fall beim besten Willen nicht vorstellen. Der Mann war alt und steif und nicht mehr der Schnellste, Nancy schätzte, dass er das Rentenalter weit überschritten hatte. Hätte er die Kraft gehabt, die junge, gesunde Lucy Roth übers Geländer zu stoßen? Wie auch immer, hier war die Chance herauszufinden, ob er etwas wusste. »Wie lange sind Sie denn schon Butler bei den Roths?«, erkundigte sie sich.

»Vierzig Jahre, Miss«, antwortete Frank und reckte stolz das Kinn. Er stieß die Flügel der Bibliothekstür auf.

»Das ist eine lange Zeit. Was auf der Party passiert ist, muss ein großer Schock für Sie gewesen sein.«

»O ja, das war es«, antwortete er ernst. »Wir waren oben, auf unseren Zimmern, Mrs. Harper und ich. Ich hatte an dem Abend frei, weil eine Cateringfirma den Service und die Bedienung übernommen hatte. Wir saßen beim Kartenspiel, als wir plötzlich die Sirenen heulen hörten, und natürlich haben wir nachgesehen, was geschehen sein könnte. Ein schlimmer Schock.«

»Kann ich mir vorstellen«, murmelte Nancy mitfühlend. Sie dachte, dass dies ihn und Mrs. Harper aus dem Kreis der Verdächtigen ausschloss – wenn es stimmte, was er sagte, aber er machte einen ehrlichen Eindruck. Zur Party wurde man wohl selbst dann nicht eingeladen, wenn man so lange für die Familie gearbeitet hatte wie er. Im Gegenteil, da musste man sich brav verstecken. Eine seltsame Welt, in der sie hier lebten.

»Mr. Roth wird gleich hier sein. Darf ich Ihnen inzwischen etwas anbieten, Miss?« Der Butler wich ein wenig zurück, um Nancy den Vortritt zu lassen.

»Eine Tasse Tee wäre schön – falls es nicht zu große Umstände macht?«, antwortete Nancy und blickte sich aufs Neue bewundernd in dem beeindruckenden Raum voller Bücher um.

»Nein, natürlich nicht«, antwortete er zuvorkommend.

Die Türflügel fielen hinter Nancy zu, sie zuckte unwillkürlich zusammen. »Jetzt reiß dich mal zusammen«, flüsterte sie zu sich selbst, dann drehte sie sich langsam einmal im Kreis und nahm den Raum in sich auf, ließ sich von dem herrlichen Anblick so vieler Bücher ein wenig beruhigen. Ihr Handy, das in ihrer Handtasche steckte, brummte. Sie nahm es heraus. Es war eine Textnachricht von Jonathan.

Viel Glück beim Schnüffeln.
Ich schaue heute noch mal im Polizeirevier vorbei, vielleicht finde ich ja jemanden, der reden will.
Wir sehen uns später im Buchladen!

Nancy wünschte, ihr Freund wäre jetzt hier, um ihr beizustehen; sie wusste nicht recht, wo anfangen. Eine Gebrauchsanweisung für solche Dinge gab es schließlich nicht. Sie zog den Mantel aus und legte ihn mit ihrer Handtasche auf einen der Sessel, dann beschloss sie, das Beste aus ihrem Aufenthalt zu machen. Es wäre auch schon in Ordnung, sich nur mit diesen Büchern hier befassen zu können. Aber falls sie etwas herausfinden könnte, was zur Aufklärung des Mordes beitrug, umso besser.

Hinter Nancy ging erneut die Tür auf, und sie wandte sich um. Marcus Roth kam forsch hereingeschritten. Er trug einen dunklen Anzug und war bleich und unrasiert. »Miss Hunter, ich war ganz überrascht, als Frank mir Ihren Besuch gemeldet hat. In dem ganzen Durcheinander hatte ich ganz vergessen, dass ich Sie ja gebeten hatte, sich einmal unsere Bibliothek anzusehen. Vielleicht möchten Sie das Ganze ja lieber verschieben? Bis sich die Dinge hier wieder etwas beruhigt haben? Ich möchte nicht, dass Sie sich möglicherweise ängstigen.«

»Ach, ich habe keine Angst«, erwiderte Nancy, die hoffte, dass sie gelassener wirkte, als ihr in Wahrheit zumute war. Sie wollte kühl und unberührt erscheinen, aber es war schon beunruhigend, sich in einem Haus aufzuhalten, wo nur wenige Meter entfernt ein Mensch gewaltsam zu Tode gekommen war. »Aber ich würde es verstehen, wenn ich Ihnen im Moment ein wenig im Weg wäre oder Sie lieber unter sich bleiben möchten. Ich dachte nur – vielleicht könnte die Ablenkung helfen?«

Marcus trat näher und drückte Nancy dankbar die Hand. »Es freut mich sehr, dass Sie das so sehen. Die letzten paar Tage waren tatsächlich der reinste Albtraum, wie Sie sich sicher vorstellen können. Mich hier in diesem Raum aufhalten und mit Ihnen über Bücher reden zu können, ist tatsächlich genau das, was ich brauche, also nochmals vielen Dank.«

»Oh, keine Ursache«, murmelte Nancy betreten. Jetzt fühlte sie sich erst recht schrecklich, wegen der Hintergedanken, mit denen sie hergekommen war. Aber sie schüttelte ihre Skrupel ab. Schließlich war sie wegen Lucy hier, nur das zählte.

»Gut, das wäre geklärt. Ich habe Mrs. Harper gebeten, uns Tee zu machen. Sollen wir uns setzen und besprechen, was Sie für uns tun können?«

Nancy nahm in dem großen roten Ohrensessel Platz, auf den Marcus deutete. Sie dachte an Jenny vom Adventsmarkt, die Nichte von Mrs. Harper, und fragte sich, ob es möglich wäre, irgendwie mit der Haushälterin ins Gespräch zu kommen, vielleicht hatte sie ja etwas Nützliches beizutragen. Nancy war sich sicher, dass das Hauspersonal weit mehr wusste, als die Roths ahnten. »Und wie geht es der Familie? Wie kommen Sie mit allem zurecht?«

»Ach, es ist alles ein schrecklicher Wirrwarr. Wer das nicht einmal selbst erlebt, kann sich nicht vorstellen, wie sehr so ein Mord einen Haushalt durcheinanderbringen kann.«

»Nein, wohl nicht.« Nancy war schon ein wenig überrascht, dass die Störung des normalen Betriebs Marcus' größte Sorge zu sein schien. Von Trauer keine Spur, bloß Ärger über die Zumutung, die dies für die Roths bedeutete. Wie isoliert Lucy in dieser Familie gewesen sein musste, das wurde Nancy jetzt erneut klar. War denn Harry der Einzige, dem es etwas ausmachte, dass sie tot war? Waren die anderen schlicht gefühllos – oder gar kaltblütige Killer? Und in welche Kategorie gehörte Marcus? Sollte Nancy ihn auf die Liste der Verdächtigen setzen?

Marcus schien zu merken, was in Nancy vorging. »Verstehen Sie mich nicht falsch, meine Liebe, das Ganze ist schockierend und schrecklich tragisch. Ich begreife nur nicht, wie die Polizei davon ausgehen kann, dass einer von uns die Hand im Spiel haben könnte. Man stelle sich das vor, einfach lächerlich! Und derweil kommt der wahre Mörder ungeschoren davon.« Das schien ihn zu ärgern, man merkte ihm seine Empörung darüber, dass ein Roth eines Mordes bezichtigt werden könnte, regelrecht an. Er hielt so etwas allen Ernstes für ausgeschlossen, das spürte Nancy. Wollte er es bloß nicht wahrhaben oder könnte tatsächlich ein Außenstehender der Täter gewesen sein?

»Ich denke, die Polizei geht davon aus, dass es jemand gewesen sein muss, der Lucy nahestand. Gab es denn sonst jemanden auf der Feier, den sie persönlich gekannt hat, noch aus ihrer Zeit, bevor sie Harry kennengelernt hat?«

»Für die Gästeliste war meine Schwiegertochter Jessica zuständig. Aber ich bezweifle, dass sie … jemand Dubiosen ins Haus gelassen hätte. Soweit wir wissen, hatte Lucy keine Angehörigen mehr, auch ihre Freunde hatte sie in Frankreich zurückgelassen, also gab es für sie eigentlich nur Harry.« Er seufzte. »Und uns, natürlich.«

Nancy hatte also richtig vermutet: Lucy war in dieser Familie vollkommen isoliert gewesen. Sie hatte niemanden gehabt, außer ihrem Mann und ihrer neuen Familie, und bei der war sie nicht nur nicht willkommen gewesen, man hatte sie nicht einmal gemocht. Kein Wunder, dass sie auf der Feier so verloren gewirkt hatte. Wie schrecklich. Nancy verspürte eine sich festigende Entschlossenheit, dafür zu sorgen, dass Lucy Gerechtigkeit widerfuhr. Jemand musste sich darum kümmern, und das würde sie sein. Sie würde für Lucy tun, was sie für ihren Vater nicht hatte tun können. Lucy brauchte jemanden, der auf ihrer Seite stand, selbst wenn die einzige Art, ihr jetzt noch zu helfen, darin bestand, ihren Tod aufzuklären.

Doch bevor Nancy noch weiterbohren konnte, klopfte es an der Tür, diese ging auf und eine zierliche junge Frau mit blonden Haaren kam herein, sie trug ein Teetablett. Nancy war enttäuscht, dass es nicht Mrs. Harper selbst war, dann hätte sie versuchen können, ihren Blick aufzufangen.

Das Mädchen stellte das Tablett auf dem Tischchen vor

ihren Sesseln ab. »Danke, Natalie«, sagte Marcus. Die Bedienstete nickte dem Hausherrn zu, dann heftete sich ihr Blick kurz auf Nancy und musterte sie interessiert, bevor sie sich wieder abwandte und davonhuschte. »Armes Mädchen«, bemerkte Marcus, sobald sich die Tür geschlossen hatte. »Sie ist seit einem Jahr bei uns und hat Lucy geholfen, sich hier einzuleben. Die beiden hatten ein gutes Verhältnis, ich glaube, der Verlust hat sie hart getroffen.«

Nancy nahm sich sogleich vor, wenn irgend möglich, auch mit Natalie zu sprechen. Wenn sie Lucy tatsächlich so nahestand, hatte sie vielleicht eine Vermutung, wer das getan haben könnte und warum. Marcus reichte ihr Tasse und Untertasse aus feinstem Porzellan und mit einem bildhübschen Muster. Dann nahm er sich selbst eine Tasse. Nancy sah sofort, wie sehr das Service Oma gefallen hätte. Auf dem Tablett befand sich außerdem ein Teller mit Keksen. Toll, wenn man so bedient wurde. Daran konnte man sich direkt gewöhnen, fand Nancy.

»Gut, genug von diesen unangenehmen Dingen. Lassen Sie uns über Erfreulicheres sprechen: über Bücher. Ein viel schöneres Gesprächsthema, finde ich«, sagte Marcus und nahm einen Schluck Tee. Nancy war zwar enttäuscht, konnte aber nichts einwenden; Marcus nahm schließlich an, dass sie wegen der Bücher hier war, und zwar ausschließlich deswegen. Er erzählte, seine Frau habe sich auf den ersten Blick in die Hausbibliothek der Roths verliebt. »Wahrscheinlich hat sie mich hauptsächlich deswegen geheiratet«, scherzte er.

Nancy fragte sich unwillkürlich, wie Marcus so warm und herzlich von seiner Frau und so kalt und gefühllos von Lucy sprechen konnte.

»Sie hat die Bibliothek jahrelang regelmäßig ergänzt, denn sie liebte Bücher über alles. Aber nach ihrem Tod fiel es mir sehr schwer, mich hier aufzuhalten. Wir haben seit Langem nichts Neues mehr hinzugekauft, und ich weiß, dass sie das bedauert hätte.«

»Ja, Bibliotheken wollen gepflegt werden«, meinte auch Nancy. »Es geht nicht nur darum, die neuesten Bestseller hinzuzufügen, es geht um das Herz, um die Seele der Bibliothek. Auf welche Sammlungen man Wert legt und wie man das bereits Vorhandene am besten ergänzt und vertieft.«

Marcus nickte zustimmend. »Sie sagen es. Aber wo anfangen? Ich selbst habe keine Ahnung und bin deshalb sehr froh, dass Sie hier sind.«

»Ich glaube, das Beste ist, ich gehe erst einmal die Bestände durch und sehe, was Sie bereits haben. Erst danach können wir überlegen, was man noch anschaffen könnte.«

»Das klingt großartig.« Er lächelte. »Gut, dann müssen wir jetzt nur noch über Ihre Entlohnung sprechen …«

»Ach nein, das ist nicht nötig«, warf Nancy verlegen ein. Es wäre ihr falsch vorgekommen, auch noch Geld anzunehmen, wo das Ganze für sie nur ein Vorwand war, Lucy zu helfen. »Sie werden Ihre Neuerwerbungen ohnehin über unseren Buchladen beziehen, das ist Bezahlung genug, glauben Sie mir. Außerdem macht es mir großen Spaß.«

Marcus runzelte die Stirn. »Aber das wird mehrere Tage in Anspruch nehmen, und ich muss Sie doch irgendwie für die Arbeitszeit entschädigen, die Sie investieren werden.«

»Ach, darüber können wir später noch mal reden, in Ordnung?«, wiegelte Nancy ab.

Die Tür ging auf, bevor Marcus weitere Einwände erheben konnte, und er blickte sich um. »Ah, Will. Miss Hunter ist hier, um sich unsere Bibliothek anzusehen und ein wenig aufzufrischen.«

Will Roth kam herein. Er trug Jeans und einen Kaschmirpulli, sein Haar war aus der Stirn gekämmt. Auch er wirkte übermüdet und war unrasiert. Die letzten Tage schienen ihm schwer zu schaffen gemacht zu haben. »Wie nett, Sie wiederzusehen«, sagte er höflich. »Unsere Bücherspezialistin.«

Marcus erhob sich. »Miss Hunter, ich fürchte, ich muss Sie jetzt verlassen, ich habe noch einige Termine. Sie kommen vorläufig allein zurecht? Die Inventurbücher liegen schon auf dem Schreibtisch für Sie bereit. Oder Sie nehmen sich den Laptop – falls Sie eine etwas modernere Arbeitsweise bevorzugen.« Er sagte dies auf eine Weise, dass man ihm anmerkte, wie wenig er *davon* hielt.

»Danke, ich werde mich schon zurechtfinden«, beruhigte ihn Nancy. »Es könnte allerdings sein, dass ich hier vollkommen die Zeit vergesse.«

Marcus lachte leise. »Genau wie meine Frau. Ich werde Frank bitten, Ihnen Bescheid zu geben, wenn das Mittagessen fertig ist. Sie speisen natürlich mit uns. Und dann reden wir noch einmal über Ihre Entlohnung!«

Nancy lächelte kläglich.

»Will, bitte störe Miss Hunter nicht bei der Arbeit, ja?«

»Als ob ich zu so was fähig wäre.« Will grinste.

Marcus seufzte, nickte Nancy noch einmal zu und verließ das Zimmer. Die Türflügel schlossen sich hinter ihm, und nun war Nancy mit Will allein. Ob sie besorgt sein sollte? Aber Will wirkte ganz locker.

»Ich hoffe, er kauft 'ne Tonne Bücher bei Ihnen. Ich hätte jedenfalls keine Lust, dieses verstaubte Mausoleum hier auf Vordermann bringen zu müssen«, bemerkte Will abfällig. Er ließ sich in den Sessel sinken, den sein Großvater gerade freigemacht hatte.

Nancy hoffte das auch. »Ich liebe Bücher, für mich ist das überhaupt nicht öde.«

»Na ja, davon sollte man ausgehen, wenn man einen Buchladen besitzt. Haben Sie immer schon hier gelebt?«

Nancy nickte. »Mein ganzes Leben lang.«

»Ich bin mit achtzehn von zu Hause ausgezogen, ich konnte es kaum erwarten. Zuerst ging ich nach Oxford, und jetzt habe ich eine Wohnung in London. Ich wünschte nur, ich könnte wieder dorthin zurück, ich halt's hier kaum noch aus. Meine Arbeit, mein Leben, alles spielt sich in London ab. Aber bedauerlicherweise hänge ich vorläufig noch hier fest.«

»Wieso wollten Sie denn von hier weg? Ich meine, dieses Haus ist doch wunderschön.«

»Schön schon, aber ein goldener Käfig. Hier kann man nichts tun, ohne dass es jeder mitkriegt.«

Nancy wurde erneut von Mitgefühl für Lucy erfasst. Sechs Monate lang hatte sie auf Roth Lodge gelebt – ob sie sich ebenso eingesperrt gefühlt hatte wie ihr Schwager? »Es kann nicht leicht für die Familie sein, mit alledem fertigzuwerden«, bemerkte Nancy und behielt Will genau im Auge. Sie war sich immer noch nicht sicher, was seine Beziehung zu Lucy anging. Hatten sie sich gehasst? Oder gar geliebt?

»Na ja, Harry ist außer sich vor Kummer, und Mutter kommt kaum noch aus dem Bett. Vater und Großvater bemühen sich, alles zusammenzuhalten, und die Polizei geht hier seit Tagen nach Belieben ein und aus. Ich begreife nicht, was das Ganze mit mir zu tun haben soll, aber sie lassen mich trotzdem nicht gehen. Harry tut mir natürlich leid, klar, aber ich hab ihm gleich zu Anfang gesagt, als er plötzlich mit ihr erschienen ist, nachdem er sie ganze fünf Minuten gekannt hat, dass das alles doch nur in Tränen enden könne.«

Nancy zog eine Augenbraue hoch. »Ach, Sie haben mit so etwas gerechnet?«

»Nein, das natürlich nicht, aber ich hab sofort gesehen, dass diese Frau nichts Gutes bedeutet. Weiß nicht, wieso die Polizei uns all diese Fragen stellt – als ob wir eine Ahnung hätten. Als ob es was mit uns zu tun haben könnte. Lucy hat sich das selbst zuzuschreiben, glauben Sie mir. Aber leider sind wir jetzt diejenigen, die es ausbaden müssen.«

»Aber sie hat immerhin mit ihrem Leben bezahlt«, erinnerte ihn Nancy, die erneut überrascht war, wie gefühllos die Roths Lucys Tod aufnahmen.

Will seufzte. »Ich weiß, ich weiß. Und sie tut mir ja leid, aber ich kann nicht so tun, als ob wir uns sonderlich gemocht hätten, sie und ich.«

»Sie mochten sie nicht?«, hakte Nancy nach. Ihr kam es jedenfalls nicht so vor, als würde Will um eine verlorene Geliebte trauern, aber das konnte natürlich Fassade sein. Schwer zu sagen. Sie hätte ihn zu gerne gefragt, worum es bei dem Streit im Pub gegangen war. Ob er der Polizei davon erzählt hatte?

»Ehrlich gesagt, nein. Dieser Kriminalbeamte war auch total entgeistert, als ich das ehrlich zugegeben habe. Aber wozu lügen? Harry hat überstürzt geheiratet, und er wollte nicht sehen, was sie war: eine ordinäre Goldgräberin. Sie hatte es nur auf sein Geld abgesehen. Als er sie geheiratet hat, kannten sie sich erst seit einem Monat.«

»Wie lange hat Harry denn in Frankreich gearbeitet?«

»Etwa zwei Jahre, ich habe ihn in der Zeit natürlich nicht oft gesehen, aber als er dann mit einer *Ehefrau* in London aufgetaucht ist, hat es mich doch ganz schön umgehauen. Und dann wollten sie auch noch *hier* auf dem Land leben, das habe ich überhaupt nicht kapiert. Ich hoffe natürlich, die Polizei findet denjenigen, der das getan hat, aber ich persönlich werde heilfroh sein, wenn hier wieder alles seinen normalen Gang nimmt.«

Genau das hatte Wills Großvater auch gesagt. Schon

seltsam, dass die beiden eine ganz ähnliche Einstellung zu dieser Sache zu haben schienen. Hm. Die Roths hatten sich, jedenfalls bis zu dieser Verlobungsfeier, ganz vom Dorf und von seinen Bewohnern abgesondert – eine hochmütige Reserviertheit konnte man es nennen. Nancy kam der Gedanke, dass es keine wie auch immer geartete Braut in dieser Familie sonderlich leicht gehabt hätte, egal wen Harry nach Hause gebracht hätte. Ob die Roths überhaupt jemanden außerhalb ihrer Kreise akzeptierten? Und diese Kreise mussten ziemlich überschaubar sein. Nancy ermahnte sich, sich nicht von Wills Freundlichkeit täuschen zu lassen, die konnte gespielt sein. Sie war keine von ihnen, und Lucy ebenso wenig. Daher war es ratsam, hier niemandem zu sehr zu vertrauen.

»Viel Glück, Nancy Hunter.« Er blickte sich in dem großen Raum um. »Ich glaube, Sie werden es nötig haben.«

Das glaubte sie auch.

13. Kapitel

Als Nancy allein war, blieb sie erst einmal ein paar Augenblicke lang ratlos in ihrem Sessel sitzen. Dann holte sie ihr Handy hervor und schickte Jonathan eine Textnachricht.

> Habe gerade mit Will Roth geredet. Er sagt, er hat Lucy nie sonderlich gemocht – dachte, sie wäre nur hinter Harrys Geld her! Er kann's kaum erwarten, wieder nach London zurückzukönnen, aber die ganze Familie ist angewiesen worden, vorläufig nicht die Gegend zu verlassen. Worüber hat er sich bloß mit Lucy im Pub gestritten, frag ich mich?

Sie schickte die Nachricht ab und ging dann zu dem großen Schreibtisch, um sich an die Arbeit zu machen. Sie schlug das schwere, in Leder gebundene Register auf. Es würde mehrere Tage in Anspruch nehmen, um auch nur die Bücher durchzugehen, die bereits vorhanden waren. Und danach galt es, sich über die Neuanschaffungen den Kopf zu zerbrechen. Nun, es war jedenfalls der ideale Vorwand, um im Hintergrund ein wenig herumzuschnüffeln.

Jonathans Antwort kam schon wenige Minuten später.

Versuch doch herauszufinden, was der Rest der Familie von Lucy hielt. Ich habe den Türsteher, der neulich bei der Party den Einlass kontrolliert hat, aus dem Polizeirevier kommen sehen. Er hat bestätigt, dass er sämtliche Einladungen kontrolliert hat und dass niemand das Haus verlassen konnte, ohne dass er es gesehen hätte, und auch, dass zu dem Zeitpunkt, als Lucy getötet wurde, noch keiner gegangen war. Also muss es jemand auf der Party gewesen sein, der sie getötet hat! Und sich danach einfach wieder unter die Gäste gemischt hat.

Nancy schrieb Jonathan, dass Marcus nicht glaubte, dass Lucy jemanden zur Party eingeladen gehabt hatte und dass auch er sie nicht besonders gemocht zu haben schien. Bisher wäre ihr noch niemand im Haus untergekommen, der sonderlich um Lucy getrauert hätte. Doch sie könne verstehen, wieso sich die Polizei auf die Familie konzentrierte – denn auf sie schien momentan alles hinzuweisen.

Nancy hatte bis jetzt noch keine weiteren Verdächtigen ausfindig machen können. Dass Lucy möglicherweise irgendeinen Partygast, der sie kaum kannte, derart aufgebracht haben könnte, dass er sie übers Geländer stieß, hielt Nancy für so gut wie ausgeschlossen. Außerdem hatte die Party ja kaum begonnen gehabt. Und Harry? Hatte man dadurch vielleicht ihn bestrafen wollen? Eine eifersüchtige

Ex-Freundin? Nancy schüttelte den Kopf. Harry war zuletzt zwei Jahre in Frankreich gewesen, also erschienen beide Möglichkeiten eher unwahrscheinlich. Die einzige andere Person, die Lucy schon vor der Party gekannt hatte, war Richard. Aber den kannte sie schließlich, oder nicht? Er konnte ganz bestimmt nichts damit zu tun haben. Welches Motiv könnte er denn haben?

Nein, Nancy war sich sicher, dass es jemand aus der Familie gewesen sein musste, nur wer, das war ihr nach wie vor schleierhaft. Die Suche nach dem Mörder musste mit dem *warum* beginnen – warum hatte er oder sie es getan?

Und da die Antwort darauf noch in unbestimmter Ferne lag, wollte sich Nancy erst einmal mit der Bibliothek der Roths befassen. Ein, zwei Stunden lang ging sie konzentriert das Register durch. Marcus' Frau Louisa hatte die Bücher offenbar nach ihrem persönlichen Geschmack geordnet, was Nancys Dad sehr gefallen hätte – in seinem Buchladen hatte er es genauso gemacht, weshalb die Kundschaft sich bis heute nicht immer gleich zurechtfand.

Da schlug die Wanduhr in der Ecke zur Mittagsstunde. Nancy rechnete damit, dass man sie jetzt bald zum Mittagessen holen würde, dabei hatte sie noch nicht wirklich etwas erreicht, was ihrem Fall nützen könnte. Ihr Blick fiel auf das Teetablett. Kurz entschlossen nahm sie es und eilte aus der Bibliothek. Sie wandte sich in die Richtung, in die der Butler die Küche verortet hatte, und tatsächlich stieg ihr schon wenige Sekunden später ein köstlicher Essensgeruch in die Nase, der ihr bestätigte, dass sie auf dem richtigen Weg war. Der Korridor führte auf eine große Tür zu, die sie aufstieß.

Es war die größte Küche, die Nancy je gesehen hatte, im Landhausstil, mit Holzschränken und schmuckem Porzellan und ein paar großen Fenstern, von denen man einen herrlichen Blick aufs Grundstück hatte. In einer Ecke befand sich ein großer Aga, ein alter Ölofen, und davor stand die Haushälterin, Mrs. Harper. Nancy kannte sie seit ihrer Kindheit, sie war ihr gelegentlich im Dorf begegnet. Mrs. Harper war meist mit großen Schritten unterwegs, um eilig etwas für die Roths zu besorgen. Oma kannte sie kaum besser, man grüßte sich eben und hielt gelegentlich ein kurzes Schwätzchen, das war alles.

»Mrs. Harper, ich bringe Ihnen das Tablett zurück«, erklärte Nancy und wagte sich ein wenig weiter in den warmen Raum hinein.

Die Haushälterin, die gerade in einem großen Suppentopf umrührte, wandte sich um. »Das ist nett von Ihnen, aber das wäre doch nicht nötig gewesen, Natalie hätte es holen können. Trotzdem danke. Stellen Sie's da auf den Tisch, ja? Sie sind Nancy, stimmt's? Jane Hunters Enkelin?« Die Haushälterin hatte graues Haar und helle Augen sowie einen Gesichtsausdruck, der frappierend an ihre Nichte Jenny erinnerte, außerdem sprach sie in der ausgeprägten örtlichen Mundart.

»Stimmt«, antwortete Nancy und setzte das Tablett ab. »Marcus Roth hat mich gebeten, einmal die Familienbibliothek durchzusehen und sie mit ein paar neuen Büchern zu ergänzen.«

»Ach so, ja. Sie ist seit Louisas Tod ein bisschen heruntergekommen. Louisa hat da immer viel Zeit verbracht. Freut mich, dass er versucht, was zu tun. Wir können in diesem Haus weiß Gott was Positives gebrauchen.« Sie stieß einen schweren Seufzer aus.

Nancy ergriff die Gelegenheit, Mrs. Harper zum Sprechen zu bringen und vielleicht etwas Nützliches zu erfahren. »Marcus sagt, die Polizei habe sich überall im Haus umgesehen.«

Die Haushälterin schnalzte missbilligend. »Und so eine schreckliche Unordnung angerichtet! Hab den ganzen Vormittag mit Aufräumen zu tun gehabt, und es ist noch längst nicht alles getan. Weiß der Himmel, was die sich denken, was sie hier finden.«

»Vielleicht etwas, das ihnen einen Hinweis gibt – in Lucys Zimmer vielleicht?«

Mrs. Harper wandte sich wieder zum Herd um und rührte erneut in der Suppe. »Kann mir nicht vorstellen, was. So lange hat sie ja nicht hier gewohnt, und mitgebracht hat sie auch nicht viel. Hat gesagt, sie hat das meiste noch in Frankreich weggegeben und wollte hier ganz neu anfangen. Unter uns, ich glaube, sie hat gar nicht so viel Kleidung gehabt, die sie hätte mitbringen können.« Sie warf Nancy einen Blick über die Schulter zu und schürzte missbilligend die Lippen. »Sie hat ja in so einer Bar in Paris gearbeitet und sich eine winzige Wohnung mit einer

Arbeitskollegin geteilt, hat Harry gesagt. Kann mir nicht vorstellen, dass sie zuvor schon mal in einem so prächtigen Haus gewohnt hat, da konnte sie noch so gepflegt reden. Harry hat ihr anfangs, nachdem sie hier eingezogen waren, eine Menge Kleidung gekauft, alles Designersachen natürlich, da hat sie ihre alten Sachen gar nicht mehr gebraucht.«

Nancy spürte die Vorbehalte der Haushälterin. Offenbar war auch sie der Ansicht, Harry habe unter seinem Niveau geheiratet. Nancy waren noch nie so viele Snobs auf einmal untergekommen. Sie war irritiert. Was hatten Lucys Tätigkeit und ihre Lebensumstände damit zu tun, was für ein Mensch sie war? Was spielte es überhaupt für eine Rolle, wenn Harry sie liebte und glücklich mit ihr war? »Waren Sie überrascht, als Harry mit einer Ehefrau auftauchte?«, fühlte Nancy vor, denn sie wollte mehr über Harry erfahren. Alles konzentrierte sich auf Lucy, doch er war es schließlich, der sie zur Frau gewählt hatte. Sie ließ sich am Tisch nieder und neigte interessiert ein wenig den Kopf.

»Ich hab den Jungen praktisch großgezogen, kenne ihn und Will schon ihr ganzes Leben lang. Ich bin kurz vor Harrys Geburt zu den Roths gekommen. Will war schon immer ein Charmeur, der kann sich überall rausreden, der Junge, er hat immer Freunde gehabt und wurde auch ständig von Mädchen umschwirrt, aber Harry ist anders. Sensibler, wissen Sie, einfühlsamer. Ich fand immer, dass er mal einen ausgezeichneten Ehemann abgeben wird. Also hat's mich auch nicht groß gewundert, dass er geheiratet hat, aber ich fand es schon eigenartig, dass er sich eine Frau genommen hat, ohne der Familie Bescheid zu sagen, ohne erst mal mit seinem Vater und Großvater zu reden.« Sie schüttelte den Kopf. »Das war's vor allem, womit er sie vergrätzt hat, die Familie. Hat sie nicht mal gefragt, und das bei einer so wichtigen Entscheidung. Aber eins muss ich doch sagen, verliebt war er, und wie. Man konnt's ihm deutlich ansehen, Nancy, er war ganz verrückt nach diesem Mädchen. Ich sag immer, dass es gar nicht gut ist, wenn ein Mann seine Frau zu sehr liebt, denn dann verliert er den Verstand, dann kann er nicht mehr klar denken. Und wohin *das* führt, sieht man ja.« Sie zog eine Augenbraue hoch und begann, einen Laib resches Brot aufzuschneiden.

Wenigstens hatte Harry Lucy geliebt, das war immerhin etwas. Von der Familie war sie nicht willkommen geheißen worden, doch zumindest Harry hatte auf ihrer Seite gestanden. »Was hielten Sie selbst denn von Lucy?«

»Ich glaube, sie hat ihn auch geliebt, das hab ich nie bestritten, aber sie hat keinen Zweifel daran gelassen, dass sie jetzt auch die Herrin im Haus sein will. Wollte sich überall einmischen, in den Haushalt und alles. Und damit hat sie natürlich Mrs. Roth verprellt, können Sie sich ja vorstellen. Nehmen Sie zum Beispiel Marias Verlobungsparty: Lucy wollte sie organisieren, aber wir haben hier nun mal unsere eigene Art, so was zu machen.« Dann drehte sich die Haushälterin plötzlich zu Nancy um, als schiene ihr jetzt erst bewusst zu werden, dass diese gespannt an ihren Lippen hing. »Wozu all die Fragen?«, entfuhr es ihr barsch.

»Na ja, ich schaue ja gerade die Bibliothek der Familie

durch, das macht einen schon ein bisschen neugierig auf diese Menschen, verstehen Sie?« Nancy erhob sich, sie hatte das deutliche Gefühl, nicht länger erwünscht zu sein. »Ich richte Oma einen schönen Gruß von Ihnen aus.«

»Ja, bitte, tun Sie das.« Die Haushälterin bückte sich, um etwas aus dem Backrohr zu holen, und da wusste Nancy, dass sie entlassen war. Sie schlüpfte in den Korridor hinaus und machte sich schleunigst auf den Rückweg zur Bibliothek. Allmählich begann sie die Spannungen, die bis zu Lucys gewaltsamem Tod im Haus geherrscht hatten, ein wenig besser zu durchschauen. Harry war eines Tages einfach wieder vor der Tür gestanden und hatte alle mit seiner heimlichen Heirat vor den Kopf gestoßen. Nicht nur das, er hatte auch noch unter seinem Niveau geheiratet, jedenfalls in den Augen der Familie, eine Frau aus bescheidenen Verhältnissen, die dann auch noch versuchte, ihre eigenen Vorstellungen im Haus durchzusetzen, was nicht gerade dazu beitrug, die Wogen zu glätten. Trotzdem, als Mordmotiv kam Nancy das alles doch ein wenig schwach vor.

Sie hatte sich kaum wieder an ihre Arbeit gesetzt, als es klopfte und Frank, der Butler, hereintrat, um ihr mitzuteilen, dass das Mittagessen serviert sei. Sie wusste nicht recht, was sie zu erwarten hatte, als sie ihm zum Speisezimmer folgte – einem Raum, den sie bisher noch nicht gesehen hatte. Als sie eintrat, stockte sie unwillkürlich, da sich alle zu ihr hinwandten. Nancy überlegte kurz, ob sie nicht besser die Flucht ergreifen sollte.

Aber bevor sie das tun konnte, verkündete der Butler mit sonorer Stimme: »Miss Nancy Hunter.« Dann zog er sich zurück.

»Kommen Sie, meine Liebe, setzen Sie sich zu mir, dann können Sie mir erzählen, wie Sie vorankommen«, rief Marcus ihr zu und zog den Stuhl neben sich einladend zurück. Nancy musste die ganze Länge der Tafel abschreiten, um zu ihm zu gelangen. Zuerst kam Peter, Marcus' Sohn, am unteren Ende der Tafel, daneben seine Frau Jessica, die ein ziemlich großes Glas Wein vor sich stehen hatte, ihr gegenüber Harry, der wie ein Häufchen Elend an seinem Platz saß, neben ihm Will, der Nancy zugrinste, dann das frisch verlobte Paar, Maria und Charles, und ihnen gegenüber die Frau, die Nancy als die Tante erkannte, die während Marcus' Rede bei der Familie gestanden hatte. Dann kam ihr freier Platz und dann Marcus, der am Kopfende des glänzenden Mahagonitischs saß. Abgesehen davon gab es noch einen weiteren leeren Stuhl. Nancy erschauderte bei dessen Anblick, denn ihr wurde klar, dass an jedem anderen Tag Lucy Roth hier gesessen haben würde.

»Hier, bitte.« Will beugte sich über den Tisch und schenkte Nancy ein Glas Wein ein. Das konnte sie im Moment dringend gebrauchen.

»Sie erinnern sich noch an alle? Von der Party?«, meinte Marcus Roth mit gedämpfter Stimme und stellte Nancy noch einmal alle Anwesenden vor. »Mein Sohn Peter, seine Frau Jessica, ihre Jungs, Harry und Will, Maria und ihr Verlobter Charles, und das ist Annabel, Jessicas Schwester.

Sie ist seit ein paar Monaten bei uns, lebt aber normalerweise unten in Cornwall.«

Nancy besah sich die Frau. Ihrer Schwester ähnelte sie jedenfalls nicht – sie wirkte unscheinbar, mit langem mausbraunem Haar, in dem bereits jede Menge Grau sichtbar wurde. Auch war sie kleiner und molliger als ihre große, schlanke Schwester.

»Und wie fanden Sie unsere Bibliothek?«, erkundigte sich Marcus, als in diesem Moment die Tür aufging und Frank hereintrat, gefolgt von Natalie, dem Mädchen, das zuvor den Tee gebracht hatte. Beide trugen Tabletts mit der Suppe und verteilten die vollen Teller, dann wurde der Brotkorb herumgereicht. Als Natalie Nancy ihren Teller vorsetzte, schwappte die Suppe ein wenig über den Rand, fast so, als wäre die junge Frau nervös. Nancy schenkte ihr ein beruhigendes Lächeln, aber Natalie nahm es nicht wahr, da sie den Blick gesenkt hielt. Nancy wollte zu gerne einmal mit ihr sprechen, da Marcus gesagt hatte, sie sei überwiegend für Lucy dagewesen. Vielleicht wusste sie ja etwas.

Nancy hatte das Gefühl, dass der ganze Tisch auf ihre Antwort wartete, auch wenn man sich nichts anmerken ließ und geschäftig Brot brach oder zum Löffel griff. Sie versuchte, sich nicht beirren zu lassen, und blickte Marcus an. »Ihre Frau verstand viel von Büchern, das merkt man deutlich. Und die Inventurlisten sind tadellos geführt.«

»Sie hat viele Stunden dort zugebracht.«

»Ihr System ist ein wenig vertrackt, ich glaube, sie hat

die Bücher hauptsächlich nach ihrem persönlichen Geschmack geordnet – das tat mein Vater übrigens auch, in unserem Buchladen«, fügte sie lächelnd hinzu. »Für eine Privatbibliothek besitzen Sie eine beeindruckende Sammlung. Ich habe mir bereits ein paar Notizen gemacht, welche Anschaffungen sich lohnen könnten. Sie haben ja zum Beispiel sehr viele Geschichtsbücher.«

Marcus, der sein Brot zerteilte, nickte. »Die stammen vor allem von meinem Vater – er hat sich immer sehr für Geschichte interessiert, und die meisten dieser Bücher hat er angeschafft. Meine Frau hielt es mehr mit Romanen und Gedichtbänden, daher wird diese Seite ein wenig vernachlässigt worden sein.«

Nancy nickte. »Ja, es gibt Lücken, das ist mir schon aufgefallen. Aber es sind dafür auch richtige Schmuckstücke darunter, die ganz schön was wert sein dürften.« Nancy waren bereits einige seltene Exemplare und Erstausgaben ins Auge gefallen, darunter manche sogar signiert, und sie wusste, dass diese sehr begehrt sein dürften.

»Das ist richtig. Mein Vater hat einmal sogar hunderttausend Pfund für …«

»Vater«, unterbrach Peter vom anderen Ende der Tafel. »Müssen wir über solche Dinge reden? Nach allem, was passiert ist, möchte man doch annehmen, du wärst inzwischen vorsichtiger.«

Marcus seufzte. »Ich glaube kaum, dass jemand an diesem Tisch gleich mit einer wertvollen Erstausgabe verschwinden wird.«

Nancy konnte spüren, wie ihr Gesicht rot vor Scham und Empörung wurde. Hielt man sie wirklich des Diebstahls für fähig?

Will bemerkte es und lächelte besänftigend. »Mein Vater ist derzeit auf Verbrecherjagd, Nancy, das sollten Sie nicht persönlich nehmen. Niemand hier wollte andeuten, Sie hätten vor, unsere Bibliothek zu plündern.«

»Nein, natürlich nicht.« Marcus warf seinem Sohn einen zornigen Blick zu. »Nancy hat sich freundlicherweise bereit erklärt, zu helfen und ist heute unser Gast in diesem Haus.«

Peter schob daraufhin seinen Stuhl zurück und erhob sich. »Wenn in dieser Familie mehr darauf geachtet würde, wer ins Haus eingelassen wird, dann befänden wir uns jetzt nicht in diesem Schlamassel. Man möchte doch meinen, wir hätten inzwischen unsere Lektion gelernt, aber das ist offenbar nicht der Fall. Ich werde mich in mein Arbeitszimmer zurückziehen und möchte nicht gestört werden.« Und damit verließ er den Raum.

»Ich muss mich für das schlechte Benehmen meines Sohnes entschuldigen«, sagte Marcus zu Nancy.

»Er sagt nur, was wir alle denken«, bemerkte Harry bekümmert. »Als ob es Lucys Schuld wäre, dass sie getötet wurde, und meine Schuld, weil ich sie geheiratet und dadurch einen Mord herausgefordert habe. Tja, tut mir leid, dass wir nicht mit so etwas gerechnet haben.« Auch er erhob sich und lief aus dem Zimmer.

»Harry!« Jessica sprang auf und eilte ihrem Sohn nach.

»Tja, dann waren's nur noch sechs«, bemerkte Will und griff seelenruhig zu seinem Löffel. »Einfach köstlich, diese Suppe.«

»Ja, wirklich gut«, bestätigte Tante Annabel und hob zum ersten Mal den Blick vom Tischtuch.

Maria seufzte. »Komm, Charles, wir gehen auch. Wir hätten gleich verschwinden sollen und nicht noch das ganze Wochenende hierbleiben.« Sie erhob sich. Charles folgte gehorsam, und beide verließen den Raum.

»Es hat sie schwer getroffen, dass ihre Party durch einen Mord verdorben wurde«, bemerkte Will trocken.

»Will!« Marcus seufzte müde.

»Sie wohnen in Woodley«, erklärte Will Nancy, »und ich kann's ihnen nicht verdenken, dass sie heimwollen. Ich wünschte, ich könnte auch.«

Nancy griff erschüttert zum Löffel. Solche Szenen hatte es in ihrer Familie nie gegeben, und schon gar nicht vor Gästen. Benahmen sich die Reichen etwa immer so? Oder nur die Roths? Kein Wunder, dass es Lucy schwergefallen war, sich hier einzuleben.

»Normalerweise geht es hier nicht so zu«, beruhigte Marcus Nancy.

»Ach, komm schon, Großvater«, meinte Will und schüttelte den Kopf, »natürlich geht's hier immer so zu.«

Abermals ging die Tür auf, und Frank und Natalie brachten den zweiten Gang herein, obwohl der erste bei der ganzen Aufregung noch kaum angerührt worden war. Nancy ließ Natalie nicht aus den Augen. Das Mädchen blickte immer wieder zu ihr hin und kaute dabei nervös an ihrer Unterlippe. Was wohl in ihr vorging?

Nancy wollte diese unselige Mahlzeit so schnell wie möglich hinter sich bringen und wieder in die Bibliothek zurückkehren, damit sie in Ruhe über alles nachdenken konnte. Ihr Kopf war voller Fragen.

14. Kapitel

»Dürfte ich Ihnen ein wenig Gesellschaft leisten?«

Nancy wandte sich um und sah, dass Annabel, Jessicas Schwester, ihren Kopf zur Tür hereinstreckte. Sie war seit einer Stunde wieder bei der Arbeit und hatte die Anspannung beim Mittagessen schon fast wieder vergessen. »Ja, natürlich«, antwortete Nancy und rieb sich den steifen Nacken. Sie beugte sich schon zu lange über Louisa Roths Registerbände.

»Ich weiß momentan gar nicht, was ich mit mir anfangen soll, und Marcus schlug vor, mal zu sehen, ob Sie vielleicht Hilfe benötigen.« Annabel trat ein und schloss die Doppelflügeltür hinter sich. »Wie friedlich es hier ist«, fügte sie mit einem dankbaren Seufzer hinzu. Sie hatte, trotz ihrer unauffälligen Erscheinung, eine ebenso gepflegte Ausdrucksweise wie ihre Schwester.

»Ja, nichts ist so friedvoll wie ein Raum voller Bücher«, meinte auch Nancy. Insgeheim freute es sie, dass einer der Roths freiwillig zu ihr gekommen war und ihr die Schnüffelarbeit leichter machte. »Kommen Sie die Familie oft besuchen?«, erkundigte sie sich.

Annabel zog sich einen Stuhl an den Schreibtisch heran, wo Nancy saß. »Ja, ziemlich oft. Jessica und ich, wir haben ein enges Verhältnis. Sie brauchte Hilfe bei der Organisation der Verlobungsparty und auch bei den Hochzeitsplanungen, deshalb bin ich jetzt schon seit fast drei Monaten hier.« Sie lächelte. »Dieses Anwesen ist etwas ganz anderes als mein kleines Cottage an der Küste, das kann ich Ihnen sagen.«

»Stammen Sie beide aus Cornwall?«, erkundigte sich Nancy, der erneut die frappierenden Unterschiede zwischen den Schwestern ins Auge fielen – die eine residierte in einem herrschaftlichen Anwesen, die andere wohnte in einem Häuschen am Meer.

»Nein, aufgewachsen sind wir in Oxford, aber nach dem Tod unserer Eltern bin ich nach Cornwall gezogen und habe mir ein kleines Häuschen am Meer gekauft. Ich wollte schon immer am Meer leben. Und Jessica und Peter hatten sich noch in Oxford kennengelernt.« Sie lachte leise. »Mir ist mein Märchenprinz bisher noch nicht begegnet, aber das kann ja noch kommen.«

»Geht mir genauso«, gestand Nancy schmunzelnd. Sie lächelten sich an. Annabel wirkte bodenständiger als der Rest der Familie, vielleicht weil sie normalerweise weit weg von diesen Kreisen lebte. »Lucy hat großes Glück gehabt, mit Harry«, versuchte Nancy das Gespräch in die gewünschte Richtung zu lenken.

»Ja, sie waren ein nettes Paar. Ich weiß, dass meine Schwester nicht ganz einverstanden war, aber man konnte sehen, wie sehr sich Lucy und Harry geliebt haben, und das kann doch nichts Schlimmes sein. Ich habe so gut wie möglich versucht, die Wogen zu glätten. Es herrschte Anspannung im Haus, doch dann waren wir so mit den Vorbereitungen für die Verlobungsfeier beschäftigt, dass es irgendwie nicht mehr so wichtig erschien … Sie verstehen? Ich kann noch immer nicht fassen, was passiert ist. Die arme Lucy.« Annabel schüttelte bekümmert den Kopf.

»Hatte Lucy eigentlich selbst jemanden zur Feier eingeladen? Bekannte oder Verwandte?« Nancy wollte sichergehen, dass Marcus' Vermutung, Lucy selbst habe niemanden eingeladen gehabt, stimmte.

»Nein, sie hatte meines Wissens keine Verwandten mehr, und ihre Freunde hat sie alle in Paris zurückgelassen«, entgegnete Annabel und bestätigte damit, was Marcus gesagt hatte. Sie blickte sich im Raum um. »Kann ich Ihnen hier irgendwie helfen? Ich würde mich gerne nützlich machen.«

Nancy nickte. Wenn sie sich hier länger zusammen aufhielten, gab Annabel ja vielleicht noch etwas Nützliches preis. »Ich bin gerade dabei, die Inventarlisten mit dem Bestand abzugleichen, um zu sehen, ob alles auf dem neuesten Stand ist. Ich könnte die Titel vorlesen und Sie sehen nach, ob das Buch vorhanden und am angegebenen Platz ist. Wenn es Ihnen nichts ausmacht?«

»Nein, gar nicht. Ich würde im Moment ohnehin bloß Däumchen drehen. Seit das auf der Party passiert ist, habe ich das Gefühl, ich sollte nicht mehr hier sein, Sie verstehen? Aber die Polizei hat uns gebeten, für den Moment noch zu bleiben.« Sie erhob sich und trat an die Regale.

»Will sagt das auch. Aber Maria und Charles werden abreisen?«

»Sie wohnen ja nicht weit entfernt, in Woodley, und dieser Inspektor – ich habe seinen Namen vergessen – meinte, es wäre in Ordnung, solange wir in der Nähe blieben. Ich habe nichts dagegen, noch ein wenig hierzubleiben, da kann ich die Familie unterstützen, wissen Sie? Aber allmählich sehne ich mich schon wieder nach meinem eigenen Zuhause.«

»Kann ich sehr gut verstehen. Hat sich Maria gut mit Lucy verstanden?«

Annabel überlegte. »Ich glaube schon. Lucy hatte einen sehr ausgeprägten Sinn für Geschmack, und sie hat uns bei den Partyvorbereitungen geholfen und auch bei der Hochzeitsplanung. Ich glaube, Maria hat Lucys Stilgefühl bewundert. Sie selbst hat nicht ganz so viel Stil, wenn ich das sagen darf, ohne taktlos zu erscheinen.«

Nancy nickte; Lucy war wirklich ausgesprochen elegant gewesen, sie selbst hatte ihren Stil auch bewundert, auf der Party.

»Und weil sie ja bald heiraten will, hat sie sich vielleicht auch ein wenig von Harrys und Lucys Wirbelwindromanze beeindrucken lassen.«

»Wie aus einem Roman«, bemerkte Nancy und wies mit einer Handbewegung auf ihre Umgebung.

»Ganz richtig.«

Nancy ließ sich alles durch den Kopf gehen, was sie bisher erfahren hatte. Maria und Charles waren auf der Party beschäftigt gewesen, und Maria bewunderte Lucy, deshalb konnte man wohl davon ausgehen, dass sie als Verdächtige nicht infrage kamen. Harry schien der Tod seiner Frau schwer getroffen zu haben, und Nancy hielt seine Trauer für echt. Blieb noch der Rest der Familie. Keiner schien viel von Lucy gehalten oder sie gar gemocht zu haben, mit Ausnahme von Annabel. Obwohl es schon ein großer Sprung war, von Abneigung zu Mord. Da steckte doch bestimmt mehr dahinter?

»Wo sollen wir anfangen?«, riss Annabel Nancy aus ihren Gedanken.

Diese beschloss, sich für den Moment besser auf die Bücher zu konzentrieren, um kein Misstrauen zu erregen; immerhin hatte sie heute schon eine ganze Menge Fragen gestellt. Sie rasselte Autor und Buchtitel herunter, und gemeinsam arbeiteten sie systematisch die Liste ab. Als irgendwann Butler Frank mit Erfrischungen erschien, fuhren sie überrascht auf, so vertieft waren sie gewesen. Er stellte ein Tablett mit Tee und Keksen ab und zog sich diskret wieder zurück.

»Ja, machen wir doch eine Pause?«, schlug Nancy vor, und die beiden ließen sich dankbar in zwei Lehnsessel sinken und genehmigten sich eine Stärkung. »Wir haben ganz schön viel geschafft, vielen Dank für Ihre Hilfe.«

»Ach, ich bin doch froh, mich beschäftigen zu können; man sitzt doch sonst nur herum und grübelt.« Annabel nippte bescheiden an ihrem Tee. »Ich kann noch immer nicht fassen, was geschehen ist.« Sie erschauderte.

»Nein, ich auch nicht«, antwortete Nancy. »So was ist in Dedley End noch nie vorgekommen.«

»Wahrscheinlich fühlen Sie sich jetzt nicht mehr sicher?«

Nancy nippte an ihrem Tee und überlegte. »Nun ja, das hängt ganz vom Ausgang ab.«

»Wie meinen Sie das?«

»Meist ist es doch jemand aus dem Bekanntenkreis oder aus der Familie, nicht? Ich glaube also nicht, dass wir uns davor fürchten müssen, dass ein Mörder auf der Suche nach seinem nächsten Opfer durch unser Dorf schleicht.«

Annabel blickte Nancy erschrocken an. »Wollen Sie damit sagen, das sucht er stattdessen hier im Haus?«, quiekte sie und zuckte so heftig zusammen, dass ein wenig Tee auf ihre Untertasse schwappte.

»Ich wollte Ihnen ganz bestimmt keine Angst machen! Nein, Sie haben nichts zu befürchten, da bin ich sicher. Es muss doch wohl einen Grund geben, warum Miss Roth umgebracht wurde, glauben Sie nicht?« Nancy legte ihren Kopf schief und blickte Annabel fragend an, in der Hoffnung, dass diese ihr anvertraute, wen sie möglicherweise im Verdacht hatte.

Die Frage hing in der Luft. Annabel atmete tief durch und nahm einen Schluck Tee. Anschließend biss sie in einen Keks, und erst dann schien sie in der Lage zu sein zu antworten. »Na ja, es war schon ein Schock, als Harry mit Lucy auftauchte, die Familie war alles andere als begeistert.

Aber die Roths sind eine achtbare Familie, Sie können doch nicht im Ernst glauben, dass …« Sie beugte sich verschwörerisch vor und flüsterte: »… dass sie etwas *Unschickliches* tun könnten?«

»Nein, das meinte ich nicht. Was ich sagen will, ist, dass die meisten Opfer ihren Mörder kennen. In Büchern, jedenfalls«, fügte Nancy hinzu und wies erneut auf die Regale. »Es ist also gut möglich, dass sie die Person kannte.«

Annabel nickte knapp. »Ja, ich verstehe genau, was Sie meinen.«

»Hat sie mal erwähnt, dass sie sich Sorgen macht, dass sie vielleicht vor jemandem Angst hatte, was meinen Sie?«

»Nein, ich glaube nicht«, antwortete Annabel bedächtig. »Aber ich werde darüber nachdenken, ja, das werde ich.«

»Wenn Ihnen etwas einfallen sollte, können Sie ja der Polizei Bescheid geben. Oder sogar mir, falls Sie sich nicht sicher sind, wem Sie vertrauen können«, bot sich Nancy an.

»Ja, gut, das mache ich. Mein Gott, ich werde vielleicht froh sein, wenn ich wieder daheim in Cornwall bin, das kann ich Ihnen sagen!«

»Verstehe ich gut.«

Danach machten sie sich wieder an die Arbeit. Nancy fand es durchaus interessant, dass Annabel sich gar nicht hatte vorstellen können, dass einer der Roths zu dem Mord fähig sein könnte. Obwohl das eigentlich nicht viel heißen wollte. Wer hielt schon ein Mitglied der eigenen Familie eines Mordes für fähig? Zumindest schien Nancy in Annabel eine Verbündete gefunden zu haben; man konnte sich daher durchaus Hoffnung machen, dass Annabel sich an sie wenden würde, falls ihr noch etwas einfallen sollte. Mehr durfte sie sich für den ersten Tag nicht erhoffen. Allmählich brach die Dunkelheit herein, und es wurde Zeit, sich aus dem Staub zu machen, Oma stand schließlich schon den ganzen Tag allein im Laden und machte sich sicher bereits Sorgen.

Der Buchtitel, den Nancy jetzt vorlas, hatte eine große Bedeutung für sie: *Der Mann im braunen Anzug*, von Agatha Christie. Oma mochte diesen Roman der Autorin besonders gern, weil es sich dabei eher um eine romantische Abenteuergeschichte handelte und somit untypisch für die Werke von Christie war. Sie selbst hatte den Roman schon als Mädchen gelesen und ebenfalls sehr gemocht. Annabels Antwort ließ ein wenig auf sich warten, daher blickte Nancy vom Register auf und schaute fragend zu dem Regal hin, wo ihre Mithelferin stand. »Fehlt es, Annabel?«

Annabel blickte hastig über ihre Schulter, nickte dann jedoch. »Doch, da ist es. Ich war mir zunächst nicht sicher, aber da ist es – Sie können es abhaken!« Sie lächelte, und Nancy machte gehorsam ein Häkchen neben dem Titel. Annabel, die nun einen Blick auf ihre Armbanduhr warf, rief aus: »Ach du meine Güte, schon so spät!«

Nancy warf einen Blick zu der Uhr auf dem Kaminsims. »Stimmt, ich muss jetzt auch allmählich gehen. Meine Großmutter steht schon seit heute Morgen im Laden.«

Annabel war bereits auf halbem Weg zur Tür. »Also, nochmals danke, dass ich helfen durfte.«

»Nicht doch, ich habe zu danken, allein hätte ich nie so viel geschafft«, entgegnete Nancy, die das Registerbuch zum Schreibtisch zurückbrachte. »Ich sollte mich wohl vorher von Mr. Roth verabschieden?«

»Ich sehe mal, wo Frank ist, der weiß immer, wo alle stecken.« Die stets hilfsbereite Annabel eilte davon.

Nancy merkte die Seite im Register ein, bis zu der sie gekommen waren. Ihr Blick fiel auf das Regal, wo sie mit der Durchsicht stehen geblieben waren und wo die Ausgabe von *Der Mann im braunen Anzug* stehen sollte. Was für ein Exemplar es wohl sein mochte? Vielleicht eine hübsche Schmuckausgabe? Oder eine Erstausgabe? Vielleicht sogar mit Signatur der Autorin? Das würde Oma gefallen. Nancy griff zu Mantel und Tasche und holte ihr Handy hervor, weil sie ein Foto von dem Buch machen wollte, um es Oma zeigen zu können. Schnell trat sie an das betreffende Regal und suchte nach der Stelle, an der Annabel zuletzt gestanden hatte. Sie fuhr mit dem Finger über die Buchrücken.

Und runzelte die Stirn. Sie versuchte es erneut. Aber sie konnte das Buch nicht finden, von dem Annabel behauptet hatte, es sei hier.

Aber hatte sie nicht gezögert, ehe sie antwortete? Hatte Annabel es etwa eingesteckt? Falls nicht, dann hatte sie gelogen, was das Buch betraf. Aber wieso?

»Wie ich höre, waren Sie hier bereits bienenfleißig«, bemerkte Marcus Roth und trat gut gelaunt ein. Annabel drückte sich hinter ihm herum, und Nancy überzeugte sich mit einem raschen Blick, dass sie das Buch nicht bei sich zu haben schien. »Ich weiß gar nicht, wie ich Ihnen danken soll.«

»Ich fand es wahnsinnig interessant«, antwortete Nancy ehrlich. »Ich dachte, ich komme irgendwann im Lauf der Woche noch einmal vorbei?«

»Wann immer Sie Zeit haben. Wir sind für die Ablenkung Ihres Besuchs dankbar, Miss Hunter, Sie sind uns jederzeit willkommen. Natalie wird Sie zur Tür bringen.«

Annabel winkte Nancy zum Abschied noch einmal freundlich zu, ehe sie hinter Marcus hereilte. Nancy wurde bereits von Natalie vor der Bibliothek erwartet. Die junge Frau trat nervös von einem Fuß auf den anderen.

»Und wo liegen Ihre Aufgaben, hier im Haus, Natalie?«, erkundigte sich Nancy freundlich, während sie die Eingangshalle durchquerten.

»Miss, ich hab Sie auch auf der Party gesehen, stimmt das?«, meinte Natalie, ohne auf die Frage einzugehen.

»Ja, richtig.«

»Und Sie waren mit diesem Bekannten von Ihnen zusammen, ich hab von ihm gehört, diesem Reporter?«

Sie hatten die Eingangstür erreicht. Natalie blieb unschlüssig stehen und warf einen verstohlenen Blick hinter sich, als wolle sie sich überzeugen, dass niemand ihr Gespräch mitverfolgte.

»Ja, das stimmt. Jonathan Murphy. Er arbeitet beim *Cotswold Star*.« Nancy fischte seine Visitenkarte aus ihrer Handtasche. »Möchten Sie über etwas mit ihm sprechen? Hier sind seine Kontaktdaten.«

Das Mädchen zögerte eine Sekunde, dann schnappte sie sich die Karte und ließ sie in ihrer Schürzentasche verschwinden. »Danke, Miss.« Sie wandte sich ab und verschwand im Haus.

Nancy wusste nicht recht, was sie davon halten sollte.

Der Polizist hielt noch Wache, wie Nancy bemerkte; er verabschiedete sie mit einem knappen Nicken. Nancy verließ Roth Lodge und trat hinaus in die Dunkelheit. Mit einem Schaudern lief sie die Auffahrt hinab und konnte erst aufatmen, als sie das gusseiserne Tor hinter sich gelassen hatte und vor sich die Lichter des Dorfs funkeln sah.

15. Kapitel

Als Nancy den Buchladen betrat, wurde sie bereits von Jane, Jonathan und Beagle Charlie erwartet. Im Laden war es warm und hell, ein willkommener Anblick, nachdem sie fast den ganzen Tag in diesem ominösen Anwesen verbracht hatte. »Ich bin ja so froh, euch alle zu sehen.« Nancy strahlte und bückte sich zu Charlie hinab, der ihr eifrig entgegengelaufen war und sie nun freudig begrüßte.

»Wir hatten uns schon Sorgen gemacht.« Jane klang erleichtert. »Du siehst blass und müde aus, geht es dir auch gut? Komm, setz dich, ich mache uns allen einen schönen Tee. Jonathan, dreh das Schild um, es spielt keine Rolle, wenn wir heute etwas früher schließen.« Nachdem die alte Frau all dies hervorgesprudelt hatte, verschwand sie geschäftig im Hinterzimmer.

Nancy schlüpfte aus ihrem Mantel und ließ sich dankbar auf ihren Platz am Fenster sinken. Charlie sprang sogleich zu ihr hinauf und bettete seinen Kopf in ihren Schoß. Sie streichelte ihn glücklich. »Ich war den ganzen Tag angespannt wie ein Drahtseil, in diesem Haus. Gott, wie schön, endlich durchatmen zu können!«

»Ich glaube, wir bräuchten hier auch ein paar Schokoladenkekse, Mrs. H!«, rief Jonathan über die Schulter, während er die Ladentür zuschloss. »Jetzt trinken wir erst mal einen Schluck Tee und essen eine Kleinigkeit, und dann erzählst du uns alles.«

»Ich habe auch Neuigkeiten«, verkündete Jane stolz, als sie mit Tee und Keksen wiederauftauchte. »Du glaubst nicht, was heute los war! Wir haben doppelt so viel eingenommen wie an einem normalen Montag. Wer hätte gedacht, dass Mord so lukrativ sein könnte?«

Jonathan grinste. »Das Aufregendste, was je in Dedley End passiert ist.«

»Darf man Mord wirklich als aufregend bezeichnen?«, fragte sich Nancy. Die anderen verdrehten nur die Augen, und da musste sie lachen. Es stimmte ja, das Ganze war wirklich schrecklich aufregend, wenn auch nicht gerade schonend für die Nerven.

Nachdem sie sich mit Tee und Keksen gestärkt hatten, begann Nancy, ihnen alles zu erzählen, was sich auf Roth Lodge abgespielt hatte. »Niemand schien Lucy besonders gemocht zu haben«, fasste sie zusammen. »Bis auf Harry, der ist ehrlich betroffen. Für die anderen ist ihr Tod eher etwas Lästiges, was den Ablauf im Haus durcheinanderbringt.«

»Und welchen Eindruck hattest du von Will?«, wollte Jonathan wissen. »Dieser Streit zwischen ihm und Lucy im Pub hat doch sicher was zu bedeuten?«

Nancy seufzte. »Da gibt es bestimmt noch mehr herauszufinden, aber ich fand Will charmant, freundlich und amüsant. Mir fällt's schwer zu glauben, dass er zu so was fähig sein könnte. Er macht keinen Hehl daraus, dass er sie nicht mochte und dass er glaubte, sie sei nur hinter Harrys Geld her gewesen. Von diesem Streit im Pub hat er nichts erwähnt. Wir müssen es der Polizei erzählen und sehen, was die davon halten, denke ich.« Nancy wusste nicht genau, warum, aber sie bezweifelte, dass Wills Gefühle Lucy gegenüber, ob Hass oder Liebe, stark genug für eine Mordtat gewesen waren.

»Wenn er dich mit seinem Charme einwickeln kann, dann vielleicht auch Lucy«, vermutete Jonathan stirnrunzelnd. »Könnte alles bloß gespielt sein.«

»Könnte sein.« Aber das konnte sie nicht wirklich glauben.

»Vielleicht haben sie Lucy als Bedrohung empfunden, du weißt schon, für die Familie. Will dachte, sie sei nur aufs Geld aus, und dass sein Bruder zu blind ist, um das zu sehen, also hat er sie kurzerhand selbst aus dem Weg geräumt?« Jonathan machte sich eine Notiz, doch selbst er schien das für wenig plausibel zu halten.

»Glaubt ihr wirklich, sie ist nur auf sein Geld aus gewesen?«, fragte Jane. »Man sollte das einem Menschen wirklich nicht so vorschnell unterstellen.«

»Sie war immerhin um einiges attraktiver als Harry«, wandte Jonathan ein.

Das ärgerte Nancy, um Lucys willen. »Die Menschen heiraten aus ganz unterschiedlichen Gründen. Klar ist, dass

Harry sie über alles geliebt hat; was Lucy empfand, werden wir wohl nie erfahren, aber selbst wenn sie ihn weniger geliebt hat als er sie, hat sie deswegen nicht den Tod verdient.«

»Ganz richtig«, pflichtete ihr Jane bei. »Und Menschen wie die Roths gehen sowieso sehr schnell davon aus, dass man hinter ihrem Geld her ist, weil sie so viel davon haben. Aber nicht jeder ist an Reichtum interessiert. Ich zum Beispiel habe meinen Mann geheiratet, obwohl ich wusste, dass er keinen roten Heller besaß. Aber das war mir egal, ich liebte ihn.«

»Ich denke genauso«, meinte Nancy. Solche Dinge hatten sie nie interessiert, daher empfand sie eine gewisse Verbundenheit mit Lucy. Vielleicht hatte sich das arme Mädchen wirklich nur verliebt und nach einem Happy End gesehnt. Was für ein tragisches Ende dieser Romanze.

Jonathan räusperte sich, um die beiden Frauen aus ihren Gedanken zu reißen. »Was gab es sonst noch, dort oben im Haus? Irgendwas, womit sich was anfangen lässt?«

Nancy erinnerte nun alle an den Streit beim Mittagessen, dessen Zeugen sie geworden waren. »Sonderlich gut scheinen sie nicht zusammenzuhalten«, meinte sie. Wahrscheinlich hatte jeder in dieser Familie so seine kleinen Geheimnisse. »Aber das einzig wirklich Merkwürdige war die Sache mit dem Buch.« Sie erklärte, wer Annabel war und wie sie ihr in der Bibliothek geholfen hatte, was sie von Lucy erzählt hatte und wie sie am Ende log, als es um das Vorhandensein von *Der Mann im braunen Anzug* ging, oder dass sie das Buch vielleicht heimlich eingesteckt hatte. »Aber was das mit Lucys Tod zu tun haben könnte, weiß ich nicht. Gar nichts, wahrscheinlich. Vielleicht wollte Annabel sich das Buch bloß ausleihen.« Nancy zuckte ratlos mit den Schultern.

»War es viel wert? Vielleicht hat sie's deshalb genommen«, überlegte Oma.

»Es gibt da eine Menge Bücher, die ganz schön was wert wären, wenn man sie verkaufen würde, aber wieso ausgerechnet dieses Buch … Wie auch immer, mach dir besser eine Notiz, Jonathan, ich schaue mir das Buch sicherheitshalber mal an, wenn ich's beim nächsten Mal finden sollte.«

Jonathan tat es.

»Ach so, ja, Jonathan, es könnte sein, dass sich das Dienstmädchen bei dir meldet.« Sie erzählte ihm von Natalie und dass sie ihr seine Visitenkarte gegeben hatte. »Ich glaube, sie hat dir was zu sagen.«

»Na, hoffentlich, denn bis jetzt haben wir noch so gut wie nichts«, entgegnete er seufzend. »Die Polizei wollte mir auch nichts sagen, als ich mit ihnen gesprochen habe. Sie meinten nur, sie würden ›verschiedene Spuren verfolgen‹, was im Klartext heißt, dass sie keinen blassen Schimmer haben. Aber wir schließlich auch nicht. Haben wir was übersehen? Vielleicht suchen wir ja an der falschen Stelle?«

Nancy schüttelte den Kopf. »Unmöglich. Die Antwort muss auf Roth Lodge zu finden sein. Aber finden müssen wir sie.« Sie wandte sich an Jane. »Jetzt, wo wir heute früher schließen, könnten wir doch gleich mit dem Schmücken des Ladens anfangen? Jonathan, du kannst helfen.«

»Ach ja, kann ich das?« Er verschränkte trotzig die Arme.

»Ja, denn ich war den ganzen Tag da oben, um diesen Mord aufzuklären, damit du Karriere machen kannst. Also kannst du auch helfen, den Christbaum aufzustellen.«

»Na gut. Aber hier geht's nicht bloß um mich. Lucy Roths Mörder muss gefunden werden, schon um ihretwillen, denn in diesem Haus da oben scheint das keinen sonderlich zu interessieren.«

Nancy nickte. »Stimmt. Sie braucht jemanden, der sich für sie einsetzt.« Sie ging, um die alten Schachteln aus dem Hinterzimmer hervorzuholen, und dann machten sie sich daran, den Laden weihnachtlich herauszuputzen. Jonathan stellte den Christbaum neben der Eingangstür auf, und Jane packte ein paar Bücher in hübsches Weihnachtspapier ein, um sie unter den Baum legen zu können. Nancy übernahm derweil das Schmücken des Baums mit Lichterketten und Kugeln. Es gab außerdem ein Bäumchen, das sie auf den Tresen neben die Registrierkasse stellten, sie beklebten das große Schaufenster mit »Schneeflocken« und hängten auch dort Lichterketten auf, dann dekorierten sie die Auslage mit Weihnachtsbüchern, also Krimis mit weihnachtlichen oder winterlichen Themen. Als sie fertig waren, wirkte der Laden richtig fröhlich und festlich, auch wenn ihnen selbst noch nicht so zumute war. Aber da sie es mit einem Mordfall zu tun hatten, war das kein Wunder.

»Und jetzt noch das Tüpfelchen auf dem i.« Jane reichte ihrer Enkelin, die um einiges größer war, den Weihnachtsstern. Nancy stellte sich auf die Zehenspitzen und steckte ihn auf den Baumwipfel. Dieser Stern hatte schon in ihrer Kindheit jedes Jahr auf dem Weihnachtsbaum geprangt, bis Vater dann den Laden eröffnet und ihn dort verwendet hatte. Diesen Brauch wollte Nancy unbedingt fortsetzen. »Es sieht wundervoll aus, Liebes, richtig schön.«

Nancy blickte blinzelnd den Stern an. »Ich wünschte nur, wir könnten Dads Tod auch aufklären. Dieser Mord an Lucy lässt alles wieder hochkommen.«

»Ja, das stimmt.« Jane legte Nancy eine Hand auf die Schulter. »Die eine Spur mag kalt geworden sein, aber lasst uns zumindest dafür sorgen, dass das nicht noch einmal geschieht. Um Lucys und um Georges willen.«

Nancy hatte auf einmal einen Kloß im Hals. Sie blickte Jonathan an, in dessen Augen sich die Christbaumlichter spiegelten. Er nickte ernst. »Auf jeden Fall«, sagte sie. »Wir tun das für Lucy und für Dad.« Und sie schwor sich bei dem Stern, dass sie diesmal für Gerechtigkeit sorgen würden.

16. Kapitel

Auch am Dienstag ging es recht lebhaft im Buchladen zu. Und jeder, der hereinkam, hatte irgendetwas zu dem Mord zu sagen.

Mrs. Sarpong hatte ein Buch von Ruth Rendell bestellt und kam, um es abzuholen. »Ich hab gleich gewusst, dass mit dieser Familie irgendwas nicht stimmt«, vertraute sie Nancy und Jane an. »Man wird eigenartig, wenn man zu viel Geld hat, das tut nicht gut. Die halten sich für was Besseres, und jetzt sieht man ja, wo das hinführt!«

Adam Perkins, der Schulleiter, hatte mitgehört und trat hinzu. Er war der Meinung, dass diese überstürzte Heirat nicht gerade geholfen habe. »Man sollte nie jemanden heiraten, dessen familiäres Umfeld man nicht kennt. Denn woher soll man wissen, ob man wirklich zusammenpasst, wenn man nie gesehen hat, wie der andere aufgewachsen ist, wenn man dessen Elternhaus nicht kennt?«

»Die haben beide nicht unrecht«, meinte Jane, sobald sie wieder allein im Laden waren.

»Aber Spekulationen bringen uns nicht weiter.« Nancy warf einen Blick aus dem Fenster. »Ah, die Polizei ist wieder unterwegs«, sagte sie, als sie die Kriminalbeamten bemerkte, die in der High Street die Runde machten. »Sieht aus, als ob sie jetzt zu uns kommen.«

Jane lief hinter der Theke hervor und gesellte sich zu Nancy, um alles mitverfolgen zu können.

Tatsächlich betraten wenig später DCI Brown und DC Pang die Buchhandlung. »Guten Morgen, wir möchten nicht lange stören, wir wollten nur noch einmal kurz Ihre Aussagen mit Ihnen durchgehen, von dem Abend im Haus der Roths. Wir versuchen, noch einmal mit allen zu reden, die dort gewesen sind«, sagte DCI Brown, nachdem sie ihre Ausweise vorgezeigt und noch einmal ihre Namen genannt hatten.

»Ja, natürlich, wir helfen gerne. Möchten Sie eine Tasse Tee?«, bot Jane höflich an. »Möchten Sie sich nicht setzen?«

Der Hauptkommissar winkte ab. »Danke, nein, es dauert nicht lang.« Pang hatte ein elektronisches Notebook dabei, auf dem er sich Notizen machte. Nancy fragte sich unwillkürlich, wieso man sich immer so schuldig fühlte, wenn man es mit der Polizei zu tun hatte. Selbst wenn man gar nichts getan hatte.

»Wenn Sie uns bitte sagen könnten, was Sie auf der Party gesehen haben, mit wem Sie sprachen und wo Sie sich jeweils aufhielten. Miss Hunter, wir fangen mit Ihnen an.«

Nancy nickte. »Wir sind mit Jonathan Murphy eingetroffen, einem Freund von uns, und sind gleich in den Salon zu den anderen Gästen gegangen. Dort kamen wir kurz darauf mit Will Roth ins Gespräch.« Sie erzählte, dass er sie dem Rest der Familie vorgestellt habe, und als Marcus Roth hörte, was sie beruflich mache, habe er ihr sogleich die Bibliothek zeigen wollen. »Er hatte die Idee, ob ich sie nicht vielleicht bei der Anschaffung neuer Bücher beraten könnte, daher schauten wir uns die Bibliothek kurz an. Wir waren vielleicht zwanzig Minuten dort, als Will erschien, um uns mitzuteilen, dass man mit den Ansprachen beginnen wolle. Marcus ist dann sogleich gegangen, und ich habe die Bibliothek mit Will Roth verlassen. Dann haben wir Lucy Roth getroffen …« Die beiden Polizisten hörten jetzt aufmerksamer zu. Nancy erzählte, was Lucy gesagt hatte und dass sie nur kurz wegmusste, aber bald wieder zurück sein würde. Dann sei sie nach oben gegangen.

»Und zu diesem Zeitpunkt war sie allein?«, vergewisserte sich DCI Brown.

Nancy nickte. »Ja. Dann hat Will gesagt, er wolle seine Tante suchen gehen, und ist in dem Gang, der zur Küche führt, verschwunden.«

»Aber Sie haben nicht gesehen, in welche Richtung Marcus Roth verschwand?«

»Nein«, bestätigte sie. »Ich bin zurück in den Salon gegangen und habe auf dem Weg dorthin Lucy noch einmal gesehen.« Sie erzählte, wie sie sie am Balkongeländer lehnen sah, und bekam bei der Erinnerung daran unwillkürlich eine Gänsehaut. »Dann bin ich in den Salon zurück wieder zu Oma und Jonathan gegangen.«

»Haben Sie irgendwelche anderen Familienmitglieder dort gesehen?«

»Nein, die kamen alle nach mir rein.« Die Polizisten wechselten einen Blick. Nancy war sicher, dass auch ihnen klar war, was dies bedeutete: Jeder aus der Familie hätte die Gelegenheit gehabt, Lucy übers Geländer zu stoßen, bevor die Ansprachen begannen. Aber wer von ihnen war es gewesen?

»Und was taten Sie, während Miss Hunter in der Bibliothek war?«, erkundigte sich DCI Brown bei Jane.

»Ich habe mich mit Reverend Williams und seiner Frau unterhalten, sie sind sehr gute Freunde von mir, und Jonathan Murphy war ebenfalls bei uns. Sonst haben wir niemanden gesehen, den wir kannten. Na ja, abgesehen von Richard, natürlich.«

»Richard?«, hakte DCI Brown nach.

»Mein Ex-Freund, er arbeitet in der Steuerkanzlei, die für die Roths tätig ist. Richard Bank.«

Der Hauptkommissar nickte, der Name war ihm offenbar bekannt. Pang notierte sich alles. »Könnten Sie uns erzählen, was geschah, als die Familie hereinkam?«

»Sie kamen alle durch die Tür am anderen Ende, die, soweit ich weiß, zur Treppe in den ersten Stock führt.« Nancy erinnerte sich noch gut an die Erklärungen des Butlers. »Nur Will Roth kam auch durch die Tür aus der Eingangshalle und stand während der Ansprache bei uns. Harry ist mit seinem Großvater Marcus hereingekommen. Dann, glaube ich, folgten Jessica und ihre Schwester, und Peter Roth war, denke ich, der Letzte.«

»Und es gibt noch eine weitere Treppe, neben der Küche, also hätten alle aus dem ersten Stock heruntergekommen sein können«, bemerkte DCI Brown. »Wir wissen, dass Maria und Charles sich mit einem Fotografen oben aufhielten.« Er beugte sich vor. »Sind Sie sich sicher, durch welche Tür die Familie hereinkam, Miss Hunter?«

Nancy überlegte sicherheitshalber noch einmal. »Ja, ich bin mir sicher.«

»Gut, dann erzählen Sie bitte, was während der Ansprachen geschah.«

»Die Roths standen alle vorne, an dem einen Ende des Salons, nur Lucy fehlte. Wir haben uns noch gefragt, wo sie wohl sein könnte, und ich bin mir sicher, dass auch Harry Roth nach ihr Ausschau gehalten hat, aber dann begann Marcus Roth mit seiner Rede, und ich bin mir nicht sicher, ob die anderen überhaupt gemerkt haben, dass sie fehlte, oder es war ihnen gleichgültig. Ja, und Marcus hat also gesprochen und dann, tja, dann haben wir diesen Schrei gehört.« Nancy hielt inne und erinnerte sich schaudernd daran, wie ein nachhallender Schrei aus der Diele gekommen war. Sie schüttelte sich. »Und dann gab's ein fürchterliches Durcheinander. Alle drängten zum Ausgang, wir wollten natürlich herausfinden, was geschehen war. Und da haben wir dann die … die Leiche gefunden.«

»Ich habe Nancy im Gedränge aus den Augen verloren«, nahm Jane den Faden auf, »ich bin nicht mehr so flink wie früher. Deshalb stand ich weiter hinten und konnte nicht wirklich etwas sehen. Ich habe nur gehört, was geschehen war.« Sie schüttelte perplex den Kopf.

»Ich weiß, das ist nicht leicht, aber könnten Sie uns den Schauplatz beschreiben?«, wandte sich DCI Brown an Nancy, die mehr gesehen hatte als ihre Großmutter.

»Ja, klar. Also, die Kellnerin, die geschrien hatte, stand daneben und hatte die Hände vors Gesicht geschlagen. Und auf den Fliesen, mitten in der Eingangshalle, lag Lucy Roth. Überall Blut. Es war klar, dass sie tot war. Und dann hörte ich Harry schreien, und er kam angestürzt; jemand rief, man solle einen Krankenwagen rufen, und jemand anderer meinte, dafür sei es zu spät. Und dann hat, glaube ich, Marcus Roth alle aufgefordert, in den Salon zurückzukehren.«

Brown nickte. »Und gibt es sonst noch etwas, das Sie uns mitteilen möchten? Etwas, das relevant sein könnte?«

»Doch, ja, da ist noch was. Wir haben etwas gesehen, ein paar Tage vor der Party.« Sie erzählte von dem Streit zwischen Will und Lucy im *White Swan*.

DCI Brown runzelte die Stirn. »Und das konnten Sie uns nicht sofort mitteilen, Miss Hunter?«

»Hab ich ja versucht. Ich habe auf der Party versucht, es DC Pang zu sagen, aber er meinte, dazu sei jetzt keine Zeit, er müsse noch mit vielen anderen Leuten reden«, erwiderte Nancy kühl.

»Er war sehr unhöflich«, fügte Jane hinzu. Der Constable blickte äußerst betreten drein und bekam ganz rote Ohren.

»Verstehe.« Brown warf seinem Untergebenen einen verärgerten Blick zu. »Bitte verzeihen Sie, es war ein hektischer Abend und wir wollten so schnell wie möglich alle Aussagen sammeln. Danke, dass Sie es uns jetzt mitgeteilt haben. Wir werden der Sache nachgehen. Und falls Ihnen noch etwas einfallen sollte, rufen Sie uns an, bitte?« Er schob eine Visitenkarte über den Tresen. »Es dauert natürlich, bis man mit allen gesprochen hat, aber Ihre Aussage deckt sich mit denen der anderen, so viel ist sicher.«

»Dann haben Sie also bereits eine Spur?«, erkundigte sich Nancy, die einfach nicht anders konnte.

»Die haben wir. Keine Sorge, Miss Hunter, wir bringen die Kuh schnell vom Eis, Sie werden sehen.« Er verabschiedete sich mit einem knappen Nicken, und dann verließen die beiden Polizisten den Laden. Sie konnten beobachten, wie DCI Brown draußen sogleich verärgert auf DC Pang einzusprechen begann.

»Also ich bezweifle, dass die den Fall wirklich so schnell lösen werden, was meint ihr?«, bemerkte Jane. »Ich setze jetzt erst mal Wasser auf, ich brauche dringend eine Tasse Tee.«

Nancy schüttelte den Kopf. Sie war sich sicher, dass sie irgendetwas Wichtiges übersehen hatten, aber was das sein könnte, wusste sie nicht. Ihr Blick schweifte im Laden umher und streifte die Regale voller Bücher, voller Krimis, die sie liebte, die sie über die Jahre verschlungen hatte, und sie wünschte, in einem davon würde ein Tipp stecken, was sie als Nächstes unternehmen sollten.

17. Kapitel

Nancy machte die Buchhandlung am Mittwoch alleine zu – Jane hatte etwas im Haushalt erledigen wollen, und da sie Beagle Charlie mitgenommen hatte, machte sich Nancy allein auf den Heimweg, was eine Seltenheit war. Unterwegs klingelte ihr Handy. Nancy hatte Mühe, es in der Dezemberdunkelheit in ihrer Handtasche zu finden. Das Ding summte hartnäckig, und sie blieb auf der vollkommen verlassenen High Street stehen, um in ihrer Tasche zu wühlen. Endlich fand sie es und holte es hervor. Ein Anruf von Jonathan. »Hallo?«, antwortete sie, ein wenig atemlos. Sie fror jetzt schon und setzte sich daher wieder in Bewegung, ging mit raschen Schritten, um warm zu werden.

»Das Dienstmädchen der Roths, das dich neulich angesprochen hat, diese Natalie, sie hat angerufen und möchte mit mir reden. Sie sagt, sie hätte wichtige Informationen über den Mord. Wir haben vereinbart, uns im Pub zu treffen. Willst du auch kommen? Dann könnten wir zusammen mit ihr reden.«

Nancy nickte, obwohl Jonathan das natürlich nicht sehen konnte, und ihr Puls beschleunigte sich. Sie hatte das deutliche Gefühl gehabt, dass dem Mädchen etwas auf dem Herzen lag. Das Personal würde ohnehin über sämtliche Vorgänge im Haus Bescheid wissen. Vielleicht hielt Natalie ja den Schlüssel zur Lösung des Mordes in der Hand. »Ja, auf jeden Fall.«

»Spitze. Ich bin schon unterwegs zum Pub.«

»Ich schaue zuerst zu Hause vorbei, dann komme ich auch«, versprach sie und schob das Telefon wieder in ihre Handtasche. Jetzt, wo sie nicht mehr telefonierte, fiel ihr auf, wie still es war. Das einzige Geräusch waren ihre Schritte auf dem Kopfsteinpflaster. Unwillkürlich beschleunigte sie, wollte so schnell wie möglich nach Hause.

Die High Street lag vollkommen verlassen da, die Geschäfte waren geschlossen. Alle waren daheim im warmen Zuhause. Die einzige Lichtquelle kam von der Straßenbeleuchtung, selbst die Sterne lagen hinter einer dichten Wolkendecke verborgen.

Nancy überlief unwillkürlich ein Schauder, was töricht war, denn sie hatte sich bisher immer sicher gefühlt in Dedley End. Aber andererseits hatte es noch nie einen Mörder in ihrer Mitte gegeben. Sie war erleichtert, als sie in ihre Straße einbog und an den vertrauten Häusern vorbeiging, die weihnachtlich geschmückt und beleuchtet waren, und weiter vorne ihr gemütliches kleines Cottage erblickte.

»Ich bin's!«, rief sie beim Hereinkommen. Das Herz schlug ihr bis zum Hals, weil sie sich so gehetzt und so eine dumme Angst gehabt hatte.

»Im Wohnzimmer!«, rief Oma. Als Nancy das Wohnzimmer betrat, sah sie, dass Oma Besuch hatte: Reverend Williams saß bei ihr, beide hatten eine Tasse Tee in der Hand.

»Guten Abend, Nancy, Liebes«, sagte der Pastor munter. »Ich wollte nur mal sehen, wie es euch nach alledem so geht, einfach schrecklich, diese Sache.«

»Das ist aber nett von Ihnen«, antwortete Nancy und hoffte, dass sie nicht zu atemlos klang. »Ich muss allerdings gleich wieder weg, weil Jonathan sich noch mit mir treffen will.« Sie warf Oma einen vielsagenden Blick zu. »Ich wollte nur sehen, ob bei dir alles in Ordnung ist.«

»Ach, alles wunderbar. Ich habe den ganzen Tag einen Besucher nach dem anderen gehabt. Ich glaube, dieses Dorf wird noch bis nächstes Weihnachten davon reden«, antwortete Jane glücklich.

»Dann kommen Sie doch mit zu uns zum Abendessen, wenn Nancy schon nicht hier sein kann«, schlug Reverend Williams vor. »Bei uns gibt es heute einen Braten, und Gloria macht sowieso immer viel zu viel.«

»Ich kann ja im Pub essen«, meinte Nancy, die sich freute, dass Oma den Abend nicht allein verbringen musste.

Jane strahlte. »Ja, liebend gerne. Ich gehe nur schnell und hole meinen Mantel.«

»Die Polizei war bei uns. Haben sie auch mit euch gesprochen, Nancy?«, erkundigte sich der Pastor. »Was für eine schreckliche Sache, ich wünschte nur, ich könnte irgendwie helfen.«

Nancy, die sich auf dem Arm eines leeren Sessels niederließ, nickte. »Ja, sie sind zu uns in den Laden gekommen. Aber bestimmt haben Sie ihnen alles gesagt, was Sie konnten, so wie wir alle.«

»Richtig. Ich habe ihnen gesagt, ich sei sicher, dass sich die Dinge zwischen Harry und seiner Frau längst wieder eingerenkt hatten, nachdem er bei mir war.« Er nippte an seinem Tee.

Nancy starrte den Reverend überrascht an. »Harry war bei Ihnen?«

»Ja. Aber wirklich, Nancy, ich bin nicht einer, der aus dem Nähkästchen plaudert, meine Schäfchen können auf meine Verschwiegenheit bauen. Aber immerhin ist das ein Mordfall, du weißt ja.«

Jane, die mit ihrem Mantel auftauchte, wechselte ein verstohlenes Lächeln mit Nancy. Beide wussten, dass auch der Pastor eine Schwäche für Tratsch hatte.

»Wann hat Harry Sie denn aufgesucht?« Nancy beugte sich interessiert vor. Die Roths ließen sich doch nie im Dorf blicken, auch nicht in der Kirche.

»Nun ja, wie ich schon der Polizei berichtet habe, kam er zu mir, kurz nachdem er aus Paris zurückgekehrt war. Er wollte mit mir über die Möglichkeit einer kirchlichen Heirat reden. Er meinte, seine Familie sei gekränkt, weil es keine echte Hochzeit gegeben habe. Er meinte, sie hätten sich so schnell ineinander verliebt, dass er sofort hatte heiraten wollen, sich aber jetzt frage, ob er nicht, nun ja, ein wenig überstürzt gehandelt habe. Das Problem war, dass

Lucy nichts vom kirchlichen Segen hielt. Sie war nicht religiös, nicht im Geringsten. Sie konnte nicht verstehen, wieso ihm so viel daran lag. Außerdem war das Verhältnis zu ihrer neuen Familie ziemlich frostig, und da hatte sie natürlich keine Lust auf eine große Hochzeitsfeier.« Der Vikar seufzte. »Er war ziemlich durcheinander. Ich bot ihm an, mit Lucy zu reden, aber davon hielt er nichts. Ich sagte ihm, er müsse Geduld haben, in einer Ehe müsse man nun mal Kompromisse machen. Es kann nicht leicht für sie gewesen sein, zu ihm in sein Elternhaus zu ziehen und bei seiner Familie zu leben und all das, versteht ihr? Danach habe ich nichts mehr von ihm gehört, also bin ich davon ausgegangen, dass sich die Dinge mit der Zeit eingerenkt haben und sie am Ende doch auf den kirchlichen Segen verzichten wollten.«

Nancy ließ sich das durch den Kopf gehen. Es bestätigte, dass Lucy nicht gerade mit offenen Armen aufgenommen worden war, und jetzt wussten sie auch, dass dies in der jungen Ehe für Spannungen gesorgt hatte. Aber reichte das für Mord? »Wieso sind sie dort wohnen geblieben, wenn man es Lucy so schwergemacht hat?«, überlegte Nancy. »Ich meine, Will lebt doch auch in London, sie hätten nicht in Dedley End bleiben müssen.«

»Ich gehe davon aus, dass sich die Situation nach der ersten Aufregung wieder ein wenig entspannt hat. Es war schließlich ein Schock, als Harry so plötzlich mit einer Ehefrau aufgetaucht ist. Aber wirklich wissen kann man das nicht.« Er erhob sich und griff zu seinem Mantel. »Das war übrigens nicht sein einziger Besuch bei mir«, verkündete er und war dann ganz erfreut über ihre überraschten Mienen. »Ich fand ihn gestern in meiner Kirche, er saß in einer der Bänke. Er hat vollkommen abwesend gewirkt. Aber als er mich kommen sah, ist er aufgestanden und gegangen. Ich hatte den Eindruck, er hat geweint. Das überraschte mich nicht, das war zu erwarten. Der Tod seiner Frau muss ihn schwer getroffen haben. Was für eine Tragödie.« Er schüttelte bekümmert den Kopf. »Nun gut. Jane, können wir dann?«

»Und es macht dir ganz bestimmt nichts aus?«, vergewisserte sich Jane noch einmal bei ihrer Enkeltochter.

»Nein, gar nicht, ich wünsche euch einen schönen Abend. Wir sehen uns dann später hier.«

Der Vikar und Jane wünschten Nancy ebenfalls einen schönen Abend. Sie blieb einen Moment lang allein und tief in Gedanken versunken sitzen und ließ sich alles durch den Kopf gehen, was der Reverend erzählt hatte. Lucy und Harry wohnten seit einem halben Jahr im Haus auf dem Hügel, sie hätten Roth Lodge doch sicher verlassen, wenn es wirklich so schlimm gewesen wäre? Aber wenn man von den Reaktionen der Familienmitglieder ausging, schienen sich die Dinge nicht sonderlich gebessert zu haben; keiner war besonders bekümmert über ihren Tod, und Will hatte sogar kürzlich eine Auseinandersetzung mit Lucy gehabt. Wieso waren sie nicht wieder nach Frankreich gegangen? Oder nach London gezogen, so wie Will? Dort, wo sich der Firmensitz befand? Das wäre für Harry doch sinnvoller gewesen, oder nicht?

Oder hatten sie versuchen wollen, die Familie für Lucy zu gewinnen? Funktioniert hatte das jedenfalls nicht. Aber vielleicht hatte der Reverend ja recht und es war mit der Zeit ein wenig besser geworden. Falls ja, dann machte dieser Mord noch weniger Sinn.

Und Harry? Er hatte in der Kirche um Lucy getrauert. Weil er nichts mit ihrem Tod zu tun hatte oder weil er um Vergebung für seine Tat beten wollte?

Nancy erhob sich seufzend; sie konnte nicht den ganzen Abend hier sitzen, sie hatte ja noch eine Verabredung, und Grübeln brachte sie nicht weiter. Vielleicht konnte Natalie ja für ein wenig Klarheit sorgen. Nancy zog vor dem Dielenspiegel den Lippenstift nach, dann schlüpfte sie in ihren Mantel und trat in die kalte Nacht hinaus. Sie wandte sich in die entgegengesetzte Richtung zum Buchladen und machte sich auf den Weg zum Pub.

Nancy stieß die Tür zum *White Swan* auf und betrat den mollig warmen Schankraum. Im Kamin prasselte ein munteres Feuer, und es herrschte bereits reger Betrieb. Sie sperrte Dunkelheit und Kälte aus, indem sie die Tür hinter sich zuzog, dann reckte sie den Hals und schaute sich nach Jonathan um, fand ihn auch gleich an einem Tisch in einer Ecke, von wo er ihr zuwinkte. Nancy wand sich zwischen den Tischen hindurch und wurde dabei mehrmals gegrüßt. Sie grüßte zurück – immerhin kannte sie hier fast jeden. Als sie Jonathans Tisch erreicht hatte, legte sie ihren Mantel ab und ließ sich neben ihm auf die Sitzbank sinken. »Was für ein Tag«, stöhnte sie.

»Ich habe dir schon was zu trinken bestellt, hab mir schon gedacht, dass du's nötig haben würdest.« Er schob ihr schmunzelnd einen Gin Tonic zu. Er selbst hatte ein Bier vor sich stehen, daneben sein Notebook.

»Allerdings. Ich hab dir so viel zu erzählen.«

»Das musst du dir leider für später aufheben, denn hier ist sie schon«, bemerkte Jonathan mit gedämpfter Stimme. Sie blickten zum Eingang, wo Natalie zunächst mit eingezogenem Kopf verharrte, um sodann verlegen zwischen den Tischen weiter ins Pub hinein vorzudringen. Sie eilte erleichtert auf Jonathan und Nancy zu, sobald sie sie erspäht hatte. Sie wirkte irgendwie noch jünger als auf Roth Lodge, hatte sich fest in ihren Wollmantel gehüllt, das blonde Haar in den Mantelkragen geschoben.

Jonathan erhob sich zuvorkommend. »Ich bin Jonathan, Reporter beim *Cotswold Star*, und Nancy kennen Sie ja schon.« Er gab dem Mädchen die Hand.

»Ich bin Natalie«, antwortete sie schüchtern, und man konnte ihre Stimme in dem lauten Pub kaum verstehen. Nancy lächelte ihr aufmunternd zu, und sie reagierte darauf mit einem scheuen Lächeln.

»Danke, dass Sie gekommen sind, Natalie«, bemerkte Jonathan freundlich. »Warten Sie, ich nehme Ihnen den Mantel ab.« Er half ihr aus dem Mantel und zog einen Stuhl für sie heraus, damit sie sich setzen konnte. Dabei fing er Nancys Blick auf und grinste zufrieden. Sie konnte nur den Kopf schütteln. Jonathan konnte ein Kavalier sein – wenn er Lust dazu hatte. »Darf ich Ihnen was zu trinken bestellen?«, erkundigte er sich fürsorglich. Aber Natalie schüttelte den Kopf. »Gut, dann erzählen Sie doch mal, was Sie so bei den Roths zu tun haben.«

»Ich helfe im Haushalt, manchmal auch beim Bügeln, beim Einkaufen, was immer Mrs. Harper braucht – sie ist die Haushälterin.«

»Und wie lange arbeiten Sie schon dort?«

»Seit einem Jahr. Ich wohne in Woodley. Mrs. Harper und Frank, der Butler, wohnen im Haus, ich dagegen komme jeden Tag rein, außer an Sonntagen. Da habe ich frei«, kam es nervös aus ihr hervorgesprudelt. Sie biss sich in die Unterlippe. »Die werden doch nicht herausfinden, dass ich mit Ihnen geredet habe?«

»Nein, bestimmt nicht«, beruhigte Jonathan. »Sie können uns vertrauen.«

Nancy nickte. »Wir wollen einfach nur helfen, dieses Verbrechen aufzuklären, Natalie, und ich glaube, das wollen Sie auch.«

Natalie nickte. »Ja.« Sie zögerte, dann fuhr sie fort. »Lucy – Mrs. Roth wollte, dass ich sie so nenne – war immer so nett zu mir. Ich kann das alles einfach nicht fassen, es ist so schrecklich.« Tränen traten ihr in die Augen, sie holte ein Taschentuch hervor und schniefte hinein. Nancy und Jonathan wechselten einen Blick. Natalie war die Erste, die etwas Gutes über Lucy zu sagen hatte.

»Wann haben Sie Lucy Roth kennengelernt?«, erkundigte sich Nancy interessiert.

»Mr. Roth und sie standen eines Tages einfach vor der Tür. Alle waren total überrascht. Alle dachten, er wäre noch in Paris, da taucht er plötzlich wieder hier auf, und noch dazu mit einer Ehefrau.« Natalies Augen waren jetzt kugelrund. »Das ganze Haus stand Kopf. Harry hatte bisher noch nie was ohne Erlaubnis seiner Eltern getan. Es gab jede Menge Streit. Er hat mich angewiesen, mich um Lucy zu kümmern. Sie haben es ihr so schwergemacht, sie hat sich mehrmals bei mir darüber beklagt, dass niemand hier sie ausstehen kann und dass sie das nicht erwartet hätte. Und manchmal hat sie sich auch mit Harry gestritten. Sie fand, er müsse mehr zu ihr halten.«

»Und sie wohnten seit sechs Monaten im Haus?«

»Richtig. Und es ist in letzter Zeit auch ein bisschen besser geworden – Maria wollte, dass Lucy ihr bei den Vorbereitungen für ihre Verlobungsfeier half, und ich glaube, dass sogar Mrs. Roth – Jessica, meine ich – Lucy ganz nützlich fand. Sogar Marcus Roth ist ein wenig aufgetaut. Ich hab ihn mal sagen hören, seine Frau wäre von so einer Wirbelwindromanze begeistert gewesen, also sollte er sich vielleicht auch nicht länger querstellen.«

Nancy nickte. Das passte in das Bild, das sie sich von Marcus Roth gemacht hatte. Er hatte seine Frau offenbar sehr geliebt. »Und in den letzten Wochen?«

»Mir ist eine Veränderung an Lucy aufgefallen. Sie wirkte gestresst, sie lief ständig herum und versuchte, überall zu helfen. Sie kam mir besorgt, ja bedrückt vor, aber als ich fragte, ob ich ihr vielleicht irgendwie helfen könnte, hat sie gemeint, ihr fehle nichts. Und mir ist aufgefallen, dass Jessica Roth wieder anfing, sie anzufauchen. Als ob die alten Spannungen wieder aufflammten. Aber vielleicht lag's ja nur an dem Stress wegen der Party, wissen Sie? Es gab so viel zu tun, vor allem, nachdem Marcus nachgegeben und Maria erlaubt hatte, auch die Leute aus dem Dorf einzuladen.«

»Wie kam es dazu?« Nancy fragte sich unwillkürlich, ob das irgendwie mit dem Mord in Verbindung stehen könnte.

»Maria hat das, glaube ich, zuvor schon öfter angesprochen. Sie fand es seltsam, dass sich die Familie so vom Dorf fernhält, aber Marcus sagte immer, er habe seine Gründe. Aber Lucy war auch dafür, sie fand, die Familie sei doch Teil der Dorfgemeinschaft. Jessica und Peter waren nicht so scharf darauf, glaube ich, aber Harry hat seine Frau unterstützt und Charles natürlich Maria, also hat Marcus am Ende nachgeben müssen. Aber ich weiß bestimmt, dass er Frank die Anweisung gab, sämtliche Wertsachen im Safe zu verschließen.«

Nancy war empört. Glaubte dieser Mann wirklich, jemand aus dem Dorf würde sie bestehlen wollen? Aber das war jetzt nebensächlich, im Moment zählte nur Lucy. Nancy versuchte, sich aus dem Gehörten einen Reim zu machen. Für einen Mord war das nicht ausreichend, fand sie – Stress und Spannungen bei der Organisation einer Party, also wirklich! »Und hatte Lucy selbst auch Leute zu der Party eingeladen?«

»Nein. Sie schien hier niemanden zu kennen. Erwähnt hat sie jedenfalls nie was. Und sie hatte, soweit ich weiß, auch keine Verwandten mehr. Sie hatte nur Harry.«

Nancys Sympathie für Lucy wuchs. »Gibt es sonst noch was, das Sie uns erzählen können? Haben Sie auf der Party etwas beobachtet?«

Natalie schüttelte den Kopf. »Ich war ja gar nicht dabei. Die haben eine Cateringfirma beauftragt, deshalb wurde ich nicht gebraucht. Mrs. Harper hat mich ganz früh am nächsten Tag angerufen und mir erzählt, was passiert ist.« Sie schniefte abermals und schnäuzte sich in ihr Taschentuch. »Ich konnte es nicht fassen. Ich war vollkommen fertig. Lucy war doch noch so jung und so wunderschön … entschuldigen Sie.«

»Das macht doch nichts«, sagte Jonathan sanft. Er griff über den Tisch und drückte kurz Natalies Hand. »Ist doch verständlich, dass Sie das mitnimmt. Nehmen Sie sich ruhig Zeit.«

»Es geht schon wieder.« Natalie richtete sich tapfer auf. »Ich will Lucy doch helfen. Gut, also, ich bin dann gleich hin, weil Mrs. Harper mich gebraucht hat, verstehen Sie? Der ganze Haushalt war in Aufruhr. Die Polizei wollte kommen und eine Durchsuchung vornehmen. Und genau darüber wollte ich mit Ihnen reden.« Natalie warf einen Blick über ihre Schulter und beugte sich dann vor, sprach jetzt noch leiser. »Mrs. Harper hat mir erzählt, dass die Familie Anweisung gegeben hat, sie allein zu lassen, bis die Polizei eintrifft. Wir, also das Hauspersonal, mussten uns in der Küche versammeln, und wir blieben etwa eine Stunde lang dort, bis dann Marcus Roth kam und sagte, die Polizei sei jetzt da und wir sollten sie nach Kräften unterstützen und dann hinterher wieder Ordnung machen, sobald wir die Erlaubnis dazu erhielten.«

»Was hat die Familie in dieser einen Stunde gemacht?«, erkundigte sich Nancy, deren Pulsschlag sich unwillkürlich beschleunigte. Dass man das Personal eine Stunde lang weggesperrt hatte, war schon verdächtig.

»Ich weiß nicht, aber ich musste diesen Kommissar, Brown, hieß er, glaube ich, hinauf in Harrys und Lucys Zimmer führen, und als ich dort eintrat, hab ich gleich gemerkt, dass was nicht stimmt. Alles war aufgeräumt! Lucy war normalerweise ziemlich unordentlich, wissen Sie.« Natalie musste bei der Erinnerung daran lächeln. »Sie hat sich deswegen immer wieder bei mir entschuldigt. Als ich kurz vor der Party gegangen bin, lagen überall ihre Klamotten im Zimmer verstreut, und ich hab zu ihr gesagt, dass ich das morgen schon aufräumen würde. Aber offenbar hatte das schon jemand erledigt. Jemand war im Zimmer gewesen, da bin ich sicher, aber Mrs. Harper hat geschworen, dass sie nichts angefasst hat.«

Nancy blickte unwillkürlich zu Jonathan hin, der sich begeistert Notizen machte. »Die Familie hat also Anweisung gegeben, dass sich das Personal fernhalten soll. Und währenddessen hat einer von ihnen das Zimmer aufgeräumt. Aber wieso?«

Natalie zuckte mit den Schultern. »Weiß nicht. Erwähnt

haben sie es jedenfalls nicht, nicht vor der Polizei. Ich habe Marcus zu denen sagen hören, das Zimmer sei nicht angetastet worden. Entweder hat er gelogen oder er wusste es nicht. Ich kann seitdem kaum schlafen, ständig frag ich mich, was ich tun soll. Aber vor der Polizei fürchte ich mich. Ich hatte gelesen, dass Ihre Zeitung nach Informationen sucht, und da dachte ich, Sie werden schon wissen, was zu tun ist.«

Jonathan nickte. »Ganz richtig, Sie haben ganz richtig gehandelt, Natalie. Vielen Dank, das sind wirklich interessante Informationen.«

»Sie werden doch rauskriegen, was Lucy passiert ist, oder?«, meinte Natalie fast flehend.

»Das werden wir, darauf können Sie sich verlassen«, schwor Jonathan.

Nancy konnte nur hoffen, dass sie nicht zu viel versprochen hatten.

18. Kapitel

Jonathan setzte Nancy nach der Sperrstunde zu Hause ab. Als er davonfuhr und sie ihm noch nachwinkte, fiel ihr auf, dass auf der anderen Straßenseite ein ihr unbekanntes Auto parkte – so etwas kam zu dieser Jahreszeit nicht oft in Dedley End vor. Sie fischte ihren Hausschlüssel hervor und eilte auf die Haustür zu, dabei fragte sie sich, wieso sie in letzter Zeit vor seltsamen Dingen in der Dunkelheit solche Angst hatte.

»Nancy!«

Nancy, die soeben den Schlüssel ins Schloss geschoben hatte, erstarrte. Diese Stimme kannte sie. Langsam wandte sie sich um und blickte zu dem geparkten Fahrzeug hinüber. Das Fenster war herabgelassen worden, und jemand winkte sie zu sich.

»Ich bin es! Könntest du mal herkommen?«, rief Richard und beugte sich noch ein wenig weiter aus dem Auto. »Setz dich doch kurz zu mir.«

Nancy, die vollkommen überrascht war, überquerte die Straße und kletterte auf der Beifahrerseite ins Auto. »Was machst du denn hier?«, fragte sie erstaunt. Jetzt wünschte sie, sie hätte im Pub nicht zwei Gin Tonic getrunken, denn ihr wurde auf derart beengtem Raum mit ihm doch ein wenig schwummrig.

»Ich war auf dem Rückweg von einer Konferenz im Norden«, erklärte er. »Und Dedley End war nur ein Umweg von einer halben Stunde, ich konnte nicht widerstehen. Ich habe schon eine ganze Weile hier draußen auf dich gewartet – ich dachte schon, du würdest heute vielleicht gar nicht mehr nach Hause kommen.«

Nancy war klar, dass er auf diese Weise nach Informationen fischte, wissen wollte, wo und bei wem sie gewesen sei. »Ich war noch im Pub«, erklärte sie, ohne weiter darauf einzugehen. »Ich hätte nie gedacht, dass du noch einmal einen Fuß in unser Dorf setzen würdest – und das jetzt schon zum zweiten Mal innerhalb einer Woche.«

»Ich habe seit unserem Lunch neulich ständig an dich denken müssen.« Richard setzte sich ein wenig seitlich, sodass er sie besser ansehen konnte. Nancy versuchte, sich nicht zu sehr von seiner Nähe verwirren zu lassen, und war froh, dass sich zumindest der Schaltknüppel zwischen ihnen befand. »Du hast mir gefehlt.«

»Ach ja?« Nancy war ganz durcheinander. Nachdem sie fünf Jahre nichts mehr von Richard gehört hatte, tauchte er plötzlich wieder auf, und das auch noch in einer Situation, wie sie das Dorf noch nie erlebt hatte. Sie wusste nicht recht, ob sie sich freuen sollte, ihn so bald wiederzusehen, oder nicht. Damals hatte er gesagt, ihre Beziehung könne nur dann funktionieren, wenn sie mit ihm nach

London ziehen würde, und da hatte sie zum ersten Mal Zweifel bekommen, ob das mit ihm wirklich das Richtige war. Er wusste schließlich, wie wichtig ihr der Laden ihres Vaters war und dass sie nur noch ihre Oma hatte, aber er hatte trotzdem von ihr verlangt, dies alles zurückzulassen und ihm nach London zu folgen. Was hätte sie überhaupt dort zu schaffen gehabt? Sie gehörte nach Dedley End. Und jetzt sagte er plötzlich, dass sie ihm fehlte. »Richard, ich …«

Aber er unterbrach sie. »Ich verstehe schon. Es verwirrt dich, dass ich plötzlich wieder hier auftauche, und ich begreife, dass du vielleicht noch nicht wieder dasselbe für mich empfindest wie ich für dich. Ich bin trotzdem hergekommen, weil ich dir sagen wollte, dass ich wieder mit dir zusammen sein möchte.«

Nancy schluckte. »Aber wir haben uns vor fünf Jahren getrennt, weil du sagtest, du könntest nicht mit mir zusammenbleiben, wenn ich nicht mit nach London gehe. Obwohl du doch wissen musstest, dass mein Leben hier ist.« Sie machte eine ausholende Geste, um ihre Aussage zu unterstreichen. »Du hast ein neues Leben angefangen, ohne mich.«

Er nickte. »Das stimmt, aber etwas fehlt in diesem neuen Leben. Das ist mir erst richtig klar geworden, als ich dich auf dieser Party wiedergesehen habe. Du bist es. Du fehlst mir.«

Nancy war völlig durcheinander. Sie bereute jetzt ernsthaft, nicht mehr ganz nüchtern zu sein. Sie hatte einen ganz wattigen Kopf, konnte keinen klaren Gedanken fassen. Bloß gut, dass sie immerhin saß. »Ich weiß nicht, was ich sagen soll«, gestand sie ehrlich.

»Das kann ich verstehen. Lernen wir uns doch erst mal wieder richtig kennen, was meinst du? Ich könnte dich am Wochenende besuchen kommen und dich ausführen? Wir könnten noch mal über alles reden.« Er berührte kurz ihre Hand. »Bitte?«, fügte er leise hinzu.

Nancy zögerte. Warum war es so schwer, jemanden zu vergessen, den man einst geliebt hatte?

»Geh mit mir essen, ja? Mehr will ich gar nicht«, flehte er.

Das hörte sich so einfach an. War es aber nicht. Nancy nickte trotzdem. »Gut, zum Essen, mehr nicht.« Dann kam ihr ein Gedanke. »Samstagabend. Vor der Baumzeremonie, da werden auf dem Anger die Christbaumlichter angezündet. Das kannst du dir noch ansehen. Falls es dich interessiert.« Nancy stellte ihn auf die Probe, das war auch Richard klar. Das ganze Dorf versammelte sich jedes Jahr zu diesem Ereignis, das Dorf, über das er immer nur die Nase gerümpft hatte. Wie würde er damit umgehen? Nancy sprang aus dem Auto und eilte aufs Haus zu, ohne sich noch einmal umzublicken. Obwohl sie es zu gerne getan hätte.

*

Es war am nächsten Morgen noch nicht hell geworden, als Nancy bereits aufstand. Sie hatte sich die ganze Nacht ruhelos im Bett gewälzt. Wenig später kam auch Oma, noch im Morgenmantel, die Treppe herunter. »Ich habe gehört, dass du schon auf bist, ist alles in Ordnung mit dir?«, erkundigte sie sich, während Nancy Beagle Charlie in den Garten hinausließ.

»Ich hatte keine gute Nacht, mir geht so viel im Kopf herum.«

»Ich mache uns eine schöne Tasse Tee.« Jane ging in die Küche und füllte den Wasserkocher, Nancy folgte ihr und setzte sich an den Küchentisch. »Bestimmt hast du auch über Richard nachdenken müssen, nicht nur über die Roths?«, vermutete Oma.

Als Nancy gestern Abend zur Tür hereingekommen war, hatte sie ihre Begegnung mit Richard zwar kurz erwähnt, war dann aber gleich zu Bett gegangen, weil sie noch nicht darüber reden wollte.

Nancy nickte. »Die letzten Tage waren irgendwie verrückt. Dieser Mord würde mir schon reichen, und jetzt taucht auch noch Richard wieder auf der Bildfläche auf.«

Jane trat mit zwei Tassen heißem, starkem und großzügig gesüßtem Tee an den Tisch. »Und wie ist es für dich, ihn auf einmal wiederzusehen?«

»Ich weiß nicht, was ich davon halten soll. Ich bin total durcheinander. Und ich kann kaum glauben, dass ich mich auf ein weiteres Treffen mit ihm eingelassen habe! Und ihn auch noch zur Baumzeremonie mitbringen will.« Das Entzünden der Lichter bedeutete für das Dorf den eigentlichen Beginn der festlichen Zeit.

»Es überrascht mich, dass er überhaupt bereit ist zu kommen.« Jane nippte an ihrem Tee. Sie war nie richtig mit Richard warm geworden, als Nancy ihn damals über die Weihnachtsfeiertage mit heimgebracht hatte. Nancy wusste, dass Oma ihn für einen Snob hielt.

»Vielleicht hat er mich ja wirklich vermisst«, überlegte Nancy laut. Richard hatte während seines Besuchs an keiner der dörflichen Feiern teilnehmen wollen, hatte über alles die Nase gerümpft und sich für etwas Besseres gehalten. Das hatte das Ende ihrer Beziehung besiegelt. Doch jetzt war er plötzlich wieder bereit, nach Dedley End zu kommen? Vielleicht hatte er sich ja wirklich geändert, war erwachsener, reifer geworden.

»Natürlich hat er das, du bist nun mal ein Mensch, den man sehr vermissen würde«, verkündete Oma im Brustton der Überzeugung.

Nancy schmunzelte. »Danke, Oma.«

»Aber die Frage ist doch – hast du ihn auch vermisst?«

»Ich habe lange nicht mehr an ihn gedacht, aber als wir uns auf dieser Party getroffen haben – da habe ich hinterher schon öfter an ihn denken müssen. Ich habe ihn schließlich drei Jahre lang geliebt, Oma, das vergisst man nicht so schnell. Und es gab ja seitdem keinen anderen mehr.«

Jane seufzte. »Ja, die Liebe seines Lebens vergisst man nicht.« Sie blickte wehmütig in den Garten hinaus, wo Charlie herumsprang. Ihr Mann, Nancys Opa, war gestorben, noch ehe Nancy geboren worden war. Er war einem

Herzinfarkt erlegen, und Jane hatte seitdem keinen anderen Mann mehr geliebt. Es war eine Sandkastenliebe gewesen, beide waren hier geboren und aufgewachsen, und Nancy wusste, dass seitdem kein Tag verging, an dem ihre Großmutter ihn nicht vermisste.

»Aber du wirst doch auf der Hut sein, ja? Ich möchte nicht, dass dir noch mal wehgetan wird.«

Nancy nickte.

»Du weißt ja, ich war nie sein größter Fan, aber wer kann schon sagen, was einen Menschen glücklich macht, wenn es um Beziehungen geht. Da sollte man sich nicht einmischen. Aber ich werde immer für dich da sein, Nancy, das weißt du.«

»Ich danke dir, Oma.« Nancy lächelte. »Ich weiß nicht, was kommt, das weiß niemand. Aber ich glaube, ich sollte mich auf unseren Fall konzentrieren und mir über den Rest möglichst wenig Gedanken machen. Was können wir tun, damit Jonathan seine Wette nicht gewinnt und wir ihm womöglich fünfzig Pfund bezahlen müssen?«

Jetzt war es an Jane zu seufzen. »Ich weiß auch nicht. Es scheint alles auf die Roths hinzudeuten, aber wieso sollte einer von ihnen so etwas tun? Um das Familienvermögen zu schützen?«

»Wir wissen, dass die Roths nicht gerade erbaut waren von dieser Heirat, aber Harry und Lucy wohnten immerhin seit einem halben Jahr in dem Haus. Wären sie weiter dort wohnen geblieben, wenn es wirklich so unerträglich war? Das will mir nicht in den Kopf.«

»Was ist mit dem Streit zwischen Will und Lucy? Ich frage mich, was die Polizei diesbezüglich unternimmt.«

»Ich mich auch. Aber ich glaube nicht, dass die beiden was miteinander hatten. Ich glaube Will, wenn er sagt, er habe Lucy nicht getraut und sie sei nur hinter dem Geld her gewesen.«

»Glaubst du, das könnte das Motiv gewesen sein? Dass sie verhindern wollten, dass Lucy das Vermögen in die Finger kriegt? Aber selbst wenn, warum sie ausgerechnet auf dieser Party umbringen?«

»Ja, das hab ich mich auch schon gefragt. Da öffnen sie zum ersten Mal seit Jahrzehnten wieder ihre Pforten und wählen dann ausgerechnet diesen Tag, um einen Mord zu begehen. Das ergibt keinen Sinn. Außer, sie wollten es jemandem aus dem Dorf in die Schuhe schieben? Weil dann die Liste der Verdächtigen größer wäre?«, sinnierte Nancy. »Oder jemand hat Lucy allein am Geländer lehnen sehen und ganz spontan gehandelt?«

Oma seufzte. »Wenn wir nur das Motiv kennen würden, dann könnten wir vielleicht auch den Täter finden.«

»Die sind so reich, da spielt Geld doch bestimmt eine wichtige Rolle, wenn man in diese Familie einheiratet? Jedenfalls bis zu einem gewissen Grad?«, überlegte Nancy. »Aber jetzt, wo ich sie alle kenne, kann ich mir einfach nicht vorstellen, dass einer von ihnen zu so einer Tat fähig wäre, verstehst du?«

Jane zog eine Augenbraue hoch. »Aber wer sieht schon aus, als ob er zu einem Mord fähig wäre?«

»Ich habe Marcus versprochen, im Lauf der Woche noch einmal nach der Bibliothek zu sehen, und ich denke, ich sollte das am besten gleich morgen tun. Ich werde versuchen, Augen und Ohren offen zu halten, und sehen, ob ich rausfinden kann, wer es getan haben könnte.«

Oma schüttelte den Kopf. »Es gefällt mir gar nicht, dass du noch einmal in dieses Haus gehen willst, unter dessen Dach möglicherweise ein Mörder wohnt. Ich glaube, es ist besser, wenn ich dich begleite. Morgen ist ohnehin Penelopes Tag, da werde ich nicht im Laden gebraucht. Ich kann mir ja die Bücher ansehen, dann kannst du währenddessen herumschnüffeln.«

Nancy musste zugeben, dass sie sich besser fühlen würde, wenn sie nicht noch einmal allein dorthin gehen müsste. »Danke, Oma. Ich bräuchte sowieso deinen klugen Kopf, denn ich bin mit meinem Latein am Ende. Immerhin scheint hinter dem Mord ein persönliches Motiv zu stecken, also wird man es kaum auf uns abgesehen haben.«

»Jedenfalls, solange keiner merkt, dass wir versuchen, einen Mörder zu fangen«, meinte Jane düster.

Nancy erschauderte. »Du hast wohl recht. Wir sollten möglichst wenig Aufmerksamkeit auf uns lenken. Bloß zur Sicherheit.«

»Zum Glück haben wir einen vollkommen harmlosen Beruf. Wer würde schon vermuten, dass zwei Buchhändlerinnen versuchen könnten, einen Mordfall zu lösen?«

»Allerdings.« Beide mussten lachen, dann tranken sie in

geselligem Schweigen ihren Tee. Nancy hatte keine Ahnung, was die nächsten Tage bringen würden. Aber sie war nicht allein, und das half ihr, den Mut zu finden, sich dem zu stellen, was kommen mochte.

19. Kapitel

Der Freitagmorgen brachte neuerlich Frost, versprach jedoch abermals ein klarer, sonniger Tag zu werden. Weihnachten lag in der Luft. Der riesige Dedley-End-Christbaum war bereits auf dem Dorfanger aufgerichtet worden, dahinter ragte die Spitze des Kirchturms in den Himmel. Als Nancy und Jane die Auffahrt zur Roth Lodge hinaufgingen, bemerkten sie, dass man auch dort begonnen hatte, alles weihnachtlich zu schmücken. In den Baumkronen hingen Lichterketten, es schien, als könne selbst ein Mord im Haus auf dem Hügel nicht verhindern, dass der Tradition Genüge getan wurde.

Butler Frank öffnete ihnen die Tür. »Miss Hunter«, begrüßte er sie.

»Ich habe heute meine Großmutter dabei, zur Unterstützung, sozusagen. Wir leiten den Buchladen gemeinsam«, erklärte Nancy, während sie gefolgt von Jane über die Schwelle trat. Zu Nancys großer Erleichterung stand kein Polizist mehr neben dem Tatort Wache, und sie fühlte sich gleich weniger unwohl in diesem Haus.

Frank nickte und nahm ihnen die Mäntel ab. »Gehen

Sie ruhig schon mal hinein, ich bringe dann Tee.« Nancy bedankte sich und ging voran zur Bibliothek. Beide Frauen blickten sich beim Durchqueren der Eingangshalle neugierig um, aber für eine Unterhaltung oder auch nur einen Kommentar fehlte ihnen der Mut; es war so still im Haus, dass ihre Schritte überlaut hallten, obwohl sie keine hohen Absätze trugen.

»Was haben Sie hier verloren?«, ertönte eine kalte, unfreundliche Stimme mit einem gepflegten Upper-Class-Akzent. Nancy, die gerade nach der Klinke der Bibliothekstür gegriffen hatte, fuhr zusammen, Jane ebenso. Sie wandten sich um und sahen Jessica Roth durch den Korridor auf sich zukommen, hinter ihr her eilte ihre Schwester Annabel.

»Sie ist hier, um Marcus mit der Bibliothek zu helfen«, rief Annabel eilfertig. »Weißt du denn nicht mehr?«

»Und das ist Jane Hunter, meine Großmutter. Sie hilft mir bei der Leitung unseres Buchladens«, erklärte Nancy hastig. Sie war erleichtert, dass wenigstens Annabel sich über das Wiedersehen zu freuen schien. Jessica dagegen wirkte verärgert. Nebeneinanderstehend hätten die beiden Frauen nicht unterschiedlicher aussehen können. Annabel war klein und untersetzt, hatte ihr mausgraues Haar streng zurückgebunden und trug eine altbackene Strickjacke mit Wollrock. Jessica dagegen war groß, schlank und elegant, in einem schicken Twinset und einer Perlenkette, ihr langes glänzendes Haar fiel ihr lose um die Schultern.

»Freut mich sehr, Sie kennenzulernen«, sagte Annabel zu Jane und schenkte ihr ein warmherziges Lächeln.

»Ich weiß wirklich nicht, wieso mein Schwiegervater sich überhaupt noch um dieses staubige alte Mausoleum kümmert«, meinte Jessica und verdrehte die Augen. Auf den neuen Gast ging sie mit keinem Wort ein.

»Vielleicht weil seine Frau so daran gehangen hat«, bemerkte Jane in knappem Ton. Nancy musste sich das Lachen verkneifen. Sie liebte es, wenn Oma jemanden, der sich unhöflich benahm, auf ihre ganz eigene, höfliche Weise zurechtwies.

»Nun ja, manchmal sollte man die Vergangenheit eben besser ruhen lassen«, murmelte Jessica. »Ich werde mich jetzt ein wenig hinlegen, ich habe Kopfschmerzen.« Und damit fegte sie an ihnen vorbei und warf ihnen noch einen letzten missbilligenden Blick über die Schulter zu, der Nancy das Gefühl gab, sie hielte nicht viel von ihnen.

»Beachten Sie sie gar nicht. Die Polizei war heute schon wieder hier und hat noch einmal das ganze Haus durchsucht und jeden Einzelnen verhört«, bemerkte Annabel. Sie folgte Nancy und Jane in die Bibliothek. »Wir sind alle ganz schön durcheinander.«

»Kann ich mir vorstellen«, entgegnete Nancy. Sie überlegte unwillkürlich, wer wohl am meisten durcheinander war. Und ob das dann der Mörder war?

»Tatsächlich befinden sich Harry und Marcus gerade auf dem Polizeirevier«, fuhr Annabel fort. Sie sah besorgt aus.

»Sie sind schon wer weiß wie lange dort; wir haben keine Ahnung, was da vor sich geht.«

»Ich bin sicher, dass die Polizei einfach nur gründlich ist, meine Liebe«, sagte Jane begütigend. Sie und Nancy tauschten einen Blick. Auch Nancy war fasziniert. Gab es neue Entwicklungen?

Nancy fischte sogleich ihr Handy hervor und sandte Jonathan eine kurze Nachricht, in der sie ihm mitteilte, was sie soeben von Annabel erfahren hatten. »Macht es Ihnen etwas aus, dass wir wieder hier sind?«, erkundigte sich Nancy danach.

»Ja, vielleicht sollten wir lieber wieder gehen«, meinte auch Jane, die hörbar enttäuscht war.

»Nein, ich finde, Sie sollten weitermachen«, erklärte Annabel. »Marcus sagt auch immer, alles sollte so normal wie möglich weiterlaufen, aber leicht ist das nicht. Ah, da kommt Tee.« Es war Natalie, die das Tablett brachte. Sie fuhr überrascht zusammen, als sie Nancy so plötzlich wiedersah, und setzte das Tablett ein wenig zittrig auf dem Schreibtisch ab. »Danke, Natalie.« Das Mädchen nickte nervös und eilte davon, wagte aber nicht, Nancy noch einmal anzusehen, daher entging ihr auch deren aufmunterndes Lächeln. »Heute kann ich Ihnen leider nicht behilflich sein, ich muss nämlich kurz in die Stadt. Aber Sie kommen zurecht, Sie beide, nicht wahr?«

»Selbstverständlich. Weiß man schon, wann die beiden wieder nach Hause kommen?«, erkundigte sich Nancy.

Annabel verzog das Gesicht. »Nein, noch nicht, aber da

kann ich mich wenigstens noch ein bisschen länger um die Familie kümmern. Bis später dann.« Sie schenkte Großmutter und Enkelin ein warmherziges Lächeln und ging.

Nancy lief zur Tür und warf einen Blick in die Halle, um zu sehen, was Annabel machte. Diese nahm sich einen Mantel aus dem Garderobenschrank, schlüpfte hinein und verließ das Haus.

»Was ist?«, zischte Jane hinter ihr.

»Ich wollte bloß sichergehen, ob sie tatsächlich weggeht. Von den anderen keine Spur. Was meinst du, sehen wir uns ein wenig um?«

»Ist das nicht sehr riskant?« Oma kaute nervös an ihrer Unterlippe.

»Wie sollen wir denn sonst etwas herausfinden? Wenn sie jetzt schon die Familie verhören, hat die Polizei ja vielleicht eine Vermutung, wer der Mörder sein könnte, wir aber nicht. Wenn sie wie durch ein Wunder bereits den Richtigen haben, werden wir unsere Wette mit Jonathan verlieren. Willst du das etwa?«

Jane schüttelte den Kopf. »Nein, aber ich glaube nicht, dass die Polizei schon auf der richtigen Spur ist. Also gut, mal sehen, was wir rausfinden können.« Sie schlichen sich hinaus und schlossen leise die Doppelflügeltür der Bibliothek hinter sich, dann durchquerten sie die Eingangshalle.

Unterwegs blieb Nancy stehen und deutete zu der verschnörkelten gusseisernen Balustrade hinauf. »Von dort ist Lucy heruntergestoßen worden, aber im ersten Stock bin ich bisher überhaupt noch nicht gewesen. Komm, wir gehen rauf.« Sie betraten den Salon und verließen ihn durch die andere Tür, die zur Treppe führte. Oben angekommen schritten sie den Korridor entlang, vorbei an geschlossenen Türen, bis sie die halbrunde Balustrade erreichten, von der man in die große Eingangshalle hinabblicken konnte. In der Mitte blieben sie stehen, wo Lucy gestanden und nach unten geschaut hatte. Der Korridor führte auf der anderen Seite weiter. »Der Mörder hätte von jeder der beiden Seiten kommen können«, überlegte Nancy mit leiser Stimme und wies hinter sich, auf den Weg, den sie gekommen waren, und dann zur anderen Seite, wo es zu der anderen Treppe ging, die in den Küchentrakt hinabführte. Lucy musste ihrem Killer den Rücken zugekehrt haben, die Hände auf dem Geländer, den Blick nach unten gerichtet, wo die Party nebenan im Salon bereits in vollem Gang war. Ohne zu ahnen, dass ihr Ende kurz bevorstand.

»Komm, wir schauen uns ein wenig um«, schlug Oma vor.

»Aber wohin?«, flüsterte Nancy.

Jane zuckte mit den Schultern.

Nancy entschied sich, den Korridor weiterzugehen, zu den Zimmern, an denen sie und Oma noch nicht vorbeigekommen waren. Jane folgte ihr so dicht, dass sie einander fast berührten.

Die Korridore waren zwar breit und mit einem glänzenden Holzboden ausgelegt, über den ein langer Läufer führte, aber das Haus war verwinkelt, mit vielen Ecken und Abzweigungen. Und an diesem trüben Wintertag wirkte auch die Beleuchtung unzureichend. Das hier war eine ganz andere Welt als in ihrem gemütlichen kleinen Cottage, und Nancy war sich nicht sicher, ob sie hier überhaupt leben könnte. Alles war so imposant, so unpersönlich, als würden auch die alten Mauern Geheimnisse bergen.

»Schau, Oma«, flüsterte Nancy und deutete auf eine Tür weiter vorne, die ein wenig offen stand.

Jane blickte sich um. »Niemand zu sehen.« Ihre Augen funkelten unternehmungslustig.

Nancy schmunzelte; sie mochte es, wenn Oma rebellische Tendenzen zeigte. »Du stehst Schmiere«, befahl sie der alten Dame und betrat dann auf Zehenspitzen das Zimmer, Jane folgte und warf dabei immer wieder wachsame Blicke über ihre Schulter.

Sie befanden sich in einem großen Schlafzimmer mit einem wuchtigen Himmelbett in der Mitte und schweren, drapierten Vorhängen an den hohen Fenstern, durch die man einen Blick auf das Parkgelände hatte. Nancy war sofort klar, dass dies ein Damenzimmer war – auf dem Bett lag ein Kleid, auf dem Frisiertisch reihten sich zahlreiche Parfümfläschchen und Cremedöschen, alles Marken, die sich Nancy nie hätte leisten können. Der Kleiderschrank stand halb offen und war voll von Kleidern in Staubschutzhüllen, Koffern und Schuhen, die zum Teil durcheinanderlagen. Auf dem Nachttisch stand eine Vase mit einem Strauß roter Rosen, deren zarter Duft im Raum hing.

»Wessen Zimmer das wohl sein mag?«, fragte sich Nancy mit gedämpfter Stimme.

Jane hatte an der Tür Posten bezogen. »Such nach Hinweisen«, riet sie ihrer Enkelin.

Nancy hatte keine Ahnung, wie sie das bewerkstelligen sollte, doch sie trat an das Nachtkästchen und zog eine Schublade auf. Es kam ihr sehr seltsam vor, in den Sachen anderer Leute zu schnüffeln, und sie konnte nicht verhindern, dass sie von einem kalten Schauder überlaufen wurde, doch was hätten sie tun sollen? Irgendwie mussten sie den Geheimnissen dieser Familie ja auf die Spur kommen. In der Schublade befanden sich eine Packung Papiertaschentücher, ein Akku-Ladegerät – und ein Buch.

Nancy keuchte auf. »Großer Gott!« Sie nahm das Buch heraus.

»Was ist?« Oma eilte interessiert herbei.

»Schau.« Nancy zeigte ihr das Buch. Es war *Der Mann im braunen Anzug*. »Das ist das Buch, das mir bei der Durchsicht gefehlt hat, ich hab dir doch davon erzählt. Annabel hatte es als vorhanden gemeldet, aber als ich nachsah, war es nicht da.« Sie streichelte den Ledereinband. Es war zwar eine ältere Ausgabe, aber besonders wertvoll war sie nicht. Keine Schmuckausgabe oder so etwas. »Wieso versteckt sie es hier oben? Besonders viel kriegen würde man dafür nicht.«

»Du glaubst also, dass das Annabels Zimmer ist?«, erkundigte sich Jane.

»Scheint so, wo sich doch das Buch hier befindet. Aber

ich begreife nicht, wieso sie nicht wollte, dass ich es sehe oder wieso sie es mit in ihr Zimmer genommen hat. Das Personal würde es doch auch hier entdecken können.« Nancy schlug das Buch auf und blätterte es durch, aber es enthielt nichts, kein Lesezeichen, keinen Brief oder etwas Ähnliches. Sie sah sich die erste Seite an. Aha, da stand etwas, eine Widmung, geschrieben mit schwarzer Tinte. Sie zeigte darauf, um Oma darauf aufmerksam zu machen. Beide beugten sich darüber und lasen, was dort stand.

Für Dolly –
ich werde diesen Sommer nie vergessen.
Für immer Dein, John.

»Wer ist Dolly?«, flüsterte Jane.

»Keine Ahnung. Von den Roths heißt niemand Dolly oder John. Aber das könnte natürlich auch ein gebrauchtes Buch sein, und die Widmung hat überhaupt nichts mit der Familie zu tun.« Sie klappte es zu und blickte ihre Oma an. »Aber wieso es dann hier oben verstecken?«

»Glaubst du, sie wollte verhindern, dass du die Widmung liest?«

»Kann sein, aber die sagt mir ohnehin nichts, also wüsste ich nicht, warum. Vielleicht wollte Annabel einfach nur das Buch lesen.« Nancy stöhnte frustriert. Sie hatte nicht gewusst, dass es so kompliziert sein könnte, einen Mord aufzuklären. »Ich mache sicherheitshalber ein Foto von der Widmung und schicke es an Jonathan.« Sie zückte ihr

Handy, knipste ein Foto, dann legte sie das Buch in die Schublade zurück. Sie blickte sich noch einmal im Zimmer um, konnte aber nichts entdecken, was ihnen einen Hinweis geben könnte. »Sollen wir in eins der anderen Zimmer gehen?«, fragte sie Jane.

»Da kommt jemand«, zischte Jane und eilte sogleich in den Korridor hinaus. Nancy erstarrte. Wieso war Oma hinausgerannt? Das würde sie doch verraten?

20. Kapitel

»Wer sind Sie denn?«, rief jemand verärgert.

»Ach, hallo, mein Lieber, wir kennen uns von der Party? Ich bin Jane Hunter, Nancys Großmutter. Ich habe mich irgendwie verlaufen, ich war auf der Suche nach einer Toilette ...«, antwortete Jane mit ihrer gebrechlichen Seniorenstimme, die immer dann zum Einsatz kam, wenn ein Verkäufer oder Lieferant sie übers Ohr hauen wollte.

Nancy huschte auf Zehenspitzen zur Tür und spähte durch einen Spalt hinaus. Will Roth stand im Korridor. Nancy schlug das Herz bis zum Hals. Zum Glück war es Will, der würde sie wahrscheinlich nicht gleich hochkant rauswerfen – im Gegensatz zu anderen Familienmitgliedern. Und Jane schien ihn für sich einzunehmen, Gott sei Dank.

»Unten ist eine«, erklärte er.

»Ach du liebes bisschen, da muss ich mich aber bei Ihnen entschuldigen!«, rief Jane scheinbar höchst betreten aus.

»Ach, keine Sorge. Warten Sie, ich zeige Ihnen den Weg zur Gästetoilette. Ist Nancy auch hier? Möchten Sie nicht eine Tasse Tee mit mir trinken? In der Küche?«

»Sie ist in der Bibliothek, wir können sie ja holen, wenn ich auf dem Klo war.« Und Jane hakte sich entschlossen bei Will unter und zog ihn den Korridor entlang.

Nancy grinste, dann eilte sie hinaus und den Weg zurück, den sie gekommen waren. Sie huschte die Treppe hinab, durchquerte den Salon, dann die Eingangshalle und schlüpfte so leise wie möglich in die Bibliothek. Wo sie auf Oma und Will wartete.

»Nancy?«

Nancy, die hastig am Schreibtisch Platz genommen hatte, tat, als würde sie vom Registerband aufblicken, in den sie scheinbar vertieft gewesen war. Will Roth stand in der Tür, Jane neben sich.

»Kommen Sie und trinken Sie ein Tässchen mit uns. Ich habe gerade ihre Großmutter aufgelesen, sie hatte sich in diesem Labyrinth von einem Haus verlaufen. Mrs. Harper hat bestimmt nichts dagegen, wenn wir ihren Keksvorrat ein wenig plündern.«

»Wie nett.« Nancy lächelte. Oma hielt hinter Wills Rücken triumphierend den Daumen hoch. Sie schlossen sich ihm an, und Nancy fiel auf, wie müde er aussah. Er hatte einen dichten Stoppelbart und dunkle Ringe unter den Augen. Dennoch trug er eine gepflegte Hose und ein Hemd, seine Schuhe waren poliert und sein Haar glänzend zurückgekämmt.

»Ihr Großvater und ihr Bruder sind wohl noch nicht wieder da?«, erkundigte sich Nancy sanft, während sie zur Küche gingen.

»Immer noch auf dem Polizeirevier«, antwortete er und seufzte. »Ich habe keine Ahnung, was hier los ist. Mir kommt es vor, als würden sie uns wieder und wieder dieselben Fragen stellen. Sie können weder irgendwelche Beweise noch Augenzeugen finden, das ist ja das Problem.« Er öffnete die Tür, und sie betraten die Küche, in der sich gerade niemand aufhielt. »Bitte, setzen Sie sich doch, ich mache uns einen Tee. Ich muss mich nützlich machen, sonst werde ich noch verrückt.«

Also setzten sich Nancy und Jane an den großen Tisch. Hier in der Küche war es gemütlicher als im ganzen Rest des Hauses. Vielleicht, weil dies die Domäne des Personals war und nicht der Familie. Nancy sah zu, wie Will Tee machte und Kekse auf einen Teller legte. Er war sich also nicht zu schade, andere zu bedienen. Nancy fragte sich unwillkürlich, was seine Mutter dazu sagen würde. Sie schien der größte Snob von allen zu sein. Will sah gut aus – er war hochgewachsen, charismatisch und aus reichem Hause. Dennoch schien er Single zu sein. Sie musste an die Auseinandersetzung zwischen ihm und Lucy denken und an Penelopes Bemerkung, sie könnten mehr sein als Schwager und Schwägerin. Nancy selbst konnte das nicht glauben, wenn man bedachte, wie Will über Lucy redete. Dennoch durften sie sich diese Gelegenheit, ihn auszuhorchen, solange sie mit ihm allein waren, nicht entgehen lassen. »Wie kommen Sie denn mit allem zurecht?«, erkundigte sie sich möglichst beiläufig. »Leicht ist das sicher nicht für die Familie.«

Jane verfolgte Wills Reaktion mit wachsamem Interesse.

»Nein, allerdings nicht.« Will stand abwartend neben dem Wasserkocher. »Mein Bruder kriegt das Schlimmste ab – wird ständig mit Fragen bedrängt. Aber die Polizei ist trotzdem noch keinen Schritt weiter. Und immer noch verlangen sie von uns, dass wir hierbleiben. Ich muss allmählich wirklich wieder zurück nach London und an die Arbeit. Das hört sich jetzt vielleicht herzlos an, aber das Leben muss doch weitergehen?« Er kam mit einem Tablett mit Tee und Keksen an den Tisch und setzte sich zu ihnen. »Harry hat mich angeraunzt, weil ich gefragt hatte, wann ich endlich wieder gehen könnte. Er glaubt, dass es uns egal ist, was Lucy zugestoßen ist.«

»Und stimmt das?«, erkundigte sich Jane behutsam, während sie die Initiative ergriff und den Tee in die hauchzarten Porzellantassen einschenkte. Nancy war sich sicher, dass das Service sehr viel wert sein musste.

Will blickte überrascht auf. »Nein, natürlich ist uns das nicht egal! Es wurde jemand in unserem Anwesen getötet. Ich bin kein herzloser Mensch, glauben Sie mir, Mrs. Hunter. Ich hätte ihr nie den Tod gewünscht, selbst wenn wir uns nicht sonderlich gut verstanden haben.«

»Nein, natürlich nicht. Aber dürfte ich fragen – wieso mochten Sie sie denn nicht?«, erkundigte sich Jane milde. Sie nippte an ihrem Tee.

Will seufzte. »Ich war wohl misstrauisch, wissen Sie. Harry kommt plötzlich wieder aus Frankreich zurück, und das auch noch mit einer Ehefrau, die keiner von uns zuvor getroffen hatte. Das alles kam so plötzlich, und es war außerdem ziemlich untypisch für Harry.«

Nancy nahm sich einen Keks. »Haben Sie und Harry denn eine enge Beziehung?« Geschwisterbeziehungen interessierten Nancy immer ganz besonders, weil sie selbst ja ein Einzelkind war.

»Doch, schon. Als wir noch Kinder waren, haben wir jedenfalls immer fest zusammengehalten, das galt auch für Maria. Aber je älter wir wurden … na ja, dann nicht mehr so sehr. Als wir alle in London wohnten, haben wir jede Menge gemeinsam unternommen, beruflich natürlich, aber auch sonst. Und dann ist Harry nach Paris gegangen, um dort eine Niederlassung zu eröffnen«, erklärte Will. »Er war ein paar Jahre dort, da haben wir uns natürlich kaum gesehen, bis auf Weihnachten mit der Familie, hier auf dem Anwesen. Ich wusste nicht mal, dass er jemanden kennengelernt hatte, als er plötzlich wieder in London erschien und mir Lucy vorstellte und erzählte, dass sie geheiratet hätten. Sie wollten die Flitterwochen in einem Hotel in London verbringen und dann auf Roth Lodge einziehen.« Er schüttelte perplex den Kopf. »Mein erster Gedanke war, wow, diese Lucy sieht ja umwerfend aus. Ich meine, ich mag Harry, sehr sogar, aber mal ehrlich, eine Schönheit ist er nicht.«

Jane nickte. »Aber mein Lieber, er ist dafür sehr reich.«

Will nickte. »Ganz richtig. Sie sah aus wie ein Supermodel, wie sie da so reinkam, und ich dachte sofort, die kann ja nur hinter seinem Geld her sein. Und nachdem sie in Roth Lodge eingezogen waren, erhielt ich ständig Anrufe von der Familie. Die dachten alle dasselbe wie ich. Aber Harry bestand hartnäckig darauf, dass sie sich lieben, und ich schätze, sie liebte ihn wohl auch irgendwie. Aber meine Eltern waren alles andere als glücklich, Großvater war sehr enttäuscht, obwohl er sich mit der Zeit dann doch damit angefreundet hat. Nur Maria war von Anfang an auf Lucys Seite. Die Wogen glätteten sich allmählich, und die Anrufe hörten auf. Wissen Sie, ich kümmere mich nicht wirklich darum, was zu Hause los ist, wenn ich in London bin.« Er hielt inne und nahm einen Schluck Tee. »Aber dann wurde ich wegen dieser Verlobungsfeier heimgerufen. Und die Spannungen schienen wieder zugenommen zu haben. Lucy und Mutter konnten sich über nichts einigen, vor allem nicht, was die Feier betraf, beide wirkten sehr gestresst. Mein Bruder hat versucht zu vermitteln, aber funktioniert hat das nicht, glaube ich. Maria und Charles waren auch vorübergehend eingezogen, weil sie sichergehen wollten, dass alles so gemacht wurde, wie sie es haben wollten. Es ging also ziemlich chaotisch zu.« Er seufzte. »Ich habe ein paarmal mitgekriegt, wie sich Harry und Lucy gestritten haben, und Harry hatte abgenommen, das konnte man deutlich sehen, er wirkte angespannt, erschöpft … und unglücklich. Ich habe ihn darauf angesprochen, und er meinte, sie wollten oft unterschiedliche Dinge vom Leben. Er würde sich zum Beispiel so schnell wie möglich Kinder wünschen, aber sie nicht. Als er an einem Tag im Londoner Büro war, habe ich Lucy gefragt, ob wir nicht mal was trinken gehen wollen und über alles reden.«

Nancy und Jane wechselten einen Blick. Will hielt gar nicht hinter dem Berg, was dieses Treffen betraf, dessen Zeuge sie geworden waren, und das überraschte sie. »Und war Lucy einverstanden?«, versuchte Nancy, ihn zum Weiterreden zu bewegen, denn sie war ganz gespannt darauf, endlich zu erfahren, worüber sie an dem Tag gesprochen hatten.

Er nickte. »Ich sagte, ich hätte den Eindruck, dass Harry unglücklich sei. Ich wollte nur helfen, aber sie hat alles in den falschen Hals gekriegt. Vielleicht hätte ich mich wirklich nicht einmischen sollen, aber …«

»Ihr habt gestritten?«

»Richtig. Wir sind ins Dorfpub gegangen, ihr kennt es sicher, weil wir nicht wollten, dass uns jemand von der Familie sieht. Ich war zuletzt als Teenager dort gewesen. Na ja, es war alles ein bisschen peinlich. Lucy wurde ziemlich sauer, es war unübersehbar, alle im Pub scheinen das mitgekriegt zu haben. Und sie haben es der Polizei weitererzählt, das ist auch der Grund, warum ich noch immer hierbleiben muss und nicht zurück nach London darf. Die Polizei glaubt jetzt natürlich, es steckt mehr dahinter, aber ich schwöre, ich wollte einfach nur, dass sie's meinem Bruder nicht ganz so schwer macht. Lucy meinte, ich würde ihre Beziehung gar nicht verstehen und sollte mich gefälligst raushalten, und wahrscheinlich hatte sie recht damit. Was weiß ich schon von der Ehe? Ich habe sie angefleht,

Harry nichts davon zu erzählen, und sie hat dichtgehalten. Aber jetzt hat er's von der Polizei erfahren und ist natürlich stinksauer auf mich.«

Nancy hatte ein schlechtes Gewissen, weil sie diejenigen gewesen waren, die es der Polizei erzählt hatten, aber es stimmte ja, sie waren nicht die einzigen Zeugen gewesen, wie Will soeben bestätigt hatte. Und verdächtig hatte es schon ausgesehen, das ließ sich nicht bestreiten. »Glauben Sie, sie hat Ihren Bruder aufrichtig geliebt?«

Will überlegte einen Moment. »Ich glaube, diese Frau hat niemanden außer sich selbst geliebt.«

Jane beugte sich vor. »Dann könnte es jede Menge Leute geben, die sich ihren Tod gewünscht haben?«

Diese Äußerung ließ Will ein wenig zusammenzucken. »Ich weiß doch kaum etwas von ihr, das war das Problem. Keiner von uns wusste was. Und man sieht ja, was sie über uns gebracht hat, oder?« Er blickte beide Frauen an. »Sie glauben mir doch, oder? Ich könnte niemandem etwas antun. Ich wollte nur Harry helfen. Mit ihrem Tod habe ich nichts zu tun, das schwöre ich.« Er sprach ernsthaft und leidenschaftlich. Nancy und Jane wechselten einen Blick. Nancy wusste, dass auch Oma von der Aufrichtigkeit seiner Worte überzeugt war. Doch wenn er es nicht gewesen war, wer dann?

Aber bevor sie Will eine Antwort geben konnten, hörten sie die Haustür aufgehen und schwere Schritte in der Halle, offenbar handelte es sich um eine ganze Anzahl von Menschen. Sie tauschten überrascht Blicke und wandten sich der Tür zu. Die Stimmen wurden lauter, und wenig später ging die Küchentür auf. Nancy, die fürchtete, man würde sie jetzt hinauswerfen, richtete sich unwillkürlich auf ihrem Stuhl auf.

Marcus Roth und Harry traten ein, gefolgt von Inspector Brown und zwei Polizisten in Uniform. Alle wirkten sehr ernst, und Nancys Puls beschleunigte sich unwillkürlich. Marcus blickte betreten zu Boden, er wirkte erschöpft und entmutigt, Harry dagegen funkelte seinen Bruder zornig an. Nancy hatte auf einmal ein ganz flaues Gefühl im Magen.

DCI Brown trat einen Schritt vor. »Will Roth.«

»Was ist denn?« Will blickte sich verstört um, suchte bei Großvater und Bruder nach Antworten, bekam sie jedoch nicht. Es war DCI Brown, der für Klarheit sorgte.

»Ich verhafte Sie wegen des Mordes an Lucy Roth.«

21. Kapitel

Nancy und Jane sahen mit entsetzter Faszination zu, wie DCI Brown Will über seine Rechte aufklärte, wie dieser von einem Polizisten vom Stuhl hochgezogen wurde, wie man ihm Handschellen anlegte. Will wirkte vollkommen geschockt. Er blickte unwillkürlich zu Nancy und Jane hinab, denn er schien zu spüren, dass sie die Einzigen im Raum waren, von denen er im Moment noch Sympathie erwarten durfte.

»Sie müssen mir helfen«, flehte er, »ich war das nicht.« Verzweifelt wandte er sich an Bruder und Großvater. »Wie könnt ihr nur glauben, dass ich so was tun würde?«

Dann wurde er von den Polizisten hinausgeschafft, DCI Brown stapfte hinterher, Marcus und Harry folgten.

»Also, das ist doch …« Jane fand keine Worte.

»Komm, schnell.« Nancy half ihrer Oma auf die Beine, dann eilten sie den anderen hinterher in die Eingangshalle. Butler, Haushälterin und das Hausmädchen Natalie drückten sich betreten in der großen Diele herum und taten, als würden sie nicht mit offenem Mund verfolgen, was geschah, scheiterten jedoch kläglich. Nancy und Jane gesellten sich hinzu und konnten sehen, wie Will, der sich vergeblich wehrte, von den Polizisten zum Ausgang gezerrt wurde. Marcus konnte nur den Kopf schütteln. Harry ging mit hinaus, als wolle er sichergehen, dass man Will auch tatsächlich abführte.

»Will?«

Nancy blickte zur Galerie hinauf. Dort oben standen Jessica und ihre Schwester, die wieder zurück war, und verfolgten entsetzt das Geschehen.

»Keine Sorge, das kommt wieder in Ordnung«, meldete sich Marcus Roth jetzt zum ersten Mal zu Wort, doch er hörte sich niedergeschlagen an. Er sah zu, wie man Will aus dem Haus zog. »Ich werde sofort unseren Rechtsanwalt verständigen.«

»So hilf mir doch jemand, bitte!«, rief Will verzweifelt aus. »Die irren sich, ich schwör's, das alles ist ein schrecklicher Irrtum!« Er wurde weggeführt, und seine Stimme wurde leiser.

»Wie können die bloß glauben, dass mein Will das getan haben könnte?«, rief Jessica einen Moment später fast hysterisch aus, sodass es in der nun totenstillen Eingangsdiele laut hallte. Eine Antwort darauf hatte in diesem Moment wirklich keiner von ihnen.

»Wir sollten besser gehen«, flüsterte Nancy ihrer Oma zu. »Ich hol nur rasch unsere Sachen.« Sie musste das alles unbedingt Jonathan erzählen. Sie eilte in die Bibliothek, griff sich ihre Mäntel und Handtaschen und stieß beim Herauskommen fast mit Marcus zusammen. »Oh!«

»Miss Hunter, es tut mir leid … Sie gehen schon?« Er wirkte ganz durcheinander.

»Wir sollten Sie und Ihre Familie jetzt besser in Ruhe lassen, denke ich.«

»Nun ja, das ist wohl wirklich besser.« Er seufzte. »Ich bedaure sehr, dass Sie das mitansehen mussten. Vielleicht sollten wir das mit der Bibliothek vorläufig besser ruhen lassen.«

Nancy versuchte, sich ihre Enttäuschung nicht anmerken zu lassen. Es war ein zu genialer Vorwand zum Schnüffeln gewesen. Sie nickte. »Ich verstehe, Mr. Roth.«

Er wedelte wegwerfend mit der Hand. »Marcus, bitte. Sie entschuldigen mich, ich muss sofort den Familienanwalt verständigen.«

»Selbstverständlich«, sagte Nancy, doch er stakste bereits mit ausgreifenden Schritten an ihr vorbei in die Bibliothek. Nancy ging zu Jane und reichte ihr ihre Sachen.

»Einen Brandy, denke ich«, rief Annabel zur Haushälterin hinab. Auch sie war bleich und sah besorgt aus, dann wandte sie sich ab und verschwand in einem der Korridore im ersten Stock. Jessica Roth war nirgends mehr zu sehen. Nancy nahm an, dass der Brandy für sie gebraucht wurde. Sie war zwar eine kalte, abweisende Frau, doch selbst für sie war es ein großer Schock, den eigenen Sohn wegen Mordes verhaftet zu sehen.

Harry war ebenfalls verschwunden. Der Himmel wusste, was in ihm vorgehen mochte. Nancy musste daran denken, wie er seinen Bruder angesehen hatte – als hielte er ihn für den Mörder. Sie schlüpfte in ihren Mantel, schob sich Janes Arm unter den ihren, und gemeinsam hasteten sie aus dem Haus. Nancy fragte sich unwillkürlich, ob es verrückt war, Will zu vertrauen, doch sie konnte nicht aufhören, daran zu denken, was er gesagt und wie er ausgesehen hatte, geschockt, hilflos, verzweifelt. Ein so guter Schauspieler konnte man doch gar nicht sein?

»Ich gehe gleich und erzähle Jonathan, was passiert ist, wir sehen uns dann im Laden«, sagte sie, während sie sich von dem Anwesen abwandten und den Weg zurück ins Dorf einschlugen.

»Ich kann kaum glauben, was gerade passiert ist. Die müssen sich irren, was meinst du?« Aber Janes Frage blieb unbeantwortet, da sich beide nicht sicher waren.

*

Nancy schritt allein durch Dedley End, nachdem sie Jane im Buchladen zurückgelassen hatte, wo diese sofort begann, Penelope alles haarklein zu erzählen, was sich auf Roth Lodge abgespielt hatte.

Sie war auf dem Weg zu Jonathans Wohnung, die sich über dem Dorfladen befand. Die Büros der Zeitung, bei der er angestellt war, befanden sich im Nachbarstädtchen, in Woodley, aber er hatte es auch von hier nicht weit bis zur Arbeit. Auch er hatte sich, wie Nancy, dazu entschieden, in dem Dorf zu bleiben, in dem er geboren und aufgewachsen war.

Sie rannte die Treppe zu seiner Wohnung hinauf, die an einer Seite des Ladens nach oben führte. Hoffentlich war er da. Freitags arbeitete er normalerweise nicht, doch vielleicht hätte sie doch vorher anrufen und sich vergewissern sollen; aber sie hatte es einfach zu eilig, ihm alles zu erzählen. Sie klopfte laut und hektisch an seine Tür.

Jonathan riss die Tür auf. »Nancy?« Sein Haar war ganz zerzaust, und sein Hemd stand offen. »Was machst du denn hier?« Er wirkte seltsam verlegen.

»Wer ist es?«, kam eine Frauenstimme von drinnen.

»Wer ist das denn?« Nancy runzelte die Stirn, diese Stimme kannte sie doch …

Jonathan seufzte. »Es ist Kate.«

»Spinnst du?!« Nancy war empört. Nachdem er Kate dauernd aus dem Weg zu gehen versuchte, sich versteckte, wann immer sie ihm über den Weg lief, ließ er sie jetzt in seine Wohnung und machte wer weiß was mit ihr! Nancy wusste natürlich, was es war, wollte es sich aber trotzdem nicht vorstellen.

»Jetzt sieh mich nicht so an!« Er trat hastig einen Schritt vor die Tür und zog sie hinter sich zu, damit Kate nichts mitbekam. »Du verstehst das nicht.«

»Nein, allerdings nicht! Da verteidige ich dich und sage jedem, dass du's nicht so meinst, dass du nie absichtlich jemanden verletzen würdest … Du weißt doch, was Kate für dich empfindet.«

»Jetzt schau mich nicht so enttäuscht an. *Sie* ist schließlich *zu mir* gekommen …«

»Und du? Konntest einfach nicht widerstehen, was?« Nancy wusste selbst nicht, wieso sie so wütend war, aber sie kam nicht gegen diesen Zorn an, der jäh in ihr aufflammte. »Eines Tages wird dir mal eine das Herz brechen, Jonathan Murphy, und das hättest du dann auch verdient!«

»Vielleicht ist es bereits gebrochen, hast du dir das schon mal überlegt?«, fauchte er zurück. Sie starrten einander wortlos an, die Anspannung war greifbar. Schließlich ließ Jonathan mit einem Seufzen die Schultern sinken, und Nancy, die ein wenig Abstand zwischen sich und diese Situation bringen wollte, wich einen Schritt zurück.

Sie beschloss, nicht auf das einzugehen, was er gerade gesagt hatte. »Ich bin bloß gekommen, um dir zu sagen, dass die Polizei Will Roth für den Mord an Lucy verhaftet hat.«

Jonathan machte große Augen. »Mannomann! Im Ernst? Aber wieso das denn?«

»Ich glaube wegen dieses Streits zwischen ihm und Lucy im Pub. Mehr haben sie bestimmt nicht. Aber Will hatte uns die Sache vorhin noch erklärt, mir und Oma. Und ich denke, wir glauben ihm.« Sie berichtete rasch, was Will erzählt und wie er bei der Festnahme verzweifelt seine Unschuld beteuert hatte. »Aber wenn er's nicht war, sollten wir ihm helfen.«

»Ich wüsste nicht, wie. Das Einzige, was ihm helfen würde, ist, wenn wir den richtigen Mörder finden. Aber mehr als die Polizei haben wir auch nicht.«

»Marcus meinte, wir sollten das mit der Bibliothek vorläufig sein lassen, was ich verstehen kann. Aber jetzt habe ich natürlich keinen Zugang mehr zum Haus und zu dieser Familie.« Nancy war frustriert. »Keine Ahnung, was wir jetzt machen sollen.«

»Am besten schlafen wir erst mal darüber; irgendwas wird uns schon einfallen. Etwas, was die Polizei bisher übersehen hat. Außer natürlich, es ist tatsächlich Will gewesen.«

»Ich hoffe nicht.«

»Du magst ihn wohl, wie?«

»Er scheint mir noch der Vertrauenswürdigste in dieser Familie zu sein, weiß selbst nicht, wieso. Vielleicht, weil er ein bisschen anders ist als sie. Er scheint sich nicht ganz so viel darauf einzubilden, ein Roth zu sein.«

Jonathan warf einen Blick zurück zur Tür. »Ich gehe jetzt besser wieder rein. Nancy, ich …«

»Nicht«, unterbrach sie ihn hastig, »schon gut, keine Sorge.« Sie wollte sich nicht mehr mit ihm streiten und wandte sich zum Gehen. Sie spürte auf einmal, dass sie vollkommen erschöpft war. »Ich muss eh wieder zurück in den Buchladen.«

»Dann sehen wir uns morgen beim Lichterfest, ja?«, rief er ihr noch nach.

»Ja, klar.« Was er wohl davon halten würde, wenn sie mit Richard dort auftauchte? Aber nachdem sie ihn gerade mit Kate erwischt hatte, sollte ihr das eigentlich egal sein. Sie lief die Treppe hinunter und hinaus an die frische Luft. Die hatte sie jetzt nötig. Sie bereute ihren Temperamentsausbruch bereits, aber irgendwie wurde sie einfach nicht schlau aus ihm. Er hatte zu ihr gesagt, das mit Kate sei nichts Ernstes, trotzdem schlief er wieder mit ihr. War er wirklich so gefühllos, oder konnte er nicht anders? Sie versuchte zu verdrängen, was er gesagt hatte, aber das war unmöglich. Mit langsamen, nachdenklichen Schritten machte sie sich auf den Rückweg zum Buchladen. Seine Worte wollten ihr nicht mehr aus dem Kopf gehen.

Vielleicht ist es ja bereits gebrochen …

Hatte Jonathan wirklich ein gebrochenes Herz? Aber wer hatte es ihm gebrochen? Nancy war sich nicht sicher, ob sie das überhaupt wissen wollte.

22. Kapitel

Am folgenden Morgen gab Nancy Beagle Charlie sein Futter, während Oma am Küchentisch saß und in einem großen Album blätterte, vor sich eine Tasse Tee.

»Was hast du da?«, erkundigte sich Nancy, während sie frisches Wasser aufsetzte. Sie lechzte nach einer Tasse Tee. Das Treffen mit Richard, heute Abend, machte sie jetzt schon nervös, sie brauchte Ablenkung.

Jane blickte mit feucht glitzernden Augen von dem Album auf. »Ich habe mal wieder unser altes Familienalbum hervorgeholt. In der Weihnachtszeit werde ich immer sentimental. Aber ich wollte dich nicht traurig machen, Liebes.«

»Das macht nichts.« Nancy machte auch ihrer Oma eine frische Tasse Tee, dann setzte sie sich zu ihr an den Tisch. »Ich versteh das schon. An Weihnachten kommt einfach alles wieder hoch, nicht wahr?« Sie warf einen Blick auf die Fotos: ihre Eltern, die mit Baby Nancy auf den Armen vor ihrem Häuschen standen, das am Dorfrand gelegen war. Wie lange sie wohl miteinander glücklich gewesen waren, zu dritt, bevor alles schiefging? Bevor Mutter sie verlassen hatte, bevor Vater bei diesem Unfall umkam. »Ich muss in letzter Zeit so oft an Dad denken, mehr denn je. Wegen diesem Mord an Lucy, denke ich. Ständig frage ich mich, ob ich nicht mehr über diesen Unfall hätte rauskriegen können, wenn ich damals nur nicht so jung gewesen wäre.«

Jane streckte einen Arm vor und drückte tröstend Nancys Hand. »Ich wünschte auch, ich hätte mehr tun können. Die Polizei hat ihr Bestes getan, da bin ich mir sicher, aber sie konnten den Fahrer des anderen Wagens eben einfach nicht ermitteln. Wir werden nie erfahren, ob dein Dad von der Straße abgedrängt wurde und deshalb gegen den Baum prallte oder ob es anders war. Ich finde es schrecklich, das nicht wissen zu können. Aber am allerschlimmsten ist, dass diese andere Person so gefühllos war, einfach weiterzufahren und nicht mal zu versuchen, ihm zu helfen. Man hat ihn im Stich gelassen, er war ganz allein da draußen …« Oma konnte nicht weitersprechen, in ihren Augen schimmerten Tränen.

Nancy schüttelte den Kopf. »Was ist das für ein Mensch, der einfach weiterfährt? Und bestimmt gibt es noch jemanden, der davon weiß, ein Familienmitglied, ein Lebensgefährte, wer auch immer – denn derjenige, der dafür verantwortlich war, wird doch gewiss in einem fürchterlichen Zustand nach Hause gekommen sein?«

»Das sollte man annehmen. Aber falls es noch jemand weiß, dann hat er beschlossen, diese Person zu decken. Außerdem hatte es damals geregnet, und die Spuren wurden schnell fortgewaschen. Das Einzige, was wir haben, ist dieser Seidenschal, den man unweit vom Wagen deines Vaters gefunden hat, aber daraus hat sich auch nichts ergeben«, sinnierte Jane.

Nancy erinnerte sich daran, dass Oma ihr einmal erzählt hatte, der Schal sei bei Liberty's in London gekauft worden, einem traditionsreichen alten Kolonialwarengeschäft. Ein leuchtend gelb-blauer Seidenschal. Er hätte jedem gehören können. Die Polizei ging davon aus, dass es sich bei dem Unfallfahrer um einen Touristen gehandelt haben musste, um jemanden, der sich nicht ausgekannt hatte und auf den schmalen, kurvenreichen Straßen zu schnell unterwegs gewesen war, dazu noch Dunkelheit und Regen …

»Ich glaube nicht, dass es Absicht war. Das ist mein einziger Trost.«

»Absicht vielleicht nicht, aber der Fahrer hätte anhalten, hätte Erste Hilfe leisten können. Vielleicht hätte Dad dann sogar überlebt …« Nancy sah sich die strahlenden Gesichter ihrer Eltern auf dem Foto an, wie sie sich über ihr Töchterchen gefreut hatten, und sie bekam unwillkürlich eine Gänsehaut an den Armen. »Glaubst du, meine Mutter hat das mit dem Autounfall je erfahren?«

Jane seufzte. »Nein. Hoffe ich jedenfalls. Denn wenn ja, dann wäre sie ganz bestimmt gekommen, um dich zu sich zu nehmen.«

»Glaubst du wirklich, Oma?«

»Sie haben dich sehr geliebt, alle beide, Nancy. Deine Mutter hat dich geliebt, glaub mir, es ist ihr einfach nur alles über den Kopf gewachsen. Aber du solltest immer daran denken, wie sehr sie dich geliebt haben.«

Nancy war sich nicht so sicher, was ihre Mutter betraf, aber wissen konnte man es nicht. »Ich wünschte nur, Dad wäre noch hier.«

»Ich auch, Liebes, ich auch. Verzeih, ich hätte das Album nicht hervorholen sollen, es macht einen so rührselig.« Und sie klappte es wieder zu. »Was geschehen ist, lässt sich nun mal nicht mehr ändern, nicht wahr? Wir werden den Verlust nie verwinden, aber man muss lernen, mit dem Kummer zurechtzukommen, verstehst du?«

Nancy nickte und nippte an ihrem Tee, aber sie war frustriert. Da gab es jemanden, der wusste, was in jener Nacht geschehen war, und sie wünschte, sie könnte diese Person ausfindig machen, würde endlich die Wahrheit erfahren. »Ich hoffe, wir können zumindest herausfinden, wer Lucy getötet hat. Zwei ungelöste Todesfälle in Dedley End – das könnte ich einfach nicht ertragen.«

»Und wir sind sicher, dass es nicht Will war?«

»Ich habe das Gefühl, dass er die Wahrheit sagt, aber wenn er's nicht war, wer dann? Wie kann diese Person einfach weitermachen, als ob nichts geschehen wäre? Als ob sie nicht jemandem das Leben genommen hätte? Ich begreife das nicht.«

»Ich auch nicht. Aber ich mache mir Sorgen, dass das alles zu viel für dich wird. Vielleicht sollten wir diese Wette besser vergessen. Und es doch der Polizei überlassen.«

»Ich glaube nicht, dass ich das kann, Oma. Wie kann Harry – wenn er Lucy wirklich so sehr geliebt hat – je darüber hinwegkommen, solange weiterhin ein Mörder unerkannt herumläuft? Und wenn jemand weiß, wie das ist, dann wir!«

Jane nickte.

Nancy glaubte nicht, dass sie jetzt noch von der Sache Abstand nehmen konnte, sie steckte schon zu tief drin. Und wenn sie nichts unternahm, würde auch dieses zweite Verbrechen in Dedley End ungelöst bleiben, oder, noch schlimmer, ein Unschuldiger würde dafür büßen. Wie könnte sie je Frieden finden, wenn sie das eine oder das andere zuließe?

Sie tranken eine Weile schweigend ihren Tee. »Wie fühlst du dich in Bezug auf heute Abend?«, erkundigte sich Jane dann behutsam.

»Schon ein bisschen nervös«, gestand Nancy. »Bin ich verrückt, dass ich mich auf diese Verabredung eingelassen habe, Oma?«

»Ich weiß nicht, Liebes. Du hast Richard schließlich einmal sehr geliebt, aber es gab gute Gründe dafür, dass ihr euch getrennt habt. Ich weiß, der Mensch kann sich ändern, und im Grunde wollen wir doch dasselbe vom Leben, nicht?«

Nancy seufzte. »Woher wusstest du, dass Opa der Richtige für dich ist?« Er war gestorben, bevor sie auf die Welt gekommen war, aber Nancy wusste, dass ihre Großeltern sehr glücklich miteinander gewesen waren.

»Wir sind zusammen aufgewachsen, und ich bin eigentlich immer davon ausgegangen, dass wir irgendwann ein gemeinsames Leben führen würden. Damals haben die meisten Frauen nach der Heirat ihren Beruf aufgegeben – falls sie überhaupt einen hatten –, und er hat gut für mich gesorgt, hat mich immer unterstützt. Er war mein bester Freund.«

»Wie schön.« Nancy seufzte. »Bei Richard musste es immer irgendwie nach seinem Kopf gehen, er hat mich nie gefragt. Er wollte einfach, dass wir in London leben, was ich will, interessierte ihn nicht. Er konnte nicht begreifen, wieso ich unbedingt in Dedley End bleiben wollte.«

»Und versteht er es jetzt?«

»Ich schätze, das werde ich heute Abend herausfinden. Ich hoffe nur, ich mache nicht wieder denselben Fehler.«

»Sei einfach auf der Hut, dann passiert schon nichts«, beruhigte Oma. »Aber es ist nicht einfach, in der Liebe einen kühlen Kopf zu bewahren.«

»Ich will nicht noch mal verletzt werden, so viel ist sicher.«

»Ich weiß. Wie heißt es so schön? *Wer zweimal in dieselbe Falle tappt …*«

»*… ist selber schuld*«, beendete Nancy schmunzelnd den Satz. Oma und ihre Gemeinplätze. Aber sie stimmten nun mal, deshalb waren es ja olle Kamellen.

»Was Richard wohl zu Wills Verhaftung sagen wird? Sie haben wohl beruflich miteinander zu tun?«

Nancy nickte. »Ich werde ihn fragen. Vielleicht weiß er

ja was. Wir haben noch nicht viel über die Party geredet. Vielleicht ist ihm was aufgefallen, was mir entgangen ist? Ich habe ihn an dem Abend immer wieder aus den Augen verloren, ich kann also nicht sagen, wo er war, als es losging. Vielleicht hat er was gesehen, was hilfreich sein könnte. Im Moment stecken wir jedenfalls fest, oder?«

»Wir werden versuchen, Will zu helfen«, versprach Jane. »Von der Familie hat er, glaube ich, nicht viel Unterstützung zu erwarten. Sehr viel Liebe scheint es in diesem Haus nicht zu geben. Kein Wunder, dass Lucy sich wie eine Außenseiterin fühlte, armes Ding.«

Nancy warf einen Blick zur Wanduhr. »Ich muss los, denn ich muss vorher noch mit Charlie auf die Wiese. Du gehst wohl nachher zum Dorfplatz, um zu sehen, ob alles fürs Lichterfest bereit ist?«

»Richtig. Wir müssen die Lichterketten erst testen, um sicher zu sein, dass sie auch angehen werden und dass auch sonst alles in Ordnung ist. Aber warte einen Moment, ich mache dir rasch Frühstück.«

»Ach, Oma, ich kriege momentan ohnehin nichts runter.« Nancy war zu nervös, wegen heute Abend. Sie wollte sich nicht noch einmal in eine Lage bringen, in der sie sich verwundbar machte, wusste aber gleichzeitig, dass sie ihr Herz seitdem zu fest in der Hand hielt, dass sie niemanden mehr an sich heranließ, auch auf keine Verabredung mit einem Mann mehr eingelassen hatte. Aber das war kein Leben, nicht wirklich. Wieso musste alles so kompliziert sein? Sie beneidete Oma und Penelope, die beide ein perfektes Liebesleben erlebten, beziehungsweise erlebt hatten. Nancy wünschte, sie hätte ihren Liebsten auch schon im Sandkasten oder besser gesagt, in der Schule kennengelernt.

Und auf einmal dachte sie an Jonathan, und sie spürte, wie ihre Wangen heiß wurden. Er war ihr bester Freund, mehr war nicht zwischen ihnen, war es nie. Aber auch er unterstützte sie stets, auch wenn er ihr manchmal schrecklich auf den Wecker ging, wenn er sie triezte und aufzog oder sie von sich enttäuschte. Sie hoffte, es würde immer so bleiben. Sie sorgte sich immer noch wegen ihres Streits. Was würde er nur denken, wenn sie mit Richard erschiene?

»Du bist nicht allein, Nancy«, versicherte Oma. »Ich werde immer für dich da sein.«

Nancy lächelte. »Danke, Oma.« Sie beugte sich vor, und die beiden umarmten sich. Charlie kam bellend herbeigelaufen. Nancy musste lachen. »Ach ja, und dich haben wir natürlich auch lieb.« Sie beugte sich nach unten und wuschelte ihm das Fell.

23. Kapitel

»Dann bist du wohl bereit, ja?« Jane schenkte Nancy, die soeben die Küche betrat, ein liebevolles Lächeln. Es war schon fast sechs, gleich würde Richard hier sein. Jane aß den Rest Cottage Pie auf, der noch übrig war, dann musste sie zum Dorfanger, um bei der Baumzeremonie zu helfen. Charlie lag zu ihren Füßen und hielt ein Nickerchen, bevor es noch einmal nach draußen ging.

Nancy, in einem langen Wollrock, einem weichen grauen Pullover und Stiefeln, nickte, obwohl sie sich alles andere als sicher war, ob sie sich auf dieses Treffen einlassen wollte. »Ich denke, schon.« Plötzlich ertönte ein kurzes Hupsignal, und die beiden blickten sich an. Nancy holte tief Luft. »Okay, also ich gehe jetzt.« Sie hätte sich denken können, dass Richard eine Begegnung mit Jane vermeiden und nicht an die Tür kommen und klingeln würde. Sie setzte ein Lächeln auf. »Bis nachher dann, beim Anzünden der Lichter!« Am liebsten wäre sie bei Oma geblieben, zwang sich aber zu gehen.

»Bis nachher auf dem Anger, Liebes!«, rief Jane ihr noch nach. »Viel Spaß, ja?«

»Danke!« Nancy griff zu Mantel und Handtasche und verließ das Haus. Sie begann zu frieren, sobald sie hinaustrat. Der Winter war endgültig da, und es war gut, dass sie so viele Lagen trug, denn sie wusste, wie kalt einem während der Feier auf dem Dorfanger werden konnte. Richard sprang sogleich aus dem Auto, als er sie kommen sah, und hielt ihr die Beifahrertür auf. Nancy eilte über die Straße, wobei sie ihren Mantel zuknöpfte.

»Danke, dass du gekommen bist«, sagte Richard, während sie ins warme Wageninnere kletterte.

Nancy lächelte nur. Sie hoffte, dass sie nicht im Begriff war, einen schweren Fehler zu begehen. Richard setzte sich ans Steuer und fuhr los. Nancy hatte ihn gebeten, in einem Gastropub in Woodley einen Tisch zu reservieren. In den *White Swan* wollte sie nicht, da kannte sie jeder, und es würde Gerede geben, was sie vorläufig vermeiden wollte.

»Hast du's schon gehört?«, erkundigte sie sich und versuchte, sich ein wenig auf ihrem Sitz zu entspannen. »Das mit Will Roth?«

Richard nickte ernst. »Ja. In der Kanzlei haben sie gestern alle darüber geredet. Kaum zu glauben, dass man ihn tatsächlich verhaftet hat. Mir erschien er immer als der bodenständigste von den Roths, und wir sind immer gut miteinander ausgekommen.«

Nancy nickte. Sie war derselben Meinung, was Will betraf. »Ich hab nicht das Gefühl, dass er zu so was fähig wäre, ich war total geschockt. Und du? Glaubst du, dass er's gewesen sein könnte?«

Richard blickte kurz zu ihr hin. »Dass er Lucy nicht besonders mochte, wusste ich. Aber dass das ein Grund sein soll, sie gleich zu ermorden, wie die Polizei annimmt, ist absurd. Trotzdem werden sie wohl Gründe für die Verhaftung haben, oder? Vielleicht war er ja in sie verknallt oder sie hatten was miteinander?«

»Das dachte ich auch zuerst, aber jetzt, wo ich mit ihm geredet habe, bin ich anderer Meinung. Er hat sich Sorgen um seinen Bruder gemacht, war der Ansicht, sie sei nur hinter seinem Geld her.«

»Woher weißt du das?«

»Das hat er mir selbst erzählt. Marcus Roth hatte mich gebeten, die Hausbibliothek durchzusehen und ein paar Neuanschaffungen vorzuschlagen, aber das ist jetzt natürlich erst mal auf Eis gelegt. Und während ich dort war, habe ich mich mit Will unterhalten.« Nancy fiel etwas ein, womit Richard ihr vielleicht helfen konnte. »Hätten sie Grund zur Sorge gehabt? Die Roths? Wegen Lucy und weil sie möglicherweise nur hinter Harrys Geld her war? Ich meine, die besitzen doch ein Millionenvermögen, oder nicht?«

»Die Firma läuft sehr erfolgreich, außerdem verfügen sie über Erbkapital. Selbst wenn Lucy sich von Harry hätte scheiden lassen, hätte sie doch höchstens auf die Hälfte dessen Anspruch gehabt, was er besitzt. Und selbst dann hätte sie sich gegen die Familienanwälte durchsetzen müssen. Marcus verwaltet den Treuhandfonds der Familie, die Firma dagegen läuft separat – da sind die Roths lediglich

Aktionäre. Wie gesagt, sie haben fantastische Rechtsanwälte; mit denen möchte ich mich nicht anlegen.«

»Dann verstehe ich nicht, wieso sie getötet wurde.«

»Wieso interessiert dich das so?«

»Na ja …« Nancy überlegte kurz und entschied sich dann, ihm reinen Wein einzuschenken. Dann konnte sie auch gleich feststellen, ob er sie unterstützen würde oder nicht. »Oma und ich, wir haben mit Jonathan gewettet, dass wir den Mord noch vor der Polizei aufklären können. Ich weiß, das klingt lächerlich, aber das ist nicht der wahre Grund, warum wir das machen. Wir wollen einfach nicht, dass es noch jemanden in Dedley End gibt, der vergebens darauf wartet, dass ihm Gerechtigkeit widerfährt. Du weißt schon, nach allem, was mit meinem Dad passiert ist und so …« Sie schwieg verunsichert. Ob sie sich überhaupt richtig ausdrückte?

»Und ihr denkt, dass euch eure Krimi-Erfahrung dabei nützlich sein könnte?«

»Ich weiß, es klingt albern …«

»Albern nicht, aber ihr verfügt schließlich nicht über die Ressourcen der Polizei.«

»Aber wir dachten, mit uns wird die Familie vielleicht offener reden.«

Richard nickte. »Ja, das sehe ich ein.« Immerhin lachte er sie nicht aus, ein gutes Zeichen. »Habt ihr denn schon was rausgekriegt?«

»Ich kenne inzwischen alle Familienmitglieder, und ganz ehrlich, ich kann mir bei keinem vorstellen, dass er einen kaltblütigen Mord begehen könnte. Trotzdem. Einer in diesem Haus hat es getan.« Sie erzählte ihm alles, was sie bisher über Lucy herausgefunden hatten. »Die Polizei hat Will wegen dieses Streits festgenommen, den er und Lucy im Pub hatten. Aber er hat uns das Ganze erklärt, und ich neige dazu, ihm zu glauben. Wieso einen Streit in aller Öffentlichkeit riskieren, wenn man vorhat, denjenigen später zu ermorden?«

»Er muss sich doch selbst gedacht haben, dass es die Polizei früher oder später rauskriegt«, stimmte Richard Nancy zu. »Wie gesagt, ich respektiere ihn, ich bin der Meinung, dass er mehr Geschäftsmoral hat als die meisten in dieser Branche. Aber er könnte natürlich auch ein sehr guter Lügner sein.« Er bog ab und fuhr auf den Parkplatz vor der Gaststätte.

»Oder unschuldig.« Nancy seufzte. »Kanntest du sonst noch jemanden auf der Party? Die Polizei scheint vor allem die Familie im Visier zu haben, und Lucy selbst hatte offenbar niemanden eingeladen, keine alten Bekannten oder Verwandte, zum Beispiel, aber es waren immerhin ziemlich viele Leute dort. Vielleicht hat sich der Täter deshalb diese Veranstaltung ausgesucht, weil er oder sie sich danach wieder unerkannt unter die Gäste mischen konnte.« Nancy fragte sich unwillkürlich, ob sie einen Fehler machten, sich ausschließlich auf die Familie zu konzentrieren und andere Verdächtige außer Acht zu lassen.

»Ich hatte den Eindruck, dass Lucy hier in England kaum jemanden kennt. War überhaupt jemand auf der

Party, der sie gut genug kannte, um einen Grund zu haben, sie zu ermorden?« Richard stellte den Motor ab und sprang dann sogleich aus dem Wagen, ging um ihn herum und hielt Nancy galant die Tür auf. Nancy freute sich; Richard war schon immer ein Gentleman gewesen. Lächelnd stieg sie aus.

»Ich stimme dir zu, aber vielleicht war's ja eine Affekttat. Das könnte ich noch eher begreifen als einen kaltblütig geplanten Mord.« Nancy und Richard betraten das Pub. »Lucy ist für mich nach wie vor rätselhaft. Keiner weiß etwas über sie; vielleicht hatte sie etwas zu verbergen, das, wenn wir es nur wüssten, uns zu ihrem Killer führen könnte. Aber wie dahinterkommen?«, sinnierte Nancy.

»Wie gesagt, ich bin ihr nur einmal begegnet. Ich habe nicht lange genug mir ihr geredet, um dir da helfen zu können. Aber wenn ihr euch ihre Vergangenheit ansehen wollt, solltet ihr ein bisschen weiter ausgreifen als nur bis zur Roth Lodge. Wo hat sie gelebt, bevor sie hierherkam?«

Sie fanden ihren Tisch, der in einer lauschigen Ecke stand, unweit des Kamins, in dem ein warmes Holzfeuer flackerte.

Nancy hängte ihren Mantel über die Stuhllehne und dachte dabei über Richards Vorschlag nach. »Du, das ist gar keine so schlechte Idee. Wir wissen ja so gut wie nichts von ihr. Nur, dass sie in einer Bar in Paris gearbeitet hat, als sie Harry kennenlernte, dass die beiden innerhalb eines Monats geheiratet haben und wieder nach England zurückgekehrt sind.«

»Vielleicht weiß ja einer von den Roths mehr? Französin war sie nicht, oder?«

»Nein, sie war Engländerin«, bestätigte Nancy. Was Lucy vor Frankreich gemacht hatte, diese Frage hatte sich Nancy noch gar nicht gestellt, oder auch nur, wie lange sie bereits in Paris gewesen war, als sie Harry begegnete. »Das ist kein schlechter Gedanke. Mal sehen, was wir rauskriegen können.« Sie lächelte. Sie hatten sich ganz auf Roth Lodge konzentriert, aber vielleicht hatte Richard recht und die Antwort lag ganz woanders.

Richard winkte die Bedienung herbei und bestellte abermals eine Flasche Wein für sie beide. Sie machten ihre Essensbestellung, und als sie wieder unter sich waren, sagte Richard lächelnd: »Ich freue mich, dass wir das hier machen. Ich habe den Roths zu danken, dass wir beide zu dieser Party eingeladen waren, selbst wenn sie dann so tragisch enden musste.«

»Ich hätte nie gedacht, dass ich dich noch mal wiedersehen würde.«

»Ich persönlich halte es für Schicksal, dass wir Will Roth als Kunden gewonnen haben und mich das am Ende wieder zu dir geführt hat. Das Reden mit dir, das hat mir gefehlt. Als das mit uns zu Ende war, hatte ich das Gefühl, ein Teil von mir wäre verloren gegangen. Ich konnte mir gar nicht vorstellen, wie anders ein Leben ohne dich sein würde.«

Nancy starrte Richard verwundert an. »Im Ernst?« Damals hatte sie nämlich den Eindruck gehabt, dass er sich ohne jede Reue von ihr abgewandt hatte. Ihr dagegen war es sehr schwergefallen, von ihm loszukommen, und sie hatte seitdem Angst davor gehabt, erneut ihr Herz zu öffnen.

»Weißt du noch, dass wir oft stundenlang miteinander geredet haben? Ich wollte schon lange mal wieder mit dir reden.«

»Ja, das hat mir auch gefehlt«, meinte Nancy. Sie hatten sich manchmal ganze Nächte lang unterhalten, in Nancys kleinem Studentenzimmer, und sie hatte sich ihm damals so eng verbunden gefühlt. Seltsam, dass man einander so nahekommen konnte, um sich dann einfach zu trennen und diese tiefe Verbindung wieder zu kappen.

Nun wurde der Wein gebracht, und er schenkte jedem von ihnen kräftig ein, dann hob er sein Glas.

»Frohe Weihnachten, Nancy! Ich trinke darauf, dass du diesen Fall löst, und auch auf das Recht auf eine zweite Chance.« Richard schenkte ihr einen dieser lodernden Blicke, bei denen sie früher immer weiche Knie bekommen hatte.

»Prost, Richard«, antwortete sie und lächelte. Nancy war froh, dass sie mittlerweile älter und reifer war und nicht mehr so schnell weiche Knie bekam. Aber das alte Knistern war noch vorhanden, sie spürte es deutlich. Sie stießen miteinander an, und Nancy nahm erst einmal einen kräftigen Schluck, ehe sie weitersprach. »Dann erzähl doch mal von London. Wie lebst du dort? Und was hast du in den letzten fünf Jahren so gemacht?«

»Sind es wirklich schon fünf Jahre? Nicht zu fassen! Um ehrlich zu sein, ich habe überwiegend gearbeitet. Ich bin jetzt ein voll qualifizierter Steuerberater und bei einer großen Firma, mit vielen Klienten, angestellt. Die Arbeit ist nicht leicht, aber sehr interessant, finde ich. Ich wohne im Südwesten von London und teile mir die Wohnung mit einem Arbeitskollegen. Diese Gegend ist zwar furchtbar teuer, aber ich finde es da einfach toll«, erzählte Richard enthusiastisch. Ihr Essen wurde gebracht – Steak und Pommes für ihn, Lasagne und Knoblauchbrot für sie (Nancy wollte auf Nummer sicher gehen).

Nancy nickte. Sie selbst hatte keinerlei Interesse an so einem Leben, was er inzwischen wissen sollte. »Freut mich sehr für dich«, sagte sie. »Ich habe mich in den letzten Jahren mehrmals gefragt, wie's dir wohl geht und was du so machst.«

»Das freut mich zu hören, mir geht's genauso. Ich habe oft überlegt, ob ich mich nicht bei dir melden soll, habe aber gefürchtet, du würdest nichts mehr von mir wissen wollen.« Er griff über den Tisch und strich mit den Fingerspitzen sanft über Nancys Handrücken, was eine prompte Reaktion hervorrief, über die sich Nancy nicht bedenkenlos freuen konnte. »Es ist bestimmt nicht leicht für dich zu vergessen, wie idiotisch ich mich damals benommen habe, aber ich werde mir große Mühe geben, dir zu beweisen, dass ich mich seitdem geändert habe. Ich hätte nicht einfach davon ausgehen dürfen, dass du dir dasselbe Leben wünschst wie ich. Ich hätte besser zuhören müssen. Ich hätte kompromissbereiter sein sollen. Ich weiß, ich hab dir wehgetan, und ich bedaure das aufrichtig. Kannst du mir noch mal verzeihen?«

»Wir wollten damals eben unterschiedliche Dinge vom Leben, wir hatten unterschiedliche Träume. Ja, ich war verletzt, ich war gekränkt, und du hast mir anfangs sehr gefehlt – ich habe dich schließlich geliebt. Aber ich gehöre nun mal nach Dedley End und du nach London.«

»Und jetzt?«

Nancy zuckte mit den Schultern. »Ich weiß nicht.«

»Ich auch nicht, aber ich würde sehr gerne versuchen, es herauszufinden.« Er lächelte sie an, und Nancy spürte, wie sie ebenfalls lächeln musste. Sie wusste nicht, ob ein Neuanfang überhaupt möglich war, aber sie genoss das Zusammensein mit Richard, das ließ sich nicht bestreiten. »Gut, dann erzähl doch mal von diesem Lichterfest …«

Er gab sich Mühe. Er zeigte Interesse an ihrem Dorf, an den Gebräuchen, was er bisher noch nie getan hatte. Das war ermutigend. Während sie sich über ihr köstliches Essen hermachten, erzählte sie ihm von ihren Dorffesten, und es wurde ein viel schönerer Abend, als Nancy zunächst gedacht hatte.

24. Kapitel

Richard zögerte nicht, Nancy tatsächlich zur Baumzeremonie zu begleiten, er schien sich sogar darauf zu freuen, nach allem, was sie ihm darüber erzählt hatte. Er benahm sich auf jeden Fall anders als früher, als er nur die Nase gerümpft hatte über ihr ruhiges kleines Dorf, das Nancy so liebte. Sie freute sich über diese Veränderung und hoffte, sie würde anhalten. Sie stellten den Wagen vor Nancys Zuhause ab und machten sich zu Fuß auf den Weg zum Dorfanger. Sie gingen so dicht nebeneinander, dass sich ihre Schultern mehrmals berührten. Nancy war weit weniger kalt als befürchtet, was nicht nur am genossenen Wein lag, sondern vor allem an ihrem Begleiter – ihre Wangen glühten, und daran waren nicht nur der Alkohol und das prasselnde Kaminfeuer schuld.

Beim Näherkommen sahen sie, dass sich bereits viele Menschen auf der Wiese tummelten. Lichterketten waren auch in die Bäume gehängt worden, die den Anger umsäumten, und sie verbreiteten eine festliche, heimelige Atmosphäre. Viele Leute waren mit Laternen erschienen oder ließen Wunderkerzen sprühen, und es gab zwei Imbissstände, einen mit Glühwein, den anderen mit gerösteten Kastanien und Pfefferminzküchlein. Es roch herrlich adventlich.

»Da bist du ja!« Penelope schlang einen Arm um Nancys Taille, als diese gerade an ihr vorbeikam. An ihre andere Hand klammerte sich Kitty, ihre kleine Tochter, die in ihrem kleinen Dufflecoat richtig niedlich aussah. Nancy konnte sehen, wie die Freundin sie in der gedämpften Beleuchtung anstrahlte. »Komm, wir haben einen ganz tollen Platz ergattert!« Sie zog Nancy am Arm mit sich. Diese schaute sich hilflos nach Richard um, der ihr lachend folgte.

Penelope zog Nancy durchs Gedränge bis in die vorderste Reihe des weiten Kreises, der sich um den riesigen Baum gebildet hatte, und dorthin, wo Jane, mit Beagle Charlie an der Leine, bereits stand und sich die Hand an einem Becher Glühwein wärmte. Gloria und der Vikar standen neben ihr, und auch Jonathan war bereits da und biss herzhaft in ein Pfefferminzküchlein, seinen Mantelkragen hatte er zum Schutz vor dem eisigen Wind hochgeschlagen.

Als Penelope sich in die Lücke zwischen Jane und Jonathan schob, richteten sich aller Augen auf die Neuankömmlinge. Um ihre Verlegenheit zu kaschieren, beugte sich Nancy zunächst zu Charlie hinunter, der freudig mit dem Schwanz wedelte, und streichelte ihn kurz. Er beschnüffelte Richard interessiert, und dieser scheute sich nicht, ihn ebenfalls zu tätscheln.

»Hallo, allerseits«, sagte Nancy mit geheuchelter Munterkeit, wagte aber weiterhin nicht, Jonathan anzusehen. »Das ist Richard. Ich glaube, ihr kennt euch von der Verlobungsparty und, na ja, noch von früher. Aber ich stelle sicherheitshalber noch einmal alle vor.« Eine betretene Stille trat ein, in der Nancy ihre Namen nannte.

»Sie sind wohl zum ersten Mal bei unserer Baumzeremonie dabei, Richard?«, durchbrach die stets freundliche Gloria Williams die verlegene Stille.

»Ja, Nancy meint, das ist bei euch ein ganz besonderer Brauch.«

»Das stimmt. Er stammt aus dem achtzehnten Jahrhundert, so heißt es jedenfalls in der Dorfhistorie.«

»Warte, ich besorge uns einen Glühwein«, sagte Nancy und machte sich auf den Weg zu den Buden. Jemand folgte ihr. Nancy seufzte, als sie sah, um wen es sich handelte. Sie wappnete sich vorsichtshalber.

»Was soll das, Nancy? Wieso hast du nichts gesagt?«, zischte Jonathan sie an.

»Wir müssen uns nicht immer alles sagen«, entgegnete sie schroff, seine Worte trafen sie dennoch.

»Du hast es mir nicht gesagt, weil du weißt, was ich davon halte«, entgegnete er und reichte ihr einen Becher Glühwein.

»Na und? Muss ich dich etwa um Erlaubnis bitten, wenn ich jemanden zur Baumzeremonie mitbringen will?«, entgegnete sie und nahm selbst einen Becher für Richard, da Jonathan offenbar nicht dazu bereit war.

Er seufzte. »Blödsinn. Aber tu bitte nicht so, als ob du mir das nicht absichtlich verschwiegen hättest. Du weißt ganz genau, dass du mit dem Feuer spielst, deshalb wolltest du's auch nicht sagen.« Er nahm noch einen Becher für sich selbst und ging, kehrte aber nicht mehr zu ihrer Gruppe zurück, sondern gesellte sich zu ein paar Zeitungskollegen, wobei er ihr betont den Rücken zuwandte, während er seine Leute begrüßte.

»Das hätte besser laufen können«, murmelte Nancy betreten. Sie ging zurück zu ihrer Gruppe und gab Richard einen Becher. Um ihre Verwirrung zu überspielen, nahm sie einen Schluck heißen Glühwein und verbrühte sich prompt die Zunge. Wieso musste Jonathan so unvernünftig sein? Sie hätte seine Unterstützung gebrauchen können, wie es Penelope und Oma taten, aber nicht seinen Zorn. Trotzdem, er hatte nicht unrecht, das musste sie sich eingestehen, auch wenn sie verärgert war. Sie hatte ihm absichtlich verschwiegen, dass sie sich wieder mit Richard traf, weil sie genau wusste, dass er dagegen sein würde. Hieß das, Jonathan hatte recht, was Richard anging, oder hoffte sie einfach nur, dass er sich irrte?

»Ist alles in Ordnung?«, erkundigte sich Richard leise.

»Na klar«, schwindelte sie. Sie war noch nicht bereit, ihre Gefühle offenzulegen, sie standen ja erst seit Kurzem wieder in Kontakt. Sie warf einen Blick zu der Gruppe um Jonathan und spürte dabei eine ganz ungewohnte Distanz, was ihr gar nicht gefiel.

»Einen schönen guten Abend, allerseits!« Der Bürgermeister trat vor, und die Anwesenden stellten gehorsam ihre Unterhaltungen ein. »Ich bedanke mich bei allen, die heute Abend hier sind! Ich freue mich, dass es auch heuer wieder so viele sind. Dedley End hat ein paar sehr ungewöhnliche Tage hinter sich. Ich weiß, dass ihr euch Sorgen macht wegen der Dinge, die auf Roth Lodge geschehen sind. Aber ich kann euch versichern, dass die Polizei alles in ihren Kräften Stehende tut, und wir sollten uns unsere schöne Feier nicht verderben lassen, das würden auch die Roths nicht wollen, da bin ich mir sicher. Immerhin ist die Baumzeremonie eine feste Tradition in unserem Dorf, die weit zurückreicht. Nein, unsere Dorfgemeinschaft ist noch genauso stark und unverbrüchlich, wie sie es stets war!« Die tiefe, sonore Stimme des Bürgermeisters war bis in die letzten Reihen zu hören. Nancy warf unwillkürlich einen Blick zu Jonathan hinüber, der ebenfalls hersah, und er wirkte genauso skeptisch wie sie. Nein, so wie zuvor war es nicht mehr, aber das bestärkte Nancy nur noch mehr in ihrem Entschluss, herauszufinden, wer Lucy das angetan hatte. Der Bürgermeister hatte recht – diese Tat bedrohte ihre ganze Lebensart und das friedliche Miteinander in ihrem Heimatdorf, das sie so liebte und in dem sie immer gelebt hatte. Jemand musste etwas tun, um diese Bedrohung zu beseitigen. Und das würde sie sein.

»Genug geredet! Lasst uns auch heuer den Dorfanger zum Strahlen bringen!« Er begann mit einem Countdown, und die Kinder fielen begeistert mit ein. Nancy warf einen verstohlenen Blick zu Richard, der gut gelaunt mitzählte.

Nie hätte sie sich vorstellen können, dass er heute Abend an ihrer Seite stehen würde.

Sie sahen zu, wie der Bürgermeister den Schalter umlegte und der Baum plötzlich in goldenem Licht erstrahlte. Es gab begeisterte Rufe und Pfiffe und Applaus, und alle starrten ehrfürchtig zu dem großen Baum hinauf. *Es spielt keine Rolle, was gerade in der Welt geschieht*, dachte Nancy, *es gibt immer eine Gelegenheit für ein kleines Wunder.*

Der Kirchenchor stimmte ein Weihnachtslied an, und ihre Stimmen schallten über die weitläufige Dorfwiese und bis hinauf in den Sternenhimmel.

Richard schlang einen Arm um Nancys Taille, und sie konnte nicht anders, als sich an seinen warmen, starken Körper zu schmiegen und ebenfalls mit in das Lied einzustimmen. Licht war stärker als Dunkelheit, und das würde so bleiben, komme, was wolle.

*

Nachdem der Chor mit seinem Vortrag von Weihnachtsliedern und Chorälen fertig war, begann sich die Versammlung aufzulösen, man machte sich auf die Suche nach dem warmen Pub oder dem gemütlichen Zuhause.

»Gut, gehen wir heim«, schlug Jane vor, nachdem sie sich von allen verabschiedet hatten. Jonathan wollte noch ins Pub, und Penelope brachte ihr übermüdetes Töchterchen nach Hause. Richard nahm Nancy bei der Hand, während sie den Anger überquerten, und Beagle Charlie rannte voller Freude über diesen verlängerten nächtlichen Ausgang neben ihnen her. Alle waren nach diesem stimmungsvollen Abend guter Laune.

»Was für eine schöne Nacht«, schwärmte Jane. Sie blickte zum Himmel, dorthin, wo die natürlichen Lichterketten strahlten.

»Ich liebe diese Jahreszeit«, meinte auch Nancy. In der Weihnachtszeit war das Dorf immer besonders hübsch, wenn es sich festlich herausputzte. Es war unmöglich, sich nicht von dieser ganz besonderen Stimmung anstecken zu lassen.

»Du müsstest dir mal die Lichter in London ansehen«, meinte Richard, »das würde dir gefallen.«

»Ich hab sie nicht mehr gesehen, seit ich klein war«, gestand Nancy. Ja, gefallen würde ihr das schon, aber es erschien ihr derzeit als zu großer Schritt, Richard dort aufzusuchen. Ausgerechnet der Ort, der Grund für ihre Trennung gewesen war. Bei der Erwähnung von London musste sie unwillkürlich an Will Roth denken. »Wie es Will wohl bei der Polizei ergeht? Ob sie ihn anklagen werden?«

»Doch wohl kaum!«, entgegnete Jane. »Aber wir stecken irgendwie in der Sackgasse. Wir haben keine Ahnung, wer es gewesen sein könnte, wenn Will es nicht war.«

»Und Marcus Roth will nicht mehr, dass ich an der Hausbibliothek arbeite.«

»Umso besser. Mir ist gar nicht wohl bei dem Gedanken, dass du dich in einem Haus aufhältst, in dem jemand dazu fähig ist, einen Mitmenschen zu ermorden«, bemerkte Richard.

Es gefiel Nancy, dass er das Bedürfnis zu haben schien, sie zu beschützen. »Aber das heißt leider auch, dass ich keine Ahnung habe, wie ich mehr über Lucys Vergangenheit herausfinden kann, so wie du vorgeschlagen hast.«

»Warten wir erst mal ab, wie das mit Will ausgeht. Lange können sie ihn nicht mehr festhalten, ohne Anklage zu erheben.«

In diesem Moment erreichten sie ihr Cottage, in dessen Fenstern ein warmes, heimeliges Licht brannte.

»Gut, also ich bin jedenfalls bettreif.« Jane schloss auf und ließ Charlie von der Leine. Er schoss sofort hinein in die Diele und lief stracks zu seinem Hundebettchen. »Gute Nacht, ihr zwei.« Und schon war Jane im Haus verschwunden und hatte die Tür hinter sich zugezogen. Offenbar wollte sie nicht stören.

Nancy verharrte nervös auf der Schwelle. Sie wünschte, Oma wäre nicht gar so rücksichtsvoll. Sie blickte im schwachen Lichtschein zu Richard auf und konnte nicht umhin, den zärtlichen Ausdruck zu bemerken, mit dem er sie betrachtete. »Ich danke dir, das war ein wirklich schöner Abend«, sagte sie, und es war die reine Wahrheit.

»Ich meine, was ich sage, Nancy, ich möchte die Fehler der Vergangenheit rückgängig machen.« Er trat einen Schritt näher. »Willst du mich nicht doch in London besuchen kommen, was meinst du? Ich würde dir so gerne die Lichter zeigen.«

Nancy blickte in Richards Augen und wusste nicht, was sie sagen sollte. Bei ihm in London zu übernachten, käme viel zu früh und ginge außerdem zu weit. Aber das weihnachtlich herausgeputzte London würde sie sich sehr gerne wieder einmal ansehen.

Er schien Nancys Unschlüssigkeit zu spüren. »Überleg es dir, ja? Aber ich hoffe sehr, dass du Ja sagst.« Er beugte sich ein wenig vor, und Nancy stockte unwillkürlich der Atem. Würde er sie jetzt küssen? Doch im letzten Moment drehte er den Kopf zur Seite und gab ihr lediglich einen Kuss auf die Wange.

Nancy schmunzelte, es gefiel ihr, dass er nichts überstürzte. Sie brauchte mehr Zeit und war ihm dankbar, dass er das zu spüren schien.

»Du wirst mir fehlen«, sagte er, dann wandte er sich ab und schritt langsam zu seinem Wagen zurück. Sie blickte ihm nach, und er drehte sich noch einmal um und winkte ihr zu. Ob sie ihn auch vermissen würde?

Irgendwie hoffte sie das sogar.

25. Kapitel

Kaum dass Nancy am Montagmorgen ein wenig früher als gewöhnlich die Buchhandlung betrat, klingelte das Telefon. Sie hatte vor der Öffnungszeit noch ein paar Dinge im Laden erledigen wollen. Wer konnte das sein? Wer hatte schon um diese Zeit ein so dringendes Buchproblem? »Hallo?«, stieß sie ein wenig atemlos hervor.

»Miss Hunter?«

»Am Apparat.«

»Ah, gut. Ich bin Charles Edwards, ich vertrete Will Roth.«

»Ach.« Nancy war vollkommen überrascht.

»Mr. Roth wird heute Vormittag aus dem Polizeigewahrsam entlassen und wollte Sie bitten, ob Sie ihn nicht vom Revier in Woodley abholen könnten. Er müsste ein paar Dinge mit Ihnen besprechen und wollte Sie wohl auch um Ihre Hilfe bitten.«

»Ach.« Nancy wusste selbst nicht, wieso sie nichts anderes als »ach« hervorbrachte, aber sie war vollkommen perplex. Will Roth wollte, dass sie ihn abholen kam? Wieso nicht einer von der Familie? Sicher wollte er mit ihr über

Lucy reden! Diese Gelegenheit durfte sie sich nicht entgehen lassen. »Ja, sicher, das mache ich gerne.« Und da man ihn entließ, bedeutete das wohl, dass er nicht der Mörder sein konnte. Nancy legte auf, nachdem sie eine Zeit vereinbart hatten. Gleich darauf fischte sie ihr Handy heraus und schickte Jonathan, der wahrscheinlich noch schlief, eine Nachricht, die er lesen konnte, wenn er aufwachte. Sie bat ihn darin, sie, sobald er konnte, abzuholen. Dann musste sie sich an den Schreibtisch lehnen, denn sie hatte ganz zittrige Knie. Was für eine Entwicklung! All diese Wendungen, sie kam kaum noch mit. Aber dann schmunzelte sie, denn sie fühlte sich ermutigt. Sie war der Wahrheit doch noch auf der Spur. »Wir geben nicht auf, Lucy«, versprach sie.

*

Eine Stunde später waren Nancy und Jonathan auf dem Weg zum Polizeirevier. Den Buchladen übernahm, Gott sei Dank, Jane, die sich auch um Charlie kümmern würde. Sie fuhren durch Dedley Ends High Street und dann die gewundene Landstraße hinauf nach Woodley, wo sich das zentrale Polizeirevier befand, das auch für die umliegenden Dörfer zuständig war. Die Landstraße war kurvenreich und unübersichtlich, und Nancy war immer nervös, wenn sie auf dieser Strecke unterwegs war, da sich hier auch die Stelle befand, wo ihr Vater umgekommen war. Deshalb hatte sie auch nie den Führerschein machen wollen, und selbst auf dem Beifahrersitz fühlte sie sich nie recht wohl, aber dieses Teilstück war natürlich am schlimmsten. Glücklicherweise waren, so früh an einem kalten Wintertag wie diesem, kaum Autos unterwegs.

»Was glaubst du, worüber Will Roth wohl mit mir reden will?«, unterbrach Nancy die Stille. Sie hasste es, wenn Jonathan und sie Streit hatten; er gehörte ja praktisch zur Familie. Zum Glück kam das nur selten vor und dauerte auch nie lange, weil sie sich schon so lange kannten und beide eher friedfertige Naturen waren. Nancy hoffte, dass auch diese Missstimmung bald vorüber sein würde.

»Keine Ahnung.« Jonathan warf einen kurzen Blick auf Nancy. »Wenn du recht hast und er wirklich unschuldig ist, dann hat er vielleicht selbst eine Vermutung, wer es gewesen sein könnte. Man merkt, dass du sein Vertrauen gewonnen hast. Was gut ist, wenn wir dieser Sache wirklich auf den Grund gehen wollen.«

Sie lächelte. »Einer Buchhändlerin vertraut man wohl auch eher als einem Zeitungsjournalisten.«

»Ach, ich glaube, das liegt mehr an dir als an deiner Tätigkeit.« Er seufzte. »Wegen gestern …«

»Du hast recht, ich sollte die Finger von deinem Liebesleben lassen«, unterbrach ihn Nancy hastig. »Es geht mich ja nichts an.«

»Hast du gerade ›die Finger von meinem Liebesleben lassen‹ gesagt? Das mit meinem *Liebesleben* ist hoffentlich kein Euphemismus?«, neckte er sie mit anzüglich hochgezogener Augenbraue.

Nancy war erleichtert, dass er bereits wieder Witze machen konnte. »Nicht einmischen, wenn dir das lieber ist. Und es stimmt, ich hätte sagen sollen, dass ich Richard zur Baumzeremonie mitbringe.«

Jonathan konzentrierte sich auf die Straße. »Wie du sagst, es geht mich nichts an. Ich will einfach verhindern, dass man dir noch mal so wehtut, das ist alles.«

»Ich weiß.« Nachdem Nancy einen Augenblick verlegen aus dem Beifahrerfenster geblickt hatte, fügte sie leise hinzu: »Wir sind nicht wieder zusammen oder so. Falls du das geglaubt hast.« Sie warf einen Blick zu ihm hin, doch seine Miene war undurchdringlich. Er konnte manchmal ein richtiges Pokerface machen.

»Aber er möchte schon, was?«, erkundigte sich Jonathan scheinbar ruhig.

Nancy nickte. »Ja«, flüsterte sie. Lauter fuhr sie fort: »Immerhin hat er mir einen guten Tipp gegeben, was unseren Fall betrifft.« Zurück auf sicheren Boden, das war besser. Nancy erzählte Jonathan von Richards Vorschlag, Lucys Vorleben genauer unter die Lupe zu nehmen. »Wie wir das machen sollen, weiß ich allerdings nicht, da sie in den sozialen Medien offenbar unauffindbar ist. Aber vielleicht hat Will etwas zu sagen? Es könnte doch hilfreich sein, herauszukriegen, was sie gemacht hat, bevor sie nach Frankreich ging?«

»Wir können ihn ja mal fragen.«

Jonathan und Nancy lächelten einander an. Die Gewitterwolken hatten sich wieder verzogen.

Nun erreichten sie Woodley, ein malerisches kleines

Städtchen mit Kopfsteinpflaster und gemütlichen Pubs. Das Polizeirevier befand sich in einem schönen alten Natursteinhaus, mitten im Ortszentrum. Jonathan parkte gegenüber, auf der anderen Straßenseite. Beim Aussteigen erblickten sie zufällig DCI Brown, der gemessenen Schritts auf die Polizeistation zuhielt. Er bemerkte sie ebenfalls und blieb stehen.

»Ich scheine Ihnen ständig über den Weg zu laufen«, bemerkte er, an Nancy gewandt. »Bei Will Roths Verhaftung waren Sie doch ebenfalls im Haus.« Und zu Jonathan sagte er: »Und Ihnen habe ich doch schon mehrmals gesagt, dass ich vorläufig keine Presseerklärung mehr zu dem Fall abgebe.«

»Wir sind hier, um Will Roth abzuholen«, erläuterte Nancy. »Er wird heute entlassen, das stimmt doch?«

DCI Browns Miene wirkte verärgert. »Vorläufig, ja. Er wird in Kürze herauskommen.« Er hielt noch einmal inne, ehe er weiterging, und sagte streng: »Falls Sie weitere Informationen zu dem Fall haben, werden Sie sich doch bei uns melden, nicht wahr?«

»Selbstverständlich, Brown, Sie können sich ganz auf uns verlassen«, erwiderte Jonathan munter. Dann warf er Nancy einen Blick zu, als wolle er sagen: »Von wegen!«

Der DCI verschwand kopfschüttelnd im Revier.

Wenige Minuten später kam Will Roth herausgeschlurft und schaute blinzelnd ins milchige Tageslicht. Nancy winkte ihm zu, und er kam sogleich herbei. »Miss Hunter.« Ihm schien ein Stein vom Herzen zu fallen.

»Sagen Sie doch bitte Nancy zu mir, das ist doch jetzt wohl angebracht«, meinte sie lächelnd.

»Nancy, ja, ich danke Ihnen. Gott, was bin ich froh, wieder draußen zu sein.«

»Dann hat man also keine Anklage erhoben?«

Er schüttelte den Kopf. »Ich hab's nicht getan, das hatte ich Ihnen doch schon gesagt. Können wir irgendwo reden? Wo ich mich vielleicht auch ein bisschen frisch machen kann? Ich muss erst mal zu Atem kommen, bevor ich auch nur daran denke, wieder zu Hause aufzutauchen.« Mit einem Blick auf Jonathan meinte er: »Wenn wir das bitte inoffiziell handhaben könnten?«

Nancy und Jonathan wechselten einen faszinierten Blick. »Selbstverständlich«, versicherte Nancy. »Jonathan hat mich nur hergefahren, weil ich selbst keinen Führerschein besitze«, erklärte sie.

»Wir wollen nur helfen herauszufinden, wer das getan hat«, fügte Jonathan hinzu.

Will musterte Jonathan prüfend und nickte dann. »Also gut.«

»Wir können zu mir nach Hause fahren«, bot Nancy ihm an. Will wirkte ungewöhnlich zerknittert. Aber er hatte schließlich zwei Tage in einer Arrestzelle verbracht. »Bestimmt haben Sie auch Hunger. Kommen Sie.«

»Danke, das ist wirklich nett«, entgegnete er höflich. Sie stiegen ins Auto und machten sich auf die Rückfahrt nach Dedley End und zu Nancy nach Hause.

Sie fuhren eine Weile schweigend, dann hielt Nancy es

nicht länger aus und drehte sich auf ihrem Sitz zu Will um. Er blickte trübe aus dem Fenster, war bleich und unrasiert, und seine Miene verriet, dass der Aufenthalt ein Trauma für ihn gewesen sein musste. »Wie fühlen Sie sich? War es sehr schlimm, Will?«

»Schon beängstigend, um ehrlich zu sein. Obwohl ich natürlich wusste, dass ich unschuldig bin. Irgendwie hatte ich ständig Angst, dass man mir nicht glauben könnte. Aber Edwards ist ein guter Mann, er hat dafür gesorgt, dass sie mein Alibi überprüfen und mich, sobald sie das hatten, wieder gehen lassen. Ich hätte gar keine Zeit gehabt, den Mord zu begehen. Und ein Motiv auch nicht. Aber das schien ihnen egal zu sein. Ständig haben sie auf dieser blöden Auseinandersetzung im Pub herumgehackt. Die greifen nach jedem Strohhalm, nehme ich an.«

Nancy war verwirrt. »Dann hatten Sie also von vorneherein ein Alibi?« Wieso hatte er das nicht gleich gesagt? Sie wusste noch, wie er sie auf der Party vor der Bibliothek stehen gelassen hatte; bestimmt war die Polizei davon ausgegangen, dass er genügend Zeit gehabt hatte, Lucy nach oben zu folgen.

Will seufzte. »Ich habe zunächst nichts gesagt, weil ich nicht wollte, dass es die Familie erfährt. Dass es so weit kommen würde, wäre mir nicht mal im Traum eingefallen. Ich hätte nie geglaubt, dass mich meine eigene Familie für fähig hält, eine solche Tat zu begehen. Deshalb wollte ich auch erst einmal mit Ihnen sprechen, Nancy. Ich wollte Sie bitten, mich zu begleiten, wenn ich versuche, mit Harry zu reden und ihm klarzumachen, dass ich nichts damit zu tun habe.«

»Das mache ich gerne«, erklärte sich Nancy bereit. »Aber was sollten sie denn nicht erfahren, Ihre Familie, meine ich?«

Aber sie waren zu Hause angekommen, stiegen aus dem Wagen, und Nancy schloss die Eingangstür auf. Dann führte sie Will zunächst einmal hinauf ins Bad, suchte ein frisches Handtuch heraus, Einwegrasierer und Zahnbürste, und ein frisches T-Shirt, von Jonathan zurückgelassen, als er wieder einmal auf dem Sofa übernachtet hatte, weil er wegen ein paar Gin Tonics zu viel nicht mehr ins Auto hatte steigen wollen. Sie erklärte Will, er solle in die Küche runterkommen, wenn er fertig sei. Dann ging sie hinunter zu Jonathan, der in der Diele wartete, und zusammen betraten sie die Küche. Nancy setzte Tee auf und machte sich daran, Will Rühreier und Toast zum Frühstück zu machen.

»Wenn er tatsächlich ein Alibi hat, dann stehen wir wieder am Anfang.« Jonathan setzte sich mit seiner Teetasse an den Küchentisch.

»Vielleicht weiß er ja mehr, als er bisher verraten wollte.«

»Hoffentlich.«

Als Will wenig später wieder herunterkam, sah er merklich besser aus. Nancy versorgte ihn mit Tee und einem kräftigen Frühstück. »Ich weiß gar nicht, wie ich Ihnen danken soll«, sagte er und machte sich heißhungrig über das Essen her. »Ich brauche einfach eine kurze Atempause, bevor ich der Familie gegenübertrete.«

»Aber warum, Will?«, erkundigte sich Nancy. Sie kannte die Roths zwar inzwischen ein wenig besser und wusste, dass es nicht einfach war, mit dieser Familie auszukommen, aber Wills Entlassung war doch ganz bestimmt eine gute Nachricht?

Will nahm erst mal einen kräftigen Schluck Tee. »Es ist zwar heutzutage keine große Sache mehr, man muss sich deswegen nicht mehr verstecken, jedenfalls nicht in diesem Land, und ich wünschte ja auch, ich hätte es anders gemacht, aber … na ja, meine Familie, Sie kennen sie inzwischen ein wenig, Nancy, Sie wissen, wie sie sind. Wenn Großvater es erfährt, wird er nicht gerade begeistert sein. Ja, und deshalb habe ich nie was gesagt, und jetzt sehen wir, wo das hinführt.« Er fuhr sich nervös mit den Fingern durch die Haare, und sein Blick huschte unwillkürlich zu Jonathan hin. »Ich bin jetzt bereit, die Wahrheit zu sagen, aber es wäre mir doch lieber, wenn das hier nicht in der Zeitung landen würde. Es ist was … sehr Persönliches.«

»Sie haben mein Wort«, versprach Jonathan. »Wenn wir von Ihrer Entlassung berichten, werden wir lediglich schreiben, dass Sie laut Polizei ein Alibi haben.«

Er nickte und wandte sich wieder an Nancy. »Auf der Feier, als ich von Ihnen weggegangen bin, und in der Zeit, in der die Polizei glaubt, dass ich Lucy getötet habe, habe ich mich in Wirklichkeit mit jemandem getroffen. Mit jemandem, der mir sehr am Herzen liegt.« Will wirkte auf einmal sehr verletzlich, keine Spur mehr von dem frechen, selbstbewussten, charmanten Will Roth, wie ihn

Nancy auf der Party kennengelernt hatte. »Mein Lebensgefährte.«

»Ach.« Das musste Nancy erst mal sacken lassen. »Und Ihre Familie weiß nichts davon?«

»Na ja, nur Harry. Er hat mich und Rupert mal zusammen gesehen, in London, bevor er nach Frankreich ging. Das hat wohl zur Abkühlung unseres Verhältnisses beigetragen. Er war gekränkt, weil ich ihn nicht ins Vertrauen gezogen hatte, weil ich es ihm verschwiegen habe. Ich kann's verstehen. Ich war ein Feigling, ein absoluter Feigling. Anstatt es von den Dächern zu schreien, habe ich Rupert vor meiner Familie versteckt, und der Arme hat das jahrelang geduldig ertragen.« Will konnte nur den Kopf schütteln. »Ich war ein Schwächling, aber das wird sich jetzt ändern.«

»Dann hat die Polizei wohl mit Rupert gesprochen?«, erkundigte sich Jonathan.

»Ja, er hat bestätigt, dass wir zur Tatzeit in der Besenkammer waren. Ein Klassiker, ich weiß.« Er verzog das Gesicht. »Aber das war nun mal der einzige Raum, bei dem ich mir sicher sein konnte, dass sich keiner dorthin verirrt. Wir haben beruflich miteinander zu tun, deshalb stand er auf der Gästeliste. Ich wollte einfach nur ein paar Minuten mit ihm allein sein. Und deshalb hätte ich gar keine Zeit gehabt, nach oben zu gehen und Lucy zu verfolgen.«

»Sie hätten das gleich sagen müssen«, meinte Nancy. Aber sie war erleichtert, denn sie mochte Will. Sie fand es traurig, dass er glaubte, einen so wichtigen Teil seiner selbst vor seiner Familie verbergen zu müssen. Nicht zum ersten Mal kam Nancy der Gedanke, dass das viele Geld es den Bewohnern von Roth Lodge nicht gerade leichter machte. Wenn überhaupt, dann eher schwerer.

»Ich weiß.« Er ließ den Kopf hängen. »Wenn ich doch nur von Anfang an ehrlich gewesen wäre, dann hätte die Polizei nicht mit mir ihre Zeit verschwenden müssen, anstatt den wahren Mörder zu suchen. Ich fühle mich deswegen schrecklich.«

»Was glauben Sie denn, wer es gewesen sein könnte, Will?«, lenkte Jonathan das Gespräch wieder ins richtige Gleis.

»Im Ernst, ich weiß es nicht. Aber Harry muss erfahren, dass ich es nicht gewesen bin. Ich wollte doch nur helfen, als ich mich mit Lucy im Pub traf. Ich wollte sichergehen, dass sie ihn wirklich liebt. Aber ich hätte meine Nase nicht in ihre Angelegenheiten stecken sollen. Wie komme ich dazu? Noch dazu, wenn man sich mein eigenes Liebesleben ansieht.« Er schüttelte den Kopf. »Was glauben Sie, Nancy? Haben Sie eine Ahnung, wer's gewesen sein könnte?«

»Ganz ehrlich? Ich ändere ständig meine Meinung, was das betrifft«, antwortete sie. »Aber ich möchte es gerne herausfinden.«

Er nickte. »Ja, versuchen Sie's. Von diesem Brown halte ich nicht viel, mal ganz unter uns.«

»Vielleicht hat es etwas mit Lucys Vergangenheit zu tun. Können Sie uns irgendwas über sie erzählen, was uns helfen könnte? Über ihr Leben in Frankreich, zum Beispiel?«

Will runzelte nachdenklich die Stirn. »Nein, nicht wirklich. Aber sie war noch nicht lange dort, als sie sich kennenlernten, hat Harry mir erzählt. Davor hat sie in London gelebt. In einer WG mit einer Freundin, glaube ich. Es ist mal ein Brief für sie gekommen.«

Nancys Augen leuchteten auf. Wenn Lucy einen Brief bekommen hatte, könnte sie vielleicht ihre alte Adresse herausfinden und erfahren, wer Lucy Roth wirklich gewesen war. Und sie wusste auch schon, wer ihr dabei helfen konnte. »Wir kriegen das schon raus, keine Sorge.« Nancy und Jonathan tauschten einen Blick, er nickte zustimmend. Aufgeben kam nicht infrage.

»Und Sie kommen mit, wenn ich es Harry sage? Denn sonst weiß ich nicht, ob er mir zuhören würde.«

»Ja, natürlich, gern. Aber haben Sie denn sonst niemanden, Will?« Nancy musste das einfach fragen.

Er schüttelte den Kopf. »Sie haben ja selbst gesehen, wie es auf Roth Lodge ist, deshalb komme ich auch nur selten nach Hause. Mein Zuhause ist London, hier habe ich niemanden.«

War ihm denn gar nicht klar, wie viel er und Lucy gemeinsam gehabt hatten? Wenn Will doch nur versucht hätte, Lucy besser kennenzulernen, anstatt sich dem Vorbild der Familie anzuschließen und ihr die kalte Schulter zu zeigen. Vielleicht wären dann beide weniger einsam gewesen in diesem großen Haus. »Jetzt schon, Will«, entgegnete Nancy entschlossen. Mit Lucy konnte sie sich ja leider nicht mehr anfreunden, da wollte sie zumindest Will helfen, wenn sie konnte. Selbst wenn das bedeutete, dieses Haus noch einmal betreten zu müssen.

»Danke, Nancy.« Will betrachtete Nancy einen Moment lang. »Ging es Ihnen eigentlich je wirklich um unsere Bibliothek?«

Nancy musste schmunzeln. »Ich bin immerhin Buchhändlerin.«

»Aber nicht so wie andere.«

»Woher wollen Sie das wissen? Kennen Sie denn überhaupt irgendwelche Buchhändler?«, warf Jonathan mit hochgezogener Braue ein.

Will grinste, und sein alter Charme blitzte auf. »Gut gebrüllt, Löwe.«

26. Kapitel

Als Will mit dem Frühstück fertig war, bekam er einen Anruf von Rupert und zog sich zum Telefonieren ins Wohnzimmer zurück. Nancy und Jonathan blieben am Küchentisch sitzen und tauschten sich mit gedämpften Stimmen aus.

»Mannomann, nicht zu glauben, dass Will das jahrelang geheim gehalten hat«, staunte Jonathan.

»Ich weiß! Kein Wunder, dass Harry und Will sich nicht mehr so gut vertragen. Man kann es Harry kaum vorwerfen, dass er sauer ist, weil Will ihm nichts von Rupert erzählt hat. Und als die Polizei dann Will mitgenommen hat, hat Harry wahrscheinlich nicht gewusst, was er davon halten soll, denn Will hat ihn früher schon mal angelogen. Kann ich echt verstehen. Obwohl, Mord ist schon was anderes. Aber Harry ist außer sich vor Kummer.«

»Aber wer hat's dann getan?« Jonathan trommelte frustriert mit den Fingern auf die Tischplatte. »Der Täter muss sich inzwischen ganz schön sicher fühlen, denn so wie's aussieht, kommt er oder sie mit einem Mord davon. Allmählich glaube ich, dass weder wir noch die Polizei ihn je schnappen werden.«

Aber Nancy schüttelte den Kopf. »Irgendwie wird er sich verraten, anders kann ich's mir nicht vorstellen. Es muss einen Grund geben, warum Lucy umgebracht worden ist. Und sobald wir den herausfinden, werden wir wissen, wer es getan hat. Wenn wir rausfinden könnten, wo sie in London gelebt hat, könnte ich mal ein bisschen dort herumschnüffeln.« Sie zögerte. »Richard könnte mir helfen.«

»Richard?« Jonathans Miene blieb betont neutral, sodass Nancy nicht hätte sagen können, was er dachte.

»Er hat bereits erwähnt, dass ich ihn doch mal in London besuchen kommen soll, er will mir die Lichter der Großstadt zeigen, weißt du«, gestand sie mit leiser, verlegener Stimme. »Und da könnte ich versuchen, etwas über Lucys Vergangenheit herauszufinden. Im Moment ist das unser einziger Anhaltspunkt, was meinst du?«

Jonathan wirkte alles andere als glücklich.

»Er ist auf all meine Fragen eingegangen, er hat sogar geholfen, soweit er kann. Er kennt die Roths und, was noch wichtiger ist, er kennt sich gut in London aus und kann mir deshalb bei meiner Suche helfen.«

Jonathan seufzte. »Mag sein. Aber ich mache mir nun mal Sorgen um dich, Nancy.«

»Das brauchst du nicht«, beruhigte sie ihn. »Ich werde also versuchen, Lucys alte Anschrift herauszukriegen, wenn ich Will jetzt gleich nach Roth Lodge begleite, und wenn ich dann in London bin, kann ich ihre alte Wohnung aufsuchen und sehen, ob ich was über sie herausfinde. Ich glaube, das ist das einzig Richtige«, erklärte Nancy mit fester Stimme. Es war überhaupt das Einzige, was ihnen im Moment noch zu tun blieb, und sie würde sich nicht von Jonathan davon abbringen lassen.

Dieser schien das zu spüren, denn nach einer Pause sagte er: »Also gut. Aber pass auf, dass von den Roths keiner mitkriegt, dass wir auch hinter der Sache her sind. Will weiß es jetzt natürlich, aber er ist unschuldig. Einer von denen muss es getan haben, deshalb dürfen sie nicht wissen, dass du nach London fahren willst, um mehr über Lucys Vergangenheit herauszufinden. Sie könnten sonst versuchen, etwas zu verbergen, was hilfreich sein könnte.«

»Ich werde nichts verraten.«

»Der oder die Täterin könnte nervös werden, wenn er oder sie merkt, dass man Will wieder entlassen hat. Und nervöse Menschen sind unberechenbar.«

Als Nancy das hörte, überlief sie unwillkürlich ein Schauder. »Keine Sorge, ich bin dort lediglich als Wills Beistand, sozusagen. Es gibt in diesem Haus jetzt nur noch eine Person, die mir helfen kann; hoffentlich gelingt es mir, Natalie irgendwie allein zu sprechen.«

In diesem Moment kehrte Will zurück, die Lippen grimmig zusammengepresst. »Also gut, machen wir uns auf den Weg.«

Jonathan fuhr sie zu dem Anwesen, blieb aber im Auto, um auf Nancy zu warten. Sie war froh, ihn in der Nähe zu wissen, nur für den Fall. Außerdem sah es stark nach Regen aus, da wollte sie nicht unbedingt zu Fuß zum Buchladen zurückgehen müssen. Will war ganz blass, als er seinen

Schlüssel ins Haustürschloss schob. Nancy ergriff kurz seine Hand und drückte sie aufmunternd. Er lächelte dankbar.

»Sir, Miss Hunter«, sagte Butler Frank, der in der Eingangshalle erschien, als er hörte, wie jemand das Haus betrat. »Alles in Ordnung?«

Will nickte. »Sie haben mich wieder gehen lassen, Frank. Wir möchten gerne mit Harry sprechen. Würden Sie ihn bitten, in die Bibliothek zu kommen? Aber sagen Sie ihm nur, dass Nancy hier sei, mich erwähnen Sie bitte nicht, sonst macht er sich womöglich aus dem Staub.« Will stakste mit ausgreifenden Schritten auf die Bibliothek zu. Nancy schenkte Frank ein entschuldigendes Lächeln und eilte Will hinterher. Sie selbst könnte sich nie daran gewöhnen, einen Butler zu haben, aber wenn doch, dann würde sie ihn hoffentlich höflicher behandeln, als Frank von den Roths behandelt wurde.

»Sehr wohl, Sir«, sagte Frank, an ihre entschwindenden Rücken gewandt, und ging dann, um pflichtschuldigst Harry ausfindig zu machen.

In der Bibliothek fühlte sich Nancy gleich ein wenig wohler, fast als sei das jetzt ihr Revier. Sie ließ sich auf eine Sesselkante sinken, doch Will lief nervös im Zimmer auf und ab. Im Kamin knackte und prasselte ein Feuer, dessen Wärme an diesem kalten Tag wirklich guttat. Nichts Schlimmes konnte in einem Raum geschehen, in dem ein warmes Kaminfeuer brannte, fand zumindest Nancy.

Kurz darauf erschien Harry. Er runzelte beim Hereinkommen die Stirn, offenbar fragte er sich, was Nancy wohl von ihm wollen könne. Er schien, ebenso wie die anderen Männer aus der Familie, selbst zu Hause einen Anzug zu bevorzugen, obwohl er sich momentan nicht einmal in der Nähe der Firma befand. Wie er wohl in Jeans und Pulli aussehen mochte, so wie Jonathan immer herumlief? Nein, so etwas war schwer vorstellbar. Er zog die Tür hinter sich zu, erstarrte dann aber, als er sah, dass sie nicht allein waren.

»Hallo. Harry, bitte geh nicht«, sagte Will hastig, als er sah, dass sein Bruder bereits nach der Klinke griff. »Man hat mich wieder entlassen. Ich hab's nicht getan, Harry, und ich kann es beweisen.«

»Das stimmt, das kann er«, fügte Nancy hinzu. »Am besten setzen wir uns und reden darüber, ja?«

»Es geht um Rupert«, erklärte Will. »Bitte, Harry.«

Dieser wirkte zwar noch unschlüssig, ließ sich dann aber widerwillig in einen Sessel sinken. Will, der zu aufgewühlt war, lief im Zimmer auf und ab.

»Was ist mit Rupert?«, fragte Harry barsch.

Will erklärte zögernd das mit dem heimlichen Treffen mit Rupert in der Besenkammer. »Ich hätte gar keine Zeit gehabt, Lucy nach oben zu folgen. Ich weiß, ich hätte es dir gleich sagen sollen, aber ich hatte Angst, dass es dann alle erfahren, das mit ihm und mir«, sagte er. »Es tut mir so leid, Harry.«

Harry schüttelte den Kopf. »Ich brauchte doch nur

deine Unterstützung, das ist alles, was ich mir je von dir gewünscht habe. Du selbst hast Rupert jahrelang versteckt, und dann hast du nicht mal so viel Mitgefühl, mich zu unterstützen, wenn ich die Frau, die ich liebe, nach Hause bringe …« Seine Stimme brach, er konnte nicht weitersprechen. Schließlich fasste er sich. »Ich hätte dich so gebraucht.«

Will war am Boden zerstört. »Ich hätte dich auch gebraucht.«

Nancy verdrehte unwillkürlich die Augen. Ehrlich, Männer konnten so schwierig sein. Wieso fiel es ihnen nur so schwer, miteinander zu reden? »Ihr seid Brüder, ihr müsst füreinander da sein. Ihr habt beide Fehler gemacht, das ist richtig. Aber so eine Beziehung ist es doch wert, gerettet zu werden, oder nicht?«

»Wieso hattet ihr überhaupt Streit, du und Lucy? Die Polizei sagt, das sei der Grund, warum du das getan hättest«, entfuhr es Harry.

»Ich wollte doch nur helfen, ganz ehrlich, es ging mir um dich. Ich hatte den Eindruck, dass dir etwas zu schaffen macht, dass du wegen irgendwas Sorgen hast. Ich wollte rausfinden, was, aber Lucy hat sich aufgeregt, sie meinte, wieso sollte sie mir vertrauen, wo ich ihr doch offensichtlich nicht vertrauen würde? Sie wusste, dass ich Vorbehalte hatte, was ihre Motive betraf, dich zu heiraten, und das hat sie geärgert. Ich hab es vermasselt, das ist mir jetzt klar. Ich hätte mit dir reden sollen. Es tut mir leid, Harry, ganz ehrlich.«

»Du hättest mit uns beiden reden sollen, uns besser kennenlernen können. Dann hättest du selbst gesehen, wieso das mit uns funktionierte und wieso ich sie so geliebt habe.« Verzweifelt fügte Harry hinzu: »Ich wollte doch nur, dass die Familie Lucy akzeptiert, mehr nicht.«

Stille. Nancy wollte sehen, ob sie Harry dazu bringen konnte, sich ein wenig zu öffnen. »Wie habt ihr euch denn kennengelernt?«, erkundigte sie sich behutsam.

»Ich bin nach der Arbeit öfter in diese Bar gegangen, ich kannte ja kaum jemanden in Paris, außer Kollegen und Klienten, wisst ihr? Es war Sommer, und ich war auf dem Heimweg zu der Wohnung, die ich in Paris gemietet hatte. Das war ein netter Spaziergang, und meist habe ich mich noch auf ein Bier in diese Bar gesetzt, das heißt, an einen der Tische draußen, wo man den Großstadtbetrieb an sich vorbeiziehen lassen konnte. Und eines Abends war Lucy dort als Bedienung. Ungelogen, sie hat mich einfach umgehauen.« Man sah ihm an, dass er diesen heißen Sommer in Paris vor Augen hatte, an dem es die Liebe im gleichen Überfluss gab wie Sonne und Wärme.

»Wie war sie denn so?« Nancy beugte sich interessiert vor, sie versuchte, sich ein Bild von dieser Frau zu machen, die in Harrys Leben getreten war und es für immer verändert hatte.

»Jemanden wie sie hatte ich noch nie getroffen. Sie war umwerfend, einfach umwerfend. Na ja, Sie haben sie ja selbst gesehen, auf dieser Verlobungsfeier …« Seine Stimme verklang, er schüttelte den Kopf. »Sie war unglaublich charmant, alle lagen ihr zu Füßen, alle hingen an ihren Lippen. Und sie war so ein leidenschaftlicher Mensch. Sie hat mir Paris gezeigt, sie liebte die Stadt, und es dauerte nicht lange und auch ich habe mich in diese Stadt verliebt. Lucy war das Licht meines Lebens, könnte man sagen.«

Was für ein schöner Gedanke. Eine Liebe, die derart hell loderte – nur um auf so brutale Weise ausgelöscht zu werden.

»Es tut mir leid«, wiederholte Will. »Ich habe das überhaupt nicht wahrgenommen, nichts davon, oder?«

»Was glauben Sie denn, was auf der Party passiert ist, Harry? Wer hat Lucy das angetan?«, wollte Nancy wissen.

»Ich zerbreche mir selbst andauernd den Kopf. Dass die Leute neidisch und eifersüchtig auf sie waren, das kann ich noch verstehen, aber Hass, purer Hass? Nein, das kapiere ich nicht.« Er stieß einen frustrierten Seufzer aus. »Lucy gab mir das Gefühl, etwas ganz Besonderes zu sein. Wie kann man so einem Menschen das antun?«

Nancy konnte selbst sehen, dass dies tatsächlich über Harrys Vorstellungskraft ging – wie ein Mensch seine Frau hatte töten können. Blind vor Liebe, ja, das mochte sein, aber das konnte man ihm nicht übel nehmen. Nancy tat er leid. Er hatte die Frau verloren, die ihm das Gefühl gab, lebendig zu sein. »Was hatte Ihre Familie denn gegen Lucy einzuwenden? Warum konnten sie ihr nicht vertrauen?«

Harry seufzte. »Meine Familie hat einfach nicht kapiert, wie ich sie so schnell und auch noch heimlich heiraten konnte. Ich glaube, ich bin im Grunde ein eher vorsichtiger, umsichtiger Mensch, ich habe immer hart gearbeitet, die Familie kam für mich an erster Stelle. Aber Lucy – Lucy war die Ausnahme, sie war einmalig. Ich wusste sofort, wenn jemand wie sie mit mir zusammen sein will, dann muss man das Glück mit beiden Händen festhalten. Vielleicht ahnte ich ja von Anfang an, dass ich sie wieder verlieren könnte … Ach, ich weiß nicht. Sie Knall auf Fall zu heiraten, nachdem wir uns erst seit einem Monat kannten, das war das Verrückteste, was ich je in meinem Leben getan hatte. Andererseits kam und kommt es mir vor, als ob es auch das Beste war, das Vernünftigste, was ich je getan habe.«

»Und hatten Sie Zweifel, was Ihren Entschluss betraf, nach Roth Lodge zu ziehen?«

»Ja, doch, schon ein bisschen. Das war, als würde man uns mit einem Kübel Eiswasser übergießen. Die berauschende, sorglose Pariser Zeit war vorbei. Alle haben uns angesehen, als ob wir den Verstand verloren hätten. Natürlich hatten wir uns beide, aber hier war es definitiv schwerer für uns, definitiv. Da haben wir uns auch zum ersten Mal gestritten. Sie fand, ich würde nicht genug zu ihr stehen, besonders, wenn es um Mutter ging – sie sind beide sehr starke Frauen. Ich wusste einfach nicht mehr, was tun. Alles, was ich mir wünschte, war, dass sie Lucy so sehen wie ich. Aber sie wollten einfach nicht. Sie dachten, sie wäre nur hinter meinem Geld her. Dabei hat sie mich so glücklich gemacht! Mir doch egal, dass ich reich bin. Sie konnte meinetwegen alles haben, solange ich sie nur behalten konnte. Solange ich Lucy haben konnte, war ich glücklich.«

Nancy war nicht sicher, ob eine derart brennende Liebe für sie vorstellbar war. War das noch gesund? Aber dass Harry Lucy geliebt hatte, stand außer Frage. Das war keine Fassade. Ob Lucy ihn ebenso geliebt hatte, würde Nancy jetzt nie mehr erfahren können. Um Harrys willen hoffte sie zumindest, dass es so war. »Das tut mir so leid, Harry. Dass Sie sie schon nach so kurzer Zeit wieder verlieren mussten«, sagte sie aufrichtig.

Er lächelte gequält. »Ich danke Ihnen.«

»Ich bräuchte dich auch, Harry«, meldete Will sich wieder zu Wort. »Ich muss der Familie das mit Rupert beibringen. Ich weiß, es ist viel verlangt, nachdem ich euch, dich und Lucy, im Stich gelassen habe, aber würdest du mitkommen, wenn ich es der Familie sage? Bitte?«

Als Harry zögerte, fügte Nancy hinzu: »Was geschehen ist, lässt sich nicht mehr ändern. Einfluss nehmen kann man nur auf das Hier und Jetzt.«

Da nickte er. »Ich wünschte nur, ich wüsste, wie das passieren konnte, mit Lucy.«

Nancy überlegte, ob sie ihm verraten sollte, dass sie ebenfalls an dem Fall dran waren, entschied dann aber, es sei am besten, wenn so wenige Menschen wie möglich Bescheid wussten.

In diesem Moment sprangen die beiden Flügel der Bibliothekstür auf, und alle zuckten zusammen.

»Harry, da bist du ja. Ich habe schon im ganzen Haus

nach dir gesucht«, ertönte die scharfe Stimme von Jessica. Da erblickte sie Will. »Ah, du bist wieder da, Gott sei Dank. Edwards sagte, dass wir uns keine Sorgen machen müssen, aber ich war trotzdem außer mir.«

»Ich habe ein Alibi, Mutter, ich hätte es gar nicht tun können.«

»Nein, natürlich nicht, Liebling, daran habe ich nie gezweifelt.« Sie lächelte, und ihre kalte Reserviertheit ließ ein wenig nach, doch dann fiel ihr Blick auf Nancy. »Was haben Sie denn schon wieder hier zu suchen?«, bemerkte sie verächtlich.

Nancy fragte sich unwillkürlich, was für eine Art Mutter sie wohl für ihre beiden Söhne gewesen sein mochte; sie machte nicht den Eindruck, dass sie zu großer Liebe und Zuneigung fähig war, nicht einmal, wenn es um die eigene Familie ging. War es ein Wunder, dass ihre Söhne den Menschen, den sie liebten, vor ihr verbargen?

»Sie hat mich vom Revier abgeholt«, erklärte Will. »Ich habe euch etwas mitzuteilen.«

»Gut, euer Großvater ebenso«, sagte Jessica, »dann kannst du das bei dieser Gelegenheit auch gleich erledigen. Wenn Sie uns bitte entschuldigen würden, Miss Hunter.« Sie wies mit einer unmissverständlichen Geste zur Tür.

Nancy erhob sich sogleich. »Ja, selbstverständlich.« Worüber Marcus wohl mit der Familie reden wollte? Hoffentlich war er nicht zu sehr von Will enttäuscht. Nancy fragte sich, ob Will seine Familie nicht vielleicht unterschätzte, ob er ihnen das mit Rupert hätte sagen können, aber sicher war sie nicht. Diese Familie hatte immer noch viele Geheimnisse, vor ihr, Nancy, und auch voreinander. »Ich finde selbst hinaus.«

Will trat einen Schritt vor. »Danke, Nancy, für alles.«

»Viel Glück«, sagte sie und lächelte ihm zu. Dann blickte sie Harry an. »Ich wünsche Ihnen das Beste.« Er nickte, und Nancy verließ, nicht ohne Jessicas bohrenden Blick im Rücken zu spüren, die Bibliothek. Hoffentlich konnten Will und Harry ihr Verhältnis noch einmal kitten. Wenn sie doch nur Lucys Mörder finden könnten, dann könnten die beiden Brüder zusammen versuchen zu genesen. Aber solange dieser ungeklärte Mord über dem Haushalt hing, war das eher unwahrscheinlich.

Nancy durchquerte rasch die große Eingangshalle. Sie war froh, dass sie flache Schuhe trug, denn so waren ihre Schritte auf den schwarz-weißen Schachbrettfliesen nicht ganz so laut. Sie ging jedoch nicht zum Ausgang, sondern nahm den Korridor, der nach hinten zum Küchentrakt führte. Sie würde nicht von hier weggehen, ohne Lucys alte Adresse herausgefunden zu haben. Will schien sie nicht getötet zu haben, aber jemand hatte es getan. Sie konnte jetzt nicht aufhören, Lucy brauchte sie. Harrys Verzweiflung und sein tiefer Kummer spornten Nancy noch mehr an. Er brauchte einen Abschluss. Etwas, das ihr und Oma nie vergönnt gewesen war.

Die Tatsache, dass sie es unbemerkt bis zur Küche schaffte, verlieh Nancys Gang etwas Federndes. Allmählich hatte sie das Gefühl, echte Detektivarbeit zu leisten. Sie hatte zwar Angst, dass man sie erwischen könnte, wollte aber auf keinen Fall ohne die benötigte Information gehen. Es gab keinen Grund aufzugeben, bloß weil es jetzt etwas kniffliger wurde. Die Detektive aus ihren Büchern gaben ja auch nicht gleich auf, wenn's mal schwierig wurde. Im Gegenteil, dann verdoppelten sie ihre Anstrengungen.

Nancy öffnete die Küchentür einen Spalt breit und spähte hinein. Sie hatte Glück. Natalie saß allein am Tisch, vor sich eine Tasse Tee. Offenbar gönnte sie sich eine kleine Pause. »Natalie«, rief Nancy leise und schlüpfte in die Küche.

»Nancy, was machst du denn hier?« Natalie fuhr überrascht auf und warf einen erschreckten Blick zur Tür.

Nancy kam sofort zur Sache, sie wollte nicht unterbrochen werden, ehe sie alles gesagt hatte. »Will hat erzählt, dass Lucy früher, bevor sie nach Paris ging, in London gelebt hat. Und offenbar hat sie auch einmal Post hierher ins Haus bekommen, meint er. Wenn du die Anschrift für mich rauskriegen könntest, dann könnte ich hinfahren und versuchen, etwas über sie herauszufinden. Vielleicht hilft uns das, ihrem Mörder auf die Spur zu kommen«, sprudelte Nancy leise und drängend hervor.

»Glaubst du wirklich? Aber es heißt, Will habe was damit zu tun.«

»Nein, hat er nicht, das weiß ich mit Sicherheit. Aber jemand anderer schon. Und das könnte uns helfen herauszufinden, wer. Könntest du die Anschrift für mich rauskriegen?«

Natalie zögerte, doch dann nickte sie. Sie erhob sich. »Für Lucy würde ich alles tun. Warte hier.« Sie eilte hinaus. Nancy blieb in der Küche zurück und behielt nervös die Tür im Auge, aus Angst, es könnte jemand hereinkommen. Ihr Puls raste. Was sollte sie sagen, wenn man sie hier erwischte? Wenn es Jessica Roth wäre, würde sie wahrscheinlich Hausverbot bekommen. Aber sie musste diesem Hinweis einfach folgen, denn sie hatte das Gefühl, dass er wirklich wichtig war. Außerdem, wenn sie es nicht täte, würde sie sich bestimmt ewig fragen, was dabei herausgekommen wäre.

Natalie war zum Glück in Rekordzeit wieder zurück und übergab Nancy einen Briefumschlag. »Das ist er.«

»Vielen Dank, Natalie. Ich werde dich auf dem Laufenden halten. Kann ich hier raus?« Nancy deutete auf die Hintertür.

Natalie nickte. »Ja, klar.« Sie hielt ihr die Tür auf. »Aber beeil dich, bevor Mrs. Harper wieder hier ist.«

»Pass auf dich auf!«, rief Nancy über ihre Schulter. Sie ging auf einer Seite um das Haus herum und tauchte dann triumphierend wieder in der Auffahrt auf, wo Jonathan immer noch im Wagen auf sie wartete. Sie besaß jetzt Lucys alte Anschrift, und sie war fester denn je entschlossen herauszufinden, wer sie getötet hatte und warum.

27. Kapitel

Es war Freitagabend, und Nancy war noch mit Oma und Penelope in der Buchhandlung, obwohl bereits Ladenschluss war, denn sie hatten eine große Lieferung erhalten und mussten außerdem noch alles für die letzten wichtigen Verkaufstage vor Weihnachten vorbereiten.

»Ich übernehme das Einpacken in Geschenkpapier«, erbot sich Penelope schmunzelnd, denn Oma und Nancy waren diesbezüglich echte Nieten, aber der Service war, vor allem in der Weihnachtszeit, nun einmal sehr beliebt bei der Kundschaft. Sie machte es sich damit hinter der Theke bequem, während Nancy die Bücher einordnete, die nicht bereits für Kunden reserviert waren. Jane ging derweil mit einem Staubtuch über die Oberflächen, damit für das bevorstehende Wochenende alles blitzblank war.

»Seid ihr auch sicher, dass ihr allein zurechtkommt?«, vergewisserte sich Nancy, während sie die Bücher aus den Kartons hervorholte. Sie wollte nämlich gleich früh am nächsten Morgen mit dem Zug nach London, obwohl dies das letzte Wochenende vor Weihnachten war und dann immer Hochbetrieb im Laden herrschte, da viele Dorfbewohner noch Geschenke benötigten. Bisher hatte Nancy bei keinem dieser Wochenenden gefehlt, aber der Dezember, wie er bisher verlaufen war, war ohnehin einer, wie ihn Nancy noch nie erlebt hatte. Der Mord hing nach wie vor bedrückend über dem Dorf wie ein zäher Nebel.

Nancy blickte zu dem Foto ihres Vaters auf. Hoffentlich würde er an diesem Wochenende in London über sie wachen und stolz sein, dass sie versuchte, Gerechtigkeit für Lucy zu erlangen. Sie schickte ihm ein stilles Dankeschön dafür, dass er ihr seine Leidenschaft für Krimis und Rätsel vererbt hatte, ohne die ihr nicht im Traum eingefallen wäre, sich selbst mit diesem Fall zu befassen. Sie konnte nur hoffen, dass es ihr gelingen würde, alles bis zum Ende zu führen.

»Nicht zu fassen, dass du dich auf ein romantisches Wochenende mit Richard einlässt«, bemerkte Penelope und band dabei eine rote Schleife um ein in goldenes Geschenkpapier eingewickeltes Buch.

»Doch kein romantisches Wochenende!«, protestierte Nancy. »Es ist eine Aufklärungsmission. Ich werde Lucys alte Adresse aufsuchen und sehen, ob ich etwas herausfinden kann, das uns einen Hinweis auf ihren Mörder geben könnte. Momentan stecken wir nämlich fest, aber vielleicht hilft uns etwas aus ihrer Vergangenheit weiter. Und Richard wohnt nun mal in London, ist doch logisch, dass er mir dabei behilflich ist?«

Penelope schnaubte. »Das glaubst du doch nicht im Ernst! Wie verblendet kann man sein? Du *übernachtest* bei deinem Ex-Freund!«

»Nö, ich habe ein Hotelzimmer gebucht«, entgegnete Nancy sachlich. Darauf hatte sie bestanden, selbst wenn Richard es gerne anders gehabt hätte. Aber sie wusste, dass eine Übernachtung in seiner Wohnung nur zu Schwierigkeiten führen konnte. »Ich weiß schon, was ich tue. Wieso fällt es euch so schwer, das zu glauben?« Denn Oma war ebenso besorgt gewesen, als sie von Nancys Vorhaben erfuhr.

»Wir wollen doch nur, dass du vorsichtig bist«, meinte Jane, die hinter Nancy ein Regal abwischte. »Du warst so geknickt, als das mit ihm zu Ende war. Und hat sich denn wirklich was an der Situation geändert? Er lebt dort, du hier.«

»Ich weiß doch selbst nicht, wo das hinführt, ich weiß nur, dass ich es schön finde, wieder Kontakt zu ihm zu haben«, entgegnete Nancy entschieden.

»Nicht zu fassen, dass dein Ex ausgerechnet dann wieder im Dorf auftaucht, wenn ein Mord geschieht«, sinnierte Penelope. »Schon komisch, oder?«

Nancy wandte sich zu ihr um. »Reiner Zufall.«

Penelope hob den Kopf. »Freilich, was sonst?« Sie musterten sich einen Moment lang.

Nancy schüttelte den Kopf, als wolle sie diesen Gedanken gleich wieder loswerden. Allmählich misstraute sie allem und jedem. »Ich muss einfach nach London. Wir brauchen dringend einen Durchbruch, und das ist der einzige Hinweis, den wir im Moment haben.« Wen wollte sie damit überzeugen? Es ging ihr bei diesem Trip hauptsächlich darum, mehr über Lucy herauszufinden, das versicherte sich Nancy jedenfalls ständig. Die anderen sollten nicht erfahren, wie nervös sie in Wahrheit war. Es war praktisch, das stimmte schon, aber Richard würde es möglicherweise nicht so sehen. Er hatte sich bereit erklärt, sie zu Lucys alter Adresse zu fahren, aber dann wollte er mit ihr ausgehen und ihr die Stadt zeigen. Sie hatte eingewilligt und war schon ganz gespannt auf alles, was die Großstadt zu bieten hatte. Es schmeichelte ihr, dass er sie offenbar vermisst hatte, und immerhin hatte sie ihn einmal sehr geliebt, das konnte man nicht so leicht vergessen. Aber jetzt? Liebte sie ihn noch? Nun, das würde sie wohl bald herausfinden. »Und was meine Gefühle für Richard betrifft? Weiß nicht.«

»Ich kann dir da leider nicht helfen, ich war schließlich blöd genug, schon mit einundzwanzig zu heiraten«, meinte Penelope lächelnd.

»Weiß man schon, ob Oliver an Weihnachten heimkommen wird?«, erkundigte sich Jane.

Penelope seufzte. »Es sieht nicht gut aus. Und die arme Kitty hat sich schon so gefreut. Wenn er an Weihnachten nicht kommt, werden wir ihn wahrscheinlich erst im März wiedersehen.« Penelope wirkte traurig, was sie sonst nur selten zeigte.

»Das muss furchtbar schwer für euch sein«, meinte Nancy mitfühlend. »Ich weiß, dass er euch genauso vermisst wie ihr ihn.« Penelope und Oliver kannten sich aus der Schule, genauso wie Oma und ihr Mann. Und sie liebten sich sehr, daher war es umso schmerzlicher, dass sie so oft getrennt sein mussten.

»Hör zu«, meinte Penelope plötzlich, »ich weiß, ich warne dich ständig wegen Richard. Aber ganz ehrlich – wenn ihr beiden euch immer noch liebt, dann müssen und werden wir das akzeptieren, ja? Man muss das Glück ergreifen, wenn es sich zeigt, denn das Leben ist viel zu kurz.«

»Gut gesagt«, stimmte Jane ihr zu. »Und im Laden werden wir auch zurechtkommen, keine Sorge, es wird alles laufen wie am Schnürchen. Und um Charlie brauchen wir uns auch nicht zu kümmern, Jonathan hat angeboten, ihn zu übernehmen, wenn's im Laden zu voll werden sollte. Die werden einen schönen langen Spaziergang machen. Also mach dir um uns keine Sorgen, Liebes. So, und jetzt könnten wir, glaube ich, eine schöne Tasse Tee vertragen.«

Nancy schmunzelte. »Danke, Leute.«

»Na, was meint ihr?« Penelope hielt das eingepackte Buch hoch.

»Perfekt.« Nancy widmete sich wieder ihrer Aufgabe und versuchte, nicht mehr an alles zu denken, was ihr momentan Sorgen bereitete.

*

Am Samstag ging Nancy schon sehr früh am Morgen mit Charlie Gassi. Sie brauchte diesen kleinen Gang, um ihren Kopf freizukriegen, bevor Jonathan sie zur Bahnstation fuhr. Ihr kleiner Koffer war gepackt, sie trug einen dicken

Wollpulli, Jeans, knöchelhohe Stiefel und ihren warmen Wintermantel, dazu Schal und Handschuhe, denn es war klirrend kalt. Der weitläufige Anger war von einer dünnen Frostschicht überzogen, und Nancy konnte ihre Atemwölkchen ausströmen sehen. Lächelnd blickte sie Beagle Charlie nach, der munter hinter seinem Ball herjagte. Zumindest er hatte keine Sorgen. Beneidenswert.

»Morgen, Nancy!«, rief Mr. Peabody, der ehemalige Dorfpolizist, im Vorbeigehen zu ihr hinüber, die Tageszeitung unter dem Arm. »Man muss schließlich auf dem Laufenden bleiben«, sagte er und blieb kurz am Wiesenrand stehen. »Wie ich höre, haben sie Will Roth wieder laufenlassen?«

Sie winkte ihm zu. »Ja, er ist zum Glück unschuldig«, erwiderte sie.

»Ich fand schon immer, diese Roths sind zu sauber, um wahr zu sein. Die haben so einige Leichen im Keller, darauf kannst du Gift nehmen.«

»Hatte die Familie eigentlich je mit der Polizei zu tun, als Sie noch aktiv waren?«

Er schüttelte den Kopf. »Nie. Aber so reich wird man nicht, ohne was verbrochen zu haben. Okay, ich geh dann wieder, Tee wartet! Komme in den nächsten Tagen mal zu euch in den Laden.«

Er spazierte pfeifend weiter, als ob sie sich nur über das Wetter unterhalten hätten und nicht über Mord. Nancy winkte ihm nach. »Komm, Charlie, wir müssen auch wieder!« Sie pfiff, und der Beagle kam fröhlich angesprungen, seinen Ball im Maul, und ließ sich gehorsam anleinen. Nancy musste auf dem Rückweg zu ihrem Cottage über das nachdenken, was Mr. Peabody gesagt hatte. Was für Leichen die Roths wohl versteckt hatten? Wills Geheimnis kannte sie ja jetzt, aber wer hatte sonst noch etwas zu verbergen in diesem Haus? Vielleicht würde sie dazu einen Hinweis in Lucys Vergangenheit finden.

»Hast du alles?«, erkundigte sich Jane, als Nancy und Charlie das Haus betraten. Beide fühlten sich erfrischt und gekräftigt von ihrem kleinen Ausgang. Charlie rannte sofort zu seiner Wasserschale und begann schlabbernd zu saufen.

»Ich glaube schon. Und du kommst wirklich zurecht? Ich lasse dich nur ungern allein.« Nancy hatte seit der Rückkehr von ihrem Studium keine Nacht mehr außer Haus verbracht.

»Als ob ich in diesem Dorf je allein wäre! Es ist wichtig, dass du versuchst, so viel wie möglich über Lucy herauszufinden. Und ich glaube, das wird dir auch gelingen, das spüre ich in den Knochen. Ich bin jetzt schon gespannt, was du hinterher zu berichten hast. Aber bitte sei vorsichtig, ja? Nicht nur, was Richard betrifft. Wir haben es schließlich mit Mord zu tun. Lucy könnte eine zwielichtige Vergangenheit gehabt haben, und du tappst da mitten hinein.« Oma sah besorgt aus.

»Ich werde ganz vorsichtig sein, versprochen.« Nancy gab Oma einen Kuss, und in diesem Moment ertönte von draußen ein kurzes Hupsignal. Nancy war, im Gegensatz zu ihrer Oma, nicht bange, im Gegenteil, sie verspürte eine gespannte Vorfreude. Sie hatte sich immer gewünscht, einmal ein echtes Verbrechen aufklären zu können, und war sich sicher, dass in London der entscheidende Hinweis auf sie wartete. Er musste nur aufgespürt werden.

»Vergiss nicht die Proviantbox für die Zugfahrt«, meinte Jane und kehrte zu ihrem Frühstück zurück. Nancy nahm die Plastikbox von der Anrichte und umklammerte den Griff ihres Trolleys.

»Also dann, bis morgen.«

»Bis dann, Liebes.« Jane winkte fröhlich.

Nancy verließ das Haus und stieg zu Jonathan ins Auto. Während der Fahrt zum Bahnhof fiel ein kalter Regen herab, und die Scheiben beschlugen von innen, im Radio dudelte leise Weihnachtsmusik.

»Was mich interessieren würde, ist, was Lucy veranlasst hat, nach Frankreich zu gehen, und wie sie dort Harry über den Weg gelaufen ist«, überlegte Nancy und holte ihr Notizbuch hervor, um ihre Gedanken festzuhalten. Sie konnte sich die Dinge besser merken, wenn sie sie niederschrieb; es half ihr, sich zu konzentrieren und Klarheit in ihre Gedanken zu bringen.

»Du meinst, sie ist nach Paris gegangen, um ihn sich zu angeln? Oder war es pures Glück, dass ihr ein reicher, lediger Mann über den Weg lief?«

»Wenn du's so ausdrückst, klingt das wirklich, als könnte sie das Ganze geplant haben. Aber woher sollte sie von Harry wissen?«

»Die Roths sind eine sehr bekannte Familie, und das nicht nur in unserer Gegend«, entgegnete Jonathan mit einem Schulterzucken. »Ich schätze, wir sollten einfach so viel wir können über Lucys Leben herausfinden. Hatte sie Geldsorgen? Hatte sie Schulden? So was in der Art.«

»Hm.« Nancy machte sich Notizen, was bei dem Geschaukel im Wagen nicht ganz einfach war. »Mich lässt die Frage nicht los, ob sie wirklich von jemandem getötet worden sein kann, den sie kannte? Jemandem aus der Familie, meine ich? Will kann's nicht gewesen sein, das wissen wir jetzt. Und Harry ist vollkommen gebrochen. Ich kann mir nicht vorstellen, dass er die Frau, die er so sehr geliebt hat, umgebracht haben könnte.« Nancy seufzte. »Aber wer bleibt dann noch? Annabel ist nur hier, weil sie ihrer Schwester und ihrer Nichte bei der Planung der Verlobungsfeier helfen wollte. Marcus Roth legt großen Wert auf den guten Ruf der Familie – wie lässt sich ein Mord damit in Einklang bringen? Andererseits – Will scheint eine Heidenangst davor gehabt zu haben, sein Großvater könnte herausfinden, dass er, Will, schwul ist. Und er hat kein Hehl daraus gemacht, dass er Lucy nicht mochte. Dann wäre da noch Jessica Roth, sie wirkt kalt und reserviert; dass Oma und ich im Haus waren, hat ihr gar nicht gepasst, andererseits war sie sehr betroffen, als man Will verhaftet hat, also muss sie wohl Gefühle haben. Vielleicht ist sie auch einfach nur ein fürchterlicher Snob und konnte sich nicht mit dem Gedanken anfreunden, dass ihr jüngster Sohn eine Kellnerin geheiratet hat.«

Jonathan nickte. »Über Peter Roth wissen wir so gut wie nichts«, sinnierte er. »Ich meine, er leitet jetzt die Firma, nicht Marcus, was bedeuten könnte, dass er auch in der Familie das Sagen hat. Aber Marcus Roth scheint mir nicht der Typ zu sein, der die Zügel so leicht aus der Hand gibt.«

»Er spricht so liebevoll von seiner verstorbenen Frau, wie könnte er da Harrys ermorden? Da niemand sonderlich begeistert von dieser Heirat war oder Lucy auch nur gemocht hat, engt das unseren Kreis von Verdächtigen nicht gerade ein, das ist das Problem. Aber ein Mord …« Nancy verstummte frustriert.

»Ich schätze, wir können momentan niemanden ausschließen. Hoffen wir, dass du in London etwas entdeckst, das uns hilft.« Jonathan lenkte den Wagen auf den Parkplatz vor der Bahnstation. »Okay, da wären wir«, sagte er. »Hast du alles?«

Nancy steckte ihr Notizbuch ein und nickte. »Ja, danke. Und danke fürs Herbringen.«

»Keine Ursache.« Er zögerte. »Ich hoffe, es wird alles gut gehen, Nancy. Und melde dich mal, okay?«

Nancy war gerührt, spontan beugte sie sich zu Jonathan hin und gab ihm einen Kuss auf die Wange. »Danke, Jonathan. Wir sehen uns, wenn ich wieder zurück bin!« Sie stieg aus, winkte noch einmal und schritt dann entschlossen auf die Bahnstation zu, obwohl sie seltsamerweise einen Kloß im Hals hatte, jetzt, wo sie Jonathan zurücklassen musste.

28. Kapitel

Als Nancy in London eintraf, wurde sie bereits von Richard erwartet, der direkt hinter der Schranke stand, die den Zugang zum Bahnsteig abriegelte. Er trug eine dunkle Jeans, einen langen Wintermantel, und sein Haar war mit Gel gepflegt und glatt zurückgestrichen. Er hob die Hand zum Gruß, als er sie erblickte, und lächelte breit.

»Hast du eine gute Fahrt gehabt?«, erkundigte er sich und beugte sich vor, um ihr einen Kuss auf die Wange zu geben, dabei nahm er ihr auch gleich den Koffer ab.

»Doch, es war sehr entspannt«, antwortete sie und folgte ihm durch die Bahnhofshalle.

»Ich dachte, wir gehen erst mal was essen, bevor wir uns an die Detektivarbeit machen?«, schlug er vor, während er sie zu seinem Wagen führte. »Ich weiß da was, das dir ganz bestimmt gefallen wird.«

»Ja, wunderbar.« Nancys Magen knurrte wie aufs Stichwort. Es regnete nicht in London, es war lediglich kalt und grau. Überall Menschen, wohin man blickte, und alle schienen es eilig zu haben. Sie fuhren los, kamen im dichten Verkehr aber nur langsam voran. Nancy blickte aus dem Fenster und zu den hohen Gebäuden hinauf, die links und rechts die Straße säumten. Eine ganz andere Welt als ihr kleines Dedley End.

»Du bist wirklich gekommen, kaum zu fassen«, sagte Richard, »nach all der Zeit, hier zu mir nach London.« Er schenkte ihr ein Lächeln.

»Na ja, es ist hier aber wirklich ganz anders als daheim«, bemerkte Nancy ein wenig nervös, »aber dir gefällt es so, das weiß ich ja.«

»Ich hab einen tollen Job, und hier ist immer was los«, antwortete er. »Trotzdem ist man schon manchmal einsam, ich würde lügen, wenn ich das bestreiten würde. Man ist ständig unter Menschen, kommt aber nicht leicht in Kontakt. Deshalb bin ich so froh, dass du hier bist.« Er drückte kurz ihr Knie. »Ich hoffe sehr, dass es dir gefallen wird.« Er war in eine schmale Seitenstraße eingebogen, und der Blick, den er ihr jetzt zuwarf, verriet eine gewisse Nervosität, was Nancy nicht von ihm gewohnt war. Die Dynamik ihrer Beziehung hatte sich seit damals offenbar ein wenig verschoben, und Nancy war sicher, dass er das ebenfalls fühlte.

Nancy stieg aus dem Wagen und sah, wie Richard auf einen Buchladen zuschritt. Sie musste grinsen. Er hielt ihr galant die Tür auf. Sie gingen durch den Laden hindurch ganz nach hinten, wo sich ein kleines Speiselokal befand. Die Wände waren dunkelblau gestrichen, und es gab gemütliche kleine Holznischen. Auf jedem Tisch befand sich, als Tischschmuck, ein kleiner Stapel Bücher, darauf stand eine Kerze. »Einfach perfekt«, schwärmte sie. Sie suchten sich eine Nische aus und setzten sich einander gegenüber.

Ein Mann kam an ihren Tisch. Nancy musste zweimal hinsehen, denn er sah nicht aus wie ein Kellner – er war älter und hatte einen struppigen Bart, trug löchrige Jeans und warf ihnen mit einem Grunzen die Speisekarten hin.

»Danke, Bill«, sagte Richard und lächelte.

»Du warst schon mal hier?« Nancy blickte dem Mann nach, der zur Theke zurückschlurfte, wo er sich auf einen Hocker sinken ließ, um zu warten, bis er wieder gebraucht wurde.

»Ein Klient hat mir von dem Lokal erzählt. Ich wusste gleich, dass das genau das Richtige für dich wäre. Alles dreht sich hier um Bücher – aber das ist noch nicht alles. Sie stellen hier ehemalige Straftäter als Mitarbeiter ein«, erklärte er mit gedämpfter Stimme, »und sie geben einen Teil der Einnahmen an Obdachlosenheime ab.«

»Das ist ja interessant!« Nancy war ehrlich gesagt ziemlich überrascht. Richard hatte eigentlich nie sonderlich viel Interesse an philanthropischen Unternehmungen gezeigt, aber es war gut, dass er inzwischen offenbar anders dachte. Sie warf einen Blick auf die Speisekarte und sah, dass auch die Gerichte literarische Themen hatten. Er hatte wirklich einen Ort gefunden, von dem er wusste, dass er ihr gefallen würde. Nancy freute sich und war auch ein wenig geschmeichelt. Soweit sie sich erinnern konnte, war er früher nie so aufmerksam gewesen, also hatte er sich vielleicht tatsächlich geändert. Vielleicht gab es doch noch Hoffnung auf eine gemeinsame Zukunft.

»Also, worauf hättest du Lust?«, erkundigte sich Richard.

»Ich glaube, ich nehme den Sherlock-Holmes-Burger.«

»Ja, hört sich gut an, den nehme ich auch.« Richard winkte Bill, der widerwillig herbeischlurfte, und bestellte zwei Burger und zwei Softdrinks, da beide für ihr Vorhaben danach einen klaren Kopf brauchten. »Okay, dann erzähl mal, was ihr rausgefunden habt, seit wir uns zuletzt gesehen haben.«

Nancy berichtete alles, was mit Will geschehen war. »Ich bin froh, dass mich mein Gefühl nicht getrogen hat und er unschuldig ist. Was aber leider bedeutet, dass unser Kreis von Verdächtigen immer kleiner wird.«

»Aber das kann uns doch nur recht sein, oder? Der Kreis schrumpft so lange, bis nur noch der Killer übrig bleibt.«

Es gefiel Nancy, dass er »uns« sagte; anscheinend lag ihm ebenso viel an dem Fall wie ihr. »Richtig. Vorausgesetzt, am Ende bleibt noch einer übrig! Wenigstens habe ich das Gefühl, dass uns diese Spur in Lucys Vergangenheit möglicherweise weiterbringen könnte. Je mehr wir über sie herausfinden können, desto besser, oder nicht?«

»Doch, das glaube ich auch. Wir fahren nachher mal hin und sehen, was wir zusammen rauskriegen können.«

Sie schmunzelte. »Es überrascht mich, dass du so aufgeschlossen dafür bist, ich hätte ehrlich gedacht, du würdest mich auslachen, weil ich mir anmaße, einen Mord aufklären zu wollen.«

»Ach, so solltest du nicht von mir denken. Ich unterstütze gerne alles, was dir wirklich wichtig ist. Ich finde es bewundernswert, dass du Lucy Gerechtigkeit verschaffen willst.«

»Irgendwie muss ich bei dieser Sache ständig an Dad denken. Wenn ich Lucys Mörder finden könnte, dann könnte ich mein Versagen in Dads Fall ja vielleicht wiedergutmachen. Ich konnte nie herausfinden, wer noch an diesem Unfall beteiligt gewesen war.«

»Aber Nancy, deswegen würde ich mir an deiner Stelle keine Vorwürfe machen.« Er berührte tröstend ihre Hand.

»Das sagt sich so leicht. Wenigstens soll es Lucy nicht genauso ergehen. Und der arme Harry, soll er nie erfahren, wer die Frau, die er liebte, getötet hat?« Nancy lächelte, schließlich wollte sie die Stimmung nicht zu sehr trüben. »Außerdem wollen Oma und ich diese Wette mit Jonathan nicht verlieren.«

Er blieb ernst, als er das hörte, wirkte nachdenklich.

»Was ist, Richard?«

»Ich habe in letzter Zeit oft über früher nachgedacht, weißt du.« Er beugte sich ein wenig vor. »Ich weiß, du dachtest, ich würde mich über euer kleines Dorf lustig machen, dass ich Dedley End nicht ausstehen könnte oder so was. Aber es war anders – ich glaube, ich war irgendwie fast eifersüchtig. Weil du dein Heimatdorf so sehr liebst. Und ich wollte doch, dass du bei mir bleibst, dass du mit mir nach London gehst. Deshalb habe ich dieses Dorf gehasst und alles, was dich davon abhielt, mit mir mitzukommen. Ich hätte dir sagen sollen, was in mir vorging, stattdessen hab ich mich benommen wie ein verzogener Bengel und hab alle verprellt. Ich war nicht besonders nett zu deiner Oma oder zu deinen Freunden, als ich an diesem Weihnachten bei euch zu Besuch war, das habe ich mittlerweile eingesehen. Ich hatte gedacht, wenn ich mich über alles lustig mache, dann würde dir vielleicht klar werden, dass es besser wäre, wenn du mit mir mitkommst. Stattdessen habe ich uns nur noch mehr entzweit. Ich habe dich sehr geliebt, Nancy, das kannst du mir glauben, und es hat mich sehr verletzt, als du sagtest, du wolltest in Dedley End bleiben.«

»Aber ich wollte mich doch gar nicht von dir trennen.«

»Wie hätte das denn funktionieren sollen? Unter diesen Umständen? Aber vielleicht hat uns die Trennung sogar gutgetan, wir hatten Zeit, reifer zu werden, die Art Mensch zu werden, die wir sein sollen. Ich bin jedenfalls sehr froh, dass wir jetzt wieder Kontakt haben.«

»Ja, ich hab mich auch gefreut, dich wiederzusehen«, stimmte sie ihm zu. In diesem Moment wurde ihr Essen gebracht. Nancy musste über das nachdenken, was Richard gesagt hatte. Es war gut zu wissen, dass er sie doch geliebt und nur gewollt hatte, dass sie zusammenbleiben konnten. Dass er den Eindruck gehabt hatte, ihr Dorf sei ihr wichtiger als er, konnte sie jetzt fast nachvollziehen. Dabei hatte sie beides gewollt, ihn und ihr Zuhause. Aber vielleicht hatte er recht, vielleicht wäre das damals unmöglich gewesen. Ob es immer unmöglich bleiben würde? Irgendwie war das alles ein bisschen traurig, aber Nancy hatte auch das Gefühl, jetzt besser mit der Vergangenheit im Reinen zu sein. Alles besser zu verstehen, auch Richard. Sie biss in ihren Burger und stöhnte genüsslich. »Mann, ist das gut«, nuschelte sie mit vollem Mund.

Richard warf den Kopf zurück und lachte laut und herzhaft. »Nancy Hunter, eine wie du ist mir noch nie untergekommen, ganz ehrlich.«

Nancy schluckte ihren Bissen herunter. »Ist das gut?«

»Weiß nicht. Ich habe allmählich das Gefühl, dass du mich für alle Zukunft ruiniert hast.«

Nancy steckte sich einen Kartoffelchip in den Mund. Wenn er weiter solche Sachen sagte, konnte es sehr gut sein, dass es ihr ähnlich erginge, was ihn betraf.

29. Kapitel

Nach dem Lunch, und nachdem sich Nancy ausgiebig in dem Buchladen umgesehen und fünf Bücher ausgewählt hatte, die Richard, trotz ihrer Proteste, unbedingt bezahlen wollte, machten sie sich auf den Weg in den Osten von London, zu Lucys alter Adresse. Sie fanden sich in einer Betonlandschaft aus grauen Hochhäusern wieder. Richard parkte vor dem Haus, in dem sich Lucys Apartment befand. Sie spähten durch die beschlagene Windschutzscheibe zu der Wohnanlage hinauf; es fiel ein leichter Nieselregen. »Nicht gerade Roth Lodge, was?«, bemerkte Richard stirnrunzelnd.

»Ja, Lucy scheint einen gehörigen Sprung nach vorn gemacht zu haben«, fand auch Nancy. »Erst hier zu wohnen, dann nach Paris zu gehen und schließlich in einem herrschaftlichen Anwesen in Dedley End zu leben, als Mitglied einer der reichsten Familien der Gegend. Das ist fast wie bei Aschenputtel.«

»Aus der Gosse hinauf zu den Reichen und Schönen, so muss es ihr vorgekommen sein. Aber wie das ausgegangen ist, wissen wir.« Richard erschauderte unwillkürlich.

»Ja, wenn Träume wahr werden … Das ist dann nicht immer so, wie man sich's vorgestellt hat«, bemerkte Nancy. »Okay, dann mal los, mal sehen, ob wir rausfinden können, wie Lucy es bis Dedley End schaffen konnte. Und wieso das dann wirklich ihr tödliches Ende wurde«, fügte sie düster hinzu, dann stieg sie aus dem Wagen.

Soeben kam jemand heraus, und Nancy eilte hin, um die Tür am Zufallen zu hindern. Sie betraten den Wohnblock. »Ob ihre Mitbewohnerin wohl noch immer da oben wohnt?«, fragte sich Nancy, während sie den Lift betraten und in den zehnten Stock hinauffuhren, wo sich Lucys altes Apartment befand.

»Das werden wir gleich herausfinden«, bemerkte Richard. Sie verließen den Lift und schritten zu der gesuchten Tür. Nancy klopfte forsch an.

Sie mussten einige Sekunden warten, dann ging die Tür einen Spalt weit auf und eine Frau starrte misstrauisch heraus.

»Ja, bitte?«, fragte sie unwirsch, offenbar wenig erbaut, von zwei Fremden überrascht zu werden.

»Wir untersuchen Lucys Roths Tod«, erklärte Nancy. »Sie hat wohl mal hier gewohnt, das stimmt doch?«

Die Frau seufzte. »Hab schon mit den Bullen gesprochen.«

»Wir sind nicht von der Polizei«, versicherte Nancy eilends. »Wir sind von der Familie gebeten worden, in dem Fall zu ermitteln und wenn möglich herauszufinden, wie das geschehen konnte«, erklärte sie und hatte natürlich Gewissensbisse, aber der Zweck heiligte nun mal die Mittel. Außerdem hatte Will um ihre Hilfe gebeten, und Harry brauchte sie dringend, also war es genau genommen keine Lüge. »Lucy war doch eine Freundin von Ihnen – bestimmt wollen Sie auch, dass ihr Gerechtigkeit widerfährt?« Nancy war sich im Klaren darüber, dass sie hier pokerte, denn sie wusste nicht einmal, ob diese Frau Lucy überhaupt gekannt hatte, geschweige denn eine gute Freundin von ihr gewesen war.

Die Frau zögerte unschlüssig, doch dann trat sie zurück und hielt die Tür auf. »Na gut, kommt rein.«

Nancy warf Richard einen erleichterten Blick zu. Sie folgten der Frau in einen Wohnraum, der als Wohnzimmer und Küche diente, und der mit Leichtigkeit in die Eingangshalle von Roth Lodge gepasst hätte. Die Frau ließ sich auf der Sofakante nieder und beäugte ihre Besucher misstrauisch. Sie war ungefähr in Lucys Alter, also etwas älter als Nancy, besaß dunkelblondes Haar, das sie in einem Pferdeschwanz trug. »Ich hab der Polizei schon gesagt, dass ich Lucy seit Monaten nicht mehr gesehen habe. Nicht, seit sie eines Abends einfach abgehauen ist und mich auf der Miete sitzen gelassen hat.«

»Dann war sie also nur Ihre Mitbewohnerin?«, erkundigte sich Nancy, während Richard sich, fast ein wenig erschrocken, umsah, als könne er nicht glauben, dass ein Mensch so leben konnte. Ein Rest Snobismus war ihm offenbar doch geblieben. »Woher kanntet ihr euch?«

»Ich war auf der Suche nach einer Mitbewohnerin, und

sie hat sich auf die Anzeige von mir gemeldet. Sie war in Ordnung, soweit ich das beurteilen konnte. Wir kamen ganz gut miteinander aus, aber man hat gemerkt, wie sie's gehasst hat, hier wohnen zu müssen. Hat große Träume gehabt, unsere Lucy. Ja, und wie gesagt, eines Tages ist sie einfach verschwunden und hat mich auf der Miete sitzen lassen. Und als Nächstes meldet sich die Polizei bei mir und teilt mir mit, dass sie ermordet worden ist.« Die Frau zuckte mit den Schultern, als ob sie das nichts weiter anginge. »Mehr kann ich dazu nicht sagen, sorry.«

»Lucy hatte vor nicht allzu langer Zeit geheiratet, aber wir glauben, dass sie einen falschen Mädchennamen benutzt hat. Kannten Sie vielleicht ihren richtigen Nachnamen?«, erkundigte sich Nancy.

»Für mich war sie immer Lucy Lewis.«

»Hat sie je Harry Roth oder die Familie Roth erwähnt?«

Die Frau schüttelte den Kopf. Nancy war enttäuscht – das hier war reine Zeitverschwendung. Entweder wusste Lucys ehemalige Mitbewohnerin wirklich nichts oder sie wollte nichts sagen.

»Haben Sie sich nicht wenigstens mal über ihren jeweiligen Hintergrund unterhalten? Wo Sie herkamen? Was hat Lucy beruflich gemacht?«

»Sie hat in einer Bar in der City gearbeitet. Hat nie viel von sich erzählt. Blieb meist für sich, aber sie war sauber und ordentlich, hat nie Stunk gemacht, konnte mich also nicht beklagen.«

Nancy blickte Richard an, der mit den Schultern zuckte und so enttäuscht aussah, wie sie sich fühlte. Er wandte sich ab und wollte schon gehen, als Nancy noch eine letzte Frage einfiel. »Und ihre Familie? Hatte Lucy noch Verwandte?«

»Bloß ihre Mum.«

Richard blieb unwillkürlich stehen. Nancy stürzte sich sogleich auf diese Information. »Ihre Mum?«

Die Frau nickte. »Mhm. Ich weiß noch, sie hat sich mal darüber beklagt, wie teuer dieses Heim ist, in dem ihre Mum untergebracht ist, und dass es den Großteil ihres Lohns verschlingt. Deshalb hat sie wohl auch hier wohnen müssen.«

»Sie wissen nicht zufällig den Namen dieses Heims?«, erkundigte sich Nancy interessiert. Endlich etwas Greifbares. Die Roths waren davon ausgegangen, dass Lucy keine Verwandten mehr habe, aber offenbar stimmte das nicht.

Die Frau überlegte stirnrunzelnd. »New Haven, glaube ich, hat sie gesagt. Und wie schweineteuer es da sein soll. Aber man hat gemerkt, wie viel ihr an ihrer Mum liegt, dass sie sie nicht in irgendein Dreckloch stecken wollte, wissen Sie? Ja, es hat viel gekostet, aber das war's ihr offenbar wert.«

Nancy notierte sich den Namen des Heims auf ihrem Handy. »Das hilft uns sehr, vielen Dank.«

»Ich hoffe, Sie finden denjenigen, der's getan hat, ich bin schließlich nicht herzlos«, erwähnte die Frau noch, die jetzt ein wenig zugänglicher wurde, und brachte ihre Besucher zur Tür. »Ich bin in Zukunft einfach vorsichtiger, was das Abkassieren der Miete betrifft.«

»Sehr vernünftig«, meinte Nancy. »Danke, dass Sie mit uns geredet haben.« Richard und sie verließen das Apartment und fuhren in nachdenklichem Schweigen mit dem Lift ins Erdgeschoss. Draußen regnete es jetzt so richtig, der Niederschlag prasselte schräg herab, sodass Regenschirme nicht viel nützten. Daher rannten sie zu Richards Auto, und sobald sie im Trockenen saßen, wandten sie sich einander zu.

»Also, das war echt interessant«, begann Nancy. »Wenn sie sich um ihre Mutter kümmern musste, dann hat sie wohl Geld gebraucht.« Sie lehnte sich zurück. »Vielleicht ging's bei diesem Mord doch um das Vermögen der Roths.«

Richard überlegte einen Moment. »Aber wieso ausgerechnet Harry?«

»Wie meinst du das?«

»Wieso war er der reiche Mann, hinter dem sie her war? Sie scheint ganz plötzlich nach Frankreich gegangen zu sein, als ob sie vorgehabt hätte, ihn sich dort zu angeln. Als ob es in London nicht genug reiche junge Männer gäbe. Trotzdem entschied sie sich für Harry. Wieso?«

»Eine sehr gute Frage.« In diesem Moment klingelte Nancys Handy, und sie fischte es aus ihrer Handtasche hervor. Die Nummer kannte sie nicht, was ihr ungewöhnlich vorkam, denn sie wurde sonst eigentlich nur von drei Personen angerufen – wenn man die lästige Telefonwerbung nicht mitzählte.

»Hallo?«, sagte sie verwundert.

»Nancy, Will Roth hier«, antwortete eine Stimme mit einer gepflegten Upper-Class-Aussprache. »Ich wollte mich nochmals bei Ihnen bedanken, weil Sie mir mit Harry beigestanden haben. Ich habe meiner Familie jetzt alles gesagt, und er stand auf meiner Seite. Es lief so gut, wie man sich's unter den Umständen erhoffen konnte. Dass er mich unterstützt hat, hat sehr geholfen.«

»Das freut mich, das sind gute Neuigkeiten. Gut, dass es jetzt endlich heraus ist.«

»Hören Sie, ich habe Natalie nach Lucys alter Adresse für Sie gefragt, aber sie meinte, sie hätte sie Ihnen bereits gegeben. Ich hätte es wissen müssen, dass Sie sie schon haben!«

Nancy schmunzelte. »Tatsächlich bin ich dieses Wochenende in London, bei Richard. Ich versuche, so viel wie möglich herauszufinden, um der Wahrheit auf die Spur zu kommen.«

»Richard? Er hat erwähnt, dass ihr früher mal zusammen gewesen seid.«

Nancy konnte Wills Grinsen förmlich vor sich sehen.

»Umso besser, ich habe nichts dagegen. Sie und Richard auf Spurensuche in Lucys Vergangenheit, Harry wird es zu schätzen wissen.«

»Am besten, Sie behalten das momentan noch für sich«, beeilte sich Nancy zu sagen. Sie vertraute Will und glaubte nicht, dass Harrys Kummer auch nur ansatzweise gespielt war, aber je weniger Leute wussten, dass sie in dem Mordfall ermittelte, desto besser, fand sie – sicherheitshalber.

»Wie Sie wollen. Ich hoffe nur, wir können das Ganze so schnell wie möglich wieder aus der Welt schaffen. Vielleicht stoßen Sie ja auf jemanden aus Lucys Vergangenheit, der es getan haben könnte. Von uns kann's keiner gewesen sein. Das dachte ich zwar anfangs, aber es wäre einfach abwegig. Es muss jemand gewesen sein, den Lucy gekannt hat, bevor sie Harry traf, was meinen Sie?«

»Das hoffe ich«, entgegnete Nancy zurückhaltend.

Richard trommelte mit den Fingern aufs Lenkrad.

»Ich muss Schluss machen, Will.«

»Sie haben eine frische Brise in diese Familie hineingebracht, Nancy Hunter, das Gefühl hatte ich von Anfang an. Bitte machen Sie weiter, geben Sie nicht auf.«

Nancy lachte. »Nein, ganz bestimmt nicht.« Und sie legte auf. »Das war Will Roth, er wollte sich für meine Hilfe bedanken. Obwohl ich nicht sicher bin, ob ich der Familie wirklich noch helfe. Wir wissen nicht, ob Lucy sich absichtlich an Harry Roth herangemacht hat, oder was mit ihrer Mutter los ist. Will denkt, es muss jemand außerhalb der Familie gewesen sein, was mich nicht wundert, dich etwa?« Mit einem Stirnrunzeln versuchte Nancy, die vielen verschiedenen Puzzleteile zusammenzufügen, aber es wollte ihr nicht gelingen.

»Wer denkt schon gerne schlecht von der eigenen Familie?«

»Apropos Familie, was hältst du davon, dass Lucy eine Mutter hatte, um die sie sich kümmern musste? Komm, suchen wir mal im Internet nach diesem Seniorenheim.« Sie steckten die Köpfe über ihrem Handy zusammen, und Nancy tippte »New Haven« in die Suchmaschine ein. Es handelte sich um ein privates Pflegeheim mit Schwerpunkt Demenz. »Hm«, überlegte sie laut, während sie das las. »Lucys Mutter braucht also besondere Pflege.«

»Das hört sich teuer an, muss eine Menge kosten, jemanden dort unterzubringen«, überlegte Richard. »Wo befindet sich dieses Heim?«

Nancy schaute nach. »In Burley. Ach – das ist ja nur eine Stunde von Dedley End entfernt. Hm. Lucy wollte ihre Mum wohl in der Nähe haben.«

»Aber ihre Mutter war doch schon dort, ehe sie Harry kennengelernt hatte.«

»Und das bringt uns auf deine vorherige Frage zurück – hat sie sich gezielt Harry Roth geangelt? Die Begegnung irgendwie selbst herbeigeführt? Ging es ihr tatsächlich um sein Geld?« Nancy seufzte. »Ich hatte echt geglaubt, dass sie ihn geliebt hat. Warum, weiß ich selbst nicht.« Der Gedanke, dass Lucy möglicherweise von Anfang an geplant hatte, sich an Harry heranzumachen, gefiel Nancy gar nicht, aber es könnte immerhin ihren gewaltsamen Tod erklären.

»Glaubst du, die Mutter befindet sich immer noch in diesem Heim?«

»Ja, das würde ich sehr gerne herausfinden, wenn das

möglich ist? Und falls ja, wer zahlt dann jetzt für ihre Unterbringung?« Beide blickten sich ratlos an.

»Hör zu, die Zeit läuft uns allmählich davon, und ich hätte noch so einiges für uns geplant«, meinte Richard. »Momentan können wir eh nichts mehr tun, jedenfalls nicht hier und sofort. Vielleicht erzählst du der Polizei von diesem Heim und überlässt es ihnen, der Sache nachzugehen?«

»Vielleicht«, antwortete Nancy skeptisch. Sie wusste selbst nicht, was sie als Nächstes tun sollte. Am liebsten hätte sie auf der Stelle Jonathan Bericht erstattet, wusste aber, dass Richard das nicht gefallen würde. Daher beschloss sie zu warten, bis sie später allein in ihrem Hotelzimmer war.

»Komm schon, ich will dir London zeigen, du hast dir ein bisschen Spaß und Erholung verdient.« Und er ließ den Motor an. »Ich hab was ganz Besonderes mit dir vor, etwas, das du dir schon lange wünschst, wenn ich mich recht erinnere. Es wird dir Spaß machen, ich versprech's.«

Nancy selbst war gar nicht so sicher, ob sie einfach umschalten und sich amüsieren konnte, während dieser Mord noch über ihnen hing wie eine dunkle Wolke, aber Richard blickte sie so hoffnungsvoll an, dass sie nachgab. Sie hatte schließlich eingewilligt, sich »seine« Stadt von ihm zeigen zu lassen. »Also gut.« Da strahlte er, und sie rang sich ebenfalls ein Lächeln ab.

Beim Wegfahren drehte sich Nancy noch einmal zu dem Apartmentblock um, in dem Lucy früher gewohnt hatte.

Sie hatte nicht ahnen können, dass ihre Heirat mit Harry Roth einmal so tragisch enden würde. Oder etwa doch? Hatte Lucy dadurch irgendwie den Stein ins Rollen gebracht, der zu ihrem gewaltsamen Ende führte?

Dieser Gedanke verfolgte Nancy während der ganzen Rückfahrt in die Innenstadt.

30. Kapitel

Richard ging mit Nancy zum Eislaufen, ins Winter Wonderland im Hyde Park, wovon sie tatsächlich immer geträumt hatte. Sie liebte das Eislaufen, war als Kind regelmäßig gegangen. Nancy war verblüfft und geschmeichelt, dass er sich daran noch erinnerte. Die Sonne war früh untergegangen, und der mit Lichterketten geschmückte Weihnachtsbaum in der Mitte der Bahn funkelte festlich. Nancy vergaß tatsächlich die Ereignisse der letzten beiden Wochen und hatte mehr Spaß, als sie sich hätte vorstellen können.

Hinterher bummelten sie zwischen den Weihnachtsbuden umher, sahen sich alles an und tranken Glühwein aus Plastikbechern. Dann brachte er sie in die weihnachtlich geschmückte Oxford Street. Nancy kam sich wie ein richtiger Tourist vor, während sie alles mit offenem Mund bestaunte. Sie machten einen Abstecher in das berühmte Kaufhaus Selfridges, wo Nancy unter der riesigen Auswahl von Weihnachtskuchen einige für zu Hause und für Oma aussuchte.

Danach waren beide hungrig und erledigt und freuten

sich auf ein schönes Dinner in einem Restaurant. Richard fuhr Nancy zu ihrem Hotel, damit sie einchecken und sich für den Abend umziehen konnte.

Ihr Zimmer war zwar klein, aber hell und sauber. Nancy, die Wangen noch ganz rosig vom Glühwein, ließ sich erst einmal auf die Kante des bequemen Betts sinken, um ihren schmerzenden Füßen ein wenig Ruhe zu gönnen. Diese kleine Pause tat wirklich gut. Und die fröhlich-festliche Stimmung in der Stadt war ansteckend. Dedley End und der Mord waren vorübergehend aus ihren Gedanken verbannt gewesen, aber jetzt, allein hier im Hotelzimmer, fiel ihr alles wieder ein. Bevor sie sich also unter die Dusche stellte, holte sie ihr Handy hervor, um Jonathan von den neuesten Entwicklungen in Kenntnis zu setzen.

»Nancy! Du wirst nicht glauben, was hier los ist!«, antwortete Jonathan ein wenig außer Atem. Im Hintergrund sauste ein Auto vorbei, offenbar war er zu Fuß unterwegs.

»Was?«, rief Nancy überrascht aus. Sie glaubte, *ihm* Neuigkeiten überbringen zu können, und nun überraschte er sie.

»Tja …«, begann er gedehnt, um die Spannung zu erhöhen. Nancy tappte sogleich ungeduldig mit der Fußspitze auf den Teppich. »Natalie hat vorhin angerufen, auf Roth Lodge ist die Hölle los. Anscheinend gab's einen Einbruch! Ich bin schon unterwegs, mal sehen, ob ich jemanden erwische, der mir Auskunft gibt. Die Polizei ist gerade an mir vorbeigefahren.« Er holte tief Luft. »Aber das ist noch nicht alles! Es gab nicht nur einen Einbruch, es wurde auch noch eine Nachricht hinterlassen.«

»Was für eine Nachricht?« Nancy war ganz betäubt von diesen neuen Entwicklungen.

»Natalie sagt, das Küchenfenster sei eingeschlagen worden und eine Mitteilung wurde auf dem Küchentisch hinterlassen. Ein Erpresserschreiben, auf dem steht: *Wenn ihr nicht Lucys Perlenkette aushändigt, gibt es einen weiteren Mord.*«

»Ach du meine Güte!« Nancy stand der Mund offen.

»Unglaublich, was? Und es stand auch ein Übergabeort dabei, wo die Roths die Kette ablegen sollen, und zwar am zweiten Weihnachtsfeiertag, um die Mittagszeit. Das Schreiben wurde auf einem Computer erstellt – alles total anonym!«

»Was für eine Halskette? Weiß man das?«, erkundigte sich Nancy, die, soweit sie sich erinnerte, noch nie von so einer Kette gehört hatte.

»Natalie sagt, Harry habe sie Lucy zur Hochzeit geschenkt, und Lucy hat sie oft getragen. Sie besteht aus Saphiren und Diamanten – und ist so wertvoll, dass sie im Safe aufbewahrt werden muss. Aber hier kommt das Allerwichtigste: Offenbar sollte Lucy diese Kette auf der Party tragen, hat sich im letzten Moment aber für ein rotes Kleid entschieden, und weil sie dazu nicht gepasst hätte, hat sie sie nicht getragen.«

»Ja und?«

»Und die Person, die Lucy getötet hat, hätte hinter dieser Kette her sein können. Das wäre ein Motiv. Und als er oder sie sahen, dass sie sie nicht trug, haben sie sie möglicherweise bedroht, sie hat sich geweigert, die Räuber gerieten in Panik und haben sie über die Balkonbrüstung gestoßen. Und jetzt sind sie noch mal gekommen, um sie sich zu holen, und weil sie sie nicht finden konnten, drohen sie mit einem weiteren Mord, wenn sie ihnen nicht ausgehändigt wird.«

Nancy machte große Augen. »Wow.«

»Du sagst es. Das ändert alles. Auf einmal deutet doch alles auf Außenstehende hin. Die Familie wird wohl kaum diese Kette stehlen wollen, sie gehört ihnen ja bereits. Das Geld dafür haben sie auch nicht nötig. Es muss also doch einer der Gäste gewesen sein, oder ein unbekannter Eindringling. Vielleicht waren auch mehrere Personen daran beteiligt.« Jonathan hörte sich ganz aufgeregt an, aber Nancy schüttelte den Kopf.

»Erscheint dir das alles nicht ein bisschen zu einfach und bequem?«

»Du traust der Sache nicht?«

»Wieso kommen sie erst jetzt damit heraus?«

»Du vergisst, dass bisher ständig die Polizei im Haus oder auf dem Gelände war. Laut Natalie hatte die Familie zum ersten Mal wieder geschlossen das Haus verlassen, weil sie von Bekannten zum Dinner eingeladen gewesen waren – das Haus hatte also zum ersten Mal seit dem Mord leer gestanden. Der Mörder muss das Anwesen beobachtet und die Gelegenheit beim Schopf gepackt haben. Okay, ich bin jetzt da und sehe DCI Brown. Vielleicht kann ich was aus ihm rauskriegen. Ich melde mich wieder!« Und damit legte er auf.

Nancy ließ das Handy stirnrunzelnd auf die Matratze sinken. Sie fühlte sich wie ein Luftballon, aus dem langsam die Luft entwich. Wenn es stimmte, was Jonathan sagte, dann wäre ihre Spurensuche vorbei. Die Polizei würde die Stelle überwachen, an der die Übergabe stattfinden sollte, und das war's dann.

Hatte der Mord tatsächlich nichts mit Lucys Vergangenheit oder mit den Roths zu tun? Ging es wirklich nur um eine blöde Halskette? Nancy ärgerte sich, dass sie nicht vor Ort sein und der Spur zusammen mit Jonathan nachgehen konnte. Aber heute Abend ließ sich nichts mehr machen. Sie würde bis morgen auf mehr von ihm warten müssen.

Sie erhob sich und ging ins Bad, drehte die Dusche an und schlüpfte aus ihren Kleidern. Sie hatte ehrlich geglaubt, das mit Lucys Mutter könne eine wichtige Rolle spielen, aber nun schien alles umsonst gewesen zu sein. Ja, sie war nicht einmal dazu gekommen, Jonathan davon zu berichten.

Nachdem sie geduscht hatte, zog sie das eigens mitgebrachte Kleid an und streifte ihre schwarzen Pumps über, brachte ihren Bob in Form, legte ein wenig Make-up und Parfüm auf. Nancy begutachtete sich zufrieden im Spiegel: nicht zu viel, aber auch nicht zu wenig – genau der Effekt, auf den sie aus war. Doch dann seufzte sie: Jonathans Anruf wollte ihr nicht aus dem Kopf. Diese letzte Wendung war so verwirrend, um nicht zu sagen, frustrierend. Hatte Will Roth nicht zuletzt gesagt, er könne nicht glauben, dass ein Familienmitglied für diesen Mord verantwortlich sei? Nancy kam es fast so vor, als würde sich jemand anstrengen, dafür zu sorgen, dass der Verdacht nicht länger auf die Familie fiel. Wem konnte man überhaupt noch trauen?

Ihr Handy leuchtete auf, es war eine Textnachricht von Richard. Er teilte ihr mit, dass er unten in der Lobby sei und auf sie wartete. Sie musste den Mord vorläufig beiseiteschieben. Sie verstaute ihr Handy in ihrer Handtasche und verließ das Zimmer. Ihr flatterte ein wenig der Magen, bei dem Gedanken an den bevorstehenden Abend zu zweit. Allein mit Richard.

»Du siehst einfach umwerfend aus.« Richard kam strahlend auf Nancy zu, als diese aus dem Lift trat. Er selbst trug jetzt einen attraktiven dunklen Anzug. Er beugte sich zu ihr hin und gab ihr einen sanften Kuss auf die Lippen. Nancy roch sein Aftershave. Sie war selbst überrascht, als sie daraufhin von einem köstlichen kleinen Schauder erfasst wurde.

»Hier entlang.« Er führte sie aus dem Hotel und zu einem wartenden Taxi. Während der kurzen Fahrt durch die Innenstadt hielt er ihre Hand. Sie waren rasch an ihrem Ziel angekommen. Ein uniformierter Page trat vor und öffnete die Wagentür.

Nancy stieg aus und blickte sich verwundert um. »Das Ritz?!«

»Wegen dieses Krimis, den du so mochtest, damals auf der Uni.«

Nancy war überrascht, dass er sich daran erinnerte. Der Roman von Thomas Green, über einen Mord im Ritz, war während ihres Studiums erschienen, und Nancy war ganz begeistert von dem Buch gewesen, hatte davon geträumt, eines Tages einmal das Ritz zu sehen und sich die Szenen vorstellen zu können, die in dem Krimi beschrieben worden waren. »Richard, ich bin total platt.«

Er ergriff strahlend ihren Arm, und zusammen betraten sie die Lobby des Hotels. Nancys Absätze klapperten auf den Marmorfliesen der weitläufigen Eingangshalle. Weiter vorne stand ein großer funkelnder Christbaum, der fast bis zur Decke reichte.

Auf dem Weg zum Restaurant kam sich Nancy vor, als wäre sie in eine andere Zeit zurückversetzt worden, alles blitzte und funkelte, überall Vergoldungen und glänzende Oberflächen. Sie wurden zu einem Tisch ganz in der Mitte des Restaurants geführt, und Nancy ließ zunächst einmal den Blick über die anderen Gäste schweifen. Fast alle saßen in Abendgarderobe an ihren Tischen, so etwas sah man heutzutage nicht mehr oft. Nancy fand es einfach großartig.

Sie nahmen Platz, und sogleich trat ein Kellner heran. »Champagner?«

»Und ob!«, antwortete Richard gut gelaunt, und der Kellner machte sich sogleich unsichtbar, um das Gewünschte zu besorgen. »Gefällt es dir? Eine schöne Überraschung, hoffe ich?« Er blickte Nancy über den Tisch hinweg mit hochgezogener Braue an.

Sie schmunzelte. »Und wie! Vielen, vielen Dank. Ein perfekter Ort für einen perfekten Abend in London.«

»In perfekter Gesellschaft, hoffe ich.« In diesem Moment wurde der Champagner gebracht und zwei funkelnde Sektkelche wurden gefüllt. Sobald sie wieder allein waren, hob Richard sein Glas. »Auf uns!«

»Auf uns«, antwortete sie, und sie stießen mit einem leisen, glockenhellen Ton an. Nancy nahm einen Schluck und freute sich über die spritzigen, winzigen Bläschen, die am Gaumen kitzelten. Sie lachte. »Daran könnte ich mich gewöhnen.«

Das hörte er offenbar gern. »Freut mich sehr. Und was hältst du jetzt von unserer heutigen Mission? Glaubst du immer noch, dass Lucys Mutter der Schlüssel zu allem sein könnte?«

»Das habe ich gedacht, ja, aber jetzt bin ich mir nicht mehr so sicher.« Und sie erzählte ihm von ihrem Telefonat mit Jonathan und von dem Einbruch auf Roth Lodge. »Es scheint also doch nichts mit der Familie zu tun zu haben.«

»Wenn das stimmt, dann freut's mich. Ich fände es schlimm, wenn eine alteingesessene Familie wie die Roths in so etwas Unschönes verwickelt sein sollte, aber ich sehe dir an, dass du skeptisch bist.«

Sie lächelte. Er kannte sie zu gut. »Mir kommt das alles ein bisschen sehr bequem vor, noch dazu so kurz nach … nach Wills Verhaftung – als ob jemand versucht, den Verdacht von der Familie abzulenken. Aber vielleicht interpretiere ich zu viel hinein. Vielleicht bin ich bloß enttäuscht, weil wir den Mord jetzt wohl doch nicht selbst aufklären werden.«

»Du hast immer schon einen wachen Instinkt gehabt. Wenn du das Gefühl hast, dass was faul ist, dann ist es vielleicht wirklich so.«

»Ich werde mir das alles noch mal durch den Kopf gehen lassen, wenn ich wieder daheim bin.«

Richard seufzte. »Ich wünschte, du müsstest nicht wieder weg. Egoistisch von mir, ich weiß.«

»Dedley End ist nun mal mein Zuhause«, erinnerte sie ihn mit fester Stimme. Das Ritz war großartig, aber es war nur ein Traum, das war nicht die Realität. Oder das wirkliche Leben. Nancys Realität waren die Cotswolds, das wussten beide.

»Ja, das ist mir inzwischen auch klar geworden«, beeilte er sich zu versichern. Er streckte den Arm über den Tisch und ergriff ihre Hand. Sie überließ sie ihm. »Ich habe nachgedacht, Nancy. Lass es mich erst mal erklären, sag noch nichts, okay? Überleg es dir erst einmal.«

»Na gut«, antwortete sie bange und nahm einen Schluck Champagner.

»Mir ist gar nicht bewusst gewesen, wie einsam ich war oder wie sehr du mir fehlst. Dieser Tag mit dir war einfach wunderbar. So sollte es immer sein. Ich möchte dich wieder in meinem Leben haben. Ich weiß, du hängst sehr an Dedley End und willst nicht in London leben. Mein Job ist nur momentan leider hier, aber so weit weg sind die Cotswolds auch nicht. Ich könnte versuchen, ein bisschen von zu Hause aus zu arbeiten.« Er holte tief Luft. »Wir könnten zusammenziehen. Wir könnten uns was bei dir suchen, vielleicht sogar in Dedley End, wenn du das möchtest. Ich könnte vier Tage die Woche in London arbeiten, und den Rest bei dir sein.« Richard sprudelte alles in einem Schwall hervor.

Nancy starrte ihn fassungslos an. Sie konnte kaum glauben, was sie da hörte. Die Erfüllung eines Traums, nur leider fünf Jahre zu spät. »Im Ernst? Willst du das wirklich?«, hakte sie nach.

Er nickte. »Ich möchte wieder mit dir zusammen sein, und so wäre es die beste Lösung, scheint mir. Ich könnte versuchen, mit der Zeit einen Job in deiner Nähe zu finden, oder mich irgendwann selbstständig machen. Egal, Hauptsache, wir sind zusammen.«

»Ich kann's nicht glauben.« Etwas anderes fiel Nancy dazu nicht ein.

Richard lachte. »Ich hatte mir eigentlich eine andere Reaktion erhofft, aber ich kann mir vorstellen, dass das ein Schock für dich ist.«

»Allerdings! Wir sind ja erst seit ein paar Tagen wieder in Kontakt. Ein Schock ist das schon.« Sie leerte ihr Glas, und er schenkte flink nach.

»Ich weiß. Deshalb sollst du mir vorläufig noch keine Antwort geben. Überlege es dir, lass dir Zeit. Aber ein Nein ist es nicht, oder? Es besteht Hoffnung für mich?«

Richard wirkte in diesem Moment so verletzlich, dass Nancy unwillkürlich tröstend seine Hand drückte. »Doch, Hoffnung gibt es, ganz bestimmt.« Seine Worte machten sie schwindelig, hinzu kam der Champagner, der ihr allmählich zu Kopf stieg. Und natürlich die Tatsache, dass sie wirklich und wahrhaftig im Ritz saß.

Er beugte sich über den Tisch und gab ihr einen Kuss auf die Lippen. »Jetzt ist dieser Abend für mich gerettet, Nancy Hunter.«

31. Kapitel

Am nächsten Vormittag, dem 24. Dezember, traf Nancy wieder in Dedley End ein. Sie hatte einen Frühzug genommen, weil für den Verlauf des Tages eine Kaltfront angesagt war und man in den Cotswolds mit Frost oder sogar Schneefall rechnete, was zu Störungen im Bahnverkehr führen konnte. Es war sogar die Rede von weißen Weihnachten.

Richard hatte noch zu tun und sich deshalb schon ganz früh am Morgen mit einem zärtlichen Kuss von ihr verabschiedet und aus dem Hotel geschlichen, um nach Hause zu gehen und sich für den Tag umzuziehen. Zuvor hatte er jedoch noch dafür gesorgt, dass man ihr Frühstück aufs Zimmer servierte – Rührei, Toast und Tee.

Nancy musste immer wieder an die vergangene Nacht denken. Wenn sie an Richards Küsse, an seine Liebkosungen dachte, umspielte ein leises Lächeln ihre Lippen und ihre Wangen röteten sich. Er hatte sie auch während der Nacht, als sie schlief, kaum losgelassen. Sie fühlte sich fast wieder wie ein unreifer Teenager, ermahnte sich aber, sich nicht zu sehr in romantischen Vorstellungen zu verlieren.

Sie musste einen klaren Kopf behalten und Richards Antrag praktisch durchdenken. Ihn in Dedley End zu haben, das wäre ein Traum. Aber sie musste auch an ihre guten Freunde denken, und die waren nicht gerade Richards größte Fans. Aber das würde sich doch hoffentlich ändern, wenn er bei ihr wohnen würde? Sie liebte ihn schließlich.

Hm. Das war die eigentliche Frage. Liebte sie ihn? Sie hatte ihn einmal geliebt, und die gestrige Nacht war dem sehr nahegekommen, aber Nancy war sich dennoch nicht sicher, was ihre Gefühle für Richard betraf.

Die Bahnstation Woodley kam in Sicht, und der Zug bremste ab. Nancy blickte auf den Bahnsteig hinaus und zum Parkplatz, wo sie Penelope an ihrem Wagen lehnen sah; die kleine Kitty saß auf dem Rücksitz und schlief. Penelope hatte beide Hände in die Manteltaschen geschoben, und man konnte ihre Atemwölkchen in der klaren Luft erkennen. Ein Stück von ihr entfernt stand Jonathan und telefonierte auf dem Handy. Nancy war so froh, ihre Freunde wiederzusehen. Sie hob ihren Koffer von der Gepäckablage und stieg aus dem Zug.

Sie ging auf die Absperrung zu und winkte Penelope, die sogleich zu ihr eilte und sie fest umarmte. »Ich war doch nur eine Nacht weg«, sagte Nancy und lachte, als Pen sie wieder losließ.

»Aber es hat sich angefühlt wie 'ne Ewigkeit! Es ist so viel passiert. Außerdem ist heute Weihnachten, und was wäre ein Weihnachten in Dedley End ohne dich? Komm, jetzt bringen wir dich erst mal heim.« Sie hakte sich bei Nancy unter und führte sie zum Parkplatz. »Und wie war's in der Großstadt? Wenigstens bist du heil geblieben. Wie war Richard?« Penelope blickte Nancy mit erwartungsvoller Miene an.

Nancy, die endlich dazu kam, auch mal ein Wort zu sagen, schmunzelte. »Es war ganz toll. Er hat mich ausgeführt, wir waren im Ritz, stell dir vor! Es war einfach umwerfend.«

Penelopes Adlerauge entging so schnell nichts. »Du wirst ja rot … Ach du dicke Scheiße! Du hast doch nicht etwa mit ihm geschlafen?«, zischte sie und blieb abrupt stehen, was Nancy zwang, ebenfalls anzuhalten. Glücklicherweise waren sie noch ein Stück von Jonathan entfernt.

Nancy warf einen raschen Blick zu Jonathan, doch der telefonierte weiterhin und schien zum Glück noch gar nicht bemerkt zu haben, dass sie eingetroffen war. »Doch«, gestand sie kläglich.

»Und?«

»Und es war ziemlich toll.«

Penelope stieß ein aufgeregtes Quieken aus, und das machte Jonathan nun doch auf sie aufmerksam. Er wandte sich um, beendete sein Telefonat und strahlte Nancy an. »Du erzählst mir später alles haarklein, hörst du?«, zischte Penelope, während Jonathan bereits auf sie zukam. Ebenso wie Penelope hatte er sich gut gegen die Kälte gewappnet, auch wenn sein Haar wie immer ein wenig zerzaust war und seine Nasenspitze leicht gerötet. Nancy musste ihn nur ansehen und fühlte sich zu Hause.

»Der Pilger kehrt heim, wie ich sehe«, bemerkte er grinsend, nahm Nancy den Koffer ab und beförderte ihn in den Kofferraum von Penelopes Auto. »Es gibt interessante Entwicklungen. Das war Will Roth am Telefon. Wir sollen in die Roth Lodge kommen, sobald wir können. Dich hat er nicht erreichen können, deshalb hat er mich angerufen.«

»Ach, ich hatte im Zug keinen Empfang. Hm, das klingt ja interessant.«

»Ja, oder? Aber du willst sicher erst mal nach Hause? Wir haben deine Großmutter heute früh zum Frühstück eingeladen, und sie ist schon ganz gespannt auf das, was du aus der großen Stadt zu berichten hast.«

»Gut, gehen wir. Außerdem kann's nicht schaden, die Roths ein bisschen zappeln zu lassen«, meinte Nancy.

Jonathan grinste. »Ja, lassen wir sie warten, gefällt mir.«

»Kommt jetzt, ich bin schon total durchgefroren!«, rief Penelope, die bereits hinter dem Steuer saß, durchs Wagenfenster.

»War's schön in London?«, erkundigte sich Jonathan, der hinten einstieg, während Nancy um den Wagen herumging und sich auf die Beifahrerseite neben Penelope setzte.

»Schon, aber ich bin trotzdem froh, wieder daheim zu sein«, antwortete sie aufrichtig und verdiente sich damit ein Lächeln von Jonathan.

Kitty schlug verschlafen die Augen auf. »Ist der Weihnachtsmann schon da?«

Penelope lachte. »Noch nicht, mein Schatz.«

Auf der Rückfahrt nach Dedley End setzte Schneeregen ein. Die Lichter des Weihnachtsbaums auf dem Dorfanger waren im trübgrauen Tageslicht nur schwer auszumachen, und der Himmel schien sich von Minute zu Minute mehr zu verdüstern. Es sah tatsächlich nach Schnee aus. Für Nancy hatte das weihnachtliche Dorf etwas Magisches, da konnte London noch so prächtig sein.

»Wie ist denn das Ritz so?«, wollte Pen wissen. »Mann, ich bin so neidisch auf dich, weil du tatsächlich dort warst!«

»Man kommt sich fast vor wie in einem Roman, es ist so elegant und nobel. Wir haben echten Champagner getrunken, der schmeckt himmlisch, und auch das Essen war überirdisch gut. Im Ritz zu speisen! Ich kam mir so fein, ja richtig erwachsen vor!«, erzählte Nancy strahlend. Sie fing im Rückspiegel Jonathans Blick auf, doch er wandte ihn hastig wieder ab. »Wir haben übrigens auch was Interessantes über Lucy Roth herausgefunden, das ist bei dieser Einbruchssache ganz untergegangen. Weiß nicht, ob es jetzt überhaupt noch relevant ist, aber ich denke, schon.« Nancy drehte sich auf ihrem Sitz zu Jonathan um, dessen Blick ihr diesmal nicht auswich, und erzählte ihm von Lucys Mutter und dass sie offenbar in einem Heim untergebracht war. »Es scheint ziemlich teuer zu sein, man muss schon Geld haben, um jemanden so lange dort unterzubringen, wie ihre Mutter offenbar schon dort ist.«

»Das könnte erklären, wieso sie Harry Roth geheiratet hat«, sinnierte Jonathan. »Dann war sie also doch hinter seinem Geld her?«

»Vielleicht. Deswegen wurde sie jedoch wohl nicht getötet, wie es jetzt scheint?«

»Überzeugt dich nicht?«

»Nein. Mich lässt das Gefühl nicht los, dass uns noch ein entscheidendes Puzzleteil fehlt.«

»Dann müssen wir eben danach suchen, Zeit haben wir schließlich noch«, meinte Jonathan.

Penelope hielt vor Nancys und Omas Cottage und drehte sich zur Freundin hin. »Ich muss noch in den Supermarkt und ein paar letzte Einkäufe machen, dann muss diese Kleine hier in die Badewanne und ab ins Bett, denn morgen wird sie bestimmt im Morgengrauen schon wieder auf den Beinen sein.«

»Ich bin schon sooo gespannt auf meine Geschenke!«, piepste Kitty vom Rücksitz.

»Das kann ich mir vorstellen!«, sagte Nancy. »Aber ihr kommt doch morgen zu uns?«

»Auf jeden Fall!« Penelope beugte sich zur Seite und gab Nancy zum Abschied ein Küsschen auf die Wange. Als Oliver, Pens Mann, zum ersten Mal keinen Heimaturlaub bekam und an Weihnachten nicht nach Hause kommen konnte, hatten Oma und Nancy Pen und Kitty kurzerhand zu sich eingeladen. Und seitdem verbrachten sie stets jeden ersten Weihnachtsfeiertag zusammen in Omas und Nancys gemütlichem Cottage; Nancy hoffte, dass es immer so bleiben würde. Sie stiegen aus, und Jonathan und sie winkten dem Wagen noch einmal nach.

»Du kommst doch heute Abend wie immer zu uns,

oder?«, erkundigte sich Nancy bei Jonathan. »Zur üblichen Weihnachts-Fressorgie?«

Jonathan grinste. »Fernsehgucken? Die Muppets-Weihnachtsgeschichte? Und dazu ein Eimer voll Toffees und Pralinen? Wenn das für dich eine Orgie ist, dann ja.«

»Du hast schließlich damit angefangen«, erinnerte sie ihn. »Gib's zu, du bist ganz verrückt danach.«

»Zugeben? Kann ich nicht, ich habe schließlich einen Ruf zu verlieren.« Er nahm ihren Koffer und ging ihr voran ins Haus. Sie folgte ihm schmunzelnd. Nancy war froh, dass auch heuer alles beim Alten blieb. Vielleicht würden sich die Dinge ja bald ändern, mit Richard, aber daran wollte sie jetzt nicht denken. Sie konnte sich nur schwer vorstellen, nächstes Jahr nicht mehr mit Oma in ihrem kleinen Cottage zu wohnen, sondern irgendwo anders mit Richard. Das hier war ihr Zuhause.

Charlie sprang freudig an ihr hoch, sobald sie das Haus betrat. Nancy ging in die Hocke und musste lachen, als er ihr daraufhin begeistert die Wange leckte. »He, du, hast mich wohl vermisst, was?«

»In der Küche!«, rief Jane.

Nancy ließ Koffer und Mantel in der Diele. »Komm, Charlie.« Frauchen und Hund folgten Jonathan nach hinten in die Küche. »Hallo, Oma!«

Jane saß mit einer Tasse Tee und der Zeitung am Küchentisch, aus dem Radio drang leise Musik, und das Licht war eingeschaltet, um den trüben Tag ein wenig aufzuhellen. Nancy kam alles so gemütlich, so heimelig vor, dass sie sich noch mehr freute, wieder daheim zu sein. Sie beugte sich zu Oma hinunter und umarmte sie.

»Na, wie war's? Komm, setz dich zu mir, der Tee dürfte noch heiß genug sein. Jonathan, hol doch mal die Keksdose vom Regal, ja? Ich jedenfalls brauche nach einer Reise immer erst mal Tee und Kekse.«

»Es war toll, Oma, und Tee und Kekse kann ich jetzt wirklich gebrauchen.« Nancy setzte sich. Beagle Charlie ließ sich sogleich auf ihren Füßen nieder, und sie beugte sich zu ihm hinunter, um ihn zu streicheln. Es freute sie, dass er sie offenbar so vermisst hatte. Jane schenkte Tee ein, und Jonathan brachte die Dose, die aussah wie ein großer Igel, an den Tisch und tat ein paar Schokotaler auf einen Teller. »Ich muss allerdings bald weg«, fuhr Nancy fort, »Jonathan und ich sollen zu den Roths hinaufkommen.«

Jane war überrascht. »Ach ja? Wieso das denn?«

Jonathan berichtete von Natalie und was er von ihr erfahren hatte, und dass Will Roth angerufen und sie gebeten hatte, nach Roth Lodge zu kommen.

»Also so was! Damit hätte ich wirklich nicht gerechnet. Darf ich mitkommen?«, fragte Jane.

Nancy und Jonathan wechselten einen Blick, er zuckte mit den Schultern. »Wieso nicht? Wenn sie uns schon zu sich zitieren, dürfen wir doch wohl selbst entscheiden, wen wir mitbringen.«

Jane strahlte. »Danke, Liebes. Ich möchte ungern fehlen, wenn wir kurz vor der Aufklärung des Falls stehen.«

»Ich weiß nicht … ich bin skeptisch«, gestand Nancy. Sie erzählte ihrer Großmutter, was sie und Richard in London herausgefunden hatten.

»Ihre arme Mutter«, meinte Jane mitfühlend. »Ich hoffe, sie ist jetzt nicht ganz allein, hoffentlich kümmert sich jemand um sie. Aber mit ihr kann es wohl schlecht etwas zu tun haben, wo wir nun diese Sache mit der Halskette haben?«

Nancy seufzte. »Weiß nicht. Ich hatte einfach so ein Gefühl, dass die Mutter der Schlüssel zum Ganzen sein könnte, wisst ihr?«

»Könnte sie ja trotzdem.« Aber Jonathan schien selbst nicht recht überzeugt zu sein. »Sehen wir doch erst mal, was die Roths zu sagen haben.«

»Vielleicht wollen sie, dass du über die Sache mit der Halskette schreibst, was meinst du?«, fragte Nancy Jonathan.

»Will sagt, ich würde die Story exklusiv kriegen, wenn das Ganze erst mal vorbei ist, aber bis dahin soll ich Stillschweigen bewahren. Er wollte nicht sagen, worum es genau geht, bloß dass sie unsere Hilfe benötigen. Ehrlich, ich hätte gedacht, dass die Sache eigentlich erledigt ist.« Er zuckte mit den Schultern und biss in einen Keks.

»Nein, das ist noch längst nicht vorbei, das habe ich im Gefühl«, meinte Nancy und nahm einen Schluck Tee.

32. Kapitel

Nachdem sie sich mit Tee und Keksen gestärkt hatten, stiegen Jane, Nancy und Jonathan in Jonathans Auto und fuhren hinauf zum Haus auf dem Hügel. Der Schneeregen ging mehr und mehr in echten Schneefall über, was die Sicht erschwerte. Der Dorfanger mit Christbaum und die geschmückte High Street hüllten sich in ein Kleid aus wehenden Flocken. Trotz des ungemütlichen Wetters waren viele Leute unterwegs, um letzte Weihnachtseinkäufe zu erledigen. Nancy war froh, dass sie die Lebensmittelvorräte schon vor ein paar Tagen aufgefüllt hatte, denn sie hatte vor, sich nach diesem Besuch bei den Roths in ihrem gemütlichen warmen Cottage einzuigeln und erst nach den Feiertagen wieder hervorzukommen. Die Aufregungen der letzten beiden Wochen, ganz zu schweigen vom romantischen Zwischenspiel mit Richard, weckten bei ihr das starke Bedürfnis nach Ruhe und Frieden, sie konnte es fast nicht erwarten.

»Du hast ja noch kaum etwas von London erzählt«, bemerkte Jonathan, während sich das ihnen mittlerweile vertraute gusseiserne Tor zum Anwesen der Roths für sie öffnete. »Ich hoffe, du wirst jetzt nicht unser beschauliches kleines Dorf für die Verlockungen der Großstadt eintauschen wollen?« Er sagte es leichthin, sah sie dabei aber nicht an. Meinte er das etwa ernst? Nancy war sich nicht sicher.

»Hier ist im Moment sowieso mehr los als in London«, antwortete sie ausweichend.

Jane, auf dem Rücksitz, beugte sich vor und fragte: »Und wie lief es mit Richard?«

»Sehr gut«, antwortete Nancy. »Aber er hat mir Grund gegeben, über vieles nachzudenken«, gestand sie, während Jonathan den Wagen vor dem Anwesen abstellte. Beide blickten sie erwartungsvoll an. Nancy beschloss, es ihnen ebenso gut gleich sagen zu können. Vielleicht würde ihre Reaktion ja bei der Entscheidungsfindung helfen. »Er möchte gern, dass wir's noch mal miteinander versuchen. Er wäre sogar bereit, hierherzuziehen.«

Jonathans Augenbrauen schossen in die Höhe. »Großer Gott! Und wie denkst du darüber?«

»Ich weiß nicht. Das … kommt alles so plötzlich. Aber er meint, ich soll's mir erst mal überlegen.«

»Wenigstens drängt er dich nicht«, meinte Jonathan nur.

»Und er scheint endlich auch deine Gefühle zu berücksichtigen«, meinte Jane mit einem anerkennenden Nicken. »Das ist gut. Vielleicht hat er sich wirklich zum Positiven hin verändert.«

»Aber was soll ich tun?«

»Uns brauchst du nicht fragen, Liebes, das musst du selbst entscheiden«, meinte Oma gütig. »Bei solchen Angelegenheiten sollte man der Stimme seines Herzens folgen.«

Nancy wünschte nur, sie würde selbst verstehen, was ihr Herz wollte.

Jonathan löste seinen Sitzgurt. »Okay, dann los, bringen wir's hinter uns.«

Nancy, die ein wenig enttäuscht war, ohne selbst zu wissen, warum, nickte. Jane und sie stiegen ebenfalls aus, und sie gingen zusammen auf das Haus zu. Da blieb Nancy, die etwas aus den Augenwinkeln wahrgenommen hatte, abrupt stehen.

»Was ist?«, fragte Jonathan, aber sie bedeutete ihm mit einer lebhaften Geste zu schweigen. Nancy huschte zu einer Ecke des Hauses, er und Jane folgten interessiert. Der Wind wehte Stimmen zu ihnen her, und sie spähten neugierig um die Hausecke. Nancy versuchte angestrengt, das Schneegestöber zu durchdringen. Zwei Gestalten schritten über den Rasen und unterhielten sich wild gestikulierend.

»Marcus und Peter«, zischte sie den anderen zu. Sie schlichen sich noch ein wenig näher heran und konnten sehen, wie die beiden abrupt stehen blieben und mit erhobenen Stimmen aufeinander einredeten, die der Wind zu den Lauschern hintrug.

»Der gute Ruf dieser Familie wird in den Dreck gezogen!«, brüllte Marcus. »Ich lasse mir das nicht länger bieten, sag ich dir!«

»Vater, bitte, er kann doch nichts für seine Gefühle! Seine Angst, wir könnten es erfahren, war so groß, dass er sich sogar verhaften ließ! Nach allem, was wir durchgemacht haben, sollten wir doch …«

»Es geht nicht nur um diese Bombe, die Will platzen ließ«, fuhr Marcus seinem Sohn dazwischen. »Diese ganze schreckliche Mordgeschichte hängt immer noch über uns, und die Polizei ist vollkommen nutzlos. Immerhin bringt uns diese Sache mit der Halskette ein wenig voran. Aber wann wird das alles endlich ein Ende nehmen? Das wäre nie passiert, wenn dein Sohn nicht den Kopf verloren und dieses ordinäre Weib geheiratet hätte! Du musst deine Söhne besser in den Griff bekommen, Peter. Solche Männer will ich nicht an der Spitze des Familienbetriebs sehen.«

»Du willst sie enterben?! Das kann nicht dein Ernst sein!«, rief Peter entsetzt aus. »Sie sind beide ausgezeichnete Geschäftsleute.«

»Ich kann zum jetzigen Zeitpunkt überhaupt nichts ausschließen. Ich werde tun, was am besten für diese Familie ist!« Marcus setzte sich wieder in Bewegung und stakste mit ausgreifenden Schritten davon, Peter eilte hinterher, und ihre Stimmen verloren sich rasch in der Weite des Gartens.

»Also so was.« Nancy richtete sich auf und blickte die beiden anderen an. »Dass Marcus so zornig werden kann, hätte ich ihm gar nicht zugetraut. Er ist sonst immer so freundlich und rücksichtsvoll.« Sie schüttelte perplex den Kopf.

»Nun gut, Will hat offenbar nicht ohne Grund solches

Muffensausen davor gehabt, seine Homosexualität vor der Familie einzugestehen. Jetzt wissen wir, warum«, meinte Jonathan, ebenfalls mit einem Kopfschütteln. »Glauben die wirklich, dass das ihrem Ruf schaden würde? In der heutigen Zeit? Und Harry die Schuld an allem zu geben … Glaubt ihr, Marcus würde die beiden tatsächlich enterben?«

»Nach allem, was wir gerade mitbekommen haben, halte ich das für sehr gut möglich«, meinte Jane. »Seinen eigenen Sohn derart runterzuputzen, also wirklich!« Sie warf einen Blick auf Nancy, zweifellos dachte sie an ihren eigenen geliebten, verstorbenen Sohn.

»Aber er scheint wirklich der Ansicht zu sein, dass der Mord mit der Halskette zusammenhängt. Und das heißt, dass er's nicht gewesen sein kann, oder? Obwohl, könnte natürlich auch ein Bluff sein«, sinnierte Nancy.

»Du zweifelst also immer noch an der Halsketten-Geschichte?«, fragte Jonathan.

»Ich weiß nicht, ich war mir so sicher, dass es jemand sein muss, den Lucy kannte. Aber das eine schließt das andere ja nicht aus.«

»Wie meinst du das, Liebes?«, erkundigte sich Jane.

»Na ja, mal angenommen, Marcus hat schon vorher ein paarmal mit Enterbung gedroht. Was wäre, wenn einer aus der Familie es auf diese Kette abgesehen hätte, um sich für den Fall des Falles mit genügend Geld zu versorgen?«, schlug Nancy vor.

»Aber damit wäre die ganze Familie wieder verdächtig. Bis auf Marcus und Will.« Jonathan seufzte. »Möglich wär's. Die Menschen tun seltsame Dinge, wenn's um Geld geht. Ich weiß nur eins: Wir müssen die Wahrheit rausfinden und zwar so schnell wie möglich, denn es sieht ganz danach aus, dass in Kürze jemand für diesen Mord verantwortlich gemacht wird. Und mir wäre es schon lieber, wenn es sich dabei um den tatsächlichen Mörder handelte.«

Nancy und Jane waren derselben Meinung. Sie machten kehrt, gingen zusammen zum Vordereingang und klingelten.

Die Tür wurde von Butler Frank geöffnet. Er warf sogleich einen ängstlichen Blick über ihre Schultern, als fürchte er, sie könnten beobachtet werden. Was sehr gut der Fall sein konnte, wie Nancy erkannte. »Sie werden bereits im Salon erwartet«, verkündete er und winkte sie rasch herein. Mit ausgreifenden Schritten führte er sie durch die Eingangshalle, und sie mussten ihm hinterhereilen, um nicht abgehängt zu werden. Schwungvoll riss er die beiden Türflügel auf und trat zurück, um sie einzulassen. Die ganze Familie war im Salon versammelt. Sie verstummte bei ihrem Anblick, und aller Augen richteten sich auf Nancy, Jonathan und Jane. »Ich lasse Sie jetzt besser allein«, erklärte Frank und zog die Türflügel wieder hinter sich zu. Nancys Blick suchte unwillkürlich den der beiden anderen, sie hatte fast das Gefühl, als sei hinter ihnen eine Falle zugeschnappt.

Der Salon sah anders aus als auf der Feier. Die Möbel waren wieder in die Mitte gerückt worden, und die Familie besetzte eine Hälfte der Polstergruppe. Dahinter ragte stolz ein großer, silbern und golden geschmückter Christbaum auf.

»Danke, dass ihr gekommen seid«, sagte Will Roth, der in einem Lehnsessel saß. Janes Anwesenheit nahm er mit keiner sichtbaren Reaktion zur Kenntnis – immerhin war sie bereits einmal mit Nancy mitgekommen. Vielleicht brauchten die Roths ja jede Hilfe, die sie kriegen konnten? »Wir wussten nicht, an wen wir uns sonst hätten wenden sollen. Bitte, setzt euch doch.« Er wies auf das freie Sofa. Auf dem Sofa gegenüber saßen Harry, seine Mutter und seine Tante. Peter und Marcus Roth waren nach wie vor draußen, und Nancy vermutete, dass sie vielleicht absichtlich weggeschickt worden waren.

»Natalie hat euch, glaube ich, bereits von dem Einbruch bei uns erzählt?«, begann Will, nachdem sie sich gesetzt hatten. Die drei nickten. »Wir haben natürlich sofort die Polizei verständigt. Sie wollen den Übergabeort observieren lassen und die Verbrecher festsetzen. Man hat uns angewiesen, eine ähnliche Halskette zu besorgen, die man an der verabredeten Stelle ablegen würde. Dann würde man die Stelle beobachten und sehen, wer dahintersteckt, und denjenigen festnehmen, der auftaucht, um sie abzuholen.« Er beugte sich vor. »Das Problem ist, wir haben heute noch ein weiteres Schreiben erhalten – die wissen offenbar, dass wir die Polizei eingeschaltet haben, und warnen uns, wenn wir das noch mal täten, würde jemand ernstlich verletzt werden.« Er holte das Schreiben hervor und reichte es ihnen.

Nancy, die in der Mitte saß, nahm es, und sie beugten zu dritt die Köpfe darüber, um es zu lesen. Es handelte sich abermals um einen vollkommen anonymen Computerausdruck, aber die Drohung war unmissverständlich. Der Erpresser schlug eine andere Stelle vor, jedoch zur selben Zeit und am selben Tag. Von der Familie wurde erwartet, die echte Halskette zu hinterlegen und diesmal nicht die Polizei einzuschalten.

»Die sind gerissen«, bemerkte Nancy. Die Erpresser hatten vorausgesehen, dass die Familie sich an die Polizei wenden würde, und wollten nun sichergehen, die echte Kette zu erhalten und damit entkommen zu können.

»So würde ich das nicht nennen«, bemerkte Jessica Roth kühl. Und an Will gewandt fuhr sie fort: »Was sollen diese Leute hier? Was können sie schon tun?« Sie wies mit einer verächtlichen Geste auf die drei Besucher.

»Soll Lucys Mörder etwa straffrei davonkommen?«, ereiferte sich Harry, der neben ihr saß. »Wenn wir tun, was sie sagen, werden sie mit der Kette verschwinden und wir werden nie Gerechtigkeit für Lucy bekommen. Auf diese Weise haben wir wenigstens die Chance, sie zu erwischen.«

Will fuhr fort, als hätte es keine Unterbrechung gegeben. »Euch kennen sie nicht, dachten wir, sie wissen nicht, wer ihr seid. Ihr könntet euch unerkannt auf die Lauer legen und sehen, wer kommt, dann die Polizei verständigen und die können sie einfangen.«

»Die Kette ist uns völlig egal«, fügte Harry hitzig hinzu. Von seiner Mutter kam ein missbilligendes Schnalzen.

»Mein Gott, Mutter, auf die Halskette können wir doch verzichten! Ich will einfach nur wissen, wer hinter alledem steckt, das ist alles.«

»Wir könnten es verstehen, wenn Sie das Ganze vielleicht für zu gefährlich hielten«, warf Annabel sanft ein. »Das Letzte, was wir wollen, ist, dass noch jemand verletzt wird.«

Will nickte. »Selbstverständlich.«

»Ich kenne diese Stelle«, meldete sich Jonathan zu Wort und nahm Nancy das Schreiben aus der Hand. »Da bin ich als Kind oft mit Vater zum Angeln gewesen. Ich wüsste, wo wir uns verstecken und alles beobachten könnten, ohne selbst gesehen zu werden.«

»Mehr müsstet ihr auch gar nicht tun, nur beobachten, nicht eingreifen. Merkt euch alles, was ihr könnt – das Auto, wie sie aussehen und so weiter. Ihr sollt sie nicht verfolgen oder so was, darum geht es uns nicht. Aber falls diese Leute das Gefühl haben, dass Polizei vor Ort ist, werden sie sich höchstwahrscheinlich gar nicht blicken lassen«, meinte Will, ermutigt durch Jonathans Reaktion.

Jonathan wandte sich an Nancy. »Was meinst du?«

Sie fühlte sämtliche Blicke auf sich ruhen. Nancy war nach wie vor misstrauisch, was die Halskette als Mordmotiv betraf. Aber es gab keinen besseren Weg, der Wahrheit auf den Grund zu gehen, als die mutmaßlichen Räuber abzupassen. »Ich bin sehr gerne bereit zu helfen«, verkündete Nancy und lächelte in die Runde. Es war besser, die Familie vorläufig im Glauben zu lassen, sie stünde auf ihrer

Seite. Nancys Blick glitt über die versammelten Familienmitglieder. Einer von ihnen – oder Peter – könnte das getan haben. Was für ein Mensch musste man sein, um so etwas zu tun, fragte sich Nancy unwillkürlich. Ein Leben auszulöschen. Und die Tatsache, dass man es gewesen war, geheim zu halten.

Böser Wille? Oder eine Verzweiflungstat? Kaltblütiger Mord oder eine Gelegenheit, die spontan ergriffen worden war?

»Aber funktioniert so etwas denn überhaupt?«, wollte Jessica von ihrem Sohn wissen. »Sie haben gemerkt, dass wir uns an die Polizei gewandt haben. Und wenn sie jetzt mitbekommen, dass wir jemand anderen in die Sache hineinziehen?« Jessica wirkte trotz ihrer kalten Fassade aufrichtig besorgt.

»Ich denke nicht, dass Sie eine andere Wahl haben«, meldete sich Jane zum ersten Mal zu Wort. »Wenn Sie tun, was die verlangen, dann werden sie entwischen. Und außerdem, wer würde uns schon verdächtigen?« Die alte Dame lachte glucksend.

»Oma, das musst du wirklich uns beiden überlassen«, warf Nancy hastig ein. Sie wollte nicht, dass ihrer Großmutter etwas zustieß.

Jane blickte ihre Enkeltochter an und seufzte. »Na gut, du hast ja recht. Und wer würde schon euch beide in Verdacht haben?« Sie wandte sich jetzt wieder den Roths zu.

Nancy war überrascht, dass Oma so schnell klein beigab und darauf verzichtete, bei der Observierung dabei zu sein.

»Wir werden schon dafür sorgen, dass man uns nicht entdeckt.«

Jonathan nickte zustimmend. Er war ohnehin stets davon überzeugt, alles schaffen zu können, und seine Zuversicht war ansteckend. Nancy war natürlich ein wenig bange bei dem Gedanken, einem Mörder so nahe zu kommen, aber es war schwer, nicht doch ein klein wenig Aufregung zu empfinden. Sie würde zum ersten Mal in ihrem Leben an einer Observierung teilnehmen! Das machten nur echte Detektive. Sie versuchte, sich nicht zu sehr mitreißen zu lassen, überlegte jedoch bereits, wie sie sich, so kurz vor Weihnachten, noch ein Fernglas beschaffen könnte.

»Siehst du, Mutter? Kein Grund zur Sorge«, meinte Will beruhigend.

Aber Nancy konnte der Familie ansehen, dass keiner von ihnen Wills Zuversicht teilte.

33. Kapitel

»Natürlich werde ich nicht zu Hause herumsitzen, während ihr auf Mörderjagd geht«, verkündete Jane fröhlich, sobald sie in Jonathans Wagen saßen und sich auf dem Rückweg zum Cottage befanden. Der Nachmittag ging bereits in den Abend über, und es schneite jetzt ernsthaft – das Dorf war von einer dünnen Zuckergussschicht aus Schnee überzogen. Es war das perfekte Weihnachtsidyll, wie in jedem anderen Jahr; nie hätte man sich vorstellen können, dass ein Mörder unter ihnen lebte. »Ich hab vorhin nur so getan, um die Familie in Sicherheit zu wiegen. Falls du recht hast, Nancy, und sie doch irgendwie mit drinstecken, ist es besser, sie rechnen nur mit euch beiden und wähnen mich zu Hause.«

»Und da gehörst du auch hin!«, rief Nancy aufgebracht aus. Jonathan prustete. Nancy warf ihm vom Beifahrersitz her einen bösen Blick zu.

»Was denn? Ich bin doch auch auf sie reingefallen. Ihr zwei seid echt gefährlich, wisst ihr das?«

Jane schmunzelte selbstgefällig. »Ein drittes Paar Augen ist besser als zwei Paar, je mehr, desto besser. Außerdem werde ich mich im Hintergrund halten, keine Sorge. Ich werde im Auto sitzen und auf euch achtgeben.«

»Aber du bist seit sechs Monaten nicht mehr am Steuer gesessen«, protestierte Nancy. Oma besaß noch Opas alten Wagen, aber Nancy war nicht sicher, ob der überhaupt noch verkehrstüchtig war.

»Schon gut. Dann setzt mich eben einfach irgendwo in der Nähe ab. Und ich denke, ich werde Charlie bei mir behalten. Er würde nie zulassen, dass mir etwas zustößt, das weißt du, Nancy. Ehrlich, so wie du mich betüddelst, habe ich manchmal das Gefühl, dass du hier die Autoritätsperson bist und nicht ich, wie es sein sollte.« Nancy riss verblüfft den Mund auf. Jonathan konnte jetzt nicht mehr an sich halten und lachte laut. Nancy stieß ihm den Ellbogen in die Rippen.

»Aua! Passt auf, wer immer auch dahintersteckt, wird mit Insiderinformationen versorgt. Man scheint stets zu wissen, was im Haus vor sich geht: Man wusste das mit der Polizei, man weiß, wann die Luft rein ist, will heißen, wenn die Familie außer Haus ist und man einen weiteren Versuch unternehmen kann, sich die Kette zu schnappen. Und sie wissen, dass sich die Kette noch im Haus befindet. Der Informant könnte jemand aus der Familie sein oder jemand, der ihnen bekannt ist, wer weiß. Umso besser, wenn wir jetzt zur Abwechslung mal im Vorteil sind. Wird auch Zeit«, endete Jonathan nüchtern.

Nancy warf dem Freund einen bösen Blick zu, musste jedoch zugeben, dass beide recht hatten, Oma und Jonathan. Aber sie machte sich nun einmal Sorgen um ihre Oma, denn sie war die einzige Familie, die sie noch hatte.

»Keine Sorge, Liebes, wir schaffen das. Ich bin sicher, es dauert nicht mehr lange und wir werden wissen, wer Lucy getötet hat. Aber jetzt ist erst mal Weihnachten!« Jane beugte sich vor und drückte aufmunternd Nancys Schulter.

»Ich hoffe nur, wir tappen nicht in eine Falle«, murmelte Nancy.

*

Nancy versuchte, jeden Gedanken an die Roths zu verbannen, während der Abend hereinbrach. Was sie jetzt wollte, war, einen entspannten Weihnachtsabend mit Jane und Jonathan in ihrem warmen, gemütlichen kleinen Heim zu verbringen. Es gehörte mittlerweile zur Tradition, dass sie den Weihnachtsabend zu dritt zubrachten. Jonathans Eltern waren nämlich nach Spanien ausgewandert; er besuchte sie zwar regelmäßig im Sommer, aber Weihnachten feierte er im kleinen Cottage, mit Nancy und Jane, ein Zustand, der allen Seiten genehm war. Im Wohnzimmerkamin prasselte ein warmes Feuer, Jane saß in ihrem Lieblingssessel, eine Decke über den Knien, Jonathan bereitete in der Küche die Drinks zu. Nancy hatte sich auf dem Sofa zusammengekuschelt und knabberte an einem Pfefferminzküchlein, Beagle Charlie lag in seinem Körbchen, nicht weit von ihr, und hielt ein Nickerchen. In dem kleinen Cottage herrschte eine Atmosphäre von Zufriedenheit und Wohlbehagen.

»Ich möchte nur noch essen und trinken und mich nie mehr von diesem Sofa bewegen«, meinte Nancy und seufzte schwer.

»Vergiss nicht die Maxidose mit den Toffees!«, rief Jane in Richtung Küche.

»Ist schon dabei!« Jonathan tauchte kurz darauf mit einem Tablett voll Gläser und der riesigen Dose mit Quality-Street-Toffees auf. »In eurer Speisekammer ist genug zu essen, um das ganze Dorf sattzukriegen, Nancy.«

»Besser zu viel als zu wenig«, konterte Nancy und nahm ein Glas vom Tablett. »Wir müssen das Beste aus den Feiertagen machen, am zweiten Weihnachtstag müssen wir schließlich hinaus und uns auf die Lauer legen«, fügte sie trübe hinzu und versuchte, sich von dem Gedanken nicht zu sehr beunruhigen zu lassen.

»Ach, es wird uns guttun, ein bisschen rauszukommen«, warf Jane ein, »ich nehme über Weihnachten immer mindestens fünf Pfund zu.« Wie um ihren Worten Taten folgen zu lassen, griff sie in die Toffeedose.

»Aber keine Heldentaten, da sind wir uns doch einig, oder?« Nancy fasste die anderen beiden scharf ins Auge. »Wenn wir diese Personen sehen, dann rufen wir die Polizei. Wir halten schön Abstand und versuchen nicht, sie zu verfolgen. Denn wer einmal tötet, der …«

»Dann bist du dir also sicher, dass es ein Mann ist?«, warf Jonathan ein und grinste. »Frauen können auch töten, weißt du.«

»Und ob! Ich kenne jede Menge Frauen, die schon mal

darüber nachgedacht haben, einem Mann den Hals umzudrehen. Ich selbst war auch schon das eine oder andere Mal in Versuchung …«, fügte Nancy ominös hinzu.

»Ich finde auch, wir sollten besser vernünftig sein«, meinte Jane. »Wir gehen nur hin, um zu beobachten, einverstanden?«

Jonathan nickte alles ab, aber Nancy traute ihm nicht. Bestimmt hatte er schon die Schlagzeile vor Augen, die er bei Erfolg verfassen könnte. Jonathan erhob sein Glas. »Darauf trinken wir! Aufs Beobachten, aber nicht aufs Fangen!« Er zwinkerte Nancy zu, die seufzend ihr Glas erhob, Oma ebenso, und dann nahm sie einen tiefen Schluck, den brauchte sie jetzt.

Der restliche Abend verlief so gemütlich, wie er begonnen hatte: Sie schauten sich Weihnachtsfilme an, futterten sich durch Berge von Süßigkeiten und tranken mehr, als ihnen guttat. Im Cottage war es schön warm, und sie lümmelten satt und zufrieden auf Sofas und Sesseln, während es draußen sacht schneite. Nancy überlegte unwillkürlich, wie wohl nächstes Weihnachten werden würde, wenn sie wieder mit Richard zusammen wäre. Würden sie Oma und Jonathan dann zu sich in ihre Wohnung einladen? Aber irgendwie passte dieses Bild nicht.

Ob das ein Zeichen war? Oder doch nicht?

Nancy wollten gerade die Augen zufallen, als ein Anruf von Penelope kam. »Pen? Ist alles in Ordnung?«, nuschelte sie schläfrig ins Telefon.

»Und ob! Mehr als das! Jetzt rate mal, was passiert ist!«,

rief Penelope noch aufgekratzter als sonst in den Hörer. »Ollie ist gerade heimgekommen! Er hat uns einfach überrascht!«

»O wow, wie toll! Das freut mich so für euch.« Nancy lächelte.

»Er hat ganz überraschend drei Tage Urlaub bekommen, ich kann's noch gar nicht fassen.«

»Das sind ganz tolle Neuigkeiten.«

»Ist es euch recht, wenn ich ihn morgen mitbringe?«

»Da fragst du noch!« Nancy wünschte ihnen einen besonders schönen Abend und legte auf, dann erzählte sie es den anderen. »Dieses Weihnachten steckt wirklich voller Überraschungen.«

»Ja, das werden wir nicht so schnell vergessen, so viel ist sicher«, bemerkte Jane und schaltete den Film ab. Sie wandte sich ihrer Enkeltochter zu. »Und ich dachte, hier im Dorf passiert nie was!«

»Das war einmal ...« Nancy lachte. »Jetzt offenbar nicht mehr.«

»Nun gut, wenn wir morgen ein volles Haus haben, dann sollten wir jetzt besser schlafen gehen.« Jane erhob sich. »Gute Nacht, ihr beiden!«

Jonathan und Nancy wünschten Oma ebenfalls eine gute Nacht. »Ich kümmere mich nur noch um Charlie.« Nancy ließ den Beagle kurz in den Garten hinaus. Jonathan würde auch heuer, so wie jedes Jahr, hier schlafen, denn fahrtüchtig war er nicht mehr. Der Hund kam kurz darauf wieder herein und hielt geradewegs auf sein Körbchen zu, auch er schien bereit zu sein, sich zur Ruhe zu begeben. Nancy richtete das Sofa für Jonathan her.

»Ich freue mich riesig für Pen, dass Ollie doch noch kommen konnte«, bemerkte sie, während sie Jonathan eine Wolldecke reichte. »Pen hat ihn so vermisst.«

»Ich kann ihn nur bewundern, für das, was er tut«, bemerkte Jonathan. Er warf sich aufs gemachte Bett. »Ist sicher nicht leicht für die beiden, so oft getrennt sein zu müssen. Weißt du noch, in der Schule? Sie waren unzertrennlich. Ich hab oft zu ihm gesagt, er steht unter ihrem Pantoffel, und weißt du, was er darauf geantwortet hat? Er könne sich glücklich schätzen, irgendwann mal unter dem Pantoffel einer so tollen Frau wie Pen stehen zu dürfen.«

»So was wünsche ich mir auch für mich, eines Tages«, meinte Nancy sehnsüchtig.

»Das bekommst du auch. Ich dagegen …« Er zuckte mit den Schultern. »Mrs. H. hat recht – das ist heuer wirklich ein ganz verrücktes Weihnachten, nicht?«

Nancy ging gähnend zur Tür, sie musste jetzt wirklich ins Bett. »Und noch ist es nicht vorbei, vergiss das nicht. Schlaf gut, Jonathan. Und ich hoffe, der Weihnachtsmann bringt dir ein paar schöne Geschenke!« Sie ging zur Treppe. Über die Schulter gewandt rief sie ihm zu: »Vorausgesetzt, dass du brav warst!«

»War ich definitiv nicht!«, antwortete er fröhlich.

34. Kapitel

Als Nancy am Weihnachtsmorgen erwachte, war draußen alles weiß. Sie blickte durchs Fenster auf das Dorf hinaus, das unter einer weichen Schneedecke begraben lag, und freute sich. Weiße Weihnachten! Das erinnerte sie an ihre Kindheit mit dem Vater, im anderen Haus, ein Stück die Straße runter. Nancy versuchte, nicht traurig zu werden, weil er nicht mehr bei ihnen war, aber leicht war's nicht. Sie konnte sich erinnern, dass sie kurz vor seinem Tod noch zusammen einen Schneemann gebaut hatten, und wie sie früh am Morgen aufgeregt zu ihm ins Zimmer gelaufen war, um zu sehen, was sich in ihrer Weihnachtssocke befand, die am Fuß seines Betts aufgehängt war. Wenn sie daran zurückdachte, tat ihr das Herz weh. Nancy wusste, dass sie sich dennoch glücklich schätzen konnte – sie hatte ihre wundervolle Oma und ihren Freundeskreis in Dedley End. Trotzdem schmerzte es, daran zu denken, was sie verloren hatte.

In diesem Moment vibrierte ihr Handy und riss sie aus ihren traurigen Gedanken.

Es war eine Textnachricht von Richard.

Frohe Weihnachten, Nancy! Ich wünsche dir einen schönen Tag und hoffe, dass dir mein Geschenk gefällt. Ich freue mich riesig darauf, dass du Silvester bei mir verbringen willst. Alles Liebe, Richard xxx

Nancy bückte sich und holte die kleine Schachtel unter ihrem Bett hervor. Sie hatte sie dort versteckt, weil sie nicht sicher war, ob sie Richards Geschenk wirklich vor den anderen auspacken wollte. Richard hatte es ihr zum Abschied in den Koffer geschmuggelt, und sie hatte sofort ein schlechtes Gewissen bekommen, weil sie nichts für ihn dabeigehabt hatte.

Sie riss das goldfarbene Geschenkpapier auf. Darin befand sich eine Schachtel mit einem Parfümflakon, Chanel No 5. Das hatte sie noch nie ausprobiert, also öffnete sie das Fläschchen und tat sich ein paar Spritzer davon auf. Es roch stärker als das zarte Vanilleparfüm, das sie gewöhnlich benutzte, und sie war nicht sicher, ob es zu ihr passte, trotzdem schickte sie sofort eine Antwort an Richard, bedankte sich und versprach erneut, an Silvester zu ihm nach London zu kommen.

Dann legte sie das Handy beiseite, schlüpfte in ihre Pantoffeln und ging nach unten. Sie achtete darauf, leise zu sein, um Jonathan nicht zu wecken, der höchstwahrscheinlich noch schlief. Im Häuschen war es bereits mollig warm, denn der Thermostat aktivierte die Heizung im Winter früh. Ihr kleiner Garten, auf den man von der Küche hinausblicken konnte, sah aus wie das sprichwörtliche Winterwunderland. Nancy heizte das Backrohr vor und knipste den Wasserkocher an, dann hievte sie den Truthahn aus dem Kühlschrank. Jetzt war sie froh, dass sie einen so großen gekauft hatte, da Ollie auch mitessen würde.

Ihre Gedanken kehrten zur Roth Lodge zurück. Ob die Familie heuer überhaupt feiern würde? Nancy konnte es sich kaum vorstellen, wo doch dieser Mord geschehen war und auch die Übergabe der Halskette bevorstand. Andererseits trauerte niemand außer Harry. Aber dass bei den Roths das Weihnachtsfest ebenso fröhlich und gemütlich war wie in ihrem kleinen Heim, konnte sie sich beim besten Willen nicht vorstellen, nicht nach allem, was sie mittlerweile über diese Familie wusste. Die Roths konnten einem eigentlich leidtun. Doch dann schüttelte Nancy den Kopf. Nein, sie hatten dieses Haus und diese Familie selbst zu dem gemacht, was es war. Es war zwecklos, sein Mitgefühl auf Leute zu verschwenden, die es nicht verdienten. Sie jedenfalls würde einen herrlichen Tag mit Freunden und Familie verbringen und wünschte nur, die Roths wüssten, was das hieß.

»Großer Gott, wie spät ist es denn?« Jonathan betrat die Küche, seine Stimme klang krächzend, und er rieb sich den Schlaf aus den Augen. »Wie konntest du zulassen, dass ich so viel trinke?«

»Dasselbe könnte ich dich fragen! Ich hab so was von einen Brummschädel. Es ist sieben Uhr, aber ich wollte den Truthahn so früh wie möglich in den Ofen schieben, denn wenn der mal da drin ist, hat nichts anderes mehr darin Platz.« Sie schob den großen Vogel ins Backrohr. »Kaffee?«

»O ja, bitte.« Jonathan ließ sich am Tisch nieder. Er trug Jeans und T-Shirt, sein Haar war zerzaust, die Wangen stoppelig. Aber das stand ihm irgendwie. Nancy ihrerseits war sicher, dass ihr Haar unvorteilhaft in alle Richtungen abstand. Nun ja, er hatte schon Schlimmeres gesehen. Nancy setzte Jonathan eine Tasse Kaffee vor und machte sich selbst eine Tasse *English Breakfast*, die Sorte Schwarztee, ohne die sie keinen Tag beginnen konnte.

Sie setzte sich zu ihm an den Tisch. »Hast du schon mal aus dem Fenster gesehen?«

Er drehte sich um. »Wow, weiße Weihnachten! Das hab ich seit Jahren nicht mehr erlebt!«, sagte er mit kindlichem Staunen. Lächelnd drehte er sich wieder zu Nancy um. »Ach, übrigens, frohe Weihnachten, Nancy, *Partner in Crime* – was jetzt sogar noch mehr zutrifft!« Er hob seine Tasse, Nancy beugte sich vor, und sie stießen miteinander an. Wieso fühlte sich das seltsam an, so kurz nachdem sie Richard eine Nachricht geschickt hatte? Nancy musste über die beiden Männer in ihrem Leben nachdenken.

»Was hast du?«

Nancy zögerte, doch in diesem Moment hörten sie die Treppe knarren. Oma war offenbar ebenfalls bereits auf den Beinen und kam herunter. Nancy setzte rasch ein Lächeln auf. »Nichts. Mir ist bloß eingefallen, dass ich noch die Croissants fürs Weihnachtsfrühstück aufbacken muss.«

Jonathans Miene verriet, dass er ihr das nicht abkaufte, aber er sagte nichts, denn jetzt erschien Jane. Nancy sprang auf, um Frühstück für alle zu machen.

*

Am Morgen des zweiten Weihnachtsfeiertags kauerten Nancy und Jonathan Seite an Seite auf einer Picknickdecke im Gras. Es war sehr kalt. Zwar schneite es nicht mehr, aber der Schnee lag zart und pulvrig über der Landschaft, so weit das Auge reichte. Sie befanden sich am Fluss, an der Stelle, wo Jonathan früher immer mit seinem Vater Angeln gewesen war. Sie hatten sich eine Stelle ausgesucht, die halb hinter Gebüsch verborgen war, von der aus man aber dennoch eine gute Sicht auf die große alte Weide hatte, unter der die Roths, laut Anweisung, die Halskette ablegen sollten. Dort befand sie sich jetzt auch, in braunes Packpapier eingewickelt. Zwei Meilen von hier entfernt lag die Polizei auf der Lauer und bewachte die falsche Halskette.

Nancy versuchte, zum anderen Flussufer hinüberzuspähen, wo Oma und Charlie Posten bezogen hatten, aber sie konnte die beiden nicht sehen, denn die Weide versperrte die Sicht auf sie, worüber Nancy froh war. Ihre Großmutter hatte gesagt, sie solle sich um sie keine Sorgen machen, auf eine alte Frau mit Hund würde sowieso niemand achten. Sie saß dort auf einer Bank und hatte sogar Strickzeug mitgebracht, das sie sich von Gloria ausgeliehen hatte, obwohl sie gar nicht stricken konnte.

»Ich bin so froh, dass Oma darauf bestanden hat, dass wir die hier mitnehmen«, sagte Nancy und nahm einen Schluck Tee aus der Thermoskanne, die Jane ihnen mitgegeben hatte. Sie trug ihren dicken Dufflecoat, Schal, Handschuhe und warme Winterstiefel, fror aber trotzdem jämmerlich. Sie schenkte auch Jonathan etwas in einen Plastikbecher, und er trank es dankbar. Nancy hob die Hand und betastete unwillkürlich die neuen Perlenohrringe, die sie von Jonathan zu Weihnachten geschenkt bekommen hatte. Sie passten wunderbar zu der schönen alten Perlenkette, die Oma ihr vermacht hatte, ein echter Schatz. Nancy war ganz gerührt von diesem wunderbaren, einfühlsamen Geschenk, wenn auch fast ein wenig erschrocken darüber. Es fiel ihr schwer, es nicht mit Richards Geschenk zu vergleichen, diesem Parfüm, aber sie gab sich Mühe.

»Und dein Geschenk ist ebenfalls nützlich.« Jonathan wedelte mit den Fingern. Er trug die fingerlosen Handschuhe, die er von ihr geschenkt bekommen hatte, und auch die Armbanduhr, bei der Jane die andere Hälfte zugeschossen hatte. Er musste ja ständig in sein Notizbuch schreiben, hatte im Winter aber kalte Finger und außerdem verspätete er sich oft, daher waren diese beiden Geschenke ziemlich passend, fand sie. Die Uhr war Omas Idee gewesen. Die alte Dame gab es nur ungern zu, aber sie mochte Jonathan sehr, für sie war er eine Art Ziehsohn, auch wenn er sie mit seinem Benehmen mitunter zur Verzweiflung brachte. Nancy wusste, dass Oma Jonathans Eltern versprochen hatte, ein Auge auf ihren Sohn zu haben, als diese nach Spanien zogen, und sie nahm ihre Versprechen immer ernst.

Nancy musterte stirnrunzelnd den Horizont, doch da war nichts zu sehen, außer dem Fluss und einem klaren Himmel. »Glaubst du, sie werden sich blicken lassen?«

»Wenn sie den Schmuck wollen, dann schon.« Er lehnte sich zurück. Sie waren sicherheitshalber eine Stunde früher erschienen, um die Halskette abzulegen, die Will ihnen zuvor übergeben hatte. Seitdem lagen sie in ihrem Versteck auf der Lauer. Jonathan gähnte. »Ich hoffe, sie sind wenigstens pünktlich, sonst erfrieren wir hier noch. Und zu Hause warten Truthahnsandwichs auf uns.«

Nancy freute sich, dass Jonathan ihr Cottage als zweites Zuhause betrachtete. Sie lächelte. »Ich weiß nicht, was das mit Weihnachten ist, dass man überhaupt an *noch mehr* Essen denken kann.« Doch auch sie wurde bei dem Gedanken an Truthahnsandwichs wieder ein wenig munterer. »War schön, gestern, nicht wahr?«

Sie hatten ein richtig schönes, typisches Dedley-End-Weihnachten gefeiert. Penelope, Kitty und Ollie waren um die Mittagszeit zum großen Truthahnessen erschienen, und insbesondere Kitty war in Feststimmung gewesen, weil sie sich so über ihre Geschenke freute, und natürlich auch über den Schnee. Danach hatten sie den obligatorischen Verdauungsspaziergang rund um den Dorfanger gemacht, hatten hinterher im warmen Häuschen Brettspiele gespielt und sich dann, als es dunkel wurde, vor den Fernseher gesetzt und Käse und Cracker und noch mehr Schokolade geknabbert.

»Es war einfach perfekt«, fand auch Jonathan. »Aufgepasst! Da kommt jemand«, zischte er. Nancy richtete sich unwillkürlich auf und sah jetzt ein Auto auf den kleinen Parkplatz am anderen Ufer einbiegen.

»Hab ich doch gewusst, dass wir ein Fernglas gebraucht hätten«, bemerkte Nancy, die den Hals recken musste.

»Aber wo herkriegen, in dieser Gegend?«, meinte Jonathan.

Nancy nahm sich vor, so bald wie möglich ein Fernglas übers Internet zu bestellen. Auch wenn es dann wahrscheinlich überflüssig sein würde, weil das hier wohl vorbei wäre. Trotzdem, es war besser, für die Zukunft gewappnet zu sein, man wusste nie, was kommen würde. Jemand stieg aus, und Nancy deutete auf den Wagen. »Schreib dir die Nummer auf und den Wagentyp, okay?« Jonathan nickte und notierte sich Nummernschild, Farbe und Marke des dunklen Ford. Der Fahrer war ganz in Schwarz und trug einen Hoodie, sodass man sein Gesicht nicht erkennen konnte. Er war groß und kräftig, beide waren sich einig, dass es sich um einen Mann handeln musste. Er ging rasch zu dem Baum und nahm sich das Päckchen.

»Komm!« Jonathan zog Nancy hoch und rannte zum Auto. Sie folgte ihm überrascht.

»Wir sollen doch bloß die Polizei rufen«, sagte sie, während sie auf der Beifahrerseite einstieg. »Was wird Oma sagen?«

»Das kannst du machen, während wir ihm folgen.« Jonathan ließ den Motor an. »Ich will nur sehen, wo er hinfährt.« Er ließ den Wagen ein wenig rollen, und beide beobachteten, wie der Mann mit dem Päckchen einstieg und dann aufs Gaspedal trat. Jonathan fuhr hinterher, und Nancy legte hastig ihren Gurt an. Dann rief sie im Polizeirevier an. »Er nimmt die Straße nach Woodley«, wurde Nancy von Jonathan informiert, als der Wagen vor ihnen nach links abbog. Sie taten es ebenfalls.

»Ich muss dringend Detective Chief Inspector Brown sprechen, bitte … ich weiß, dass er nicht auf dem Revier ist, aber könnten Sie mir bitte seine Handynummer geben?« Nancy seufzte frustriert; am anderen Ende der Leitung versuchte man offenbar, sie abzuwimmeln. »Die Roths haben noch ein Schreiben erhalten, die Polizei wartet an der falschen Stelle! Es ist sehr dringend! Gut, gut, dann soll er mich halt zurückrufen.« Sie legte auf. »Ich weiß nicht, ob sie's ihm überhaupt ausrichten werden. Soll ich nicht besser den Notruf wählen?«

»Erst mal sehen, wo er hinwill«, meinte Jonathan. Der Wagen vor ihnen bog abermals ab, und sie folgten ihm.

»Hoffentlich ist Oma in Ordnung. Wieso hat sie bloß kein Handy?«

»Sie kommt doch nicht mal mit eurer Mikrowelle zurecht, geschweige denn mit einem Mobiltelefon. Keine Sorge, ihr geht's bestimmt gut, sie hat ja Charlie.«

In diesem Moment kam ihnen auf der Gegenfahrbahn ein Auto entgegen. Als es den Wagen, den sie verfolgten, passiert hatte, schwenkte es ganz plötzlich auf ihre Fahrbahnseite. Nancy schnappte entsetzt nach Luft. Jonathan konnte das Steuer gerade noch herumreißen und landete mit quietschenden Bremsen im Straßengraben. »Verdammte Scheiße!«

Nancy hatte einen fürchterlichen Schreck gekriegt. Unwillkürlich fragte sie sich, ob es für ihren Vater ähnlich gewesen sein musste, bloß dass er nicht im Straßengraben gelandet, sondern frontal an einen Baum geknallt war. Das Herz klopfte ihr bis zum Hals.

Beide drehten sich um und konnten sehen, wie der Wagen, der sie rücksichtslos von der Fahrbahn gedrängt hatte, wieder auf seine Straßenseite zurückkehrte und verschwand. Auch der Mann mit der Halskette war mittlerweile längst über alle Berge.

»Alles in Ordnung mit dir, Nancy?«, erkundigte sich Jonathan besorgt und erschrocken.

»Ich glaube schon. Mann, das war knapp!« Sie war ganz zittrig. Mehr denn je war ihr klar, dass sie selbst sich nie hinter das Steuer eines Autos setzen wollte. Sie brauchte dringend frische Luft und sprang aus dem Wagen. Jonathan ebenfalls.

»Ist euch was passiert?«, rief jemand erschrocken. Sie sahen Jane die Straße heraufeilen, Charlie an ihrer Seite. Als der Beagle sie erblickte, kam er bellend auf sie zugelaufen.

Nancy winkte. »Uns geht's gut«, rief sie. Sie war zutiefst erleichtert, dass auch Oma und Charlie wohlauf zu sein schienen. »Schon gut, mein Junge«, beruhigte sie den Beagle, der aufgeregt an ihr hochsprang. »Sitz! Uns ist ja nichts passiert.« Nancy sah jetzt erst, dass die Landstraße, auf der sie sich befanden, an der Bank vorbeiführte, auf der Oma gesessen hatte.

Jane war ganz außer Atem, als sie die beiden erreicht hatte. »Ich habe alles gesehen! Dieses Auto ist direkt auf euch zugerast.«

»Ja, die wollten verhindern, dass wir den Mann mit der Halskette verfolgen.« Jonathan trat wütend mit der Schuhspitze ins Gras.

»Wer war das? Und woher wussten sie, dass wir hier sein würden? Also habe ich doch recht! Die Roths stecken da irgendwie mit drin.« Nancy war richtig zornig. Fast hätten sie den Mörder gehabt.

Jonathan nickte. »Ja, du hast recht. Das kann kein Zufall sein. Die wollten sichergehen, dass wir abgehängt werden, und die Roths sind die Einzigen, die wussten, dass wir heute hier sein würden. Konntest du sehen, wer in dem anderen Wagen saß? Ich war zu sehr damit beschäftigt, keinen Unfall zu bauen.«

Nancy schüttelte den Kopf.

»Aber ich!« Jane war inzwischen wieder ein wenig zu Atem gekommen. »Es war eindeutig eine Frau! Sie hatte sich einen Schal um den Kopf gebunden und trug eine Sonnenbrille. Und das Auto war … es war rot. Die Marke konnte ich nicht erkennen. Aber es saß definitiv eine Frau am Steuer.«

»Sie hätte uns umbringen können«, sagte Jonathan kopfschüttelnd. »Wieso schicken sie uns da hin, wenn sie die Sache dann selbst torpedieren?«

»Nur einer von ihnen ist der Mörder.« Nancys Handy klingelte. »Hallo? Ah, Inspector Brown, lieber zu spät als gar nicht, was? Können wir uns treffen? Wir haben Ihnen einiges zu erzählen.«

»Und das ist noch untertrieben«, murmelte Jane.

*

»Wollen Sie damit sagen, dass Sie nicht nur die echte Kette an einer völlig anderen Stelle deponiert, sondern sich auch noch selbst auf die Lauer gelegt und die Sache dabei nicht nur komplett vermasselt haben, sondern auch noch beinahe einen Autounfall verursacht hätten?« DCI Brown war außer sich vor Zorn. Er lief erregt im Salon der Roths auf und ab. Die ganze Familie war versammelt, dazu Jonathan, Nancy und DC Pang. Jane hatten sie zuvor daheim abgeliefert – musste schließlich nicht jeder wissen, dass sie ebenfalls dabei gewesen war. Im Cottage war sie zumindest in Sicherheit, was Nancy sehr erleichterte. Sie musterte die versammelte Familie und fragte sich, wer dahintersteckte. Einer von ihnen hatte sie in eine Falle gelockt. Aber wer?

»Wir hatten keine andere Wahl«, verteidigte sich Will. »Sie haben damit gedroht, noch jemanden umzubringen. Sie wussten, dass wir die Polizei eingeschaltet hatten!«

Brown sprach weiter, als ob Will gar nichts gesagt hätte. »Dann haben wir jetzt also nicht nur die Kette verloren, wir werden auch nicht mehr herausfinden, wer sie jetzt hat.«

»Ist doch egal, Lucy kann die Kette sowieso nicht mehr tragen«, murmelte Harry.

»Was ist mit dem Auto? Haben Sie schon rausgefunden, wem es gehört?«, erkundigte sich Jonathan bei DC Pang.

»Haben wir. Der Wagen war gestohlen. Wir wissen nicht, wo er sich jetzt befindet oder auch nur, von wem er gestohlen wurde. Wir versuchen, es herauszufinden, aber in dieser Gegend gibt es keine Überwachungskameras, und Zeugen wohl ebenso wenig, weil ja Weihnachten ist«, antwortete DC Pang betrübt.

Brown warf entnervt die Arme hoch. »Sie hätten das uns Profis überlassen sollen. Und was euch beide betrifft …« Er fuhr herum und funkelte Nancy und Jonathan an, die neben der Tür standen und ungeduldig von einem Fuß auf den anderen traten, weil sie so schnell wie möglich von hier wegwollten. »Spaziert hier herum, als wärt ihr Sherlock Holmes und Miss Marple höchstpersönlich! Ich habe gute Lust, Sie wegen Behinderung einer Amtshandlung dranzukriegen! Sie halten sich in Zukunft gefälligst raus, verstanden? Wenn ich Sie noch mal in der Nähe dieses Hauses oder des Polizeireviers antreffe, lasse ich Sie verhaften!« An die Roths gewandt fuhr er fort: »Und Sie geben uns bitte sofort Bescheid, falls Sie noch einmal kontaktiert werden.«

»Ich versichere Ihnen …«, begann Marcus, mit einem entnervten Seitenblick auf die Familie, aber DCI Brown machte eine gebieterische Handbewegung, mit der er Marcus Roth das Wort abschnitt.

Der machte eine verblüffte Miene, offenbar war er es nicht gewöhnt, dass man ihm über den Mund fuhr.

»Genug! Mir steht dieser Fall bis hier! Wie soll ich in diesem Dorf meine Arbeit machen, hm? Kann mir das mal einer sagen?!« Und damit machte Brown auf dem Absatz kehrt und verließ den Raum. DC Pang eilte ihm nach.

»Was für ein grässlicher Mensch«, sagte Jessica Roth in die betretene Stille hinein. Nancy mochte die Frau zwar nicht, musste ihr in diesem Fall aber recht geben.

»Es tut mir leid, dass ich euch in Schwierigkeiten gebracht habe«, sagte Will zu Jonathan und Nancy. »Ich dachte wirklich, wir täten das Richtige.«

Marcus Roth erhob sich. »In Zukunft geschieht nichts mehr in dieser Familie, ohne dass ich es weiß, verstanden?« Dann wandte er sich an Nancy und Jonathan. »Frank wird Sie zur Tür bringen. Ich gehe davon aus, dass Sie sich fürderhin nicht mehr in diesen Fall einmischen werden. Überlassen wir das den Profis, damit hier wenigstens wieder ein wenig Normalität einkehrt.«

Nancy und Jonathan wagten nicht zu protestieren – stumm folgten sie dem Butler zur Tür, und ehe sie es sich versahen, befanden sie sich wieder draußen. Roth Lodge war ihnen bis auf Weiteres verschlossen.

»Nancy, es tut mir so leid, dass ich dich in diese Sache verwickelt habe. Ich hätte es mir nie verzeihen können, wenn dir etwas zugestoßen wäre.« Jonathan war ganz geknickt. Sie gingen zum Auto.

»Wir waren so nahe dran! Ich will jetzt nicht einfach aufgeben.« Nancy stieg in den Wagen. »Aber das werden wir wohl müssen.« Sie hasste das Gefühl, versagt zu haben. Sie war so sicher gewesen, diesen Fall lösen zu können. Stattdessen hatten sie es sich selbst und der Polizei nur noch schwerer gemacht. Sie warf beim Wegfahren einen Blick zurück zum Haus auf dem Hügel. Fast hatte sie das Gefühl, dass es ihr schadenfroh zugrinste.

35. Kapitel

Weder Nancy noch Jane oder Jonathan hatten nach alledem große Lust auf den traditionellen Absacker im Pub, aber sie wussten, dass Penelope enttäuscht sein würde, wenn sie nicht kämen, vor allem, weil auch Ollie wieder da war. Und vielleicht würde sie ein schöner Gin Tonic tatsächlich wieder ein wenig aufrichten. Einen Versuch war's wert, fanden sie, denn zu Hause würden sie ohnehin nur herumsitzen und brüten.

Jonathan bot an, Jane am Pub abzusetzen, dann würde er kurz zu seiner Wohnung fahren und den Wagen dort stehen lassen. Nancy meinte, sie wolle lieber zu Fuß gehen. Sie hatte Angst, sich so kurz danach schon wieder in ein Auto zu setzen, außerdem musste sie noch Richard anrufen. Man wollte sich im *White Swan* treffen, und Nancy machte sich allein auf den Weg.

Es war später Nachmittag, aber die Dunkelheit brach bereits herein. Die Weihnachtsbeleuchtung funkelte festlich an diesem klirrend kalten, klaren Winterabend. Es schneite zwar nicht mehr, aber Schneereste säumten die Gehwege, als Nancy vom Cottage aufbrach. Sie beschloss, den etwas weiteren Weg um die große Dorfwiese herum zu nehmen. Unterwegs holte sie ihr Handy hervor und rief Richard an. Es war vollkommen friedlich im Dorf, und die Stille tat ihren strapazierten Nerven gut. Diese Aufregung in den letzten beiden Wochen! Nancy war noch nie in ihrem Leben so frustriert gewesen. Es schien, als ob sie jetzt überhaupt keine Chance mehr hatten, den Mord an Lucy noch aufzuklären – die Polizei hatte sich jede weitere Einmischung verbeten, und auch bei den Roths waren sie nicht länger willkommen. Was besonders ärgerlich war, da es einer von ihnen gewesen war, der sie vorhin von der Straße gedrängt hatte.

Es blieb ihnen offenbar nichts anderes übrig, als die ganze Sache zu vergessen. Aber das war das Letzte, was Nancy wollte. Sie war zornig, weil jemand versucht hatte, ihnen etwas anzutun, und weil es frappierend an den Unfall ihres Vaters erinnerte, aber auch, weil der Mörder oder die Mörderin sich jetzt sicher die Hände rieb und aufatmete, denn es sah aus, als ob er oder sie mit einem Mord davonkommen würde.

»Schön, dass du anrufst«, meldete sich Richard erfreut, und seine gute Laune tröstete Nancy ein wenig. Sie war es nicht gewöhnt, in so schlechter Stimmung zu sein, wusste aber selbst nicht, was sie daran ändern sollte. »Wie war eure Observierung?«

Nancy hatte Richard in den vergangenen Tagen mit Textnachrichten auf dem Laufenden gehalten. »Ein Desaster auf der ganzen Linie! Wir konnten nicht sehen, wer's war, weil er sein Gesicht verhüllt hatte, und er ist obendrein mit der Halskette entkommen! Hat einen gestohlenen Wagen benutzt und uns abgehängt.« Sie seufzte entnervt. »Und jetzt ist die Polizei stinksauer auf uns, weil wir sie nicht rechtzeitig über die andere Abgabestelle informiert haben, und die Roths scheinen endgültig aufzugeben. Wir sollen uns künftig gefälligst raushalten, das ist im Großen und Ganzen die Botschaft.« Nancy beschloss, die Sache mit dem Auto, das sie beinahe frontal gerammt hätte, lieber nicht zu erwähnen, sie wusste, wie er sein konnte, wenn er glaubte, dass sie in Gefahr wäre. Sie schloss kurz die Augen, um die Erinnerung daran abzuschütteln. Trotzdem, es würde sie noch lange verfolgen, das wusste sie jetzt schon.

»Glaubst du, dass jemand aus der Familie darin verwickelt ist?«

»Ja, das glaube ich, aber beweisen kann ich's nicht.«

»Und was ist mit dieser Information, die wir von Lucys Mitbewohnerin erhalten haben, über die Mutter im Pflegeheim?«

»Ich weiß nicht. Wenn sie in einem Heim für Demenzkranke lebt, wird sie uns wahrscheinlich kaum helfen können. Ich würde sie nur ungern beunruhigen.« Nancy schritt jetzt am Rand der verschneiten Wiese dahin und konnte den Schnee unter ihren Sohlen knirschen hören. »Aber wer bezahlt jetzt eigentlich die hohen Kosten für das Heim? Das vor allem würde mich interessieren.«

»Was ist los? Du hörst dich so anders an, so zornig und niedergeschlagen.«

»Ach, ich hasse es, aufgeben zu müssen«, stieß Nancy frustriert hervor. Es war töricht von ihr, das wusste sie, denn Mordermittlungen gehörten eher nicht zu ihrem Berufsbild. Aber Nancy wollte und musste Lucy Gerechtigkeit verschaffen. Außerdem wollte sie sich und der Welt beweisen, dass sie eine solche Aufgabe lösen konnte, deshalb fiel es ihr so schwer, das Ganze jetzt einfach aufzugeben.

»Ich weiß, aber vielleicht wirst du das müssen, Liebling.«

Es überraschte Nancy, wie er sie auf einmal »Liebling« nannte. »Mag sein«, antwortete sie düster. Sie verstummte, denn ihr Blick fiel auf eine Gestalt, die weiter vorne ging und auf die Recyclingtonnen am Rand des Angers zusteuerte. Die Gestalt kam ihr bekannt vor. »Tut mir leid, ich muss Schluss machen. Danke fürs Zuhören.«

»Jederzeit. Und pass gut auf dich auf, ja? Wir sehen uns dann an Silvester.« Er beendete den Anruf.

Nancy ging ein wenig schneller, um die Frau einzuholen. Beim Näherkommen erkannte sie, dass sie sich nicht geirrt hatte: Es war Mrs. Harper. »Guten Abend.« Es überraschte Nancy, die Haushälterin der Roths hier zu sehen.

Mrs. Harper fuhr herum, in jeder Hand zwei pralle schwarze Müllsäcke. »Ach, Nancy, Sie sind das … Sie haben mir vielleicht einen Schrecken eingejagt!«

»Ich bin auf dem Weg zum Pub.« Nancy schloss sich der Frau an.

»Ach so, ja. Ich werde nachher vielleicht auch auf einen Sprung vorbeischauen, um Jenny zu sehen. Sie würden nicht glauben, wie viel Abfall diese Familie anhäufen kann, vor allem in den letzten Tagen. Bei uns quellen schon die Tonnen über, und die Müllabfuhr kommt nicht vor nächster Woche, ein Skandal, deshalb habe ich die hier einfach mitgenommen«, erklärte sie und hob die Säcke ein wenig an.

»Die Roths werden an Weihnachten wahrscheinlich von Geschenken überflutet«, vermutete Nancy. »Warten Sie, ich nehme Ihnen einen ab, der sieht ziemlich schwer aus.«

»Danke, sehr aufmerksam. Ach so, ja, die kriegen unglaublich viele Karten und Geschenke, vor allem jetzt, unter diesen Umständen. Die Absender fischen natürlich nach Informationen, Sie verstehen.«

»Die Familie will jetzt bestimmt erst mal unter sich bleiben«, meinte Nancy und warf den Sack in die Tonne.

»Allerdings. Die Polizei hat die Erlaubnis erteilt, dass sich jedes Familienmitglied nun wieder frei bewegen darf, aber Marcus hat die Familie gebeten, noch einen weiteren Tag zu bleiben und morgen richtig Weihnachten zu feiern, denn das ist im Zuge dieser Halskettenaffäre ein wenig untergegangen. Die Polizei sucht nach wie vor nach dem Räuber, aber bei uns kehrt, Gott sei Dank, endlich wieder ein wenig Normalität ein. Will und Harry wollen nächste Woche nach London zurück, und Annabel zieht es wieder nach Cornwall. Und ich kann endlich gründlich aufräumen, es ist ja alles ein einziges Durcheinander!« Sie warf ihre Säcke nun ebenfalls in die Tonnen.

»Und Lucys Sachen müssen jetzt wohl auch weg?«

Mrs. Harper seufzte. »Ja, wir haben schon ein bisschen

damit angefangen. Der arme Harry, für ihn ist das natürlich besonders hart. Natalie hat das übernommen. Der Himmel weiß, was wir mit all den Sachen anfangen sollen, Lucy ist so gern shoppen gegangen.« Sie machten sich auf den Weg zurück zur Straße.

»Hat sie vielleicht Verwandte, die die Sachen gerne haben würden?« Nancy dachte dabei natürlich an Lucys Mutter, ließ sich jedoch nicht anmerken, dass sie von ihrer Existenz wusste.

Die Haushälterin schüttelte den Kopf. »Nein, sie hatte niemanden mehr, sie war eine Waise, die Arme, und ihre Freunde sind alle in Frankreich, also wird das meiste davon wohl an Wohltätigkeitsorganisationen gehen, nehme ich an. Vielleicht wird Natalie das eine oder andere behalten wollen, sie mochte Lucy sehr.« Sie erreichten Mrs. Harpers Auto. »Danke für Ihre Hilfe, meine Liebe. Ich wünsche Ihnen noch einen schönen Abend!«

Nancy winkte ihr zu. Tief in Gedanken versunken machte sie sich durch die High Street auf den Weg zum Pub. Mrs. Harper hatte bestätigt, dass die Roths immer noch der Meinung waren, Lucy habe keinerlei Verwandte mehr gehabt. Wie seltsam. Nancy sorgte sich irgendwie um Lucys Mutter, selbst wenn sie sie nicht kannte. Die Tatsache, dass Lucy sie vor der Familie geheim gehalten hatte, warf zwei Fragen auf: Erstens, wieso wollte sie der Familie – oder zumindest ihrem frisch angetrauten Ehemann – nicht erzählen, dass sie eine Mutter hatte? Schämte sie sich für sie? Vielleicht hatte sie Harry tatsächlich wegen seines

Geldes geheiratet, um weiter für das teure Pflegeheim aufkommen zu können? Und wenn das der Fall war, ergab sich die zweite Frage: Wer bezahlte jetzt?

»Hier bist du!« Jonathan rief Nancy von der anderen Straßenseite zu. »Ich war inzwischen bereits in meiner Wohnung. Was ist mit dir? Hast du dich verlaufen?« Er überquerte die Straße und lächelte ihr zu.

»Nein, ich hatte gerade eine höchst interessante Begegnung …« Auf dem Weg zum Pub erzählte Nancy Jonathan von ihrem Zusammentreffen mit Mrs. Harper. »Wir wissen, dass Lucy eine Mutter hat, die in einem Pflegeheim in Burley lebt. Aber wieso hat sie den Roths nichts von ihr erzählt? Und wenn das Heim sie nun raussetzt, weil die Zahlungen ausbleiben?«

Jonathan runzelte die Stirn. »Ich kapiere das auch nicht. Es muss einen Grund geben, warum Lucy den Roths ihre Mutter verschwiegen hat. Außer natürlich, die Mutter ist inzwischen verstorben … Seit Lucy nach Frankreich ging … Das wäre eine Erklärung.«

Nancy nickte. »Schon, aber wenn ihre Mutter gestorben sein sollte, nachdem sie Harry bereits kannte, hätte sie ihren Kummer dann wirklich so leicht verbergen können? Und wieso es ihm spätestens dann nicht erzählen? Nein, an dieser Sache ist mehr dran, als wir glauben, ganz sicher.« Sie hatten das Pub erreicht, und Nancy hielt kurz inne. »Wir könnten zu DCI Brown gehen und ihm davon erzählen …«

»Könnten wir«, meinte auch Jonathan, der an der Eingangstür verharrte. Sie schauten sich an. »Oder …«

»Oder wir könnten nach Burley fahren und sehen, ob sie überhaupt noch lebt. Wieso Browns Zeit verschwenden, wenn sie vielleicht gar nicht mehr dort ist?«

Jonathan schüttelte den Kopf. »Wir wollen ihn nicht noch wütender auf uns machen, als er ohnehin schon ist. Wir haben versprochen, uns von jetzt an rauszuhalten.«

Nancy schmunzelte. »Oder wir machen einfach einen schönen Ausflug nach Burley, eine Art Mini-Urlaub. Das ist immerhin ein hübsches Städtchen. Wir könnten Oma einsammeln und uns eine nette Frühstückspension suchen. Was glaubst du, wie gut uns das nach allem täte!«

»Wie kann ich dir widersprechen, wenn du es so ausdrückst?« Jonathan stieß die Tür auf. Licht, Wärme und Stimmengewirr quollen ihnen entgegen. Sie traten ein.

»Das hätte ohnehin keinen Zweck, mein Lieber. Weil ich nämlich immer recht habe!«

36. Kapitel

»Da seid ihr ja endlich!«, rief Penelope Nancy und Jonathan von einem Tisch ganz hinten in einer Ecke zu. Das Pub war brechend voll, das halbe Dorf schien versammelt zu sein, im Kamin prasselte ein großes Feuer, man unterhielt sich lebhaft und war in guter Weihnachtslaune. Sie setzten sich zu Ollie, Pen und Jane an den Tisch. Ein Bier und ein Gin Tonic standen schon für sie bereit. Kitty war für ein paar Stunden zu den Großeltern gebracht worden. »Wir dachten schon, ihr hättet euch verirrt.«

»Kann man das überhaupt in Dedley End?«, meinte Jonathan, während er aus seiner Jacke schlüpfte und sich zu Ollie setzte.

»Ich habe vorhin Mrs. Harper getroffen, sie hat eine Ladung Mülltüten zu den Recyclingtonnen gebracht, und ich hab ihr geholfen«, erklärte Nancy und setzte sich neben Pen.

»Und ich dachte, du würdest heimlich mit Richard telefonieren?«, erkundigte sich die Freundin mit einem anzüglichen Grinsen.

Nancy verdrehte die Augen. »Mit ihm habe ich auch

kurz gesprochen.« Sie nahm erleichtert einen Schluck Gin Tonic.

»Richard? Doch nicht der Richard …?«, erkundigte sich Ollie erstaunt bei seiner Frau.

»Doch, Nancys Ex-Freund, der nach London gegangen ist. Genau der«, informierte ihn Pen.

»Ihr seid doch nicht etwa wieder zusammen?«, erkundigte er sich mit hochgezogener Augenbraue.

»Nein«, versicherte Nancy hastig. Ein wenig zu hastig.

»Aber er möchte schon«, bemerkte Jonathan von der Seite. Er nahm einen tiefen Zug aus seinem Bierglas.

»Beim Lichterfest war er jedenfalls viel höflicher, als man es von ihm gewöhnt war«, meldete sich nun auch Jane zu Wort. »Vielleicht ist er tatsächlich ein wenig reifer und vernünftiger geworden?«

»Doch, das glaube ich auch«, meinte Nancy. Sie musste erneut an Richards Vorschlag denken, zu ihr ins Dorf zu ziehen. Sie war sich noch immer nicht sicher, ob sie das überhaupt wollte. Es war schön gewesen, ihn mal wiederzusehen, und ein Funke war auch noch vorhanden, außerdem schien er sich wirklich geändert zu haben. Dennoch hielt sie etwas zurück, sie fühlte es deutlich, und so etwas sollte man besser nicht ignorieren.

»Vielleicht gibt es hier einfach nicht genug anständige ledige Männer«, bemerkte Penelope.

»He!«, protestierte Jonathan.

»Ich sagte *anständig*«, wiederholte Pen.

»Ich kann sogar sehr anständig sein, wenn ich nur will«,

argumentierte er. »Nancy, jetzt hilf mir doch mal!« Er wandte sich mit auffordernd hochgezogener Braue an die Freundin.

»Ich bin so neutral wie die Schweiz«, entgegnete sie, denn sie wollte sich nicht in eine Diskussion über die Vorzüge oder Nachteile von Jonathan als Heiratskandidat verwickeln lassen. »Außerdem hätte sowieso keiner von uns Zeit, wir müssen ja immer noch einen Mörder fangen«, wechselte sie das Thema. »In diesem Zusammenhang wollte ich dich fragen, Oma, was du von einem kleinen Ausflug mit uns nach Burley hältst?«

»Nach Burley? Da war ich seit zwanzig Jahren nicht mehr! Die hatten immer so hübsche Marktstände in der High Street, wenn ich mich recht erinnere.«

»Die gibt's immer noch«, warf Penelope ein, »wir waren vor zwei Jahren mal da.«

»Stimmt«, meinte auch Ollie, »das lohnt sich auf jeden Fall.«

»Na, wunderbar!« Nancy lächelte. »Wir könnten morgen fahren und dort übernachten.«

Janes Augen wurden schmal. »Wieso dieser plötzliche Wunsch, nach Burley zu fahren? Oder sollte ich lieber nicht fragen?«

»Wir möchten uns ein Altersheim ansehen«, erklärte Jonathan.

»Ich möchte doch bitten, dass man mir wenigstens Bescheid gibt, wenn ihr vorhabt, mich in ein Altersheim abzuschieben!«, rief Jane empört aus.

Nancy legte lachend eine Hand auf Janes Arm. »Nicht doch, Oma, doch nicht für dich! Wir glauben, dass Lucy Roths Mutter dort lebt, obwohl die Roths behaupten, Lucy hätte niemanden mehr, sie sei eine Waise. Ich hatte doch ihre frühere Mitbewohnerin aufgesucht, in London, und sie hat mir erzählt, dass ihre Mutter da in einem Heim wohnt. Es ist unsere allerletzte Spur, die allerletzte Chance auf Gerechtigkeit für Lucy. Die Polizei hat ja mehr oder weniger aufgegeben.«

»Solltet ihr beiden euch nicht künftig raushalten?«, meinte Jane verunsichert.

Jonathan grinste. »Also wirklich, Mrs. H., wir haben uns doch noch nie Vorschriften machen lassen.«

»Als Soldat wärst du 'ne Niete«, bemerkte Ollie und lachte.

»Sie müssen uns helfen, Mrs. H.«, flehte Jonathan, ohne auf den Seitenhieb einzugehen. »Wir sind so nahe dran, wir können jetzt nicht aufgeben.«

»Außerdem, willst du wirklich fünfzig Pfund an Jonathan abtreten müssen?«, fügte Nancy schmunzelnd hinzu.

»Hm, nein, das stimmt«, musste Jane einräumen. »Aber wie sollen wir überhaupt zu Lucys Mutter vorgelassen werden, falls sie überhaupt dort ist?«

»Du kannst ja sagen, du wärst eine alte Bekannte. Wer soll dir das Gegenteil beweisen? Weder die Heimleitung noch die Polizei könnten das«, bemerkte Nancy schlau. »Und wenn wir schon dort sind, können wir uns auch gleich den schönen Markt ansehen, oder?«

Jane konnte nur den Kopf schütteln. »Ich muss verrückt sein, dass ich mich darauf einlasse. Aber ich bräuchte sowieso mal wieder ein richtig nettes Chutney.«

»Darauf trinken wir!« Jonathan hob sein Glas. Die anderen taten es ihm nach, und im Chor riefen sie: »Auf ein nettes Chutney!«

So was war auch nur in Dedley End möglich.

*

Nancy war am nächsten Morgen früh auf den Beinen, um sich eine dringend benötigte Tasse Tee zu machen. Es war immer noch klirrend kalt, und der Rasen war von einer dicken Frostschicht bedeckt. Nancy gähnte laut. Sie hatte nicht gut geschlafen, außerdem zu kurz, denn es war gestern im Pub dann doch ein wenig später geworden. An die Anrichte gelehnt wartete sie darauf, dass das Wasser zu kochen begann. Da fiel ihr ein, dass sie ihr Handy gestern Abend im Wohnzimmer hatte liegen lassen. Sie ging, um es zu holen. Zu ihrer Überraschung hatte sie inzwischen fünf Anrufe verpasst, drei Textnachrichten und eine Voicemail.

Alle von Richard.

Was war da los? Ihm war doch hoffentlich nichts zugestoßen? Sie hatte gestern im Pub nicht gestört werden wollen und das Handy daher stumm geschaltet, und als sie dann nach Mitternacht angetrunken nach Hause gestolpert waren, hatte sie natürlich auch nicht mehr auf ihr

Handy geschaut, sondern war auf direktem Weg ins Bett gegangen. Sie spielte die Voicemail auf dem Rückweg zur Küche ab.

»Nancy, ich bin's, ich mache mir jetzt ernsthaft Sorgen. Du hast auf keine meiner Nachrichten reagiert! Und jetzt ist es schon spät ...« Richard hörte sich sehr besorgt an. »Bitte melde dich! Ich muss wissen, ob's dir gut geht? Nach allem, was in letzter Zeit los ist, kann ich einfach nicht schlafen, ohne zu wissen, dass bei dir alles okay ist.«

Nancy fühlte sich schrecklich. Jetzt, wo dieser Mord geschehen war, schien er sich offenbar alles Mögliche auszumalen. Sie wählte rasch seine Nummer.

Er ging sofort ran. »Nancy? Geht es dir gut?«

»Mir geht es gut, keine Sorge! Tut mir leid, aber ich hatte mein Handy gestern Abend stumm geschaltet, deshalb hab ich deine Nachrichten nicht ... wir waren alle im Pub, weißt du, und ...«

»Im Pub?«, unterbrach er sie zornig. »Ich bin schon fast in Dedley End! Ich habe mich ins Auto gesetzt, weil ich solche Angst um dich hatte!«

Nancy wusste nicht, was sie sagen sollte. »Das wusste ich nicht, tut mir leid. Wir hatten doch gestern Nachmittag noch telefoniert, wie sollte ich ahnen, dass du noch mal anrufen würdest? Moment mal – du bist doch nicht wirklich hierher unterwegs?!«

»Ich wollte dir noch gute Nacht sagen«, entgegnete er verärgert. »Und als du nicht rangingst, fing ich an, mir Sorgen zu machen. Ich bin jetzt fast bei euch. Komm raus, und wir reden.« Er legte auf. Nancy starrte das Handy fassungslos an. Sie wusste, dass ihre Beschäftigung mit Lucys Mörder ihm Sorgen bereiten musste, aber deswegen gleich von London hierher in die Cotswolds zu fahren, das kam ihr übertrieben vor. Außerdem hatten sie gestern noch telefoniert, das sollte doch reichen, oder? Nancy wusste nicht, ob sie das süß finden oder genervt sein sollte. Seufzend machte sie sich auf den Weg nach draußen, zog ihren Wintermantel über ihren Schlafanzug und trat genau in dem Moment aus dem Haus, als Richards Auto auftauchte.

Sie überquerte die Straße und setzte sich zu ihm hinein. Nancy fühlte, wie sein Zorn in Wellen zu ihr hinüberschwappte. »Ich hab erst heute früh gesehen, dass du angerufen hattest. Nach dem Pub bin ich direkt ins Bett gegangen.«

Richard schüttelte den Kopf. »Du hast dich in einer Kneipe amüsiert, während ich außer mir vor Sorge war! Ich dachte schon, dir wäre wer weiß was zugestoßen!«

»Tut mir leid. Aber du siehst ja selbst, mir fehlt nichts.« Sie berührte ihn beschwichtigend am Arm, und er brachte es jetzt zum ersten Mal über sich, sie anzusehen. »Du hättest wirklich nicht gleich herfahren müssen.«

»Ich habe mir Sorgen gemacht«, beharrte er defensiv. »Ich kann nichts dagegen machen, ich muss dich einfach beschützen. Vor allem jetzt, nach diesem Mord.« Er nahm einen tiefen Atemzug. »Hör zu, Nancy, kannst du das Ganze nicht einfach sein lassen? Die Polizei hat dich doch auch darum gebeten, oder? Ich würde mich sehr viel besser fühlen, wenn du das aufgeben würdest.«

Sie zog ihre Hand zurück. »Das kann ich nicht. Wir fahren nach Burley, Oma, Jonathan und ich. Wir wollen uns mal dieses Pflegeheim ansehen, in dem Lucys Mutter wohnen soll. Du weißt ja, ihre frühere Mitbewohnerin hat uns davon erzählt.«

Richard sog scharf den Atem ein. »Wieso kannst du das nicht einfach der Polizei überlassen?«

»Die glauben nicht länger daran, dass die Familie was damit zu tun hat, aber sie irren sich!«

Er schnaubte. »Und du kennst dich auf einmal besser mit dem Aufklären von Mordfällen aus als die Polizei? Nancy, wach auf! Das war anfangs ja noch ganz süß, dass du selbst Nachforschungen anstellen wolltest, aber allmählich wird es echt lächerlich. Überlass das lieber den Profis, Babe.«

»Nenn mich nicht ›Babe‹, ja?!« Nancy war mit ihrer Geduld allmählich am Ende. Es hatte sie schon früher gestört, wenn er sie so nannte. »Das wird mir jetzt wirklich ein bisschen zu viel. Du tauchst plötzlich wieder in meinem Leben auf, kurz darauf schlägst du schon vor, dass wir zusammenziehen sollen, und jetzt willst du mir Vorschriften machen, was ich zu tun und zu lassen habe! Springst ins Auto und kommst angefahren, bloß weil ich mal nicht ans Handy gehe!«

Richard wirkte auf einmal ganz geknickt. »Ich will dir doch keine Vorschriften machen, ich hab mir bloß Sorgen um dich gemacht.« Er ergriff ihre Hand. »Nancy, bitte, siehst du denn nicht, wie sehr ich dich liebe? Ich habe nie wirklich aufgehört, dich zu lieben. Und dieses unerwartete Wiedersehen – ich wusste einfach, dass wir zusammengehören.«

Nancy war hin- und hergerissen. Was er sagte, war unheimlich romantisch und genau das, was sie immer ersehnt hatte, als sie noch zusammen gewesen waren. Aber jetzt war sie sich nicht mehr so sicher. Seine neuerliche Aufmerksamkeit hatte ihr geschmeichelt, doch nun fiel ihr wieder ein, dass es auch früher mit ihm nicht immer so rosig gewesen war. Er hatte auch auf der Uni schon immer versucht, sie zu »beschützen«. Einmal hatte er sie in einem Pub aufgespürt, in das sie noch auf ein paar Bier mit einigen Leuten aus ihrer Vorlesung gegangen war; er habe sich angeblich Sorgen gemacht, weil sie nicht um die übliche Zeit nach Hause, ins Studentenheim, gekommen war. Ein andermal hatte er sie unbedingt zum Examen begleiten wollen, obwohl er mehrere Stunden draußen auf sie hatte warten müssen. Und er war auf jedes Treffen des Agatha-Christie-Fanclubs mitgekommen, obwohl er ihre Bücher gar nicht las, nur damit sie nicht einmal im Monat einen Abend getrennt waren.

Nancy hatte ganz vergessen, wie eingeengt sie sich mitunter gefühlt hatte, und jetzt ging das wieder los. Es war zu viel und zu früh. Sie war sich ja noch nicht einmal über ihre Gefühle für ihn im Klaren, und er redete schon von immer und ewig. Um ehrlich zu sein, sie fühlte sich in die

Enge getrieben. Andererseits wollte sie ihn nicht verletzen. Wieso musste auf einmal alles so kompliziert sein? Sie drückte seine Hand. »Ich brauche mehr Zeit, Richard, ich bin noch nicht da, wo du bist. Bitte hör auf zu drängen.«

»Ich kann dich nicht noch mal verlieren, ich kann einfach nicht.« Er beugte sich zu ihr hin und begann sie zu küssen. Sie ließ sich darauf ein, fühlte sich aber nicht wohl dabei. Als er sich aufrichtete, lächelte er. »Du treibst mich nun mal in den Wahnsinn, mein Schatz.«

Nancy zog skeptisch eine Augenbraue hoch. Sie hielt sich nicht für eine Frau, die Männer »in den Wahnsinn trieb«. »Ich muss das einfach tun, Richard. Ich muss das zu Ende bringen. Wir sind so nahe dran. Du musst mir einfach vertrauen, okay? Mir passiert schon nichts.«

Richard ließ sie seufzend los. »Ich wünschte, du würdest mich wenigstens mitnehmen.«

»Ich geh ja nicht allein – Jonathan und Oma sind auch dabei.«

»Jonathan«, sagte er verächtlich, »als ob man sich auf den verlassen könnte, dass er auf dich aufpasst.«

»Niemand muss ›auf mich aufpassen‹, weder Jonathan noch du«, entgegnete sie verärgert. »Ich möchte, dass du mir vertraust. Richard?« In diesem Punkt würde sie nicht nachgeben.

Er schaute sie an, konnte ihre Entschlossenheit spüren. »Na gut. Aber ruf an, ja? Damit ich weiß, dass es dir gut geht. Ansonsten würde ich mir ständig Sorgen machen, solange du weg bist.«

Nancy fragte sich unwillkürlich, was ihm mehr Sorgen bereitete: der Mordfall oder die Tatsache, dass sie mit Jonathan unterwegs war? »Ich werde anrufen«, versprach sie. »Willst du reinkommen und frühstücken?«

»Das wäre toll. Ich muss zwar zur Arbeit, aber über einen Kaffee würde ich mich freuen. Ich bin so froh, dass es dir gut geht.« Er strich ihr übers Haar. »Aber bitte pass auf dich auf, ja? Deinetwegen, aber auch meinetwegen.«

»Dann komm, ich brauche jetzt unbedingt eine Tasse Tee.« Nancy stieß die Tür auf, sie konnte es kaum erwarten, aus der Enge des Autos zu entfliehen und wieder ein wenig frische Luft zum Atmen zu bekommen. Vielleicht sollte sie sich geschmeichelt fühlen, dass er sich so um sie sorgte, aber etwas an seinem Verhalten verstörte Nancy. Hatte Richard sie nicht anfangs stets unterstützt, wenn es um ihre Mordermittlungen ging? Er war ihr in London beigestanden und sonst auch. Und jetzt wollte er auf einmal, dass sie das alles sein ließ … Warum?

Weil er sich wirklich Sorgen um sie machte? Oder gab es andere Gründe? Aber welche? Nancy hatte keine Ahnung.

37. Kapitel

Es war trocken, aber klirrend kalt, als sich Jonathan, Nancy und Jane nach Burley aufmachten, wo sie eine Nacht bleiben würden. Penelope würde sich um die Buchhandlung und auch um Charlie kümmern, sie brauchte ohnehin Ablenkung, da Ollie zu seiner Einheit ins Ausland hatte zurückkehren müssen. Die kleine Stadt lag etwa eine Fahrstunde von Dedley End entfernt, es gab gewundene Kopfsteinpflastergassen, eine hübsche Auswahl an Einzelhandelsgeschäften und ein Hotel am Stadtrand, umgeben von einem weitläufigen grünen Park.

Das Burley Hotel war früher einmal ein Herrschaftssitz gewesen und besaß noch viele der ursprünglichen Charakteristika, wie prächtige Stuckdecken, alte Kamine und vieles andere. Die drei fühlten sich sofort in eine andere Zeit zurückversetzt, und Nancy war in ihrem Element. Sie schritt durch die Räume wie die Heldin in einem georgianischen Liebesroman. Sie hatten für eine Nacht reserviert, Jane und Nancy teilten sich ein Doppelzimmer, und Jonathan bekam ein Einzelzimmer. Nachdem sie ihr Gepäck nach oben gebracht hatten, warteten sie unten in der prächtigen Lobby darauf, dass Jonathan mit dem Wagen vorfuhr, da es zu Fuß zu weit zum Marktplatz gewesen wäre.

Dabei fiel Nancy zufällig ein Mann auf, der draußen vor dem Hotel stand. Er war etwa fünfzig, besaß einen struppigen Bart und trug alte Jeans, eine Hand hatte er in seine Jackentasche geschoben. Er starrte direkt zu ihnen her und wirkte nicht wie jemand, der in so einem Hotel abstieg. Nancy wusste selbst nicht, was sie an dem Mann störte. Weil er ihr vage bekannt vorkam? Als er bemerkte, dass sie zurückstarrte, wandte er sofort den Blick ab, doch Nancy wurde das Gefühl nicht los, dass er sie beobachtet hatte. Als Jonathan auftauchte, verschwand der Mann, und Nancy sagte sich, dass sie sich das nur eingebildet hatte. Kein Wunder, nach den Ereignissen der letzten Wochen.

Jonathan fuhr ins Stadtzentrum und ergatterte einen der letzten Parkplätze am Rande der Fußgängerzone, wo sich eine Marktbude an die andere reihte. Die Sonne kam heraus und beschien das Kopfsteinpflaster, es herrschte ein fröhliches Treiben.

Geplant war, den Vormittag mit einem Einkaufsbummel zu verbringen, danach zu Mittag zu essen und nachmittags zu dem Pflegeheim zu fahren und zu versuchen, so viel wie möglich über Lucy Roths Mutter herauszufinden.

»Wie schön es hier ist! Weiß auch nicht, wieso wir nicht öfter herkommen«, bemerkte Jane und blickte sich begeistert um.

»Schaut, dort gibt es Chutneys!« Jonathan ging voran, und sie begutachteten die große Auswahl an Chutneys, Marmeladen und Gelees.

Nancy, die es freute, wie fürsorglich Jonathan mit Oma umging, lächelte. Sie blieb an einem Stand mit Silberschmuck stehen, als sie etwas aus dem Augenwinkel bemerkte. Sie hob den Kopf, und ihr Herz setzte einen Schlag aus. Da war er wieder, der Mann, der vor dem Hotel gestanden hatte! Auch hier auf dem Markt! Jetzt war sich Nancy sicher, dass sie sich das nicht bloß einbildete. Er musste ihnen gefolgt sein. Als er bemerkte, dass sie ihn ansah, tauchte er sogleich in der Menge unter.

Nancy eilte sofort zu Jonathan und Jane und sagte mit gedämpfter Stimme: »Ich glaube, wir werden beobachtet.«

»Wie? Von wem?« Jonathan war sogleich hellwach.

»Da war ein Mann vor dem Hotel, und ich habe ihn eben noch mal gesehen, hier auf dem Markt. Er kommt mir irgendwie bekannt vor. Was, wenn es der Mann ist, der die Halskette der Roths abgeholt hat?«

»Du glaubst, er ist uns hierher gefolgt?« Jane blickte sich nervös um.

»Kann sein, ich weiß nicht.« Nancy bekam unter ihrem warmen Wintermantel eine Gänsehaut.

Jonathan blickte sich um. »Ich kann niemanden sehen, aber halten wir sicherheitshalber die Augen offen. Und wenn wir ihn noch mal sehen, sprechen wir ihn an. Keine Sorge, vor so vielen Zeugen hier kann er ohnehin nichts machen.«

»Weiß nicht, ob das ein Trost ist«, entgegnete Nancy trocken.

»Was sollen wir denn bloß tun?« Jane biss sich ängstlich in die Unterlippe.

»Wir verhalten uns ganz normal«, verfügte Jonathan und fuhr dann mit etwas lauterer Stimme fort: »Welches Chutney würde mir am besten zu Käse und Crackern schmecken, Apfel oder Mango, was meinst du, Nancy?«

Nancy trat vor und suchte die Sorte aus, die sie am geeignetsten für Jonathans anspruchsvollen Gaumen hielt.

Jane, die das beobachtete, lachte leise. »Also, ihr beiden kommt mir manchmal schon vor wie ein altes Ehepaar.«

Jonathan stieß einen halb würgenden, halb hustenden Laut aus, und Nancy rammte ihm den Ellbogen in die Seite. Während er das Chutney bezahlte, warf Nancy verstohlen einen Blick über die Schulter, aber da war niemand mehr, der sie beobachtete.

Je schneller sie diesem Mord auf den Grund gingen, desto besser, sowohl für Lucy Roth als auch für Nancys Nerven.

*

Das Pflegeheim befand sich etwas außerhalb des Städtchens, ein lang gestrecktes, niedriges weißes Gebäude, eingebettet in sanfte grüne Hügel. Jonathan stellte den Wagen vor dem Haupteingang ab, und sie machten sich auf den Weg nach drinnen. Ein helles, frisches, sauberes Interieur erwartete sie, mit weiß gestrichenen Wänden und polierten Holzböden, vielen Pflanztöpfen, bunten Bildern und einer Empfangstheke, wo man sie bei ihrem Eintreten freundlich begrüßte.

»Sieht ganz schön teuer aus«, flüsterte Jonathan den anderen beiden zu, während sie sich dem Empfang näherten.

»Kein Wunder, dass Lucy Mühe hatte, die Kosten dafür aufzubringen«, meinte Nancy. Es erleichterte sie sehr, dass es hier so hübsch und freundlich war. Sie war sich sicher gewesen, dass Lucy viel an ihrer Mutter lag, und dies war der Beweis. Lucy selbst hatte in einer winzigen Apartmentwohnung, in einem anonymen Häuserblock, gewohnt und den Großteil ihres Lohns für die Unterbringung ihrer Mutter in diesem schönen Pflegeheim aufgewandt. Konnte man ihr vorwerfen, dass sie sich von Harry Roths Vermögen angezogen gefühlt hatte? Will Roth meinte, Lucy sei nur hinter Harrys Geld her gewesen, aber vielleicht war sie einfach nur ein Mensch, der sich nach der Sicherheit sehnte, die einem ein solches Vermögen gab. Das war verständlich.

Nancy trat an den Empfang. »Eine gute Freundin meiner Großmutter ist hier untergebracht. Wäre es eventuell möglich, sie zu besuchen?«, erkundigte sie sich bei der Rezeptionistin, einer Frau mittleren Alters mit einem perfekten Dutt und einer Brille, die bis zu ihrer Nasenspitze herabgerutscht war. »Mrs. Lewis?« Sie konnten nur hoffen, dass Lucy denselben falschen Nachnamen für ihre Mutter verwendete wie für sich selbst. Falls nicht, würden sie schon an der ersten Hürde scheitern. Nancy hielt unwillkürlich den Atem an.

Die Empfangsdame strahlte. »Ach, wie schön! Mrs. Lewis bekommt nur noch so selten Besuch.« Ihr Lächeln erlosch. »Nicht mehr, seit …«

»Wie geht es ihr denn? Wie kommt sie mit dem Tod von Lucy zurecht?«, erkundigte sich Nancy geschickt. Zumindest wusste man im Heim, dass Lucy tot war, was die Frage aufwarf, wer jetzt für den Unterhalt der Mutter aufkam.

»So gut, wie man es eben erwarten kann. An manchen Tagen erinnert sie sich daran und ist dann ganz verstört, an anderen fragt sie, wann Lucy sie denn wieder einmal besuchen kommt. Ach, es ist nicht einfach. Bitte tragen Sie sich hier ein, dann lasse ich jemanden rufen, der Sie zu Mrs. Lewis' Zimmer führt.«

Sie trugen sich ein und warteten ab.

»Um den Unterhalt für Lucys Mutter scheint man sich hier keine Sorgen zu machen«, bemerkte Nancy mit gedämpfter Stimme, »nur, dass Mrs. Lewis der Tod ihrer Tochter zu schaffen macht – ist ja auch verständlich.«

»Lucy muss ein Testament hinterlassen haben. Vielleicht hatte sie ja mehr Geld, als wir glauben.«

»Aber dann würden die Roths doch erfahren haben, dass Lucy eine Mutter hat, die ihr Geld erbt?«

Jonathan runzelte die Stirn. »Stimmt.« Er wurde ebenso wenig schlau daraus wie Nancy.

Nun tauchte ein weiß gekleideter Pfleger auf, und sie folgten ihm durch einen langen gewundenen Korridor, bis er vor einer Tür stehen blieb. Er öffnete sie und streckte den Kopf hinein.

»Hallo, Pam, Sie haben heute Besuch.«

»Ach ja?«

Der Pfleger trat zurück und ließ Jane, Nancy und Jonathan eintreten. Es war ein recht großzügiges Zimmer, mit einem großen Fenster, das viel Licht hereinließ. Es gab außerdem ein Bett, einen großen Schrank, einen Schreibtisch, einen Fernseher und eine Tür zu einem privaten Badezimmer, die offen stand. Mrs. Lewis saß in einem Polstersessel am Fenster, eine warme Decke über den Knien, auf einem Beistelltisch lagen ihre Brille und ein Buch und dazu eine Tasse Tee. Die ältere Frau blickte ihren Besuchern überrascht und erfreut entgegen. Sie hatte graues Haar, das ordentlich frisiert war, und eine für ihr Alter noch sehr schöne Haut, dazu strahlende Augen, die Nancy an Lucy erinnerten. Man konnte sehen, dass Mrs. Lewis in ihrer Jugend ebenfalls eine Schönheit gewesen war. »Wenn Sie etwas brauchen, rufen Sie mich«, sagte der Mann noch, ehe er ging.

Jane musterte die Frau interessiert. »Guten Tag, ich bin Jane. Jane Hunter«, stellte sie sich lächelnd vor. »Sie kommt mir irgendwie bekannt vor«, sagte sie leise zu den anderen beiden, dann trat sie näher. »Dürfen wir uns ein bisschen zu Ihnen setzen?«

»Ja, natürlich. Kennen wir uns? Mein Gedächtnis ist leider nicht mehr so gut wie früher.«

Jane setzte sich in den Sessel daneben. »Doch, das könnte sein. Ich komme aus Dedley End.«

Mrs. Lewis strahlte. »Da war ich schon so lange nicht mehr! Lucy hat mir versprochen, einmal wieder mit mir dorthin zu fahren, sobald das Wetter wärmer wird. Das Dorf fehlt mir sehr. Ich würde es so gerne einmal wiedersehen.«

Das war eine sehr interessante Information, und die drei tauschten verstohlen einen Blick. Mrs. Lewis kannte also Dedley End und war bereits dort gewesen? Dann musste Lucy schon von den Roths gewusst haben, ehe sie Harry kennengelernt hatte. Nancy bemerkte, wie der Blick von Lucys Mutter sich aufs Fensterbrett richtete, wo eine Anzahl eingerahmter Fotos stand. Sie trat näher heran und betrachtete sie. Auf einem war eine jüngere Mrs. Lewis zu sehen, mit ihrer Tochter an der Hand, beide lachten in die Kamera. Es war irgendwie traurig, dieses Foto aus einer glücklicheren Zeit anzuschauen.

»Das ist meine Lucy«, bemerkte Mrs. Lewis, die Nancys Blick gefolgt war. »Kennen Sie sie?«

»Wir sind uns nur einmal begegnet«, antwortete Nancy. Sie sah sich das nächste Foto an. Darauf war eine Gruppe von Leuten zu sehen, die auf einem weitläufigen Rasen standen, im Hintergrund ein herrschaftliches Anwesen. Nancy schaute unwillkürlich genauer hin – und schnappte überrascht nach Luft. Jonathan war sofort bei ihr. »Ist das nicht …?« Sie nahm das Foto zur Hand. »Mrs. Lewis, dieses Haus – es kommt mir so bekannt vor.«

»Ach ja. Ich bin dort Haushälterin, wissen Sie. Ein herrschaftliches Anwesen. Lucy liegt mir ständig in den Ohren, ich soll sie doch mal mitnehmen, aber das sehen die Roths nicht so gerne. Ein wirklich prächtiges Haus.«

»Sie arbeiten … Sie haben auf Roth Lodge gearbeitet?«, hakte Nancy nach. Sie trat mit dem Foto zu der Frau hin. »Was sind das denn für Leute da?« Sie deutete auf das Foto, in der Hoffnung, Mrs. Lewis würde sich erinnern.

»Ja, also, das da sind Louisa Roth und ihr Mann Marcus, sie sind meine Arbeitgeber, und das ist ihr Sohn Peter, mit seiner Frau Dolly, eine nette junge Frau.« Mrs. Lewis lächelte.

»Dolly? Haben Sie Dolly gesagt?«, unterbrach Nancy und tauschte einen raschen Blick mit Jonathan.

Mrs. Lewis nickte. »Ja, so nennt sie hier jeder. Ist aber nicht ihr richtiger Name, aber der fällt mir momentan nicht ein. Sie entschuldigen, aber mein Gedächtnis ist nicht mehr so gut wie früher.« Die alte Dame lächelte bedauernd. »Und das da ist ihre Schwester. Das war im Sommer, auf einer Gartenparty. Es gab dort immer so wundervolle Gartenpartys, die haben mir immer am besten gefallen.«

Jetzt schnappte auch Jane unwillkürlich nach Luft. »Ich weiß jetzt, wer Sie sind! Gerade ist es mir wieder eingefallen.« Sie beugte sich vor. »Sie sind Anne Walker!«

38. Kapitel

Diese Äußerung hatte eine überraschende Wirkung auf Mrs. Lewis. Sie sprang auf und schrie: »Sagen Sie nicht diesen Namen! Sie dürfen diesen Namen nicht sagen, nie, nie wieder! Nie wieder!« Sie geriet immer mehr außer sich.

»Keine Sorge, das werden wir nicht«, versicherte Jane, die zutiefst erschrocken war.

»Ich hole Hilfe!« Jonathan rannte davon, und Nancy und Jane versuchten, Mrs. Lewis zu beruhigen, allerdings vergebens. Die alte Frau war außer sich und sagte ständig: »Nie wieder, nie wieder!«

»Schon gut.« Der Pfleger von vorhin war sofort zur Stelle, Jonathan hinter ihm. »Was gibt's denn, Pam? Ganz ruhig, Sie müssen sich doch nicht so aufregen. Kommen Sie, setzen wir uns wieder hin, ja?« Seine Stimme beruhigte sie so weit, dass sie verstummte, doch ihr Gesicht war noch ganz verzerrt.

An Nancy gewandt sagte der Pfleger: »Sie gehen jetzt besser, es wird ein Weilchen dauern, bis sie sich wieder ganz beruhigt hat, und dann wird sie wahrscheinlich sowieso erst mal einschlafen.«

»Passiert denn so was öfter?«, erkundigte sich Jonathan, während sie zur Tür gingen.

»Wenn Sie sich aufregt, schon. Oft fällt ihr irgendetwas aus der Vergangenheit ein oder sie erinnert sich an ihre Tochter«, erklärte er, während er seinem Zögling wieder zurück zum Sessel half. »Es kann sogar vorkommen, dass sie sich selbst verletzt. Es war ganz richtig, dass Sie mich gleich geholt haben. Ich kümmere mich jetzt um sie, keine Sorge.«

»Es tut uns nur so leid, dass wir sie aufgeregt haben.« Nancy fühlte sich schrecklich. Die Frau hatte erst vor Kurzem ihre Tochter verloren, und jetzt hatten sie ihr noch mehr Pein verursacht.

»Aber sie hat sich bestimmt über Ihren Besuch gefreut«, versuchte sie der Pfleger zu trösten.

Das Gefühl hatten sie ganz und gar nicht, als sie sich auf den Weg zurück zum Ausgang machten. Nancy trat noch einmal an die Rezeption, denn etwas nagte an ihr. »Ich fürchte, wir haben Mrs. Lewis aufgeregt«, gestand sie der Frau am Empfang. »Wir haben ihre Tochter erwähnt, und ich fürchte, ihr ist wieder eingefallen, dass sie tot ist, und das hat sie ziemlich aufgeregt.« Nancy konnte sich denken, dass Jonathan und Jane, die ein Stück hinter ihr standen, sich fragten, worauf sie hinauswollte.

Die Rezeptionistin nickte. »Ja, es ist nicht leicht für sie. Lucy war ihr einziger Besuch, deshalb haben wir ein paar Freiwillige gebeten, sich hin und wieder zu ihr zu setzen. Aber das ist natürlich nicht dasselbe.«

»Ich weiß nicht, ob Sie uns das überhaupt sagen dürfen, aber wir machen uns große Sorgen um sie. Lucy war schließlich ihre einzige Verwandte …« Nancy beugte sich ein wenig vor und fuhr fort: »Kann sie denn jetzt überhaupt weiter hierbleiben? Braucht sie vielleicht, ähm, ein wenig Unterstützung, was die Kosten für ihre Pflege betrifft, wenn Sie verstehen, was ich meine?«

»Ach so. Nein, keine Sorge, obwohl das wirklich nett von Ihnen ist, dabei sind Sie ja nicht einmal Verwandte.« Sie beugte sich ebenfalls ein wenig vor. »Die Familie Roth kümmert sich jetzt darum.«

*

Nancy, Jonathan und Jane machten sich auf den Weg zurück zum Hotel, um das soeben Erfahrene in Ruhe durchdenken zu können. Sie suchten sich ein ruhiges Plätzchen in der Lobby und bestellten etwas zu trinken.

»Ich weiß kaum, wo ich anfangen soll«, meinte Jane und lehnte sich stirnrunzelnd zurück.

»Sie hat sich fürchterlich aufgeregt, als Sie ihren richtigen Namen genannt haben, Mrs. H.«, überlegte Jonathan. »Das sollte offensichtlich ein Geheimnis bleiben. Und wir können davon ausgehen, dass ihr das von Lucy eingeschärft worden ist. Aber wieso, Teufel noch mal, haben sie ihren Nachnamen überhaupt ändern müssen?«

»Nicht in diesem Ton«, rügte Jane Jonathan milde.

»Oma, woher kennst du sie überhaupt?«

Jane seufzte. »Ich hatte ja keine Ahnung, dass dieser Name so eine Wirkung auf sie haben würde, sonst hätte ich ihn natürlich nie erwähnt. Es war dieses Foto von der Gartenparty bei den Roths. Da ist mir plötzlich ein Licht aufgegangen, ich konnte nicht anders. Wisst ihr, ich war nämlich selbst auf dieser Party gewesen.«

Ihre Getränke wurden gebracht, und sie warteten, bis sie wieder allein waren, ehe sie ihr Gespräch fortsetzten. »Und wer ist jetzt also diese Frau, Oma?«, wollte Nancy wissen. Jonathan und sie beugten sich interessiert vor und hörten zu, wie Jane ihnen die Geschichte mit leiser Stimme erzählte, damit sie nicht belauscht werden konnten.

»Anne Walker war die Haushälterin der Roths, ich meine, bevor Mrs. Harper eingestellt wurde. Sie kam aus Woodley, und Louisa Roth, Marcus' Frau, die, wie ihr ja wisst, inzwischen verstorben ist, hatte sie eingestellt. Sie hat ebenfalls dort im Anwesen gewohnt, so wie jetzt Mrs. Harper. Eine angenehme, aparte Frau, man kannte und mochte sie im Dorf, so wie überhaupt auch die Roths, die damals noch ganz freundlich und zugänglich waren und sich oft im Dorf sehen ließen. Man grüßte sich, wenn man sich begegnete, man wechselte ein paar Worte.« Jane nahm einen Schluck Tee, den sie gesüßt hatte, weil sie die Stärkung brauchte, dann fuhr sie fort. »Ich glaube, zum Zeitpunkt, als diese Gartenparty stattfand, war Anne Walker schon mehrere Jahre bei den Roths. Das ist jetzt über dreißig Jahre her, wenn ich mich recht erinnere. Damals fand noch jeden Sommer so eine Gartenparty statt, und alle waren dazu eingeladen, nicht nur reiche Freunde oder Geschäftspartner, sondern auch die Dorfbewohner. Dein Großvater war natürlich auch mit dabei.« Jane seufzte wehmütig. Nancy wusste, wie sehr Oma ihren Mann immer noch vermisste. »Von dieser Party habe ich euch, glaube ich, schon mal erzählt, aber jetzt, wo ihr Anne begegnet seid, erzähle ich euch besser die ganze Geschichte. Es fing alles ganz wundervoll an. Der Garten war einfach spektakulär, es gab Riesenmengen zu essen und zu trinken, und es gab eine Band und jede Menge Buden und Stände – es war ein richtiges Ereignis, alle waren ganz aus dem Häuschen.« Ihr Gesicht verdüsterte sich.

»Und was ist schiefgelaufen, Oma?«

»Marcus Roth kam auf einmal aus dem Haus gestürmt, seine Frau war bei ihm und auch Peter und Jessica – sie waren damals noch nicht lange verheiratet. Man konnte deutlich sehen, dass Marcus wütend war. Er befahl Anne, mit ins Haus zu kommen. Alle starrten ihnen nach, und dann, etwa eine halbe Stunde später, kam Frank – der Butler, ihr kennt ihn ja – heraus und sagte, es habe einen Diebstahl im Haus gegeben, und die Party sei vorbei. Na ja, alle waren total geschockt, die Party löste sich sofort auf, alle fragten sich, was wohl geschehen sein mochte. Später hieß es dann, Anne habe Geld gestohlen, deshalb sei sie von den Roths fristlos entlassen und angewiesen worden, sich nie wieder im Anwesen blicken zu lassen. Die Polizei wurde nicht eingeschaltet, soviel ich weiß, die Roths haben das so gut wie möglich vertuscht. Und danach war plötzlich alles anders.

Die Familie wurde sehr misstrauisch und hat sich mehr und mehr vom Dorf zurückgezogen. Und eine Gartenparty fand auch nie mehr statt.« Jane schüttelte bedauernd den Kopf. »Wahrscheinlich war ihnen diese Szene auf der Party einfach peinlich. Und vielleicht wussten sie danach nicht mehr, wem sie noch vertrauen konnten.« Jane ließ ihre Worte wirken, dann fuhr sie fort. »Nur acht Monate später kam dann Harry Roth zur Welt und, wie wir jetzt wissen, zwei Jahre darauf bekam Anne Walker eine kleine Tochter – Lucy, die eines Tages Harry heiraten würde.«

»Aber diese Tochter ist jetzt tot«, schloss Jonathan, »und ihre Mutter nicht mehr sie selbst.«

»All das wegen dieser Gartenparty?«, wunderte sich Nancy. »Anne Walker hat Jessica Roth ›Dolly‹ genannt. Diesen Namen habe ich schon mal gesehen, aber nicht gewusst, was er bedeuten soll.« Sie erinnerte die anderen an das Buch, das Annabel aus der Bibliothek hatte verschwinden lassen, in dem Nancy später auf diese Inschrift gestoßen war – *Für Dolly – ich werde diesen Sommer nie vergessen. Für immer Dein, John.* »Wer ist John? Und wieso hat Annabel das Buch vor mir versteckt?« Nancy seufzte frustriert. »Was hat das alles zu bedeuten?«

»Und wieso glaubt die jetzige Haushälterin der Roths, dass Lucy keine Verwandten mehr hat, wo doch jemand von den Roths für Annes Pflege aufkommt?«, fügte Jonathan hinzu.

»Wer immer Lucy getötet hat, ist wahrscheinlich auch derjenige, der für Anne bezahlt«, schlussfolgerte Nancy.

»Ein schlechtes Gewissen, nehme ich an. Wie es aussieht, hat diese Entlassung Annes Leben ruiniert. Aber wenn das so sein sollte, wie kann man da auch noch die Tochter umbringen?! Uns fehlt immer noch das Motiv.«

»Vielleicht hat Lucy herausgefunden, was die Roths ihrer Mutter angetan haben, und hat deshalb Harry geheiratet. Um es den Roths heimzuzahlen«, schlug Jonathan vor.

»Das klingt schlüssig«, meinte Nancy, »aber wieso war Lucy dann so zornig? Ich meine, wenn ihre Mum das Geld gestohlen hatte, war es doch klar, dass man sie entlassen würde.«

Sie blickten sich an. Der Fall nahm allmählich Gestalt an.

»Oder sie war's gar nicht. Könnte einer aus der Familie sie fälschlicherweise beschuldigt haben? Aber wer und warum?«

»Dolly?«, schlug Jonathan vor, »alias Jessica Roth?«

»Mit dieser Frau bin ich nie warm geworden«, warf Jane ein. »Aber wieso sollte sie Anne Walker einen Diebstahl anhängen? Um Geld kann es nicht gegangen sein, Jessica hatte doch bestimmt genug, nachdem sie Peter geheiratet und Zugang zum Roth-Vermögen erhalten hatte.«

»Irgendwas übersehen wir noch«, sinnierte Nancy und seufzte.

Sie verfielen in Schweigen und überlegten, was die wohlhabende, geachtete Jessica Roth dazu veranlasst haben könnte, ihre Haushälterin auf diese Weise zu ruinieren.

»Du sagtest, das Buch sei von jemandem namens John signiert worden. Vielleicht war das ihr Liebhaber?«, fiel es Jonathan plötzlich ein. »Vielleicht hatte sie eine Affäre.«

Nancy schlug jäh mit der flachen Hand auf den Tisch, und die anderen beiden zuckten überrascht zusammen. »Mein Gott, ja, das ist es! Oma, hast du nicht gerade gesagt, dass Harry nur wenige Monate nach dieser Gartenparty geboren wurde?«

Jane nickte. »Ja, das stimmt.«

»Dann muss Jessica auf der Party bereits schwanger gewesen sein. Aber wenn Harry nun gar nicht Peters Sohn ist? Wenn er aus der Affäre mit John stammt? Was, wenn Jessica Lucy getötet hat, nur damit das nicht herauskommt?«

39. Kapitel

Nancy lag, versunken unter einer Schaumschicht in der Badewanne ihres En-Suite-Badezimmers im Burley Hotel. Was für ein Tag! Ihr schwirrte noch der Kopf von den heutigen Entdeckungen. Endlich hatte sie das Gefühl, dass sie der Wahrheit näher kamen. Jetzt galt es zu entscheiden, was sie damit anfangen sollten. Großmutter war nach wie vor dafür, DCI Brown zu verständigen und ihm alles zu erzählen, aber Nancy war skeptisch, was diesen Schritt betraf. Sie hatten ja keinen Beweis, dass Jessica Roth Lucy getötet hatte. Möglicherweise würde Brown sie auslachen oder, noch schlimmer, wegen erneuter Einmischung verknacken. Und was Nancy am allerwenigsten wollte, war, Jessica Roth frühzeitig zu warnen, sodass diese Spuren vernichten konnte.

Ihr Handy, das auf dem Badewannenrand lag, summte. Sie warf einen erschreckten Blick darauf. Sie hatte im Verlauf des Tages bereits fünf Textnachrichten von Richard beantwortet und ihm immer wieder versichert, dass es ihr gut ginge. Sie würde ihn heute Abend vor dem Schlafengehen noch anrufen, das hatte sie ihm ebenfalls versprochen. Zu ihrer Erleichterung kam der Anruf von Penelope, nicht von ihm.

Nancy aktivierte die Freisprechfunktion. »Hallo.«

»Ich bin's«, sagte Pen, und sie klang gar nicht so munter und fröhlich wie sonst.

»Wie geht es dir? Alles in Ordnung?«

»Och, na ja, es ist nicht leicht, jetzt, wo Ollie wieder wegmusste. Ich bin froh, wenn ihr wieder hier seid. Aber danke, dass ihr uns Charlie dagelassen habt. Kitty freut sich riesig.«

»Schön. Morgen sind wir wieder da, so früh wie möglich, versprochen.«

»Du könntest mich ja schon mal ein bisschen auf andere Gedanken bringen – wie läuft's mit dem Fall?«

Nancy schmunzelte. Der »Fall«, ja. Wie bei richtigen Detektiven. Sie unterrichtete Penelope von den neuesten Entwicklungen.

»Wow, Mann! Ihr glaubt also wirklich, dass Lucy Harry aus Rache geheiratet haben könnte? Um den Roths heimzuzahlen, was sie ihrer Mutter angetan haben? Aber wieso hat Jessica Lucys Mutter überhaupt anschwärzen müssen?«

»Vielleicht weil sie von Jessicas Affäre wusste? Jessica wollte ganz sicher nicht, dass die Familie das rausfindet. Vor allem, wenn wir recht haben und Harry gar nicht Peters Sohn ist. Vielleicht hat Lucy gedroht, Harry die Wahrheit zu sagen. Alles wissen wir noch nicht, da fehlt noch was, ich bin mir sicher.« Nancy seufzte.

Pen stieß einen beeindruckten Pfiff aus. »Aber wie sollt

ihr je alles rauskriegen? Ohne dass es euch Jessica selbst erzählt? Könnt ihr wirklich beweisen, dass sie Lucy getötet hat? Ich meine, werdet ihr jetzt zur Polizei gehen, oder was?«

»Das ist es ja. Wir können es eben nicht beweisen. Ich habe Angst, dass die Polizei den Hinweis nicht ernst nehmen wird.«

»Also echt, mir kommt das alles fast wie ein Traum vor. Oder wie ein Roman, ein Agatha-Christie-Roman.«

Da setzte sich Nancy jäh auf, sodass Wasser über den Beckenrand auf den glänzenden Fliesenboden schwappte. »Pen, du hast recht! Es ist wirklich ganz wie im Roman …«

»Was soll das heißen?«

»Wir müssen genau dasselbe tun! Du weißt doch, wie der Detektiv am Ende des Romans immer alle Beteiligten zusammenruft und ihnen dann eröffnet, wer es getan hat. Wenn es wirklich Jessica war, wie wir glauben, wird sie sich verraten. Sie kann gar nicht anders, wenn aller Augen auf ihr ruhen.«

»Aber wenn sie's nicht ist?«

»Dann wird die Wahrheit dennoch ans Licht kommen«, entgegnete Nancy zuversichtlich. »Wer immer es getan hat, wird sich wohl kaum zurücklehnen und zuschauen, wie jemand anders dafür untergeht.«

»Ich weiß nicht. Wer zu einem Mord fähig ist, wird vielleicht auch so was in Kauf nehmen.«

»Es ist das Einzige, was wir jetzt noch tun können. Mehr Beweise gibt es nicht, und die Polizei würde uns nicht glauben. In den Romanen funktioniert das doch auch immer, Pen.«

»Aber Bücher sind nicht das wirkliche Leben, Nancy«, erinnerte Penelope.

»Ich wünschte, es wäre so«, meinte Nancy sehnsüchtig.

Pen lachte leise. »Ich weiß. Na gut, macht es, ich bin dafür. Was kann schon passieren?«

»Wir werden verhaftet? Die Roths verklagen uns wegen übler Nachrede? Der Killer nimmt uns aufs Korn?«

»Großer Gott. Na gut, bringt euch bloß nicht in Gefahr. Das ist es nicht wert.«

»Nein, ich weiß.« Nancy überlegte kurz. »Ich habe eine Idee, aber dazu bräuchten wir deine Hilfe.«

»Ich tu alles! Die Ablenkung kann ich momentan weiß Gott gebrauchen«, versicherte Pen sogleich.

»Ausgezeichnet! Gut, wir treffen uns, sobald wir wieder zurück in Dedley End sind. Es wird alles gut, Pen«, fügte Nancy noch hinzu und dachte dabei nicht nur an Ollie, sondern auch an die übrigen Geschehnisse im Dorf. Nancy sehnte sich inzwischen nach einem friedlichen, ereignislosen Jahresende.

Aber zuerst mussten sie einen Mörder stellen.

*

Sie beschlossen, im Hotel zu Abend zu speisen, frühzeitig ins Bett zu gehen und sich dann am nächsten Morgen in aller Frühe auf den Rückweg zu machen, nach Dedley End und zum Haus auf dem Hügel. Nancy zog nach ihrem Bad einen schwarzen Rock und eine getupfte Bluse an. Gemeinsam mit Oma, die ein langes Kleid trug, ging sie nach unten und in den prächtigen Speiseraum, wo Jonathan bereits an einem Tisch auf sie wartete. Er hatte seine »gute Jeans« angezogen, dazu ein Jeanshemd.

»So wirst du nie ein nettes Mädchen finden, Jonathan, wenn du immer herumläufst wie eine Vogelscheuche«, bemerkte Jane, während sie sich zu ihm an den Tisch setzten. Nancy unterdrückte ein Lachen.

»Von wegen! Ich hab mich doch fein gemacht – jedenfalls für meine Verhältnisse«, protestierte Jonathan. »Außerdem verzichte ich auf eine Frau, die mich nicht so mag, wie ich bin. Findest du nicht auch, Nancy?«

»Ich halte mich da raus.« Schmunzelnd setzte sie sich zu ihrem Freund. Sie hatte nichts gegen seine etwas abgerissene Erscheinung, irgendwie passte sie sogar zu ihm. Aber das brauchte er ja nicht zu wissen. Nancy versuchte, sich Jonathan im Ritz vorzustellen, aber es gelang ihr nicht. Er passte einfach nicht in so eine Umgebung. Und sie selbst? Irgendwie auch nicht.

»So, trinken wir jetzt auf die Aufklärung eines Mordes oder was?«, fragte Jonathan in die Runde, nachdem die bestellten Getränke und die Vorspeisen gebracht worden waren.

»Ich weiß nicht. Es hängt alles davon ab, ob Jessica Roth ein Geständnis ablegt, aber vielleicht machen wir's uns ja zu leicht?« Nancy war nervös. Noch waren sie nicht am Ziel.

»Okay, dann trinken wir eben erst mal auf Teamwork. Immerhin haben wir mehr rausgekriegt als die Polizei. Wir haben unsere Verdächtige und werden sie am Ende hoffentlich auch fangen.« Er hob sein Glas, man stieß an und alle riefen: »Teamwork!« »Aber meine fünfzig Pfund kriegt ihr erst, wenn Jessica tatsächlich hinter Gittern sitzt.«

»Die Wette werden wir gewinnen, was, Oma?«

»Das will ich meinen! Obwohl ich euch nicht noch ermutigen sollte. Man hat ja gesehen, was dabei rauskam, als ihr noch Kinder wart!«

»Was meinst du?«, fragte Nancy perplex.

»Hattest du nicht mal diese Wette mit Penelope und Jonathan, als ihr noch kleiner wart?«

»Himmel, ja, ich erinnere mich!« Jonathan schwenkte aufgeregt sein Knoblauchbrot. »Pen und ich, wir wollten unbedingt, dass du einen von uns als allerbesten Freund auswählst, weißt du noch? Und du hast gesagt, wir sollen ein Wettrennen machen, über den Dorfanger, bis zum Baum in der Mitte. Und der Gewinner wäre dann der Auserwählte. Und das taten wir, und ich hatte schon fast gewonnen, aber dann hat Pen mich am Pulli gepackt, ist dabei aber ins Stolpern geraten und hat mich mitgerissen. Sie war schon immer ein bisschen ein Trampel, hat zwei linke Füße. Ich hab mir dabei das Knie aufgeschürft und sie sich den Ellbogen gestoßen. Wie ein Häuflein Elend sind wir nach Hause getrottet. Und du hast nie ›den Auserwählten‹ ernannt.«

Nancy prustete los. »Dass du dich daran noch erinnerst! Da waren wir doch erst sieben, oder so. Obwohl, du hättest es besser wissen sollen, du warst ja zwei Jahre älter als wir. Wow, manches ändert sich wohl nie.«

»Aber wer ist denn jetzt eigentlich dein allerbester Freund, Nancy?« Er grinste sie an, und sie bekam unwillkürlich heiße Wangen.

Sie schüttelte den Kopf. »Diese Entscheidung nehme ich mit in mein Grab.«

»Sehr vernünftig, Liebes, sehr vernünftig«, meinte auch Jane. »Allerdings würde ich es nicht gerade so ausdrücken, wo doch noch immer ein Mörder frei herumläuft.«

Nancy und Jonathan sahen sich an und prusteten los, trotz oder wegen Großmutters ernstem Ton.

»Ich hätte eure Freundschaft schon damals im Keim ersticken sollen«, meinte Jane missbilligend.

40. Kapitel

»Ich glaube, da folgt uns jemand«, bemerkte Jonathan, mit einem Blick in den Rückspiegel. Es war am anderen Morgen, und Nancy, Jonathan und Jane waren auf der Rückfahrt nach Dedley End. Sie hatten sich im Hotel noch ein kräftiges englisches Frühstück genehmigt und sich dann frohgemut auf den Weg gemacht. Jetzt wechselten sie besorgte Blicke.

Nancy drehte sich auf ihrem Sitz herum und warf einen Blick durchs Heckfenster. Ja, da fuhr ein kleines dunkles Auto hinter ihnen, und der Fahrer – war ein Mann mit einem struppigen Bart.

»Ich glaube, das ist der, der uns schon gestern gefolgt ist.« Sie drehte sich zurück zu Jonathan. »Irgendwo hab ich den schon mal gesehen … Ob ihn die Roths geschickt haben, um ein Auge auf uns zu haben?«

»Ach du liebes bisschen, was machen wir jetzt?«, rief Jane besorgt aus. »Kannst du ihn nicht abschütteln, Jonathan?«

»Ich hab eine bessere Idee.« Sie hatten soeben den Hinweis auf eine Ausfahrt passiert. »Gut festhalten!« Er setzte den Blinker und schwenkte jäh links ab, auf die nächstbeste Abfahrt. Er warf einen Blick in den Rückspiegel. »Er folgt uns.« Sie fuhren von der Autobahn ab.

»Weißt du überhaupt, wo wir sind?«, erkundigte sich Jane und blickte aus dem Fenster. »Ist es denn klug, sich auf einsame Nebenstraßen zu begeben?«

»Ich habe in diesem Dorf mal für einen Artikel recherchiert«, erklärte Jonathan. »Wenn ich mich recht erinnere, geht es da vorne nicht weiter. Da muss auch er anhalten.«

»Aber wieso sollten wir so was wollen?«, rief Jane ängstlich aus.

»Weil wir mit ihm reden werden«, entgegnete er grimmig. »Okay, gut festhalten, ich trete jetzt mal aufs Gas.«

»Wenn das mal eine gute Idee ist«, murmelte Jane besorgt.

»Ich glaube auch, wir sollten herausfinden, wer das ist, Oma, keine Angst«, beruhigte Nancy. Sie war selbst nervös, aber sie vertraute Jonathan. Er gab Gas, und Nancy krallte sich unwillkürlich an ihrem Sitz fest. Er bog rechts ab, in eine Zufahrt zu einem Bauernhof. Vor dem großen Gatter bremste er scharf ab und sprang aus dem Wagen, Nancy hinterher. Jane folgte zögernd.

Der Verfolger bog ebenfalls ab, und noch ehe er wusste, wie ihm geschah, musste er scharf abbremsen, um nicht auf sie aufzufahren.

Jonathan stakste zu dem Wagen hin und hämmerte an die Seitenscheibe. »Aussteigen, oder wir rufen die Polizei!«, rief er durchs Fensterglas.

Der Mann stellte widerwillig den Motor ab und kurbelte das Fenster herunter. »Ich steig nicht aus«, knurrte er.

»Und wieso verfolgen Sie uns?«, fragte Jonathan barsch.

»Tu ich ja gar nicht … hab mich bloß verfahren«, brummelte der Mann und verschränkte dickköpfig die Arme vor der Brust.

»Jetzt fällt es mir wieder ein – ich weiß, wer Sie sind!«, rief Nancy in diesem kritischen Moment. Sie trat einen Schritt vor. »Ich hab sie in London gesehen, Sie arbeiten in diesem Lokal, das gleichzeitig ein Buchladen ist! Richard und ich haben dort gegessen.« Sie runzelte perplex die Stirn. »Sie heißen Bill, oder?« Richard hatte erklärt, dass in dem Laden ehemalige Straftäter beschäftigt wurden, was Nancy sehr beeindruckt hatte. Jetzt jedoch weniger.

»Wieso verfolgen Sie uns?«, wiederholte Jonathan. »Im Ernst, wenn Sie nicht sofort den Mund aufmachen, rufe ich die Polizei!«

Bill war überrascht und bekam offensichtlich Muffensausen. »He, im Ernst, das war nicht bös gemeint! Ich sollte euch nur ein wenig im Auge behalten. Deswegen müsst ihr nicht gleich die Polizei holen oder so. Ich brauchte das Geld.«

»Jemand bezahlt Sie dafür, dass Sie uns verfolgen? Wer? Und wieso?«, drängte Jonathan und schob dabei bedrohlich den Kopf vor. Wirklich einschüchternd wirkte das nicht, aber die Drohung mit der Polizei schien zu wirken.

»Richard«, platzte es aus Bill hervor.

»Richard?«, wiederholte Nancy, wie vom Donner gerührt.

Jane ergriff tröstend ihren Arm. Nancy musste sich unwillkürlich an ihre Großmutter lehnen.

»Sind Sie sicher?«, hakte Jonathan mit einem Stirnrunzeln nach.

Er nickte. »Doch, Kumpel. Tut mir leid, aber ich brauchte das Geld. Meinte, ich soll euch im Auge behalten und ihn auf dem Laufenden halten.«

»Aber wieso das denn?«, fragte Jane verwirrt.

Der Mann zuckte die Achseln. »Sagte, sie könnte vielleicht in Schwierigkeiten geraten.« Er wies mit einem Nicken auf Nancy. »Und …« Er verstummte.

»Und?«, hakte Jonathan nach.

»Und er will wissen, ob da irgendwas zwischen euch läuft.« Er deutete von Nancy auf Jonathan.

Nancy schnappte empört nach Luft. Jonathan blickte die Freundin völlig verblüfft an.

Stille trat ein, Bill räusperte sich verlegen. »Hör mal, Kumpel, ich hab dir alles gesagt … Kann ich jetzt wieder fahren?«

»Na gut, aber lassen Sie sich nie wieder blicken, oder wir holen wirklich die Polizei«, antwortete Jonathan, der bemerkte, dass Nancy zu keiner Antwort fähig war. Der Mann brauste sogleich davon. Sie blieben vollkommen verdattert zurück.

»Also so etwas! Alles in Ordnung, Liebes?«, erkundigte sich Jane besorgt.

»Ich weiß nicht«, antwortete Nancy langsam. »Das ist doch alles nicht zu glauben! Er bezahlt jemanden dafür, mich zu verfolgen. Taucht neulich früh einfach bei uns zu Hause auf, bloß weil ich nicht ans Handy rangegangen war … Aber wieso?«

»Du glaubst doch nicht …«, begann Jonathan nervös. »Könnte er was mit dem Mord zu tun haben? Ich meine, er war doch auch auf der Party, er kennt die Familie, vielleicht weiß er ja, wer es getan hat oder …« Er wollte den Satz lieber nicht beenden.

»Nein, das kann ich mir nicht vorstellen«, meinte Jane schockiert. »Er hat dir in London doch geholfen, oder nicht?«

»Ja, aber später wollte er unbedingt, dass ich meine Nachforschungen aufgebe. Und jetzt lässt er mich auch noch beschatten. Vielleicht hat es ihm nichts ausgemacht, mich zu unterstützen, solange ich nicht wirklich was rausgefunden habe. Aber jetzt, wo wir der Wahrheit näher kommen, versucht er, mich aufzuhalten?« Nancy schüttelte den Kopf. »Nein, ich bin sicher, dass Jessica diejenige ist. Was hätte Richard davon, Lucy Roth zu töten? Das ergibt keinen Sinn. Aber wieso ist Bill uns dann gefolgt?«

»Richard war immer schon ein bisschen arg besitzergreifend, oder?«, bemerkte Jonathan und trat dabei verlegen von einem Fuß auf den anderen.

»Das ist es, was du denkst?« Nancy war nicht klar gewesen, dass Jonathan etwas von dem mitbekommen hatte, was auch sie immer schon ein wenig an Richard gestört hatte.

»Als er damals an Weihnachten zu Besuch war, da ist mir das aufgefallen. Deshalb wurde ich auch nicht warm mit ihm. Es passte ihm nicht, wie sehr du an deiner Oma und an uns hängst. Ich glaube, es hat ihn gestört, Zeit mit anderen verbringen zu müssen, er wollte lieber mit dir allein sein. Ach, ich weiß nicht, Nancy, ich will nicht zu viel sagen, ich weiß ja, wie sehr du ihn mochtest.« Er fuhr sich betreten durchs Haar und warf Jane Hilfe suchend einen Blick zu.

»Ich weiß, was Jonathan meint. Mir hat Richard auch nie so recht gefallen, um ehrlich zu sein, obwohl er so etwas damals nie gemacht hat. Ach, ich weiß nicht.« Jane seufzte. »Aus London herzufahren, bloß weil du nicht ans Handy rangehst, das ist schon reichlich übertrieben, und jetzt auch das noch … Er übertreibt es mit seinem Beschützerinstinkt. Aber in den Mord kann er doch nicht wirklich verwickelt sein, Liebes?«

Nancy wusste nicht, was sie sagen sollte. Sie war vollkommen durcheinander. »Ich muss mit ihm reden und es rausfinden.«

»Aber nicht allein«, fügte Jane hinzu. »Bloß sicherheitshalber.«

»Wir werden dir beistehen«, versicherte Jonathan.

Nancy lächelte kläglich. »Ich danke euch. Gut, ich denke, wir sollten uns besser wieder auf den Weg machen?«

Jane streichelte tröstend Nancys Arm. »Ja, komm, fahren wir heim.«

»Das war vielleicht was! Ereignisreiche Tage.« Jonathan schritt zum Auto.

Ja, wirklich, ereignisreiche Tage, dachte auch Nancy. Sie erschauderte unwillkürlich und kuschelte sich tiefer in ihren Mantel. Sie fror, die Kälte war ihr bis in die Knochen gekrochen. Würde ihr je wieder warm werden? Sie war nicht sicher.

*

Zurück in Dedley End lieferten sie nur rasch ihr Gepäck zu Hause ab und machten sich dann gleich auf den Weg zur Buchhandlung, um dort nach dem Rechten zu sehen, und natürlich nach Penelope und Charlie. Und selbstverständlich auch auf eine schöne Tasse Tee.

»Home Sweet Home«, bemerkte Jane beim Betreten des Ladens und lächelte. »Ich setze gleich mal Wasser auf!«

»Hallo, mein Junge!« Nancy musste lachen, weil Beagle Charlie sogleich begeistert an ihr hochsprang und ihr Gesicht abzulecken versuchte. »Hast uns wohl vermisst, was? Wir haben dir auch ein paar schöne Leckerlis vom Markt mitgebracht.«

»Er fühlt sich ein bisschen vernachlässigt, denn es war heute ziemlich ruhig im Laden«, bemerkte Penelope schmunzelnd, »niemand, der ihn betüddelt hätte.«

»Du hast uns gefehlt«, tröstete Nancy den Beagle. Sie nahm auf der Fensterbank Platz. Der Hund sprang hinterher und machte es sich sogleich bei Nancy gemütlich. »Mir kommt's vor, als wären wir eine Woche lang fortgewesen, nicht bloß eine Nacht!«

»Ihr müsst mir alles erzählen.«

»Warte erst, bis du hörst, was auf der Rückfahrt passiert ist«, sagte Jonathan zu Pen. Er setzte sich wie immer in den Lehnsessel. Und dann erzählte er ihr alles.

»Mein Gott, das ist so creepy!«, sagte sie. »Was denkt sich Richard bloß dabei?«

»Keine Ahnung«, antwortete Nancy. Charlie bettete seinen Kopf auf ihren Schoß, als würde er spüren, dass sie jetzt seine Liebe brauchte.

»Tee ist fertig, ihr Lieben!« Jane verteilte Tassen und setzte sich dann hinter die Theke. »Ah, seht mal, da kommt der Vikar.«

Die Tür öffnete sich mit einem fröhlichen Schellen, und herein kam Reverend Williams und strahlte in die Runde. »Wollte euch bloß diesen Kuchen von Gloria vorbeibringen. Ein neues Rezept, ihr sollt mal probieren, Jane.« Er hielt eine Kuchendose hoch.

»Eigentlich ein Wunder, dass wir noch nicht an Fettsucht leiden«, bemerkte Jonathan und lachte.

»Ja, mir persönlich fällt es jedenfalls immer schwerer, die schlanke Linie zu behalten«, entgegnete Reverend Williams und tätschelte sein Bäuchlein. Er stellte die Dose auf die Theke. »Wieso die langen Gesichter? Wie war's in Burley?«

»Ereignisreich«, antwortete Nancy trocken.

»Hier war auch ganz schön was los«, berichtete der Reverend und lehnte sich lässig an die Theke. »Habe gerade Harry noch mal bei mir in der Kirche gehabt, ganz unter uns, er ließ sich nur schwer beruhigen.«

»Was hatte er denn?«, erkundigte sich Jane mitfühlend.

»Will Roth wird morgen nach London zurückkehren, und er möchte, dass Harry ihn begleitet. Die Arbeit wartet ja nicht. Aber Harry hätte das Gefühl, Lucy im Stich zu lassen, da der Mörder noch immer nicht geschnappt ist. Er denkt, er kann nicht so einfach wieder zur Tagesordnung übergehen. Ich habe ihm erklärt, dass das das Einzige ist, was er tun *kann*. Er war ziemlich außer sich, wisst ihr.«

»Die beiden wollen zurück nach London?« Nancy und Jonathan blickten sich an.

»Genau, und seine Eltern werden über Silvester in die Karibik fliegen. Die Tante reist ebenfalls ab, zurück nach Cornwall«, erklärte der Vikar.

»Wir können sie doch nicht einfach fortlassen!« Nancy fuhr erregt hoch und stieß dabei versehentlich Charlies Kopf von ihrem Schoß. Dieser quittierte es mit einem ungehaltenen Schnauben.

»Dann machen wir uns am besten sofort auf den Weg dorthin«, schlug Jonathan vor. »Aber sind wir uns sicher? Willst du nicht doch DCI Brown einschalten?«

»Noch nicht. Du weißt doch, dass er uns nicht glauben würde, Jonathan.«

»Und Richard?«, erkundigte er sich unsicher.

»Wenn er mit drinstecken sollte, werden wir das schon herausfinden. Der Mörder wird ganz bestimmt jeden mit ins Verderben reißen wollen, der ebenfalls damit zu tun hatte.« Nancy konnte nicht glauben, dass Richard darin verwickelt war, aber hundertprozentig sicher war sie nicht.

Sie hatte jetzt erkannt, wie besitzergreifend Richard sein konnte, wie Jonathan schon gesagt hatte, aber war er auch zu einem Mord fähig? Einen solchen Menschen hätte sie doch ganz gewiss nicht lieben können? Die Antwort, wie immer sie auch ausfallen mochte, würde im Haus auf dem Hügel zu finden sein, wie Nancy es von Anfang an gewusst hatte. Sie wandte sich an Penelope. »Bist du immer noch bereit, uns zu helfen?«

Pen nickte entschieden. »Verlass dich drauf!«

»Na gut, worauf warten wir dann noch?« Nancy sprang von der Fensterbank.

»Was habt ihr vor? Was ist los?« Der Vikar war verwirrt.

»Das erzählen wir später«, antwortete Jane. »Den Laden müssen wir eben derweil schließen.« Ihre Augen leuchteten vor Aufregung.

»Oma, bist du sicher, dass du mitkommen willst?«

Aber Jane war fest entschlossen. »Das lasse ich mir doch nicht entgehen!« Dieser Mordfall hatte sie glatt um zehn Jahre verjüngt. »Kommt, fangen wir einen Killer!«

41. Kapitel

Auf dem Weg hinauf zur Roth Lodge fuhren sie an Harry vorbei, der mit gesenktem Kopf die Auffahrt hinaufstapfte und dabei ganz verloren wirkte. Sie stellten den Wagen vor dem herrschaftlichen Anwesen ab, und Jonathan, Nancy und Jane stiegen aus und warteten auf Harry.

»Hallo, Harry«, begrüßte ihn Nancy sanft.

Sein Kopf zuckte hoch, offenbar hatte er gar nicht mitbekommen, dass ihr Auto an ihm vorbeigefahren war. »Was habt ihr denn hier zu suchen? Wenn Großvater euch sieht, geht er glatt an die Decke.«

»Wir sind hier, weil wir mit euch allen sprechen müssen. Wir glauben, wir wissen jetzt, was mit Lucy geschehen ist«, erklärte Nancy. »Aber es wird nicht leicht sein, das zu beweisen. Ehrlich gesagt bauen wir darauf, dass wir dem Mörder ein Geständnis entlocken können, wenn alle versammelt sind.«

Harry zog skeptisch eine Augenbraue hoch. »Soll das ein Witz sein? Das ist hier doch kein Fernsehkrimi oder ein Kriminalroman, Miss Hunter. Wenn Sie tatsächlich Informationen haben sollten, dann müssen Sie damit zur Polizei gehen. Machen Sie's mir bitte nicht noch schwerer, ich habe momentan genug am Hals.« Er wandte sich ab, wollte aufs Haus zugehen, doch dann blieb er stehen. Er seufzte. »Na gut, ich beiße an – wer ist denn Ihrer Meinung nach der Mörder?«

»Ihre Mutter.«

Harry warf den Kopf in den Nacken und stieß ein lautes, unfrohes Lachen aus. »Also damit hätte ich jetzt wirklich nicht gerechnet! Sie sollten doch wissen, dass es niemand aus der Familie war. Es war die Person, die Lucys Halskette gestohlen hat.«

»Nein, das ist ein Red Herring, eine absichtlich falsch gelegte Spur«, erklärte Nancy. »Wir können alles erklären, Harry, das verspreche ich Ihnen.«

»Also, meine Mutter kann unmöglich …« Er geriet ins Stocken. »Mein Gott, ich kann schon gar nicht mehr richtig denken. Gerade hab ich mir doch tatsächlich vorgestellt, dass … aber nein, das ist unmöglich.« Er schloss die Haustür auf, zögerte, schien zu einer Entscheidung zu gelangen. Er blickte sich zu ihnen um. »Die Polizei hat bis jetzt nichts erreicht. Wenn Sie wirklich glauben, dass mehr dahintersteckt als ein Raubmord, dann kommen Sie wohl besser herein.« Auf seinem Gesicht zeichnete sich neu erwachte Hoffnung ab, es war unübersehbar.

»Alles, was wir wollen, ist Gerechtigkeit für Lucy«, bemerkte Nancy.

»Aber gebt bloß nicht mir die Schuld, wenn das hier alles schrecklich schiefgehen sollte«, sagte er noch und trat dann beiseite, um sie hereinzulassen. »Wartet bitte im Salon, ich hole alle zusammen.«

»Ich hätte erwartet, dass er uns hochkant rauswirft«, bemerkte Jane, die ein wenig überrascht war, dass man sie tatsächlich hereinließ. Sie schritten auf den Salon zu, und Harry ging, um die Familie zusammenzurufen. Die drei standen verlegen in dem großen Raum herum und warteten darauf, dass die Roths erschienen.

Nancy wurde immer nervöser. Harry hatte ja recht. Das war hier keine True-Crime-Sendung und auch kein Detektivroman. Es war das wirkliche Leben. Wenn sie recht hatten, würden sie in Kürze einer echten Mörderin gegenüberstehen und versuchen, sie zu einem Geständnis zu zwingen – wie aber sollte ihnen das nur gelingen?

»Vielleicht sollten wir doch lieber …«, begann Nancy, doch in diesem Moment schwangen die Türflügel auf und Will kam hereinspaziert. Nancy fiel sogleich auf, wie viel besser er aussah, jetzt, wo er von jedem Verdacht freigesprochen und wo auch sein Geheimnis herausgekommen war. Hinzu kam, dass er in Kürze in sein geliebtes London zurückkehren durfte.

»Was ist denn hier los? Habt ihr tatsächlich Neuigkeiten, was diesen Mord angeht? Wusste ich's doch, dass du nicht aufhören würdest herumzuschnüffeln, Nancy!« Er ließ sich in einen Lehnsessel sinken und bedeutete ihnen, sich ebenfalls zu setzen. Sie entschieden sich für das Sofa ihm gegenüber, wo sie sich zu dritt nebeneinanderquetschten, um sich ein wenig von der Familie zu separieren.

Abermals ging die Tür auf, und herein trat Harry, gefolgt von seiner Mutter, dann Marcus Roth. »Mein Vater ist derzeit in London, in der Firma«, erklärte Harry, »und Tante Annabel ist oben beim Packen. Ihr Taxi wird gleich hier sein und sie nach Cornwall zurückbringen.«

Nancy fand es schade, dass Annabel nicht herunterkommen wollte, sie hatte darauf gebaut, dass ihre entsetzte Reaktion Jessica dazu provozieren würde, alles zu gestehen. Aber vielleicht war es ja besser, wenn man ihr das ersparte; sicher wäre sie zutiefst erschüttert, wenn sie die Wahrheit über ihre Schwester erführe. Harry setzte sich, und Jessica musterte die Besucher eisig. Sie nahm auf einem harten Stuhl an der Wand Platz und verschränkte trotzig die Arme. Man sah ihr an, wie wenig es ihr passte, sie hier zu sehen. Nancy konnte ihrem stechenden Blick nicht standhalten, es machte sie zu nervös.

»Ich dachte, ich hätte Sie beide gebeten, uns künftig in Ruhe zu lassen«, sagte Marcus Roth, sobald er eingetreten war, und fasste Nancy und Jonathan streng ins Auge. Dass Jane ebenfalls hier war, schien ihn ein wenig zu verwirren. »Meine Familie hat schon genug durchgemacht. Und Harry weiszumachen, es gäbe neue Entwicklungen, ist, offen gesagt, einfach grausam. Sehen Sie denn nicht, wie sehr er noch immer leidet!«

Nancy begriff nun, wieso Will solche Angst gehabt hatte, seinem Großvater von seinem Lebenspartner zu erzählen – Marcus hatte eine Art zu sprechen und andere anzusehen, dass man sich am liebsten kleinmachen und fliehen wollte. Aber Nancy hatte genug von Männern, die ihr Vorschriften machten. »Wir kennen jetzt die Wahrheit«, begann sie mit fester Stimme, »wir wissen jetzt, wer Lucy Roth in Wirklichkeit war.«

»Was soll das denn heißen?!« Harry beugte sich erregt vor und fasste Nancy scharf ins Auge.

»Sag es ihnen, Oma.«

Das tat sie. »Ihr Mädchenname war gar nicht Lewis. In Wirklichkeit hieß sie Lucy Walker. Anne, ihre Mutter, war früher hier Haushälterin.«

Jessica Roth stieß daraufhin ein leises Wimmern aus, der Rest der Familie dagegen schnappte verblüfft nach Luft. Nancy reagierte sofort auf diesen Laut von Jessica. »Aber das wussten Sie bereits, nicht wahr, Jessica?«

Eine angespannte Stille trat ein. Sämtliche Köpfe drehten sich in ihre Richtung.

»Mutter?«, hakte Harry schließlich nach. »Hast du das wirklich gewusst?«

Jessica nestelte nervös an ihrer Halskette herum, dann seufzte sie. Sie hob den Blick und richtete ihn auf ihren ältesten Sohn. »Ich habe es herausgefunden, ja. Deshalb hat sich Lucy dir auch an den Hals geworfen. Sie hat sich eingebildet, wir hätten ihrer Mutter unrecht getan und seien für ihren Zusammenbruch verantwortlich. Sie leidet inzwischen unter Demenz und lebt in einem Pflegeheim. Lucy fand, wir sollten für ihren Unterhalt aufkommen.«

»Sie hat Sie erpresst, stimmt das?«, hakte Nancy nach. Man hätte eine Nadel fallen hören, als Jessica nun zögernd nickte.

»Was redest du da?«, rief Harry entsetzt aus. »So was hätte sie nie getan!«

»Ich habe einen Brief erhalten, Harry. Nachdem ihr beiden nach Hause gekommen wart, verheiratet. Sie drohte mir, verlangte Geld von mir. Ich habe bezahlt, aber dann kam noch ein Brief. Sie kamen alle paar Wochen, die Sache lief aus dem Ruder.« Sie konnte nur den Kopf schütteln. »Und dann kam ich dahinter, wer sie schrieb. Annabel hat Lucy dabei erwischt, wie sie gerade einen dieser Briefe verfasste.«

»Nein.« Harry schüttelte den Kopf.

»Was stand in den Briefen?«, mischte sich Marcus jetzt ein. »Du sagst, sie hat dir gedroht – womit denn?«

»Sie glaubte, wir hätten ihre Mutter unfairerweise entlassen, das hätte ihre Gesundheit ruiniert, und deshalb sollten wir für ihre Pflege aufkommen«, antwortete Jessica.

»Aber wieso hat sie denn nichts zu mir gesagt?«, fragte sich Harry. »Ihre Mutter hat also mal hier gearbeitet?«

»Ja, bevor du geboren wurdest«, bestätigte Marcus. »Wir haben sie beim Stehlen erwischt, deshalb mussten wir sie entlassen.«

»Aber wieso sollte Lucy dafür Rache nehmen? Wenn ihre Mutter uns bestohlen hatte?«, meinte jetzt Will und blickte Jane, Nancy und Jonathan ratlos an.

»Das hat sie eben nicht, glauben wir«, antwortete Jane.

»Es steckte mehr dahinter«, fügte Jonathan hinzu. »Wollen Sie es erzählen, Jessica, oder sollen wir?«

42. Kapitel

Jessica schien zu spüren, dass sie keine andere Wahl mehr hatte. »Ihre Mutter hat das Geld damals nicht gestohlen«, gestand sie. »Sie hat ihre Stellung verloren, weil … Nun ja, meinetwegen.«

»Jessica, was soll das heißen?«, rief Marcus erregt.

»*Ich* habe an jenem Tag das Geld aus dem Safe genommen. Und als du rausgefunden hast, dass es fehlte, wusste ich nicht, was ich tun sollte. Du hättest mich rausgeworfen, wenn ich es dir gestanden hätte.« Ihre Stimme zitterte. »Annabel meinte, es könne ja Anne gewesen sein, sie könnte das Geld genommen haben. Sie sagte, ich soll ihr die Schuld geben. Ich wollte nicht, aber ich war so verzweifelt, dass ich mich darauf eingelassen habe.« Eine Träne kullerte über ihre Wange.

»Sie fanden es also wichtiger, die eigene Haut zu retten«, verdeutlichte Nancy kühl. Sie hatte keinerlei Mitleid mit dieser Frau. Lucys Mutter war schuldlos gewesen. Sie hatte auch Verständnis dafür, dass Lucy versucht hatte, ihrer Mutter Gerechtigkeit zu verschaffen – wie auch nicht?

»Wozu wolltest du denn so viel Geld stehlen?«, fragte Marcus ungläubig.

»Wegen John, nicht wahr?«, bemerkte Jane sanft.

Jessica hob geschockt den Kopf und blickte Jane an. »Woher wissen Sie das?«

Nancy beantwortete die Frage. »Aus einer Inschrift in einem Buch, ›von John für Dolly‹, und ich weiß, dass man Sie früher so nannte. Ihre Schwester hat versucht, es vor mir zu verstecken, als ich mir eure Bibliothek angesehen habe. Wahrscheinlich wollte sie Sie beschützen.«

Jessica nickte niedergeschlagen. »Er hat es mir zu meinem Geburtstag geschenkt. Weil die Romanze in diesem Buch ebenso unerwartet sei wie unsere.« Ihre Augen schimmerten feucht. Nancy bekam zum ersten Mal eine Ahnung von der Frau, die sich hinter dieser kalten, abweisenden Fassade versteckte.

»Ich verstehe das nicht«, warf Harry ein, »was hat das alles mit meiner Lucy zu tun?«

»Es tut mir so leid, Harry, ehrlich«, sagte seine Mutter. »Ich wollte doch niemandem wehtun! Es ist alles meine Schuld!«

»Erzähl uns bitte die ganze Geschichte, Mum«, bat jetzt auch Will. »Damit wir verstehen können.«

»Also gut.« Sie tupfte sich die Tränen ab. »Als ich jung war, war ich wahnsinnig in einen Burschen aus meinem Heimatdorf verliebt, er hieß John. Meine Eltern hielten nichts von der Beziehung, denn er kam nicht aus einer guten Familie, und sie glaubten auch nicht, dass er es zu etwas bringen würde. Also gab ich ihn auf, anstatt um ihn zu kämpfen. Er wurde Soldat und verschwand aus meinem Leben. Ich ging studieren, lernte Peter kennen und heiratete ihn; John war nur noch eine blasse Erinnerung.« Sie holte tief Luft, senkte den Blick auf ihren Schoß. Vielleicht, weil es ihr schwerfiel, der Familie in die Augen zu sehen. »Wir waren bereits eine Zeit lang verheiratet, als ich zufällig John wiedertraf. Ich machte einen Einkaufsbummel, und da war er plötzlich. Wir redeten; er hatte aufgrund einer Verletzung den Dienst quittieren müssen und lebte jetzt ganz in der Nähe. Es war so seltsam, ihn wiederzusehen. Die alten Gefühle waren auf einmal wieder da. Ich weiß, es war nicht richtig von uns – aber wir begannen eine Affäre.« Ihre Wangen röteten sich, als sie dies preisgab.

»Ach, Jessica«, sagte Marcus missbilligend.

»Der Wahnsinn«, sagte Will. Harry, der ganz blass geworden war, sagte nichts. Nancy tat er schrecklich leid. Er hatte nicht nur die Frau, die er liebte, verloren, sondern würde jetzt auch noch erfahren müssen, dass die eigene Mutter dafür verantwortlich war.

»Ich verliebte mich erneut in John, ich konnte einfach nicht anders. Es war falsch, das wusste ich natürlich, aber ich brachte es nicht über mich, Schluss zu machen. Und dann flehte er mich an, mit ihm wegzugehen, irgendwohin, ins Ausland, und ein neues Leben mit ihm anzufangen. Ich liebte Peter zwar noch, aber diese Liebesaffäre hat mich einfach mitgerissen. So hatte ich mich zuletzt als Teenager gefühlt. Ich fand, ich sollte meinem Herzen folgen.«

»Du wolltest Dad verlassen?«, entfuhr es Will. Kinder finden es immer erstaunlich, wenn sie herausfinden, dass auch Eltern ein Eigenleben haben. Sowohl er als auch Harry waren entsetzt zu erfahren, dass ihre Mutter eine Ehebrecherin war. Marcus kochte still in einer Ecke vor sich hin, zu zornig, um auch nur ein Wort hervorzubringen.

Jessica nickte. »Aber dann stellte ich fest, dass ich schwanger war. Und ich bekam Panik. Ich hatte kein Geld, zumindest kein eigenes Einkommen. Ich hatte Peter geheiratet, bevor ich die Chance hatte, mein eigenes Geld zu verdienen. Meine Eltern konnte ich nicht fragen – sie hätten eine Trennung von Peter nie gutgeheißen. John hatte zwar etwas Geld, aber nicht viel, jedenfalls nicht genug, um sofort irgendwo ein neues Leben beginnen zu können, noch dazu mit einem Kind«, fuhr sie fort. »Also beschloss ich, mir Geld zu nehmen. Ich wusste, dass im Safe eine ganze Menge deponiert war. Wir vereinbarten, uns am Tag der Gartenparty zu treffen, John und ich. Es gab so viel Ablenkung, dass es mir ohne Schwierigkeiten gelang, ins Arbeitszimmer zu gelangen, den Safe zu öffnen und unbemerkt etwas Geld an mich zu nehmen.«

»Ich glaube das alles nicht«, stieß Marcus hervor. »Und wieso bist du dann doch nicht fortgegangen?«

Jessica seufzte. »Bin ich ja. Aber als ich zum Bahnhof kam, war John nicht da. Ich konnte ihn nicht erreichen, damals gab es ja noch keine Handys. Ich habe versucht, ihn aus einer Telefonzelle anzurufen, aber es meldete sich niemand. Ich habe eine Ewigkeit gewartet, aber er kam nicht. Ich war vollkommen am Boden zerstört. Ich rief zu Hause an und bekam Annabel an den Apparat. Sie hat mich angefleht, wieder nach Hause zu kommen. Und das tat ich dann. Aber als ich zurückkam, hattest du, Marcus, inzwischen entdeckt, dass Geld fehlte. Und da kam Annabel auf die Idee, ich solle sagen, Anne habe es gestohlen. Sie ...«, Jessica schluchzte auf, »... sie hat es sogar in Annes Handtasche geschmuggelt.«

Will schüttelte den Kopf. »Herrgott, Mutter.«

»Du hast also das Leben von Lucys Mutter ruiniert, bloß um nicht aufzufliegen?«, sagte Harry ungläubig. »Ehrlich, es wundert mich nicht, dass Lucy auf Rache aus war.«

»Und du hast zugelassen, dass ich Anne entließ«, sagte Marcus kalt.

»Ich habe dich wenigstens davon abgehalten, die Polizei zu verständigen, weißt du nicht mehr?«, rief sie flehentlich. »Ihr ahnt nicht, wie schuldig ich mich deswegen fühlte.«

»Moment mal.« Harry war schlagartig hellwach. »Du warst schwanger, hast du gesagt?«

Die Mutter nickte, schluchzte jetzt herzzerreißend.

»O mein Gott – soll das heißen, dass Dad gar nicht mein richtiger Vater ist? Sondern dieser John?«

»Es tut mir so leid«, stieß Jessica zwischen Schluchzern hervor. Ihre kalte, hochmütige Fassade hatte sich vollkommen aufgelöst. Nancy wurde jetzt klar, dass sie nur ein Schutzpanzer war, mit dem Jessica sich umgab, um nie wieder so sehr verletzt zu werden wie mit John.

»Lucy hat Sie also erpresst, wollte Geld von Ihnen, ja?«, versuchte Jonathan, das Gespräch wieder auf den aktuellen Fall zu lenken. »Sie drohte Ihnen, Harry zu erzählen, dass Peter Roth nicht sein leiblicher Vater ist? Weil sie Geld für den Unterhalt ihrer Mutter im Pflegeheim brauchte?«

Jessica nickte. »Ich bezahle alles, seit Lucy ...« Sie verstummte. »Lucy war nicht gut für diese Familie, sie wollte uns auseinanderbringen. Das konnte ich nicht zulassen.«

Stille. Das mussten die Versammelten erst einmal sacken lassen. Nancy wusste, es würde nicht lange dauern, bis sie auch die letzten Schlüsse zogen. Dass Jessica Lucy zum Schweigen bringen musste, damit nie die Wahrheit ans Licht käme. Und ihr den Stoß in den Tod versetzt hatte.

Doch dann runzelte Nancy die Stirn. Alles war bis zu einem gewissen Grad schlüssig. Aber eben nicht ganz. Ein letztes Puzzleteil fehlte noch, Nancy spürte, dass sie die Lösung noch nicht ganz hatte. »Aber woher wusste Lucy überhaupt, dass Harry nicht Peters Sohn ist? Ihre Mutter hat es jedenfalls nicht gewusst. Sie sagten doch, dass niemand wusste, dass Sie schwanger waren, auf dieser Gartenparty?«

Jessica nickte.

»Woher hätte es Lucy dann wissen sollen?«, fragte Nancy.

43. Kapitel

Jessica blickte Nancy verblüfft an. »Ich weiß es nicht. Aber in ihren Erpresserbriefen war die Rede davon, sie drohte mir ständig, es allen zu sagen. Und Annabel hat sie auch auf frischer Tat ertappt.« Jessica wusste jetzt nicht mehr, was sie denken sollte. Ständig tauchte Annabels Name in ihrer Geschichte auf, wie Nancy jetzt klar wurde. »Annabel hat gesagt, wir müssten die Familie vor Lucy schützen. Mein Gott! Hat sie mich etwa belogen? Aber wieso denn?«

Nancy beugte sich erregt vor. »Jessica, wo ist Annabel?«, fragte sie drängend.

»Oben, beim Packen«, antwortete Jessica. »Ihr Taxi wird gleich hier sein, sie fährt zurück nach Cornwall.«

Nancy tauschte einen Blick mit den beiden anderen. Mit einem solchen Verlauf der Dinge hatten sie nicht gerechnet. Jessica hatte ihre früheren Verfehlungen eingestanden, aber nicht den Mord. Alles war auf diese Erpressung zurückzuführen. Nancy war so sicher gewesen, dass es Jessica war, die Lucy getötet hatte. Aber hatte Lucy Jessica überhaupt erpresst oder doch nicht?

»Wir müssen mit Annabel reden.« Nancy erhob sich. Allmählich ergab sich ein Bild. Sie hatte geglaubt zu wissen, was Lucy an jenem Abend zugestoßen war, aber das sah jetzt ganz anders aus.

»Warte, ich helfe dir«, erbot sich Will und sprang auf.

»Bleibt hier«, wies sie die anderen beiden an. Sie wollte die Roths jetzt auf keinen Fall allein im Salon zurücklassen. Nancy stieß Jonathan im Vorbeigehen mit der Fußspitze an. Er blickte fragend zu ihr auf. Sie nickte unauffällig, er nickte ebenfalls. Sie konnte nur hoffen, dass er ihre Botschaft verstanden hatte und entsprechend handeln würde. Es war Zeit, ihren Plan in die Tat umzusetzen.

»Sei vorsichtig!«, zischte Oma ihr noch zu. Nancy nickte, ohne sich umzudrehen.

Will ging in die Eingangsdiele voraus, und sie folgte ihm, die Treppe hinauf und den Korridor entlang. Will warf im Vorbeigehen einen Blick auf die Stelle am Geländer, wo Lucy an dem Abend gestanden und zu ihnen herabgeschaut hatte. Nancy wurde ebenfalls von einem Schauder erfasst, wenn sie an den leblosen Körper in der Eingangshalle zurückdachte. Was immer sie heute auch herausfanden, und selbst wenn sie den Mörder der Justiz übergeben konnten, würde Lucy davon nicht wieder lebendig werden. Was für eine tragische Verschwendung eines Lebens.

Will hielt auf das Schlafzimmer zu, in dem Lucy das Agatha-Christie-Buch mit der Inschrift für Jessica gefunden hatte, was bestätigte, dass es tatsächlich, wie bereits vermutet, Annabels Zimmer und dass sie es gewesen war, die es aus der Bibliothek entfernt hatte. Um ihre Schwester zu beschützen? Oder doch eher sich selbst, wie Nancy inzwischen stark vermutete.

Annabel blickte überrascht auf, als plötzlich Will eintrat. Sie war gerade dabei, den Reißverschluss eines Koffers zuzuziehen. Ihre Sachen waren alle verstaut, auf dem Bett lagen zwei gepackte Koffer. Sie hatte sogar schon Mantel und Schuhe an. Und sah aus wie immer – ordentlich und sauber, unscheinbar, gewöhnlich. Der letzte Mensch, von dem man erwarten würde, dass er log. Aber genau das tat sie, wie Nancy vermutete.

Annabel zog den Reißverschluss zu. »Ich bin fertig. Ist mein Taxi schon da?«

»Zuerst müssen wir mit dir reden«, sagte Will. »Wir sind alle unten im Salon. Mum braucht dich – sie ist vollkommen verstört.«

»Wieso das denn? Was ist denn los?« Ihr Blick huschte vom ernsten Gesicht ihres Neffen zu Nancy, die im Türrahmen stand. »Ich muss jetzt wirklich gehen, ich will meinen Zug nicht verpassen.«

Nancy riskierte es. »Sie hat gestanden«, schwindelte sie, was ihr einen scharfen Blick von Will einbrachte. »Dass sie Lucy ermordet hat. Sie braucht Sie!«

Annabel starrte Nancy verblüfft an. »Was sagen Sie da? Ist das Ihr Ernst?«

»Wir wissen das von ihrer Affäre mit John, und dass Jessica von Lucy erpresst wurde, weil man ihre Mutter im

Zuge dieser ganzen Sache ungerechterweise entlassen hat. Harry weiß jetzt, dass Peter gar nicht sein leiblicher Vater ist. Jessica sagte, es blieb ihr nichts anderes übrig, als Lucy zum Schweigen zu bringen, sobald sie herausgefunden hatte, dass sie dahintersteckte.«

»Ach du lieber Gott. Ich fasse es nicht.« Aber Annabel warf dabei einen verstohlenen Blick auf ihre Armbanduhr. Nancy entging das nicht. Die Frau schien sich mehr für ihre Heimfahrt zu interessieren als für ihre Schwester. Und Nancy wusste jetzt auch, warum.

»Du musst kommen«, beharrte Will mit einem perplexen Stirnrunzeln. Es wunderte ihn ebenfalls, warum Annabel so wenig außer Fassung war. »Ich meine, das kann doch gar nicht stimmen, oder? Dass Mutter Lucy umgebracht hat?«

»Nun ja, sie wurde von Lucy bedroht. Ich selbst habe sie auf frischer Tat ertappt, beim Verfassen eines dieser Briefe, in denen sie Geld von deiner Mutter verlangt hat. Und sie sagte, sie würde nicht eher ruhen, bis alle wüssten, dass Dolly eine Affäre mit John hatte und wer in Wahrheit Harrys Vater ist. Sie wollte uns alle zerstören!«

Will schüttelte den Kopf. »Aber man hat doch mich wegen des Mordes verhaftet. Und Mutter hätte einfach dabei zugeschaut, wie man mich für das verurteilt, was sie getan hat?! Das kann ich nicht glauben.«

»Nein«, versicherte Annabel rasch. »Das wollten wir nicht. Deshalb haben wir diesen Einbruch fingiert – und dieses Schreiben wegen der Halskette. Damit die Polizei nicht länger die Familie verdächtigt, sondern denkt, es handele sich um einen Raubmord. Und das hat ja auch funktioniert, oder?«

Nancy musterte Annabel. Ihr war gerade diese Frau eingefallen, die Oma am Steuer des Wagens gesehen haben wollte, der am zweiten Weihnachtstag beinahe in sie hineingerast wäre. »Sie waren das«, sagte sie mit jäher Erkenntnis. »Sie hätten uns beinahe frontal gerammt, nur um zu verhindern, dass wir den Mann, der die Kette an sich genommen hat, verfolgen.«

»Ja, das tut mir leid. Ich wollte Ihnen bloß Angst einjagen, damit Sie aufgeben. Weil ich doch Jessica beschützen wollte.« Aber sie blickte Nancy dabei nicht an. Die Frau log, da war Nancy sicher. Ein Hupen ertönte, Annabel trat ans Fenster und warf einen Blick zur Auffahrt hinunter. »Da ist mein Taxi. Ich wüsste nicht, was ich jetzt noch für meine Schwester tun könnte«, fügte sie leise hinzu, scheinbar mehr zu sich selbst.

»Sie könnten die Wahrheit sagen«, stieß Nancy scharf hervor.

Annabel wandte sich zu Nancy um und blickte sie mit gefährlich verengten Augen an. Nancy bemerkte jetzt zum ersten Mal den Zug von Rücksichtslosigkeit in Annabels Wesen, den sie sonst immer unter ihrer harmlosen, unscheinbaren Fassade verbarg. »Wenn meine Schwester jemanden getötet hat, dann hat das nichts mit mir zu tun.« Sie wollte zur Tür.

Will stellte sich ihr in den Weg. »Wie kannst du so was

sagen? Wenn sie das getan hat, dann doch nur, weil *du* ihr gesagt hast, dass es Lucy ist, von der sie erpresst wird!«

»Aber das stimmte gar nicht, oder?«, warf Nancy ein.

»Du kommst jetzt sofort mit uns mit!« Will packte seine Tante am Arm, aber sie riss sich los und schlüpfte an ihm vorbei durch die Tür und auf den Gang hinaus. »Das darf doch nicht wahr sein!« Will rannte ihr nach, Nancy war ihm dicht auf den Fersen. Annabel rannte die Treppe hinab, die zum Küchentrakt führte, dann durch die Eingangshalle, den Blick fest auf die Haustür gerichtet.

»Warum so eilig?« Jonathan, der soeben wieder sein Handy einschob, kam aus dem Salon hervor und vertrat Annabel den Weg. »Ich fürchte, wir müssen mal mit Ihnen reden, Annabel.«

»Aus dem Weg, Sie erbärmlicher kleiner …«

»Genug!« Marcus Roth stand im Türrahmen, mit einem Gesicht wie ein Donnerwetter. Alle erstarrten. »Ich habe genug von diesen törichten Kindereien. Annabel, du kommst sofort zu uns in den Salon.« Er wandte sich ab und stakste zurück in den Salon, Jonathan ebenfalls. Annabel ließ den Kopf hängen und trottete hinterher.

Nancy folgte, warf dabei aber einen kurzen Blick zur Eingangstür. Hoffentlich hatte Jonathan den Anruf erledigen können. Es schien alles so klar gewesen zu sein, sobald sie herausgefunden hatten, wer Lucy Roth in Wirklichkeit gewesen war. Aber jetzt wusste Nancy auf einmal nicht mehr, wieso Lucy überhaupt getötet worden war.

Jane atmete auf, beim Anblick einer offensichtlich unversehrten Nancy. Nancy schenkte ihr ein beruhigendes Lächeln, setzte sich aber nicht mehr zu ihr. Sie, Jonathan und Will pflanzten sich vor der Tür auf, um Annabel den Fluchtweg abzuschneiden, sollte sie noch einmal so töricht sein, es zu versuchen.

Jessica Roth hatte inzwischen aufgehört zu weinen. Sie hob den Kopf und sah ihre Schwester an. »Wieso hast du mir weisgemacht, es wäre Lucy, die mich erpresste? Das stimmte doch gar nicht, oder?«

Annabel zuckte nur mit den Schultern.

Nancy trat vor. Es gab nur eine Erklärung dafür. »Weil Lucy *Sie* dabei ertappt hat, wie Sie einen von diesen Erpresserbriefen schrieben, das stimmt doch, oder, Annabel?«

44. Kapitel

Jessica schnappte nach Luft. »*Du* hast diese Briefe geschrieben!?«

Annabel seufzte. »Ja, ich! Na und? Und sie hat mich dabei erwischt! Hat mir gedroht, es dir zu erzählen. Wieso musste sie sich auch einmischen, diese dumme Pute.«

Harry sprang empört auf. »Wie kannst du es wagen!« Er wollte sich auf seine Tante stürzen, aber sein Bruder trat rasch zu ihm und legte ihm beschwichtigend eine Hand auf die Schulter. »Sie hat dir nie etwas getan!«

Annabel ignorierte ihn. »Nachdem sie mir gedroht hatte, musste ich Jessica ja weismachen, dass die Briefe von ihr waren. Ich wusste nämlich, wer Lucy in Wirklichkeit war. Das war mir sofort klar, als ich kam, um bei der Verlobungsparty zu helfen, und sie dort zum ersten Mal sah. Sie war das Abbild ihrer Mutter. Eigentlich seltsam, dass es sonst keinem aufgefallen ist. Ich hab's ihr auf den Kopf zugesagt, und sie hat zugegeben, dass Anne Walker ihre Mutter ist. Sie hat sich Harry gezielt ausgesucht. Dachte, sie könnte Zugriff auf das Vermögen kriegen, als Ausgleich dafür, was die Roths ihrer Mutter angetan hatten. Doch dann hat sich das dumme Ding doch tatsächlich in Harry verliebt.« Annabels Tonfall verriet, dass sie fand, Lucy habe in ihren Augen den Verstand verloren. »Ich versprach ihr, das Geheimnis zu bewahren. Es war einfach zu perfekt! Noch am selben Abend schrieb ich den ersten Erpresserbrief und verlangte Geld von Jessica.«

»Ich hatte mich schon gefragt, wieso Lucy es sechs Monate lang hier ausgehalten hat. Sie kam, um Rache zu nehmen, fand aber die Liebe, und es genügte ihr, jetzt ausreichend Geld für den Unterhalt ihrer Mutter zu haben, mehr brauchte sie nicht. Alles, was sie sich wünschte, war, von dieser Familie aufgenommen zu werden. Und ihr habt es ihr so schwergemacht.«

Nancy konnte nur den Kopf schütteln.

»Sie hat mich wirklich geliebt?« Harry wagte es kaum zu glauben.

Seine Tante seufzte. »Ja. Sie flehte mich an, niemandem zu sagen, wer sie sei, denn sie fürchtete, wenn du erst wüsstest, wer sie in Wirklichkeit war, würdest du ihr niemals glauben, dass sie dich aufrichtig liebt. Ich erklärte mich einverstanden und tat, als wäre ich in diesem Haus ihre Verbündete. Unglücklicherweise hat sie mich dann beim Schreiben von einem dieser Erpresserbriefe überrascht. Sie konnte sich denken, dass ich es so hindrehte, als stammten sie von ihr. Sie ist sehr zornig geworden, meinte, ich sollte mich schämen, meiner Schwester so etwas anzutun. Als ob ihr das nicht egal hätte sein sollen, so wie du sie behandelt hast, Jessica!«

Jessica hatte genug Anstand, beschämt dreinzusehen. »Aber wieso hast du mich denn überhaupt erpresst? Mir solche Briefe geschrieben? Ich verstehe das nicht.«

»Nein, oder? Du hast nie was kapiert. Du hast dir Peter Roth geangelt, mit deinem guten Aussehen, hast dir einen reichen Mann unter den Nagel gerissen. Während ich in meinem winzigen Cottage in Cornwall versauerte! Anfangs hast du mir noch Geld gegeben, wenn ich dich darum gebeten habe, aber dann wurde es dir allmählich zu viel, was? Obwohl ihr Millionen habt! Du wolltest mir nicht gönnen, was du hast.«

»Das stimmt doch gar nicht«, entgegnete Jessica kalt. »Ich war mit meiner Geduld am Ende. Erst verprasst du das Erbe unserer Eltern und dann verlangst du Geld von mir! Und das bloß, um deine Spielsucht zu finanzieren! Mir reichte es.«

Nancy war erstaunt, das zu hören. »Sie frönen dem Glücksspiel?« Nancy fiel dieses Sprichwort ein: »Stille Wasser sind tief.« Auf Annabel traf das mehr als zu, hinter dieser unscheinbaren Fassade verbarg sich ein finsterer Charakter. Sie waren alle blind gewesen, nicht nur sie selbst, erkannte Nancy. Nicht mal ihre eigene Schwester hatte erkannt, wie weit diese Frau für ihre eigenen Interessen zu gehen bereit war.

»Sie ist so gut wie bankrott«, erklärte Jessica. »Und ja, ich hatte es satt. Ständig versprach sie hoch und heilig, eine Therapie zu machen, sich Hilfe zu suchen, aber es hörte nie auf.« Jessica blickte ihre Schwester kalt an. »Du hast alles vom Besitz unserer Eltern bekommen. Du hast mir versprochen, ein stilles Leben in Cornwall zu führen und die Finger vom Glücksspiel zu lassen. Aber die guten Vorsätze hielten immer nur ein, zwei Monate, nicht wahr? Und dann fingst du wieder an. Du hast im Lauf der Zeit Zigtausende von mir bekommen! Ich habe dir sogar angeboten, zu uns zu ziehen und hier auf Roth Lodge mit uns zu wohnen, aber das wolltest du nicht, denn dann hättest du dein ›kleines Laster‹, wie du es nennst, nämlich aufgeben müssen! Marcus hätte so etwas nie geduldet. Also sag bitte nicht, ich hätte nicht versucht, dir zu helfen. Dir nichts mehr zu geben, dich von allem abzuschneiden, war der letzte Ausweg, das Einzige, was ich bisher noch nie probiert hatte. Ich wollte dir doch nur helfen, begreifst du das nicht? Ich wollte, dass das aufhört!«

»*Du* begreifst nicht«, entgegnete Annabel gelassen. »Du verstehst die Art Leute nicht, denen ich Geld schuldete. Die lassen nicht zu, dass man nicht bezahlt. Die fordern ihr Geld. Sie haben bloß deshalb noch abgewartet, weil sie wussten, dass ich hier sein würde und wer meine Schwester ist, aber sie wurden allmählich ungeduldig. Ich wusste, dass ich sie nicht mehr lange hinhalten konnte. Und ja, da kam ich eben auf die Idee, meine eigene Schwester zu erpressen. So verzweifelt war ich, begreifst du das denn nicht? Ich musste um mein Leben fürchten!«

Jessica schüttelte den Kopf. »Aber wieso hast du mir das denn nicht erzählt?«

»Du hättest mir ja doch nicht geglaubt.«

»Hast du total den Verstand verloren?«, rief Harry aufgebracht aus. »Das alles – bloß wegen Geld?! Diese Familie hat genug davon, wieso hast du uns nicht einfach erzählt, was los war?«

»Weil sie das alles genießt«, warf Jessica ein. »Sie genießt es, Menschen zu manipulieren. Ihre Spielchen mit ihnen zu spielen. Macht auszuüben. Darum ging's ihr schon immer. Deshalb ist sie ja spielsüchtig. Bloß, dass sie dabei nie gewinnt.«

»Aber bei anderen Dingen dafür schon!« Annabel fauchte ihre Schwester geradezu an, wie eine wütende Katze. »Du dachtest, du könntest mich verlassen und mit diesem John davonlaufen, auf das ganze Geld verzichten? Tja, das konnte ich nicht zulassen, ist ja wohl klar. Ich bin zu ihm gegangen. Ich hab ihm gesagt, du willst nicht mit ihm gehen. Dass du ihn nie geliebt hast.«

Diesmal war es Jessica, die erregt aufsprang. Mit wenigen Schritten war sie bei ihrer Schwester und versetzte ihr eine schallende Ohrfeige. Der Knall schockierte alle.

»Du fieses Luder«, zischte Jessica. Marcus erhob sich und zog sie ein Stück zurück. Annabel lachte laut und hart. Alle starrten sie an. Sie schien sich königlich zu amüsieren.

Nancy trat einen Schritt vor, sie konnte diesen triumphierenden Ausdruck auf Annabels Gesicht einfach nicht mehr ertragen. »In einer anderen Sache gewinnen Sie ebenfalls nicht. Mit dem Mord an Lucy werden Sie nicht davonkommen.«

»Aber ich dachte …« Harry starrte verwirrt auf seine Mutter.

»Als ob sie je den Mumm für so was hätte!«, entfuhr es Annabel, bevor ihr klar wurde, dass das mehr oder weniger ein Geständnis war.

»Nein, das hat Annabel getan, um ihre eigene Haut zu retten«, erklärte Nancy. Sie musste an das denken, was Natalie ihnen im Pub erzählt hatte. »Sie waren diejenige, die vor dem Eintreffen der Polizei hinauf in Lucys Zimmer gegangen ist. Was wollten Sie dort?«

»Zu Jessica habe ich gesagt, ich würde jede Spur der Erpresserbriefe beseitigen«, erklärte Annabel selbstzufrieden. »Um zu verhindern, dass die Polizei herausfindet, was Lucy getan hat, und auf ein Motiv stößt. Aber in Wahrheit wollte ich bloß sichergehen, dass Lucy nicht einen von den Briefen als Beweis gegen mich irgendwo versteckt hatte.«

An seine Mutter gewandt, sagte Will: »Moment mal, soll das heißen, du hast gewusst, dass Tante Annabel Lucy getötet hat?«

»Du hast zu mir gesagt, du musstest es tun, um mich zu schützen!« Jessica funkelte ihre Schwester zornig an. »Um die Familie zu schützen. Aber in Wahrheit ging es immer nur um dich selbst.« Sie kehrte ihrer Schwester den Rücken zu und ließ sich langsam auf einen Stuhl sinken, als wäre sie am Ende ihrer Kräfte.

»Du hast Lucy getötet«, wiederholte Harry dumpf und starrte seine Tante fassungslos an.

»Okay, ja, ich war's! Ich hab sie getötet. Sie hat gesagt, sie würde Jessica verraten, dass *ich* hinter dieser Erpressung stecke und nicht sie. Sie kam vor der Party kurz zu mir ins Zimmer und sagte, sobald die Party vorbei sei, würde sie meiner Schwester alles erzählen. Sie wollte Maria nicht den Tag verderben, deshalb wollte sie noch so lange abwarten.« Annabel schnaubte verächtlich. »Sie hat viel mehr Rücksicht auf euch genommen als ihr je auf sie. Ich wusste, dass ich das nicht zulassen durfte. Also bin ich ihr gefolgt, als ich sie nach oben gehen sah. Und da stand sie dann, ans Geländer gelehnt und blickte nach unten. Alle anderen waren bereits im Salon versammelt. Wir waren vollkommen allein. Das war meine Chance! Und ich ergriff sie, ich hatte keine andere Wahl.« Annabel machte einen Schritt zum Ausgang. »Beweisen könnt ihr das sowieso nicht, aber trotzdem viel Glück.«

»Das Glück werden Sie brauchen, wie Sie gleich sehen werden«, meinte Jane und blickte auf etwas hinter Nancy.

»Ach ja, Mrs. Hunter? Und wieso das?«

»Drehen Sie sich doch mal um.«

Annabel tat es – und in diesem Moment betraten DCI Brown, DC Pang und drei Polizisten in Uniform den Raum, gefolgt von Penelope. Jonathan hatte sie auf Nancys Signal hin verständigt. Pen hatte vor dem Polizeirevier gewartet und war nach Jonathans Anruf sogleich hineingegangen und hatte DCI Brown über die neueste Entwicklung informiert. Anschließend waren sie zur Roth Lodge geeilt, um Lucys Mörderin dingfest zu machen, und gerade noch rechtzeitig eingetroffen, um Annabels Geständnis mitanzuhören.

DCI Brown verlas Annabel, der Handschellen angelegt wurden, ihre Rechte. Pen grinste Jane, Nancy und Jonathan zu und reckte den Daumen hoch.

45. Kapitel

»Wie sehr mich das schmerzt, wirst du nie erfahren«, erklärte Jonathan, während er Nancy eine Fünfzig-Pfund-Note aushändigte.

»Och, das weiß ich sehr wohl, und ich könnte nicht glücklicher sein«, entgegnete sie und schob den Schein mit unverhohlener Genugtuung ein. Sie waren in Omas und Nancys Cottage versammelt, über dem Dorf brach bereits der Abend herein.

Jane, Nancy und Jonathan waren aus dem Polizeirevier zurückgekehrt, wo sie ihre Aussagen gemacht hatten. DCI Brown hatte ihnen noch einmal die Leviten gelesen. Sie hätten sich nicht einmischen sollen, sie hätten ihm mitteilen müssen, was sie herausgefunden hatten, anstatt Annabel damit zu konfrontieren und möglicherweise alles zu gefährden. Aber nachdem er mit seiner Gardinenpredigt fertig gewesen war, hatte er sich immerhin dafür bedankt, dass sie Lucys Mörderin aufgespürt hatten. Auch hatte man mittlerweile den Mann gefasst, der Lucys Halskette an sich genommen hatte – er gehörte zu den Leuten, denen Annabel Geld schuldete. Die Kette sollte als Bezahlung dienen und gleichzeitig dabei helfen, die Polizei von der Spur der tatsächlichen Mörderin abzulenken. Aber nicht für lange. Jetzt saß sie sicher hinter Gittern, und Dedley End summte mit der Nachricht wie ein Wespennest.

Penelope tauchte ebenfalls auf, auch sie hatte eine Aussage machen müssen und hinterher ihr Töchterchen von den Großeltern abgeholt. Kitty saß nun auf dem Fußboden und spielte mit Charlie, während die anderen vier bei Tee und Keksen um den Küchentisch versammelt waren.

»Haben wir nicht gesagt, wir würden den Mörder fassen?«, bemerkte Jane hochzufrieden. »Da siehst du mal, Jonathan! Ist doch praktisch, wenn man viele Krimis liest. Was dein Vater wohl zu alledem sagen würde …«, überlegte Oma, an Nancy gewandt.

Nancy schmunzelte. »Ach, der wäre stolz auf uns, glaube ich. Ich bin's jedenfalls. Wir haben Lucy Gerechtigkeit verschafft. Es freut mich so sehr, dass sie jetzt in Frieden ruhen kann.« Und was sie besonders freute, war, dass Lucy Harry doch aufrichtig geliebt hatte. Sie hatte sich am Ende statt für Rache für die Liebe entschieden. Nancy wünschte, sie hätte Lucy besser kennenlernen können, musste sich jetzt aber damit zufriedengeben, dass sie die Wahrheit ans Licht gebracht hatte.

»Was jetzt wohl aus den Roths werden wird?«, fragte sich Penelope laut. Kitty quietschte vor Vergnügen, weil Beagle Charlie ihr das Gesicht ableckte; Penelope schmunzelte.

»Ich glaube, Will und Harry werden so bald wie möglich nach London zurückkehren«, vermutete Jonathan. »Und

Peter? Ob der überhaupt mit Jessica zusammenbleiben will, jetzt, wo er weiß, dass sie eine Affäre hatte und dass Harry nicht sein leiblicher Sohn ist? Könnte sein, dass Marcus Harry jetzt enterbt.«

»Ach, ich weiß nicht. Ich glaube, die Roths werden nach all den Skandalen erst mal in Deckung gehen«, überlegte Nancy.

Jonathan erhob sich. »Gut, ich muss dann mal in die Redaktion, muss meinen Artikel schreiben. Mein Chefredakteur kann sein Glück kaum fassen – ein Augenzeugenbericht!« Er grinste in die Runde und sagte dann zu Nancy: »Wann ist dir überhaupt klar geworden, dass es Annabel war und nicht Jessica?«

»Als sie meinte, Lucy habe damit gedroht, die Wahrheit über Harry zu erzählen. Woher sollte Lucy denn wissen, dass er nicht Peters leiblicher Sohn ist? Und ich weiß nicht, aber ich hatte wirklich das Gefühl, dass Lucy Harry aufrichtig geliebt hat. Die Vorstellung, sie könnte nur aus Rache mit ihm zusammen gewesen sein, erschien mir schon immer ein bisschen abwegig.«

»Tja, Annabel ist jedenfalls eine Meisterin im Manipulieren anderer. Wer hätte ahnen können, dass ausgerechnet sie dahintersteckt? Ich jedenfalls nicht«, bemerkte er. »Da sieht man mal wieder, was manche Menschen vor anderen zu verbergen imstande sind, was?«

»Ich muss sagen, unsere Nachforschungen haben mir sehr viel Spaß gemacht, auch wenn es mir mitunter ein wenig zu spannend geworden ist.« Jane nippte an ihrem Tee.

»Na ja – jetzt freue ich mich jedenfalls darauf, wenn hier wieder alles zur Normalität zurückkehrt.«

»Ach, ich weiß nicht.« Jonathan ging zur Tür. »Vielleicht hat uns das alles ja für immer verändert.« Dabei warf er einen Blick auf Nancy, dann ging er.

»Ab morgen sind wir dann aber wieder im Buchladen, ja, Liebes? Und können all das hinter uns lassen?«

Nancy lächelte ein wenig, innerlich jedoch sank ihr das Herz. Natürlich liebte sie ihren gemütlichen kleinen Laden, aber dass jetzt, nach der ganzen Aufregung und den Ereignissen der letzten Tage, alles wieder normal und langweilig werden sollte … Sie wusste nicht recht, was sie davon halten sollte. In ihrem kleinen Dorf war sonst nie was los, es erschien also äußerst unwahrscheinlich, dass sich etwas Derartiges wiederholen würde. Und darüber sollte sie eigentlich erleichtert sein. War es aber nicht.

»Wenigstens hat sich herausgestellt, dass Richard doch nichts mit der Sache zu tun hat«, bemerkte Pen, um Nancy ein wenig aufzumuntern.

»Stimmt, aber so ein Verhalten kann ich einfach nicht dulden. Nein, ihn muss ich mir noch vorknöpfen, bevor hier wieder alles wie immer werden kann.« Und Nancy warf einen Blick auf ihr Handy. »Mir graut jetzt schon davor, das kann ich euch sagen.«

»Ach, du machst das ganz richtig, das wird schon, Liebes.« Jane drückte tröstend Nancys Arm.

»Ich weiß.« Nancy hatte Richard gebeten, herzukommen und sich mit ihr zu treffen, weil sie reden müssten.

Dass er jemanden schickte, der sie verfolgte, war einfach inakzeptabel. Es ging nicht darum, sie zu beschützen, er wollte sie überwachen. Sie hatte sich von Richards Begeisterung, von seinem Wunsch, ihrer Liebe noch einmal eine Chance zu geben, mitreißen lassen. Aber jetzt wusste sie, dass sie nicht mehr zueinander passten. Vielleicht hatten sie das ja nie.

*

Als Richard eintraf, führte Nancy ihn sogleich ins Wohnzimmer. Sie waren allein im Haus, Jane hatte das Feld geräumt und war zu Gloria und dem Reverend gegangen, denn sie freute sich schon darauf, ihren guten Freunden erzählen zu können, wie sie den Mordfall Lucy Roth aufgeklärt hatten. Über etwas anderes wollten die Dorfbewohner momentan ohnehin nicht reden; die Hunters sowie Jonathan und Penelope würden in den nächsten Tagen und Wochen überall gern gesehene Gäste und Gesprächspartner sein, so viel war sicher.

»Was ist denn so dringend? Ich dachte, du kommst sowieso an Silvester zu mir«, sagte Richard, während er sich auf dem Sofa niederließ, und blickte Nancy fragend an.

Nancy setzte sich auf die Kante eines Lehnsessels. »Ich werde an Silvester nicht kommen«, teilte sie ihm mit. »Ich weiß jetzt, dass du jemanden dafür bezahlt hast, mich zu verfolgen«, erklärte sie, so ruhig sie konnte.

»Was soll das denn heißen?«, rief er empört aus.

»Du brauchst es gar nicht erst abzustreiten. Ich habe mit Bill geredet. Es ist mir wieder eingefallen, dass ich ihn schon mal gesehen hatte, und zwar in diesem Buchladen mit dem angeschlossenen kleinen Lokal, in dem wir waren. Wieso hast du das getan?« Nancy konnte nur den Kopf schütteln.

Richard raufte sich erregt die Haare. Er seufzte. »Ich hab mir Sorgen um dich gemacht, okay? Läufst da herum und verstrickst dich in einen Mordfall, verdammt noch mal! Und ich bin meilenweit weg. Ich wollte dich doch bloß beschützen.« Er blickte sie flehentlich an. »Ich wollte dich beschützen.«

»Nein, wolltest du nicht. Mit ›beschützen‹ hat das nichts zu tun, wenn man jemanden ohne seine Zustimmung beobachten lässt. Das ist Stalking. Das ist Überwachung.«

»Nein! Ich hatte echt Angst, es könnte dir was zustoßen. Ich hab ja versucht, dir das auszureden, aber du wolltest nicht hören. Also musste ich was tun. Ich liebe dich doch!«

»Aber das heißt noch lange nicht, dass du das Recht hast, über mein Leben zu bestimmen! Das ist keine Liebe!«

»Weißt du was? Das Problem ist, dass du mich nicht so sehr liebst wie ich dich. Denn wenn das so wäre, würdest du dich geschmeichelt fühlen, weil ich mich so um dich sorge!«, warf er ihr vor.

»Du irrst. Ich würde nie mit jemandem zusammen sein wollen, der glaubt, er könne sich das Recht herausnehmen, mich zu überwachen. Ich will mit jemandem zusammen sein, der mir vertraut, mit dem ich mein Leben so leben kann, wie es mir gefällt.«

»Jemand wie Jonathan, wie?« Ein hässlicher Ausdruck zuckte über Richards attraktive Züge, wie eine Wolke, die sich vor die Sonne schiebt.

Nancy riss jetzt der Geduldsfaden. »Jonathan ist einer meiner besten Freunde. Wir beide haben uns seit fünf Jahren nicht mehr gesehen – glaubst du nicht, Jonathan und ich könnten längst ein Paar sein, wenn wir das wollten?«, fuhr sie ihn an. »Es hatte gute Gründe, warum wir uns getrennt haben, du und ich. Ich dachte zuerst, vielleicht haben wir ja die Chance verdient, zu versuchen, ob es mit uns doch noch gut gehen könnte. Aber für uns gibt es keine Zukunft, Richard. Wir sind ganz unterschiedliche Menschen. Tut mir leid, aber diesmal ist es endgültig aus.«

Richard stand vom Sofa auf und ging vor Nancys Sessel in die Hocke. »Jetzt überleg doch erst mal, Nancy, bevor du übereilte Entscheidungen triffst! Wie kannst du dich von uns abwenden? Ich weiß doch, wie schlimm dich unsere Trennung damals getroffen hat. Ich weiß, wie sehr du mich geliebt hast. Wir gehören doch zusammen!«

»Ja, ich war sehr verletzt, natürlich war ich das – wir waren schließlich drei Jahre zusammen –, aber das ist lange her. Ich bin jetzt ein ganz anderer Mensch. Ich liebe dich nicht mehr, und mir ist klar geworden, dass es richtig war, dass wir uns damals getrennt haben. Nein, wir gehören nicht zusammen. Das taten wir nie, das weiß ich jetzt auch.«

Richard stand abrupt auf. »Du lässt das Beste sausen, was du je im Leben gehabt hast, das weißt du, oder? Wer sollte dich denn wollen, du mit deiner nervtötenden Oma? Wer sonst sollte bereit sein, zu dir in dieses blöde Kaff zu ziehen? Du wirst als einsame Jungfer sterben.«

Jetzt zeigte er endlich sein wahres Gesicht. Nancy verlor jedes Mitleid, das sie wegen dieser Trennung vielleicht noch mit ihm gehabt hatte. Sie erhob sich ebenfalls. »Ich lebe gern in diesem Dorf, und Oma ist eine wundervolle Frau. Und ich habe ein paar ganz tolle Freunde, die zu mir halten und die immer für mich da sind. Du bist es, der mir leidtut, Richard. Ich glaube, du solltest jetzt gehen.«

»O keine Sorge, ich geh schon! Kann's kaum abwarten, von hier wegzukommen!« Er stakste hinaus in die Diele und riss die Haustür auf. Dann drehte er sich noch einmal um und blitzte Nancy an, offenbar wollte er unbedingt das letzte Wort haben. »Du bist total verblendet, wenn du darauf wartest, dass Jonathan dich endlich zur Kenntnis nimmt! Der liebt doch nur sich selbst. Einen unscheinbaren Bücherwurm wie dich will der doch im Leben nicht.« Und dann ging er.

Nancy wusste zwar, dass er das nur sagte, weil er verletzt und zornig war, aber es tat dennoch weh. Sie sah noch, wie er ins Auto stieg, dann knallte sie hinter ihm die Haustür zu, was ihr eine gewisse Befriedigung verschaffte. Den war sie hoffentlich für immer los.

46. Kapitel

Buchladenbesitzer klären Roth-Mord auf – kein Dedley End für diese Story!

Nancy starrte die Schlagzeile auf der Titelseite des *Cotswold Star* ungläubig an. Die Zeitung war soeben durch den Briefschlitz geplumpst, und Nancy war in Morgenmantel und Pantoffeln zur Tür gegangen, um sie zu holen. Heute war Silvester, und Jane und sie saßen beim Frühstück aus Tee und Toast in der Küche. Sie wusste ja, dass Jonathan an seinem Artikel gefeilt hatte, seit sie sich zuletzt gesehen hatten, aber dass er seinen Bericht um sie und Großmutter herum aufbauen würde … nein, damit hatte sie gewiss nicht gerechnet.

Nancy Hunter und Großmutter Jane waren sicher, dass die Polizei die falsche Spur verfolgt, und haben, nach nimmermüden Nachforschungen, herausgefunden, dass Annabel Anderson, Schwester von Jessica Roth, die wahre Täterin ist. Es gelang den beiden sogar, der Mörderin ein Geständnis zu entlocken! Lesen Sie mehr darüber in unserem aufregenden Augenzeugenbericht!

»Was gibt's, Liebes?«, erkundigte sich Jane, als Nancy, in den Artikel vertieft, die Küche betrat.

»Die Zeitung, Oma. Jonathans Artikel ist auf der Titelseite, und er schreibt darin vor allem über uns, über dich und mich!« Sie schob die Zeitung über den Tisch zu ihrer Großmutter.

»Nicht möglich!« Jane beugte sich über den Artikel und begann eifrig zu lesen.

»Jonathan war ja nicht unbeteiligt, aber das spielt er herunter und konzentriert sich auf uns. Ich weiß nicht, vielleicht macht das ja eine bessere Geschichte.«

»Auf jeden Fall ist das eine ausgezeichnete Werbung für unseren Laden!«, meinte Jane entzückt. Sie blickte Nancy an, die lächelte. »Du hast immer gewusst, dass es einer von den Roths gewesen sein muss, und du hast Annabel dazu gebracht zu gestehen. Ich bin so stolz auf dich! Und jetzt auch noch eine Titelstory in der Lokalzeitung!«

»Wenn du dich nicht noch an Anne Walker hättest erinnern können, wäre ich nie auf die richtige Lösung gekommen. Wir sind kein schlechtes Team.«

»Allerdings nicht!« Jane las weiter, während Nancys Blick an der Schlagzeile hing. Sicher bedeutete das für Jonathan einen Karrieresprung. Die Roths waren eine bekannte Unternehmerfamilie, sein Artikel würde also gewiss von vielen Menschen gelesen, ja vielleicht sogar von den großen Zeitungen übernommen werden. Dadurch könnte sich alles für ihn ändern. Er träumte schon seit einiger Zeit von einer Beförderung, aber würde man ihm jetzt vielleicht sogar in einer der großen Londoner Zeitungen eine Stelle anbieten? Was, wenn er annähme?

Nancys Handy klingelte. Sie ging ran. Zu ihrer Überraschung war es Frank, der Butler der Roths. Er bat sie, zur Roth Lodge zu kommen, da Marcus Roth mit ihr zu sprechen wünsche. Nancy willigte nur zögernd ein. Eigentlich hatte sie sich darauf gefreut, dieses Anwesen so schnell nicht wiedersehen zu müssen, nach allem, was dort passiert war, aber neugierig war sie schon, wieso der Patriarch sie sprechen wollte, und zwar sie allein. »Was kann er bloß wollen?«, fragte sie ihre Großmutter, nachdem sie das Gespräch beendet hatte.

»Wahrscheinlich will er sich einfach nur richtig bedanken«, vermutete Jane, »aber wieso er dann nicht auch Jonathan und mich hinzubittet …« Sie hörte sich ein wenig gekränkt an.

»Ja, schon seltsam. Na gut, ich mache mich dann wohl besser fertig.« Nancy erhob sich, um hinauf zum Duschen zu gehen.

»Aber sieh zu, dass du zum Tee wieder daheim bist, du musst unbedingt etwas essen, bevor du dich auf den Weg ins Pub machst, zur Silvesterparty, du weißt ja, wie dort der Alkohol fließt«, ermahnte Jane ihre Enkelin.

Nancy schmunzelte. »Bis dahin bin ich wieder da, keine Sorge, das wird sicher nicht lange dauern. Willst du wirklich nicht ins Pub mitkommen?«

Aber Jane schüttelte den Kopf. »Ach, in meinem Alter bleibt man nicht mehr gern so lange auf. Mitternacht kann es auch ohne mich werden. Geh du mal ruhig und amüsier dich, du hast es dir verdient. Zweifellos wirst du der Ehrengast sein, und jeder wird dir ein Bier spendieren wollen.«

Mit federnden Schritten lief Nancy nach oben, um sich fertig zu machen. Zeuge einer Mordtat zu werden, war schrecklich gewesen, aber immerhin hatte sie dabei geholfen, den Fall zu lösen, und darauf war sie sehr stolz. Es ließ sich nicht bestreiten, dass sie irgendwie auf den Geschmack gekommen war, und es würde nicht leicht werden, wieder in den normalen Alltag zurückzukehren. Aber Nancy liebte ihr Leben, und sie war sich sicher, dass sie glücklich und zufrieden sein würde, wenn alles wieder so weiterginge wie bisher. Ein neues Jahr stand vor der Tür und damit ein Neuanfang. Sie freute sich darauf.

*

Es war ein frostiger Spaziergang, hinauf zum Haus auf dem Hügel, und Nancys Wangen waren ganz rosig, als sie schließlich anklopfte. Ein eisiger Wind fegte ihr ins Gesicht, aber sie war trotzdem froh, zu Fuß gegangen zu sein, das hatte für einen klaren Kopf gesorgt. Die letzten Wochen hätten nicht dramatischer verlaufen können, und sie freute sich schon auf die Silvesterparty im Pub und darauf, auf das neue Jahr anzustoßen. Und dann gab es natürlich noch den Feiertag zum Ausruhen, ehe es am Tag darauf wieder in den Buchladen ging. Hoffentlich dauerte das mit

Marcus Roth nicht zu lange – Nancy hatte das Gefühl, eine Woche lang schlafen zu können.

Frank war sofort an der Tür, um sie einzulassen. »Danke für Ihr Kommen, Miss Hunter.« Als er sah, dass sie zu Fuß gekommen war, runzelte er die Stirn. »Ach du liebes bisschen, Sie sind bestimmt ganz durchgefroren.« Nancy war tatsächlich froh, die beheizte Eingangshalle betreten zu können. »Warten Sie, ich nehme Ihnen Ihre Sachen ab, dann werde ich veranlassen, dass man Ihnen einen schönen heißen Tee bringt.«

»Vielen Dank.« Sie überließ ihm dankbar Mantel und Schal. Er führte sie zu einer Tür neben der Bibliothek, und sie betrat einen kleineren Raum, offenbar ein Arbeitszimmer.

»Mr. Roth wird gleich hier sein«, bemerkte Frank noch, ehe er verschwand. Dann musste das also Marcus Roths Arbeitszimmer sein. Man hatte auch von hier einen schönen Ausblick auf den weitläufigen Garten. Es gab einen wuchtigen dunkelbraunen Schreibtisch, eine Wand voller Bücherregale, einen dicken, flauschigen roten Teppich, und an dem hohen Fenster hingen schwere alte Vorhänge. Nancy ließ sich in den Ledersessel vor dem Schreibtisch sinken und blickte sich in dem männlich wirkenden, fast ein wenig einschüchternden Raum um. Ihr Blick wanderte über die Regale, in denen, neben Büchern, eine Reihe von Familienporträts standen.

»Ah, Miss Hunter, Nancy, ich danke Ihnen, dass Sie kommen konnten«, ertönte von hinten plötzlich Marcus'

Stimme. Nancy machte Anstalten aufzustehen, aber er winkte ab. »Nein, bitte, bleiben Sie doch sitzen.« Er ging um den Schreibtisch herum und setzte sich, nickte ihr zu. »Wie geht es Ihnen?«, erkundigte er sich höflich.

Nancy musste über seine etwas altmodische Art ein wenig schmunzeln. »Danke, gut.« Vielleicht lag es ja an diesem Raum, dass das Roth-Oberhaupt so besonders förmlich war.

»Ich habe Mr. Murphys Artikel gelesen.« Marcus tippte auf die Zeitung, die vor ihm auf dem Schreibtisch lag. »Gut geschrieben und voll des Lobes für Sie, ganz wie es sein sollte. Wir sind Ihnen ausgesprochen dankbar dafür, dass Sie der Sache auf den Grund gegangen sind. Natürlich hat uns das alles sehr mitgenommen, und es sind Dinge ans Licht gekommen, die … Nun ja, was ich damit sagen will, es wird wohl eine Weile dauern, bis wieder alles normal ist. Und ich möchte mich bei Ihnen dafür entschuldigen, dass ich versucht habe, Ihre Nachforschungen zu unterbinden. Ich hatte mein Vertrauen in die Polizei gesetzt – zu Unrecht, wie sich herausstellte. Ich hätte Ihnen wohl besser von Anfang an vertrauen sollen.«

»Ich werfe Ihnen wirklich nichts vor, Mr. Roth. Ich denke, die Polizei hat sich vor allem auf harte Fakten konzentriert, während es mir darum ging, mehr über die Menschen zu erfahren«, meinte Nancy mit einem bescheidenen Schulterzucken. »Und meine Großmutter und Jonathan waren natürlich eine große Hilfe. Ich schätze, wir sind ein gutes Team.«

Er nickte. »Ich möchte mich auch entschuldigen, weil ich nicht wollte, dass Sie die Arbeit, die Sie in unserer Bibliothek begonnen haben, weiterführen. Bestimmt haben Sie beruflich viel zu tun, aber vielleicht möchten Sie ja doch noch einmal wiederkommen und Ihre Arbeit fortsetzen. Ich weiß, Sie wollten von einer finanziellen Entschädigung nichts wissen, aber jetzt kommt noch die Frage der Belohnung hinzu, für das Aufspüren der Mörderin von Lucy.« Er zog eine Schublade in seinem Schreibtisch auf.

»Ach nein«, versicherte Nancy hastig, »wir haben das doch nicht wegen einer Belohnung getan!«

»Ich weiß, und das macht es umso bemerkenswerter. Dennoch möchte ich Sie gerne für Ihre Mühen entschädigen. Sie haben praktisch wie ein Privatdetektiv agiert und sollten eine entsprechende Entlohnung erhalten. Sie können es auch als Vorschuss auf Ihre Arbeit in unserer Bibliothek nehmen, oder auf die Bücher, die Sie künftig für uns bestellen werden.« Er schob einen Scheck über die Schreibtischplatte. »Ich weiß, es kann nicht leicht sein, einen kleinen Dorfbuchladen am Laufen zu halten, noch dazu in der heutigen Zeit, daher würde es mich sehr freuen, wenn Sie die Summe in Ihr Geschäft investieren würden. Wir wollen doch sicherstellen, dass Ihr Laden noch jahrzehntelang floriert, nicht wahr?« Er lehnte sich mit einem Lächeln zurück.

Nancys Blick fiel auf den Scheck, und sie musste zweimal hinsehen, ehe sie begriff. »Fünfzigtausend Pfund?! Das kann doch nicht Ihr Ernst sein!«, rief sie aus, unfähig, ihre Gefühle zu verbergen. Eine unvorstellbare Summe.

In diesem Moment wurde forsch angeklopft, beide wandten ihre Köpfe der Tür zu, und herein trat Will. »Dachte ich's mir doch, dass ich dich gehört habe, Nancy.«

»Ah, gut, Will. Komm herein und sag Miss Hunter, dass Sie dieses Geld unbedingt annehmen muss. Als Dankeschön für alles, was sie für diese Familie getan hat«, meinte Marcus und winkte Will herein.

»Das ist viel zu viel«, protestierte Nancy. »Das kann ich unmöglich annehmen.« Und sie schob den Scheck zurück.

Marcus erhob sich und trat um den Schreibtisch herum, dabei stieß er versehentlich ein Foto in einem der Regale um. »Ach du liebe Güte, ich sollte hier wohl mal wieder Ordnung machen.« Er stellte das Foto wieder auf. »Ah, meine geliebte Frau, Louisa. Nancy, sie hätte gewollt, dass ich Ihnen sogar noch viel mehr gebe, das weiß ich.« Als er bemerkte, wie Will und Nancy ihn wegen des zärtlichen Tons in seiner Stimme ein wenig perplex ansahen, räusperte er sich. »Weil Sie doch einen Buchladen haben, verstehen Sie? Sie liebte Bücher so sehr«, fügte er hastig hinzu.

Nancys Blick fiel auf das Foto. Seltsam, wie sanft Marcus immer wurde, wenn von seiner Frau die Rede war, vor allem, wenn man wusste, wie autoritär er sonst sein konnte, was Nancy selbst miterlebt hatte. Er musste seine Frau aufrichtig geliebt haben. Sie sah hübsch aus, auf dem Foto, mit langem, lockigem Haar. Sie saß auf der Kühlerhaube eines Sportwagens und lachte in die Kamera. Aber etwas an dem Bild elektrisierte Nancy. »Ein toller Schlitten«, bemerkte sie.

»Ja, den hat Granny geliebt, nicht wahr?«, warf Will ein. »Aber dann musste sie ihn plötzlich loswerden, weiß gar nicht mehr, wieso eigentlich?« Er wandte sich mit einem Stirnrunzeln seinem Großvater zu. Marcus Roth wurde kreidebleich, sein Gesicht verlor jede Farbe, seine Miene erstarrte.

Nancy blickte noch einmal auf das Foto. Und dann sah sie das, was ihr zuvor bereits unterbewusst aufgefallen war. »Dieser Schal«, sagte sie laut. Louisa Roth trug einen leuchtend bunten Seidenschal, gelb und blau. Nancy hatte diesen Schal schon einmal gesehen. Geschockt starrte sie das Bild an. Der einzige Hinweis an der Unfallstelle war ein bunter Seidenschal gewesen, ein teurer, gelb-blauer Schal, von Liberty London. Derselbe Schal, den Louisa Roth auf diesem Foto trug. Nancy erstarrte das Blut in den Adern.

Marcus stellte sich hastig vor das Foto und schob Nancy nochmals den Scheck hin. »Sie müssen das annehmen. Sag es ihr, Will!« Aber Wills Blick huschte unsicher zwischen den beiden hin und her.

»*Sie* war das«, sagte Nancy ganz langsam. Ebenso langsam wandte sie ihren Kopf Marcus zu, blickte in seine verängstigte Miene. »An diesem Abend, an dem mein Vater den tödlichen Autounfall hatte … das war Ihre Frau, in dem anderen Wagen. Das stimmt doch, oder? Sie beging Fahrerflucht und ließ meinen Vater sterben, mutterseelenallein.« Die Welt schien zum Stillstand zu kommen, während Nancy auf eine Antwort wartete. Das Entsetzen auf Marcus' Gesicht verriet alles. Nancy erhob sich so abrupt, dass der Sessel laut über den Boden scharrte. »Und jetzt? Jetzt wollen Sie sich mit einem Scheck loskaufen, wie?« Voller Zorn nahm sie den Scheck an sich und zerriss ihn.

»Großvater? Stimmt das etwa?«, rief Will entsetzt aus.

»Ich wusste bis vor Kurzem nicht, dass das Ihr Vater war«, gestand Marcus, den Blick auf Nancy geheftet. »Das wurde mir erst klar, als ich den Artikel von Jonathan Murphy las, in dem er erwähnt, Sie hätten Ihren Vater vor sechzehn Jahren bei einem Autounfall verloren. Da habe ich noch einmal den Artikel über den Unfall herausgesucht. Der Schal wurde erwähnt, die einzige Spur am Unfallort. Und da wusste ich es natürlich.«

»Willst du damit sagen, dass es wahr ist?« Will konnte nur fassungslos den Kopf schütteln.

Marcus ging seufzend um den Schreibtisch herum und ließ sich schwer in seinen Sessel plumpsen; er vergrub das Gesicht in den Händen. »Meine Frau war ein wundervoller Mensch, aber sie hatte mit psychischen Problemen zu kämpfen. Sie trank manchmal zu viel. Leider wurde das immer schlimmer. Ich habe versucht, ihr zu helfen, sie davon abzubringen, aber vergebens. Nach der Geschichte mit dem Diebstahl haben wir uns vom Dorf abgeschottet. Nur eine Zeit lang, so dachten wir, bis Gras über die Sache gewachsen war. Doch dann geriet Louisas Trunksucht mehr und mehr außer Kontrolle; es ließ sich einfach nicht länger verbergen. Deshalb haben wir uns möglichst vom Dorf ferngehalten. Ich weiß, dass alle dachten, wir hätten jede Menge Gäste hier, dass wir uns für etwas Besseres als die

Dorfbewohner hielten, aber so war das nicht. Wir nahmen gelegentlich an Geschäftsessen in London teil, allerdings immer ohne meine Frau, aber mehr nicht. Hierher nach Roth Lodge kam niemand mehr.« Marcus seufzte. »Und dann kam der Abend, an dem es passiert ist. Ich hatte noch ihre Wagenschlüssel versteckt, aber sie fand sie. Sie hätte sich niemals ans Steuer setzen dürfen. Und als sie endlich wieder nach Hause kam, war sie vollkommen hysterisch. Ich brauchte fast die ganze Nacht, um sie zu beruhigen, und erst dann erzählte sie mir, was passiert war. Sie sagte, es hätte stark geregnet und es sei dunkel gewesen, die Sicht behindert. Sie sei zu schnell in eine Kurve gefahren und auf die Gegenfahrbahn geraten. Sie sagte, das Auto sei wie aus dem Nichts aufgetaucht. Sie habe noch versucht auszuweichen, doch es gelang ihr nicht mehr. Dem anderen schon, aber …« Er konnte nicht mehr weitersprechen.

»… aber er prallte frontal gegen einen Baum«, beendete Nancy den Satz.

»Großer Gott«, flüsterte Will.

»Sie sagte, sie sei noch ausgestiegen, aber es sei klar gewesen, dass der andere Fahrer tot war. Und da ist sie in Panik geraten und davongefahren. Aber sie ist nie darüber hinweggekommen, Nancy. Ich weiß, das ist kein Trost, aber …« Marcus hob den Kopf. »Aber meine Frau ist nicht an Krebs gestorben, wie ich allen erzähle. Sie hat Selbstmord begangen.«

47. Kapitel

Nancy war wie betäubt, sie wusste nicht, was sie denken oder fühlen sollte.

Louisa Roth war für den Tod ihres Vaters verantwortlich. Sie hatte diesen Unfall verursacht, bei dem ihr geliebter Vater umgekommen war, als Nancy erst zehn gewesen war. Und danach war nichts mehr wie zuvor gewesen. Louisa Roth hatte sich volltrunken ans Steuer gesetzt, einen Unfall verursacht und war dann, in Panik, einfach davongefahren. Und sie hatte Nancy und ihre Großmutter auf diese Weise jahrelang im Ungewissen gelassen, über das, was sich in jener Nacht zugetragen hatte.

Anschließend hatte Marcus noch berichtet, dass er sich nach diesem Vorfall ganz aus dem Familienunternehmen zurückgezogen und nur noch auf Roth Lodge gelebt habe. Er habe Besucher ferngehalten, um zu verhindern, dass je die Wahrheit ans Licht käme. Erst zu Marias Feier hatte er die Pforten des Anwesens wieder öffnen lassen. Und der Tod hatte erneut zugeschlagen.

Nancy stolperte durch Dedley End, ohne etwas um sich herum wahrzunehmen, sie fühlte sich wie betäubt, sie spürte gar nicht, dass es inzwischen zu regnen angefangen hatte. Sie war einfach davongerannt, nachdem Marcus alles erzählt gehabt hatte, war aus seinem Arbeitszimmer gestürzt und aus dem Haus gelaufen, die Auffahrt hinunter, so schnell, wie sie ihre Füße tragen wollten. Bis das Haus auf dem Hügel außer Sicht war. Dann erst hatte sie ihre Schritte verlangsamt, und jetzt stapfte sie wie in Trance dahin und versuchte, sich einen Reim aus alledem zu machen, während ihr der Regen von den Schultern troff.

»Wie konnte sie nur? Wie konnte sie das tun?«, stieß Nancy erregt hervor. Wie konnte ein Mensch einfach davonlaufen, vor so einer Situation? Und wenn Dad vielleicht doch noch gelebt hatte? Wenn Louisa ihn hätte retten können, wenn sie nur Hilfe geholt hätte? Tränen kullerten Nancy über die Wangen und vermengten sich mit dem Regen. Das Herz tat ihr so weh, dass sie kaum atmen konnte. An einem Bushäuschen blieb sie stehen und ließ sich kraftlos auf die nasse Bank sinken, sie konnte nicht weiter.

Und dann war da noch die Eröffnung, dass Louisa Selbstmord begangen hatte, weil sie nicht darüber hinweggekommen war, dass sie diesen Unfall verursacht hatte. Der Ausdruck auf Wills Gesicht. Es war klar, dass es keiner aus der Familie gewusst hatte. Marcus hatte es jahrelang vor allen verborgen. Hatte versucht, seine Frau zu schützen. Oder besser gesagt, ihren guten Ruf zu bewahren. Darum schien es diesen Roths ja vor allem zu gehen.

Er hatte die Pforten von Roth Lodge jahrelang geschlossen gehalten – bis zu dem Tag, an dem seine Enkelin ihre Verlobung feiern wollte. Lag ein Fluch auf dieser Familie? Zumindest schien es so. Tod und Zerstörung schienen den Roths zu folgen, wo immer sie waren. Nie hatte Lucy Nancy mehr leidgetan als in diesem Moment. In eine derart kranke, kaputte Familie einzuheiraten. Und Nancys geliebter Vater, der hatte auch das Pech gehabt, zum falschen Zeitpunkt den Weg der Roths zu kreuzen. Beide, Dad und Lucy, waren viel zu früh aus dem Leben gerissen worden, von diesen gestörten, gefährlichen Roths. Was für eine Tragödie.

Nicht zu fassen, dass Marcus versucht hatte, sich mit diesem Scheck bei ihr loszukaufen, als ihm klar geworden war, dass es seine Frau gewesen war, die Nancys Familie zerstört hatte. Als ob sich so etwas mit Geld wiedergutmachen ließe! Nichts konnte Nancy ihren Vater zurückgeben. Er war für immer von ihr gegangen. Es war zwar schon sechzehn Jahre her, aber in diesem Moment war es für Nancy noch einmal genauso schlimm wie an dem Tag, als Oma ihr die schreckliche Nachricht von dem Autounfall überbringen musste.

»Nancy!« Ein Auto hielt neben dem Bushäuschen, und jemand sprang heraus. »Steig ein, Nancy, ich bitte dich – du bist ja total durchnässt!«

Nancy blickte auf und sah durch einen Tränenschleier, wie Jonathan vor ihr in die Hocke ging und ihre Hände ergriff. »Sie hat ihn ganz allein sterben lassen«, flüsterte sie.

»Will hat mich angerufen und alles erzählt.« Jonathan sprach besänftigend auf Nancy ein. »Er macht sich große Sorgen um dich. Ich hab überall nach dir gesucht. Komm jetzt, bitte, und steig ein, ja? Du bist ja völlig durchnässt.«

Sie ließ sich von ihm aufhelfen und zum Auto führen, sank dann wie im Traum auf den Beifahrersitz. Er schlug die Tür zu, schritt um das Auto herum und setzte sich ans Steuer, ließ den Motor aber noch nicht an. Stumm saßen sie eine Weile nebeneinander, nur das Geräusch des prasselnden Regens aufs Wagendach unterbrach die Stille.

»Nach so langer Zeit, ich kann's kaum fassen«, stammelte Nancy und wandte Jonathan ihr tränenüberströmtes Gesicht zu.

»Ach, Nancy, es tut mir so leid, ich kann's selbst kaum glauben. Dass es jemand fertigbringt, einfach weiterzufahren.« Er nahm über den Schaltknüppel hinweg ihre Hand. »Und Marcus Roth hat es die ganze Zeit gewusst und vor allen verheimlicht. Will hat gesagt, seine Frau hätte sich deswegen das Leben genommen. So viel Schmerz, in nur einer einzigen Nacht.«

»Weißt du, ich hab mich die ganze Zeit gefragt, ob es möglicherweise Dads Schuld gewesen sein könnte? Ob es seine Schuld war, dass er gegen diesen Baum geprallt ist? Hatte er möglicherweise diesen Unfall verursacht? Aber jetzt weiß ich, dass es nicht so war. Mein Gott, was soll ich bloß Oma sagen?«

»Ich komme mit, ich helfe dir, es ihr schonend beizubringen«, versprach Jonathan. Er legte behutsam einen

Arm um sie. Sie lehnte sich an ihn und bettete ihren Kopf auf seine Schulter.

»Danke, Jonathan«, flüsterte sie. Sie war so froh, dass er da war.

»Ich werde immer für dich da sein, immer«, schwor er leise.

Und drückte ihr einen Kuss aufs Haar.

*

Nach solchen Nachrichten war weder Nancy noch Jane nach einer fröhlichen Silvesterparty im *White Swan* zumute. Aber weil ihre Freunde auf keinen Fall zulassen wollten, dass sie allein in ihrem kleinen Cottage hockten, kamen sie zu ihnen, um gemeinsam mit ihnen das neue Jahr zu erwarten. Alle waren versammelt: Jonathan, Penelope und Kitty, Reverend Williams und Gloria, Nancy und Jane, und natürlich Beagle Charlie. Weder Nancy noch Jane wollten noch mehr Klatsch über die Roths verbreiten, doch Pen erzählten sie dann doch alles. Und als der Vikar und seine Frau auftauchten, um zu sehen, wie es ihnen ging, konnten sie auch vor ihnen die Wahrheit nicht verbergen. Und wieso auch?, fand Nancy. Die Roths hatten jahrelang geglaubt, sie stünden über dem Gesetz, doch nun war die Wahrheit ans Licht gekommen. Wie viele Leben sie in diesem Dorf zerstört hatten! Aber Nancy war fest entschlossen, dass so etwas nie wieder geschehen würde. Sie hoffte, dass die Familie jetzt endlich Dedley End verlassen würde. Sie jedenfalls wollte nie wieder einen von ihnen sehen.

Sie saßen im gemütlichen kleinen Wohnzimmer zusammen, im Kamin prasselte ein Feuer, jeder war mit Getränken versorgt. Fröhlich war keinem zumute, aber es war immerhin gut, einfach zusammen zu sein. Kitty hatte sich in einer Ecke mit Charlie zusammengekuschelt und las ihm aus einem Bilderbuch vor. Die Erwachsenen dagegen unterhielten sich mit gedämpften Stimmen über die Geschehnisse der vergangenen Wochen. Schließlich räusperte sich Jane laut, und aller Augen wandten sich ihr zu.

»Wir dürfen nicht traurig sein«, sagte sie fest. »Mein George jedenfalls hätte das nicht gewollt. Wichtig ist doch, dass wir jetzt endlich wissen, was geschehen ist. Es war ein schrecklicher, ein ganz schrecklicher Unfall, und wer würde sich nicht wünschen, ihn ungeschehen machen zu können, aber das geht leider nicht. Zumindest wissen wir jetzt, dass George nichts vorzuwerfen ist, dass er keine Schuld hatte, und wir wissen, wer dafür verantwortlich war. Heute ist Silvester, da sollte man nach vorne schauen! Dein Dad hätte das auch gewollt, nicht wahr, Nancy?«

Sie nickte. Ihr Vater war stets Optimist gewesen. Er hatte einen Krimi-Buchladen eröffnet, als niemand daran glaubte, dass man mit so etwas Erfolg haben könnte. Er hatte sein Töchterchen allein aufgezogen, nachdem er von seiner Frau verlassen worden war. Und bei alledem hatte er sich stets sein freundliches Lächeln bewahrt.

»Du hast recht, Oma. Jetzt wissen wir endlich die ganze Wahrheit, und nun kann Dad hoffentlich endlich in Frieden ruhen. Und Lucy Roth ebenfalls. Es ist zu viel Trauriges in unserem Dorf passiert. Aber wir schaffen das! Gemeinsam schaffen wir das, denn in Dedley End halten wir zusammen!«

»Hört, hört!«, rief der Vikar und erhob sein Glas. »Lasst uns auf George Hunter anstoßen und auf unser geliebtes Dorf!«

»Und auf ein frohes, gesundes und verbrechensfreies neues Jahr!«, fügte Jane hinzu.

»Gut gesagt, Jane«, meinte auch Pen. »Zurück geht's nicht, es kann nur vorwärtsgehen!«

»Auf das neue Jahr!« Auch Jonathan erhob sein Glas. »Möge es uns alles bringen, was wir uns wünschen.«

Sie stießen miteinander an, die Gläser klirrten, und jeder nahm einen kräftigen Schluck. Auch Kitty, von ihrem Orangensaft. Und Charlie bellte zustimmend auf, was alle zum Lachen brachte.

Jonathan räusperte sich. »Gut, also ich hätte auch Neuigkeiten«, erklärte er. »Ich hab ein Jobangebot von einer Londoner Zeitung bekommen.« Nancy hielt unwillkürlich den Atem an. Was sollte sie tun, wenn er nicht mehr hier wäre? »Aber ich hab's abgelehnt«, fuhr er zu ihrer immensen Erleichterung fort. »Ich hab 'ne Beförderung gekriegt! Bin jetzt stellvertretender Chefredakteur des *Cotswold Star* und kann künftig selbst entscheiden, worüber ich schreibe! Ich will nirgends anders sein als hier in Dedley End.«

»Und darauf trinken wir!«, rief Penelope erfreut aus und nahm noch einen Schluck.

»Gut gemacht, junger Mann«, lobte auch der Reverend und drückte Jonathan anerkennend die Hand.

Jonathan warf einen Blick auf Nancy, die strahlte. »Das Dorf wäre ohne dich ja auch nicht dasselbe«, sagte sie.

»Und selbst mir würdest du fehlen«, warf Jane ein, und sie mussten lachen.

»Meine herzliche Gratulation«, sagte Gloria. »Und was ist mit dir, Nancy? Was für Pläne hast du fürs neue Jahr?«

»Ich möchte *Dedley Endings* noch größer und besser machen als je zuvor«, antwortete sie. »Ich dachte, wir könnten vielleicht anfangen, ein paar Veranstaltungen zu organisieren. Dad hatte das immer vorgehabt, ist aber nie dazu gekommen. Ich glaube, das könnte richtig schön werden. Einen Buchclub gründen, zum Beispiel. Und irgendwas für Kinder, in den Schulferien. Wir sollten das Beste aus der tollen Werbung herausholen, die Jonathan mit seinem Artikel für unseren Laden gemacht hat. Die Dorfbewohner würden jedenfalls ihre Freude daran haben, das weiß ich, und vielleicht lockt es auch Leute von außerhalb an.«

»Eine großartige Idee, Liebes«, fand auch Jane. »George wollte das immer machen.«

»Wir könnten doch einen Cold Case Club gründen und noch ein paar Verbrechen aufklären …«, begann Jonathan.

»Wir können von Glück reden, dass wir dieses Weihnachten gleich zwei aufklären konnten, das reicht für den Rest unseres Lebens«, wiegelte Nancy ab, und Jonathan machte eine enttäuschte Miene. »Jetzt wird wieder alles so wie zuvor, da bin ich sicher, und unser hübsches kleines Dorf kann wieder in seinen Dornröschenschlaf zurücksinken.«

»Nur nichts verschreien«, warnte Penelope.

»Es ist schon fast Mitternacht!«, rief Kitty aufgeregt aus.

»Schalte doch mal die BBC an«, forderte Jane Nancy auf.

Nancy schaltete den Fernseher an, und sie verfolgten den Countdown bis Mitternacht, dann erklang das sonore Läuten von Big Ben und danach kam das Feuerwerk über London.

»Ein gutes Neues Jahr!«, riefen sie sich zu. Man umarmte und küsste sich oder gab einander die Hand. Aus dem Fernseher ertönte derweil »Auld Lang Syne«.

Nancy sah sich um, sie blickte in die Gesichter der Menschen, die sie so sehr in ihr Herz geschlossen hatte. Und sie wusste, was immer auch das neue Jahr bringen mochte, alles würde gut werden, denn sie war nicht allein.

Epilog

Sechs Monate später

Nancy blickte von ihrem Buch auf, als die Glocke über der Tür ihres Buchladens schellte und ihre Großmutter Jane eintrat.

»Bin gerade unterwegs zum Festkomitee-Treffen und habe mich gefragt, ob es dir recht wäre, wenn ich auf dem Heimweg Fish und Chips für uns mitnehmen würde?«

»Ja, prima.«

Jane blickte sich um. »Ist ja ziemlich ruhig.«

»Der Schülerpulk ist längst wieder weg, und in zwanzig Minuten mache ich dann auch zu.« Nancy hob das Buch, in dem sie gerade las. »Ich wollte nur noch ein bisschen weiterlesen, damit ich rechtzeitig vor dem Sommerfest damit fertig bin.«

»Ich kann's noch immer kaum glauben, dass er wirklich kommen wird.« Janes Augen funkelten begeistert. »Gut, ich gehe besser, bevor Gloria mir noch die Leviten liest.« Mit kurzen grauen, wippenden Löckchen schritt die alte Dame entschlossen davon.

Nancy schmunzelte. Oma wirkte tatkräftig bei allen dörflichen Festivitäten mit, aber ganz besonders liebte sie das Sommerfest, das alljährlich auf dem großen Dorfanger stattfand. Heuer war die Aufregung besonders groß, da ein prominenter Ehrengast erwartet wurde. Nancy war es gelungen, einen bekannten Krimischriftsteller für eine Lesung zu gewinnen, und sie konnte es kaum noch erwarten. Sie blickte sich in ihrem heiß geliebten kleinen Buchladen um, den ihr Vater aufgebaut hatte und den sie weiterführte, und sie lächelte voller Stolz. Sie, die Bücher liebte, seit sie denken konnte, würde nun endlich einem echten Schriftsteller begegnen!

Sie trat hinter der Theke mit der großen Registrierkasse hervor. »Wird allmählich Zeit, dass du und ich Gassi gehen«, sagte sie zu Charlie, ihrem Beagle, der wie immer auf der warmen Fensterbank saß, von wo aus er das Dorfleben verfolgen konnte. Nancy trat an ihr neu installiertes Schwarzes Brett heran, wo nun immer alles Wissenswerte angepinnt werden konnte. Es gab jetzt eine wöchentliche Märchenstunde für Kinder, einmal im Monat traf sich der Buchclub, und jetzt auch noch diese Autorenlesung! Nancy ging, um sich noch einmal das Poster anzusehen, das sie hatten drucken lassen, um die Veranstaltung anzukündigen, die während des Sommerfests stattfinden würde. Sie runzelte die Stirn. Da hatte jemand etwas mit Filzstift draufgekritzelt. Sie schaute sich um. Es war viel los gewesen, heute, ihr war gar nicht aufgefallen, dass sich irgendwer länger am Schwarzen Brett herumgedrückt hätte.

Sie trat näher und beugte sich vor, um zu lesen, was dort stand.

Du wirst bezahlen, für das, was du getan hast.

Nancy schnappte nach Luft. Sollte das ein Scherz sein? Oder war das etwa ernst gemeint? Ihr Puls beschleunigte sich unwillkürlich.

Es stand direkt neben dem Namen des Autors, der zum Fest erwartet wurde – Thomas Green, einer von Nancys liebsten Krimischriftstellern. Die letzte Veröffentlichung eines seiner Bücher lag bereits zehn Jahre zurück, daher war die Spannung natürlich besonders groß. Er würde für seinen neuen Roman auf Lesereise gehen, und seine erste Station waren die Cotswolds, wo er aufgewachsen war, was natürlich besonders erfreulich für die Bewohner von Dedley End war.

Nancys Blick wanderte ein wenig tiefer. Die Filzstiftbotschaft war nicht das Einzige.

Ganz unten auf dem Poster befand sich ein Porträtfoto von Thomas Green, und jemand hatte dieses Foto mit einem dicken schwarzen X durchgestrichen.

Wer könnte das getan haben? Und was sollte es bedeuten? Steckte Thomas etwa in Schwierigkeiten? Aber hier, in ihrem beschaulichen kleinen Dorf, konnte ihm doch bestimmt nichts zustoßen?

Nancy musste unwillkürlich daran denken, dass es vor sechs Monaten schon einmal einen Mord in Dedley End gegeben hatte. Sie hatten dabei geholfen, den Täter aufzuspüren, sie, Oma und ihr bester Freund, Lokalreporter Jonathan Murphy. Aber seitdem war alles friedlich geblieben, kein Verbrechen mehr. Und die verantwortliche Familie war längst aus dem Dorf geflohen.

Diese Drohung auf dem Poster jagte Nancy daher schon einen kleinen Schrecken ein. Sie hatte keine Ahnung, ob sie ernst zu nehmen war oder nicht. Aber ganz ignorieren ließ sie sich auch nicht.

Dabei hatte sie schon geglaubt, nachdem sie den Mord im Haus auf dem Hügel aufgeklärt hatte, nie wieder etwas mit einem Verbrechen zu tun zu bekommen. Doch nun sah es so aus, als würde es erneut an ihre Tür klopfen.

Nancy war froh, dass sie allein im Buchladen war. Denn obwohl sie natürlich entsetzt über das war, was sie da lesen musste, so war sie doch auch ein kleines bisschen aufgeregt.

Danksagung

Herzlichen Dank, Lindsey Mooney und Keshini Naidoo, dafür, dass euch diese Geschichte so gut gefällt und ihr den Mut gehabt habt, eine ganz neue Richtung mit mir einzuschlagen. Es freut mich riesig, auch bei dieser neuen Buchserie wieder mit euch zusammenarbeiten zu dürfen!

Mein Dank geht an das gesamte Hera- und Canelo-Team, für eure harte Arbeit an meinen Büchern, ich arbeite so gerne mit euch.

Wie immer geht mein Dank an meine Agentin, Hannah Ferguson, für ihre nimmermüde Unterstützung, und an das gesamte Team von Hardman and Swainson, das sich so gut um mich und um meine Bücher kümmert.

Vielen Dank auch an meine Lektorin, Jennie Ayres, und an die Redakteurin, Vicki Vrint.

Und ein Riesendankeschön an alle, die das hier lesen! Wenn Sie meine Glendale-Hall-Serie bereits kennen, dann danke ich Ihnen, dass Sie sich mit mir auf etwas Neues eingelassen haben. Und falls dies das erste meiner Bücher ist, das Sie lesen, dann möchte ich Sie ganz herzlich willkommen heißen – und ich hoffe sehr, dass es Ihnen gefällt.

Ohne die Unterstützung meiner geschätzten Leser hätte ich nie die Chance erhalten, diese Detektivgeschichte zu schreiben, und dafür möchte ich mich ganz herzlich bei Ihnen bedanken. Bedanken möchte ich mich auch bei allen, die mir Nachrichten geschrieben und mir mitgeteilt haben, wie sehr ihnen meine Bücher gefallen. Sie ahnen ja nicht, wie viel mir das bedeutet!

Dank auch an all die Buch-Blogger, Buchhändler und Buchrezensenten, die mich unterstützt haben. Ich weiß jede Rezension zu schätzen, jede Erwähnung in den sozialen Medien, und ich danke jedem Buchhändler, der meine Bücher in seinem Laden führt. Ich hoffe, ihr werdet Dedley End ebenso liebgewinnen wie Glendale Hall. Ein dickes Dankeschön auch an meine Bücher-Gang bei Facebook, ich schätze euch wirklich sehr. Danke George Lester, Lisa Swift, Kiley Dunbar und Anna Bell, für all eure Unterstützung.

Und meinen ausdrücklichen Dank auch an meine Mum, die über die Jahre so viele Krimis mit mir angeschaut hat! Einige Charaktere in meinen Büchern sind nach meinen ganz besonderen Lieblingen aus Detektivromanen, Cosy-Crime-Serien und Fernsehkrimis benannt. Sie haben mich dazu inspiriert, selbst Krimis zu schreiben, wofür ich unendlich dankbar bin.